T0267000

Los huérfanos del Führer

Los huérfanos del Führer

David Laws

Traducción de
Puerto Barruetabeña

Rocaeditorial

Título original en inglés: *The Fuhrer's Orphans*

Publicado en acuerdo con Rights People, Londres.

Primera edición: junio de 2022

Av. Marquès de l'Argentera 17, pral.
08003 Barcelona
actualidad@rocaeditorial.com
www.rocalibros.com

Impreso por LIBERDÚPLEX, S.L.U.
Printed in Spain – Impreso en España

ISBN: 978-84-18557-95-8
Depósito legal: B. 8854-2022

RE57958

1

Aeródromo de North Weald, Inglaterra, 15 de octubre de 1940

En su mente veía claramente la expresión inflexible y la mirada acusadora, e incluso casi podía sentir su mano en el hombro. Era como si su padre estuviera a su lado en ese avión. Peter Chesham tragó saliva con dificultad y se abrochó el cinturón del asiento, pero el chasquido metálico del cierre no le dio seguridad; para él fue más bien como el ruido del cerrojo de la puerta de una celda.

Miró al asiento que tenía enfrente, un delgado saliente de aluminio que pronto estaría vibrando y produciendo un zumbido de mil demonios. Estaba vacío, pero en la mente de Peter su padre estaba ahí, sentado como siempre, observando, juzgando y mostrando su desaprobación. Su padre era una presencia constante que gobernaba y dirigía su vida. Peter inspiró hondo. Ya no había escapatoria. No había vuelta atrás en un viaje que temía que pudiera convertirse en una trampa mortal y acabar… ¿con él en la horca? O peor, ¿sería un viaje solo de ida?

Necesitaba algo que hacer, así que se agachó una vez más para revisar el equipo, que estaba pegado a las entrañas del avión. Oyó a la tripulación haciendo las comprobaciones previas: interruptor de arranque principal encendido, selector de la palanca del tren de aterrizaje abajo, tanques de combustible llenos, controles de vuelo completamente operativos. Y, por encima de esas voces, el ronroneo de los generadores.

El único pasajero que iba en el avión, aparte de él, era Williams, una figura delgada que llevaba un mono de vuelo. Y Williams no paraba de moverse, mostrando las primeras señales de miedo. Seguramente estaba a punto de dejarse llevar por el pánico, pero Peter lo ignoró porque tenía sus propios demonios con los que lidiar. Desde el principio no le había gustado la idea de embarcarse en ese vuelo, aunque no podía explicar por qué. Nadie lo habría creído. ¡Seguro que no! ¿El intrépido teniente Chesham, el paracaidista que aterrizó en la parte más alta de una montaña y bajó esquiando hasta abajo, solo por diversión? ¿Cómo podía ser que ese hombre estuviera preocupado?

Lo que no les había contado era que en su último salto se produjo un fallo. Pero que no le dieran miedo las alturas, ni la posibilidad de aterrizar en una montaña remota no lo convertían en un imbécil imprudente. Además, no era solo el vuelo lo que le provocaba ese estado de inseguridad. En su mente se colaban, imparables, una serie de imágenes: una celda, un foco cegador, unas esposas lacerantes, voces que gritaban y puños de hombres vestidos de negro.

Uno de los pilotos estaba fuera, comprobando los elevadores. Se oyó un crujido proveniente del banco que tenía enfrente. Williams por fin logró articular palabra.

—¿Cuántos años tiene esta maldita lata de sardinas?

Peter se encogió de hombros justo cuando los motores cobraron vida con un rumor entrecortado. Fueron calentándose uno por uno, aumentaron las revoluciones y al final se estabilizaron con un tono monótono y ensordecedor. El fuselaje se estremecía tanto como los nervios de Peter.

Williams señaló con gesto acusador el paracaídas que tenía a sus pies.

—¿Qué es esto? Me has asegurado que no tendremos que saltar.

—Te lo prometo —contestó Peter, a gritos.

Sabía que debía demostrar su liderazgo y calmar a Williams. La relación entre ellos era incómoda, no era ni mucho menos la camaradería fluida que había esperado y que creía necesaria. Ni tampoco la cordialidad natural que tenía con sus amigos habituales. Simplemente no estaba cómodo en compañía de ese hombre.

El avión recorrió la pista dando tumbos y al llegar al final rugió y vibró como si los remaches estuvieran a punto de salir disparados en todas direcciones. Tras varios minutos soltaron los frenos y fueron ganando velocidad. Los tumbos se volvieron más violentos, hasta que por fin la máquina se elevó con un quejido.

En el aire las cosas no mejoraron. El estruendo y la vibración de los dos motores radiales no se redujeron. Peter, que en otras ocasiones había disfrutado volando en la cabina, se dio cuenta de que se estaba aferrando al armazón del fuselaje con todas sus fuerzas, como un novato, con todos los músculos tensos y los brazos rígidos.

Un miembro de la tripulación, que había estado inclinado sobre una mesa con mapas y compases, se dio la vuelta y subió como pudo por la pasarela. Por sus galones, Peter supo que se trataba de un sargento de la fuerza aérea. Llevaba su apellido escrito en una chapita sujeta al mono: Jenkins.

—Tenemos que volar bajo —le gritó a Peter al oído, mientras el avión hundía el morro y se ladeaba—. Para evitar los radares y el fuego antiaéreo. Y haremos cambios bruscos de rumbo, para engañar a los cabezas cuadradas. Hoy va a ser larga distancia.

Eso Peter ya lo sabía. Había estudiado los mapas.

De todas formas esa conversación le ayudó. Hizo un esfuerzo consciente por relajarse y se obligó a actuar como debería si quería ser capaz de desempeñar el papel que había asumido.

—Mira por la ventanilla —le gritó al tenso Williams—. Deberíamos estar sobre el mar ahora mismo. Estará bonito brillando en la oscuridad.

Williams ni se movió. Solo murmuró algo así como: «Toda esa agua».

Peter apartó la mirada. En su mente se colaron sin avisar más imágenes incómodas: la expresión de exasperación de su padre, la naturaleza casi imposible de la tarea que tenían por delante, y los extraños y repentinos cambios de humor de Dansey. ¿Confiaba de verdad en ese hombre pequeño, raro e intimidante? ¿Había alguna posibilidad de que tuvieran éxito? Dada la vaguedad de sus instrucciones y la escasez de información que las acompañaba, era difícil sentir confianza. Además estaba la pura impracticabilidad de la tarea. Demasiado grande, demasiado vaga, demasiado difícil de lograr. Se lo había dicho, pero no quisieron escucharle.

Le asaltó otra preocupación, que le llevó a moverse. Se apoyó en el escalón al lado del sargento.

—¿Cómo sabe que ese campo es un lugar adecuado para aterrizar? —preguntó.

—No lo sabemos. —Una sonrisa sardónica—. Nos tenemos que fiar de los franceses. Sus expertos han hecho el recononcimiento. Supuestamente.

Peter se frotó la barbilla.

—Hace dos noches tuvimos que abortar en el último minuto —contó a gritos el sargento—. Había un maldito seto enorme cruzando la pista de lado a lado. Totalmente inutilizada. Una locura. La luz de la luna nos salvó.

Peter se obligó a concentrarse y hacer las preguntas para obtener las respuestas que necesitaba.

—¿Y qué precisión tienen sus datos de navegación? —preguntó, pensando en un salto por diversión que hizo muchos años atrás y que salió mal, dejándole tirado en la montaña equivocada.

El sargento frunció los labios.

—O es el sitio exacto, o abortamos la misión.

—¿Y cómo lo sabrán? —insistió Peter, señalando los mapas, los lápices y las líneas que se cruzaban, sin dejar de pensar en los rumores que corrían como la pólvora por el barracón de aviación, que hablaban de bombarderos que habían errado el blanco por más de quince kilómetros.

—Referencias visuales, seguir la línea hasta el objetivo y la luz de la luna. Eso es imprescindible. —El sargento sonrió débilmente—. También tenemos un par de trucos guardados en la manga.

Peter cruzó los brazos mientras el bombardero Hudson continuaba su vuelo sobre el Canal de la Mancha y después se adentraba en territorio hostil sin parar de vibrar. Las montañas eran sus dominios, saltar en paracaídas era una rutina que conocía bien, ni siquiera las armas le suponían un problema, pero la tortura era un asunto diferente. Intentó mirar por una ventanilla para distraerse, pero la imagen prohibida de la puerta de la celda apareció de nuevo. ¿Se quebraría si lo interrogaban? Williams y él habían ensayado esa situación muchas veces durante su entrenamiento en Fulbrough Manor. Los sacaban de la cama en plena noche, los ataban a una silla, los colocaban bajo la luz cegadora y los acosaban a preguntas. Pero eso era entrenamiento y esto la realidad. En el campamento todos decían que tenían miedo a que los atraparan y que nunca sabes cómo lo vas a afrontar hasta que te ocurre.

El zumbido monótono continuó. Cerró los ojos y deseó estar en otra parte, preferiblemente en un campo recién nevado y con unos rayos de sol formando un patrón moteado sobre la nieve, aunque realmente le daba igual el lugar, cualquier parte le servía, incluso preferiría estar cavando la tierra dura como el pedernal de su padre o echando paladas de carbón en las entrañas de una caldera. Si su antigua novia, Gabrielle, pudiera verle ahora, con ese mono tan soso, ¿qué comentario mordaz se le ocurriría? Estaba sumido en sus pensamientos mientras cruzaban sobre una Francia a oscuras, cuando algo interrumpió su estado semialetargado. Voces. Voces llenas de ansiedad. El sargento estaba junto al piloto y los tres miembros de la tripulación miraban a estribor. Peter se incorporó en su asiento y miró afuera. Al instante vio unas intensas llamaradas, terribles llamas naranjas que estaban devorando el motor de estribor, aunque la hélice aún giraba. Más voces, el piloto se inclinó hacia un lado, abrió una cajita, accionó un interruptor y volvió a mirar el ala con cara de angustia.

Peter vio cómo las llamas parpadeaban, disminuían y se extinguían. Se inclinó todo lo que pudo hacia delante y preguntó:

—¿Todo arreglado?

Jenkins se giró, aliviado.

—Se ha apagado el fuego, los extintores han funcionado, pero tenemos que seguir en asimétrico.

—¿Asimétrico?

—Volar con un solo motor. Ese ya no funciona. Deberíamos considerar la posibilidad de dar la vuelta.

Peter gruñó.

—¿Y tener que repetir todo esto? —Negó con la cabeza—. ¿Cuánto queda para llegar a la pista?

—Unos diez minutos.

—¿Lo lograremos? Mejor acabemos con esto. Hay gente ahí abajo esperándonos.

Oyó un susurro ronco que le llegaba desde detrás: era Williams.

—Volvamos. Por todos los santos, este viaje está gafado.

Pero Peter sabía lo que se jugaban y conocía a su jefe. Fuera cual fuera la razón que le dieran a Dansey para abortar la misión, él los despreciaría por haber fracasado. Y su padre también lo haría.

Los tres miembros de la tripulación se reunieron en un corrillo y hablaron en voz baja. Después Jenkins anunció:

—Lo vamos a intentar.

Peter volvió a sentarse bien en su asiento, se estremeció, cerró los puños con fuerza y le dijo a Williams:

—Ya casi estamos.

El zumbido no paró y el avión seguía volando nivelado, pero justo cuando Peter empezaba a tener esperanzas, se produjo otro alboroto en la cabina y de repente el copiloto estaba a los mandos y el asiento que había a su lado estaba vacío.

Peter se quedó mirando: oyó un sonido estrangulado que llegaba desde abajo y vio al piloto tumbado boca abajo sobre el duro metal de la pasarela, vomitando y temblando.

—Se encuentra mal —explicó Jenkins—. El copiloto se ha hecho cargo de los mandos.

—Esto es una locura. —La voz que llegaba desde delante era la del hombre que sujetaba los mandos—. Yo solo he volado recto y nivelado, siguiendo instrucciones y en un espacio aéreo seguro. Eso es lo único que sé hacer.

El piloto, que seguía en la pasarela, levantó la cabeza.

—Eso es lo que tienes que hacer, Larkin —dijo con voz ahogada—, recto y nivelado. Mantén el morro arriba, ¿vale? Estaré ahí de nuevo dentro de un segundo. Algo que he comido...

Dejó la frase sin terminar. Jenkins estaba en la cabina con Larkin, los dos muy juntos. Peter vio que el sargento tenía en las manos la carta de navegación. El avión empezó a girar suavemente; Larkin, el novato, logró hundir el ala de babor para hacer un giro lento y los dos miraron abajo, buscando la hilera de luces que confirmarían la exactitud de sus instrucciones de navegación. Jenkins iba señalando referencias visuales: el río, que era un brillante faro en medio de la oscuridad, la aguja de una iglesia en lo alto de una colina, la clara ese que dibujaba la carretera principal.

—¡Ahí!

Había seis diminutos puntos de luz a la derecha, un poco más allá. Las antorchas del comité de recepción.

Más murmullos en la parte delantera. El avión perdió altura bruscamente y el estómago les dio un vuelco cuando pasaron rozando las copas de los árboles para examinar el claro y buscar obstáculos que no hubieran visto.

—El manual —pidió el copiloto.

Jenkins empezó a leérselo:

—Reducir a 125 nudos, bajar el tren de aterrizaje...

—Vale, ahí vamos. —Larkin estaba decidido.

Un hombre valiente, aunque insensato, pensó Peter mientras escuchaba las instrucciones del manual, leídas a voz en grito.

—Mezcla rica, abajo los *flaps*, rueda trasera bloqueada, palanca hacia atrás del todo.

Jenkins se volvió para mirar a Peter y Williams.

—Listos para el aterrizaje de emergencia. Apretaos los cinturones. Y meted la cabeza entre las rodillas.

Williams tenía la respiración acelerada.

—Te lo dije, ¿a que sí? ¡Te lo dije!

A Peter le pareció que no era justo que se vieran en peligro tan pronto en esa misión. Su imaginación iba a mil por hora, anticipando el desastre: destrucción instantánea, desmembramiento, lesiones... ¿se enteraría de algo? Era demasiado joven para eso; todavía le quedaba mucha vida por vivir, mucho amor por descubrir.

Otra vuelta y un giro brusco para la aproximación final, con el ala de estribor peinando las ramas de los árboles. Un momento después se nivelaron de nuevo y se extendieron los frenos aerodinámicos. Peter metió la cabeza entre las rodillas, sintió que el avión bajaba muy rápido y se tensó esperando el aterrizaje, temiendo lo peor.

Y entonces, el contacto. Él no se esperaba la violencia del impacto, pero fue como si un puño gigante y duro como una piedra se estrellara contra la parte inferior del avión. El ruido fue tremendo, de una intensidad ensordecedora, y pareció que reverberaba por todo el fuselaje. Sintió que se veía despedido hacia delante, que los cinturones tiraban de él, y se le quedó todo el cuerpo adormecido por el shock.

A pesar de todo eso, increíblemente, al instante siguiente el avión estaba en el aire de nuevo, relanzado por la fuerza de la colisión, antes de caer de nuevo. Otro golpe impresionante y esta vez la cabina se convirtió en un revoltijo de cosas que volaban. Una cascada de objetos, de parte del equipamiento que se había soltado de sus sujeciones, creó un caos a su alrededor. De repente Peter sintió que algo duro y afilado le golpeaba el brazo. A pesar del impacto fue consciente del sonido de rotura, como de rasgado, proveniente del endeble fuselaje de aluminio y supo que había quedado destrozado. El Hudson empezó a inclinarse hacia un lado, como si estuviera fuera de control, y por fin una última colisión lo paró en seco. Todos se vieron despedidos bruscamente hacia delante, sujetos únicamente por los cinturones, y acabaron sin aliento por la impresión.

Después, la calma. En medio del silencio que reinaba, Peter oía claramente su respiración.

—La próxima vez —dijo Williams, con una voz una octava más alta que de costumbre—, creo que preferiré saltar.

Múnich, Alemania, 15 de octubre de 1940

Una fila de niños pequeños avanzaba por el patio del colegio en dirección a la puerta y al grupo de madres que esperaba allí. Los pequeños, bien abrigados para protegerse del frío, llevaban unas ligeras mochilas y gorritos de lana con pompón de colores.

—Adiós, *Fraulein* Kellner.

—Adiós, Heini.

—Que tenga buena tarde, *Fraulein* Kellner.

—Y tú también, Anna.

A Claudia Kellner le había tocado cuidar el patio. Esa responsabilidad recaía sobre ella a menudo. La mayoría de los profesores hacían todo lo posible para evitarlo, pero a ella le gustaba estar en el exterior, bien envuelta en su abrigo negro con el cuello de piel y lejos del gimnasio, donde Karl Drexler, vestido con su habitual uniforme marrón de las tropas de asalto, estaba hablándoles a los otros profesores de la educación nacionalsocialista. Él fue quien más insistió, a voz en grito, en que había que despedir a los profesores judíos y expulsar a los alumnos semitas, todos lo sabían.

Alguien le estaba tirando del abrigo y, cuando bajó la vista, encontró a Dieter Schmidt mirándola.

—Mi madre pregunta si puede hablar con usted —dijo con su aguda vocecilla.

Claudia asintió. Solo se lo podían pedir a ella. Todos los demás profesores les habrían dado la fría respuesta estándar: «Las conversaciones con los padres solo pueden producirse durante las tutorías». Pero Claudia esquivó un charco de nieve derretida y se acercó a la puerta del colegio con una amplia sonrisa.

—Sé que tendría que esperar más tiempo —empezó a decir *Frau* Schmidt—, pero no puedo. ¿Qué tal va? Es tan tímido que me preocupa que se quede atrás.

Claudia se agachó hasta quedar a la altura del niño y lo miró a los ojos.

—Vas a hacer un esfuerzo, por mí y por mamá, ¿verdad, Dieter?

Un leve asentimiento. Claudia sonrió como gesto de ánimo y se incorporó. Le aseguró a la madre que el niño no se estaba quedando atrás y le prometió que le iba a prestar una atención especial al tímido Dieter, al que le gustaba esconderse al fondo de la clase.

Solo diez minutos más. Claudia miró al patio: todavía quedaba algo de la helada matutina en los bordes. Había nieve en el aire. Llegaba un viento frío desde los Alpes, que estaban a apenas 160 kilómetros. Arrugó la frente cuando la asaltó otro pensamiento y su mirada se cruzó con la de *Frau* Schmidt una vez más. Sintió una conexión con la madre de Dieter.

—Erika —dijo la mujer—. Llámeme Erika.

Claudia señaló al otro lado de la calle.

—No le deje ir por ese camino —dijo, mirando hacia la zona conocida como El laberinto, una maraña de vegetación silvestre que cubría un terreno abandonado con edificios en ruinas. Tenía que advertírselo a toda la clase a la mañana siguiente—. Pasé por ahí cuando volvía de Brienner Strasse y me pasó algo muy raro.

—¿Ah, sí?

Claudia le contó lo que había visto. Movimiento entre los helechos. La cara de un niño. Asustada, se había parado en seco. ¿Podía haber niños pequeños en medio de esa jungla, expuestos a todo tipo de peligros no visibles? Se trataba del solar donde en algún momento hubo una zona industrial y estaría lleno de hierros oxidados y todo tipo de objetos afilados. De repente apareció una segunda cara. Claudia sonrió y le dijo «hola», pero la cara desapareció y no volvió a aparecer.

Erika la tranquilizó. Ya lo sabía.

—No se preocupe, es que hay niños que juegan ahí —explicó—. Son unos cuantos, un poco asalvajados, que han encontrado un agujero en la valla y buscan reproducir en la realidad sus sueños de vivir aventuras en la jungla.

Claudia se despidió del resto de su clase. Muchos niños iban muy bien vestidos, como Wanda con sus trenzas rubias y su abrigo a la última moda. A esa escuela iban niños procedentes de una zona muy heterogénea, que incluía tanto amplias avenidas con grandes cancelas metálicas y entradas pomposas como las casitas del ferrocarril y las viviendas de los trabajadores de los almacenes. Los niños nunca supusieron un problema para ella. Claudia siempre era vivaz y alegre con ellos y los animaba. Eran sus colegas los que la frustraban. Volvió a mirar el edificio de la escuela, un imponente bloque de piedra y cristal de estilo guillermiano, e intentó no fijarse en la ventana del primer piso, deseando no encontrar allí una figura haciéndole un gesto para que se acercara torciendo un dedo, convocándola a esa habitación horrible, el bastión masculino, la sala de profesores, con sus ceniceros llenos, las botas de fútbol y el equipamiento del gimnasio. Miró hacia otra parte, se humedeció los labios y momentáneamente se distrajo con el repiqueteo de los cascos de un caballo, el traqueteo de un carro y el chirrido de unas ruedas sobre los adoquines de la calle adyacente. Después llegó el alivio. El grupo de madres que estaba en la puerta del colegio había ido reduciéndose hasta desaparecer.

Como ya se había marchado el último niño, Claudia salió también para volver a casa, escabulléndose antes de que nadie notara su ausencia, o eso esperaba ella. Estaba deseando irse de allí, aunque también tenía sus razones para querer acabar la jornada cuanto antes, pensó frotándose con la mano los ojos cansados; había sido un día interminable, la escuela empezaba temprano y tenía un camino largo y aburrido por delante, porque ahora debía recorrer un buen trecho por Dresdner Strasse, en dirección a los almacenes del ferrocarril, para volver al apartamento que tenía alquilado allí cerca. Se trataba de una calle recta de al menos dos kilómetros, con zonas de oscuridad que pasaban entre grandes arbustos que se alzaban al borde del camino.

Se estremeció, no solo por el frío, y levantó la vista un momento al sentir el zumbido de un avión que pasaba sobre su cabeza y decidió que no le gustaba esa calle. Pasaba poco tráfico por allí. Muy pocas personas tenían la gasolina necesaria. A un lado llamaban la atención unas grandes villas y el otro estaba cubierto por una cortina de fresnos, sicómoros y castaños. Múnich no era su ciudad. Se sentía extraña allí. Tenía pocos amigos, estaba como a la deriva y tenía que buscarse la vida, como si su presencia en ese lugar fuera una forma de castigo. Y no comía bien. A veces tenía hambre, pero esas ganas de comer a veces desaparecían en cuanto se ponía el plato delante. Enfrascada en sus pensamientos, se sobresaltó cuando, desde lo más profundo de una de las zonas de sombra, oyó una voz muy baja. Nada sorprendente, ni amenazador. Solo una voz femenina educada que llegaba desde los arbustos.

—¿Es usted la maestra?

Claudia se acercó. Allí había una figura delgada, inmóvil, que volvió a hablarle.

—¿Puedo pedirle ayuda?

Una vacilación momentánea, un asomo de duda.

—¿Por qué?

—Mi pequeña y yo…

Claudia volvió a mirar con más atención y distinguió una menuda silueta que casi se confundía con la de la adulta.

—Tuvimos que dejar nuestra casa. No tenemos adónde ir.

En ese momento Claudia sintió un escalofrío de reconocimiento y tuvo la sensación de que ya había estado ahí antes.

—¿Conoce a alguien? —preguntó la mujer, suplicante—. ¿Algún lugar donde podamos quedarnos? ¿O tal vez podríamos quedarnos con usted?

—¿Por qué conmigo? —preguntó Claudia, tartamudeando.

—A usted le encantan los niños. Lo sé. La he visto con ellos en el patio. Y reconozco a una persona con compasión.

Claudia se acercó un paso para examinar a la mujer. Tenía el pelo ralo, un abrigo amorfo y le pasaba algo raro en la boca. La niña tenía una llaga en el labio.

—¿Qué les ha ocurrido?

—Ya sabe lo que le pasa a la gente que no le gusta al Estado.

Fue una frase que resumía de forma concisa el dilema del que Claudia había estado intentando escapar. Se tocó un punto concreto de la nuca, un gesto sobre el que su madre ya le había advertido: era lo que hacía cuando se estresaba. Ese era justo el apuro en el que había esperado no tener que volver a verse metida. Tuvo que salir de Praga precisamente para alejarse de la tragedia y el dilema de unos padres asustados y unos niños que nadie quería: los judíos, los socialistas, los sindicalistas y todos los demás grupos que el régimen había decidido señalar y destruir. Incluso en ese mismo momento, Karl Dexler, el colega que tan poco apreciaba, estaba predicando ese tipo de odio en el gimnasio de la escuela.

—¿Sabe lo que le pasa a la gente que da cobijo a personas como ustedes? —preguntó Claudia.

—Estamos desesperadas.

Claudia, de pie al abrigo de un arbusto, suspiró profundamente y tomó su decisión. Un compromiso complicado, pero lo mejor que podía hacer en ese momento.

—Solo una noche. Y si nos ven, tendrán que irse. Aunque ustedes fueran personas normales, se supone que las habitaciones solo las puede ocupar una persona.

¡Ahí estaba! Incluso ella había utilizado el terrible eufemismo: «Personas normales». Las dos conocían la situación. Esa madre y esa hija no eran personas normales. Eran parte de la sociedad prohibida de Alemania, esa legión de almas perdidas que se escondían y sobrevivían fuera del control de las autoridades en graneros, sótanos y buhardillas polvorientas. Sumergidas bajo la superficie oficial.

Eran «submarinos», que era como llamaban por entonces a esas personas. Y ahora Claudia tenía dos en su vida.

2

En algún lugar de Francia

Peter estaba sentado en un afloramiento de rocas esperando el dictamen sobre el avión accidentado. Los tripulantes estaban en cuclillas, examinando lo que quedaba del tren de aterrizaje mientras el piloto, un hombre que se llamaba Mahoney, estaba tirado en el suelo masajeándose la pierna que se había torcido y con la otra mano sobre el estómago revuelto.

El aterrizaje de emergencia había sido un desastre. Viendo cómo había quedado el maltrecho Hudson, Peter casi no podía creer que hubieran sobrevivido, pero así era. Se sentía idiota por tener que hacer la pregunta obvia; no le quedaba más remedio.

—¿Podrá volar?

En respuesta solo recibió gruñidos y encogimientos de hombros. No pintaba bien.

Ya había sacado su equipo del fuselaje: la radio, los mapas, las herramientas, la cámara, las rodilleras; no parecía gran cosa para lo que se suponía que tenían que hacer. Después consideró sus opciones. «Tirados en medio de la nada» fue la primera expresión que le vino a la mente. Con cierta amargura recordó un dicho de su instructor de Ringway: «Los planes mejor estructurados no sobreviven al primer disparo».

Peter rio entre dientes. Las cosas ya habían empezado a torcerse. En ese momento volvió a hacerse, una vez más, las complicadas preguntas que le habían perseguido durante todo su entrenamiento. Preguntas para las que no tenía respuestas convincentes.

¿Cómo narices me he metido en esto?

¿Qué demonios estoy haciendo aquí?

Inspiró hondo y recordó que todo empezó en Suffolk, en Bury St Edmunds, en la casa de sus padres, solo unas pocas semanas antes. Era la noche de la velada musical. Y él no tenía ni idea de que su vida iba a dar un vuelco…

La música se interrumpió con una brutalidad escalofriante. El cuarteto para piano de Schumann estaba en su apogeo: las cuerdas resonando, el teclado vibrando, la pieza en todo su esplendor gracias a la entusiasta interpretación de Peter, su madre, su tía y la chica refugiada, Helga. De repente, como si alguien hubiera arrancado una cuerda de un arco, la música cesó para dar paso a un silencio estremecido.

Los cuatro intérpretes miraron a la puerta del salón, que alguien había abierto bruscamente, haciendo retumbar el bronce antiguo. En el umbral había una figura de mediana edad con el pelo alborotado, un grueso bigote negro y una mirada penetrante.

Charles Chesham dijo una sola palabra: «Visita».

Nadie discutió, ni protestó. Nadie suplicó que les dejaran tocar unos compases más o que les dieran tiempo a terminar. Unos profundos suspiros fueron las únicas señales de decepción. Al final, la madre de Peter habló e interrumpió el repentino silencio.

—¿Quién? —le preguntó a su marido.

—Andrew.

—¿Cuándo?

—Dentro de diez minutos. Viene hacia aquí.

Al oír eso, los intérpretes se levantaron, su madre con el ceño fruncido y mirando en dirección a la cocina para después dedicarle a su hermana una sonrisa débil. Klarissa ya estaba guardando el chelo y Helga metiendo el violín en su funda azul forrada de terciopelo con un cuidado exquisito. Peter también estaba decepcionado. Habían empezado todos sentados en círculo en las sillas de palisandro y se había creado un ambiente alegre en el que se reían de sus fallos, sobre todo cuando a Klarissa se le quedó enganchada la pica del chelo en la esquina de la alfombra persa. Peter se unió a la alegría general, pero le fastidiaba que no sonara un sol de las escalas superiores del viejo piano Broadwood. ¿Por qué seguían con un piano de pared? ¿Era culpa de la frugalidad de su padre? A pesar de ello habían conseguido tocar de forma intensa, precisa y expresiva. Habían pensado tocar a Haydn después y para terminar un poco de música folk inglesa: *The Flowers of Ashgill* y *Surprise Waltz* de Telemann.

Pero no había podido ser. Salieron todos del salón y se despidieron con abrazos de su tía y la chica refugiada, que volvían a su casa, en el otro extremo de la ciudad. Klarissa era la más jovial, siempre era divertido estar con ella, nada que ver con su seria madre. Y Helga, una quinceañera delgada, estaba tan volcada en su música como cuando Peter la conoció, el día que su *Kindertransport* entró en la estación de tren de Liverpool Street, tantos meses atrás.

Cuando se cerró la puerta principal, Peter se centró en otros objetivos y se dirigió a la cocina, sabiendo que la visita que estaba en camino era un hombre al que su madre no le tenía simpatía. Normalmente se cuidaba mucho de ocultar sus resentimientos hacia él, pero esto había sido una intrusión. Las sesiones de música eran su mayor placer. Ahora, irritada, estaba haciendo tintinear sobre la encimera sus mejores tazas Windsor de Royal Doulton.

—¿Qué quiere? —quiso saber cuando llegó Peter. Se refería a *sir* Andrew Truscott, el contacto de mayor importancia que tenía su padre en los talleres del ferrocarril—. ¿Y por qué se presenta a esta hora de la noche? —continuó—. Nos ha estropeado la velada. ¿Es que no podía esperar?

Peter apartó momentáneamente de su mente a la visita, enfadado porque hubiera interrumpido tan abruptamente la diversión de su madre. En las últimas semanas estaba siempre preocupada por la familia de su hermano, que estaba en Suiza, y la música era lo único que le levantaba el ánimo. Su familia vivía cerca de la frontera con la Alemania nazi.

Y entonces empezó a preocuparse por Peter.

—Ojalá hubieras seguido trabajando con el señor Winton. Ayudar a los refugiados es mucho mejor que esto —dijo acariciando con los dedos el chaleco de lana del uniforme de campaña de su hijo—. Eras muy bueno con esos niños.

—A mí también me gustaría —reconoció él—, pero todo ha cambiado. —Se encogió de hombros—. Ya no hay refugiados. La guerra y todo eso.

—Guerra estúpida —contestó ella—. ¿Para qué le sirve a nadie? Solo trae miseria y muerte. No quiero que te envíen a una trinchera llena de barro donde te tiroteen, te hagan estallar, te apuñalen o te gaseen. Como en la guerra anterior. ¿Es que los hombres no van a aprender nunca?

—No hay muchas trincheras en los montes Cairngorms —respondió con una de sus sonrisas burlonas.

Ella lo miró con cariño: su único hijo, un hombre de veintitrés años, más de uno ochenta y rasgos atractivos y angulosos.

—Odio todo eso —insistió ella—. Dejar caer bombas por todas partes. Es un sinsentido. Horrible.

Peter suspiró. Estaban dándole vueltas otra vez a lo mismo. Él estaba de acuerdo. A pesar del uniforme, no tenía madera de soldado, pero decir en voz alta algo así desencadenaría una tormenta de censura. No se podía ser pacifista en medio de ese lío y Peter procuraba no decir ese tipo de cosas cuando su padre podía oírle. Para consternación de su progenitor, se había negado a presentarse voluntario para la fuerza aérea y se había contentado con ser instructor en la escuela de esquí del ejército.

—Aun así, él sigue hablando de los saltos en paracaídas —comentó—. Dice que mi experiencia resultaría inestimable.

Su madre hizo una mueca mientras preparaba la bandeja del té.

—No confío en ese hombre —anunció señalando el salón donde iban a recibir a la visita—. Tu padre y él están siendo muy reservados. No me dicen nunca nada. ¿Qué puede ser tan urgente para venir hasta aquí esta noche?

Peter se encogió de hombros.

—¿Quién sabe? Tal vez quieran hablar de mi futura carrera, cuando se acabe la guerra.

Ella lo señaló con un dedo, que agitó en el aire.

—No accedas a nada que no quieras hacer —advirtió.

El sonido del timbre de la puerta puso fin a la conversación. Peter obviamente era consciente de que tenía suerte de estar preseleccionado para, después de la guerra, realizar unas prácticas para entrar en la London and North Eastern Railway Company, donde *sir* Andrew Truscott era el miembro más destacado. Aun así le pareció extraño que lo que probablemente sería equivalente a una entrevista de trabajo se llevara a cabo en el salón de la casa de su familia.

Sir Andrew tenía la apariencia de alguien que siempre estaba encima de un escenario: el pelo blanco con unas ondas perfectas y un bigote gris muy bien recortado. Iba vestido muy formal con un traje azul, chaleco y corbata a juego. Un pañuelo blanco asomaba del bolsillo superior y llevaba a la vista anillos y gemelos de oro. Le habían concedido su título por servicios a la nación, había diseñado locomotoras icónicas que habían convertido a la empresa en sinónimo y emblema de velocidad y modernidad, y además era una figura líder en el ámbito del comercio.

A pesar de todo ello, no siempre había sido una persona tan importante, reverenciada y con título. Tiempo atrás, su padre y él fueron jóvenes aprendices en los talleres de la firma. Peter hizo una mueca; no estaba seguro de que su entusiasmo por la empresa y todo lo que hacía en ella estuviera al mismo nivel que el de ellos.

Al llegar al salón se realizaron las oportunas presentaciones y después vio cómo los dos amigos (¿De verdad eran amigos? ¿O solamente colegas? ¿O conspiradores?) hablaban en voz baja junto a la pantalla bordada de la chimenea.

Entonces llegó la sorpresa. Su padre y su madre salieron del salón y él se quedó a solas con Truscott, que se sentó en la butaca de su padre (la que tenía el escabel dorado forrado de tekido de alfombra) y sacó un pesado tomo de la estantería encastrada en la pared.

Le hizo un gesto a Peter para que se acercara.

—¿Te es familiar?

Peter vio que le estaba enseñando un boceto grande de la vía férrea de dos metros de ancho de Isambard Kingdom Brunel que iba de Paddington a Bristol.

—La conozco desde que era pequeño —contestó—. Me crié con ella. Me contaban su historia todos los días.

Truscott le dio unos golpecitos a la página con un dedo.

—De esto es de lo que quiero hablar contigo —anunció—. Del inmenso potencial de una vía de este tamaño.

¿Eso sería una prueba? ¿Parte de alguna sutil técnica de hacer entrevistas? Peter, aprovechando lo que le pareció su momento de intervenir, se puso a teorizar sobre el tema, que dominaba a la perfección. Brunel fue un visionario, empezó. Construyó bonitos puentes, vías rápidas y rectas y un barco de vapor que iba hasta Estados Unidos, pero la única innovación que no perduró fueron sus anchas vías de tren. Brunel se vio obligado a abandonar ese proyecto en favor de las vías del tamaño de un coche de caballos de George Stephenson, las que conocía todo el mundo actualmente. Sus vías hubieran supuesto un gran avance en el mundo de los viajes que no llegó a materializarse. Peter se atrevió a añadir una floritura de su cosecha: ¿y si Brunel se hubiera salido con la suya? ¿Serían diferentes sus vidas ahora?

Truscott solo asintió y encendió un cigarrillo. Desprendía un olor especiado y un poco mohoso, a corteza de árbol y papel viejo. Peter sintió un ligero resentimiento ante la presunción de ese hombre, que se tomaba todas esas libertades, se movía a su antojo por la habitación y utilizaba las estanterías y cualquier cosa que le apetecía. Tal vez fue eso lo que le provocó un repentino y peligroso arrebato de sinceridad. ¿Cómo podía decirle a ese hombre que él era un inconformista en casa de un ingeniero? ¿Que a él le gustaba el teatro, el ballet y los conciertos, cualquier cosa que tuviera que ver con la gente y que prefería la gente a las máquinas?

—La verdad es que he estado pensando mucho en lo de hacer carrera en el ferrocarril —se atrevió a decir—. Puede que ese no sea el camino adecuado para mí.

El hombre mayor frunció los labios, como si Peter acabara de gritar una obscenidad en medio de una iglesia.

—Pues si piensas eso, es que eres tonto de remate —contestó.

—Pero necesito estar seguro…

—A muy pocos jóvenes les dan este tipo de oportunidad —interrumpió Truscott—. Un camino directo a ocupar un puesto de dirección en la empresa. Solo un tonto lo rechazaría, especialmente con una tradición familiar como la tuya y los servicios realizados para la empresa, y por ende para el país.

Truscott no pudo continuar. Tenía la cara congestionada. Le dio la espalda y se quedó mirando la estantería. Tal vez no podía soportar mirar a ese joven ingrato que tenía delante. Cuando habló, pareció que tenía los dientes apretados.

—A pesar de lo que acabo de oír… —Se interrumpió para inspirar hondo y a Peter le pareció que a ese hombre, que normalmente no toleraba que le contradijeran, le estaba costando muchísimo pronunciar sus siguientes palabras—. Tenemos que continuar con nuestra conversación.

—¿Ah, sí?

—Por el interés de la nación —reveló Truscott.

Eso dejó a Peter más confuso que antes. Truscott se estaba esforzando mucho en mantener el secretismo. Habían pasado al estudio de su padre, donde comprobó que estuvieran cerradas las ventanas y echadas las cortinas de oscurecimiento, y continuó hablando en voz baja.

—Adonde quería llegar es a que si, en vez de Stephenson, Brunel hubiera ganado la batalla con sus vías anchas, ahora tendríamos servicios ferroviarios más grandes, más pesados y más rápidos, que serían mucho más eficientes. Supondría un enorme salto hacia delante que este país nunca llegó a dar.

Peter estaba desconcertado. Pero ¿qué era aquello? ¿Y la referencia al interés de la nación?

—¿Es impresión mía o lo que está sugiriendo es que deberíamos dar marcha atrás en la historia? —La incredulidad superó a la cautela—. No puede ser. Eso es demasiado complicado. ¿Levantar todo el país para instalar vías más anchas? La nación no lo aceptaría.

Truscott se puso tenso y después asintió con cierta reticencia.

—Aquí, en Gran Bretaña, no... Pero supongamos que en otro país estuvieran planeando construir una amplia red nueva de líneas de vía ancha para unir a todo un continente. Como estudiante de ingeniería, ¿no te resultaría muy emocionante?

Peter resopló sin hacer ruido. Esa entrevista no era lo que parecía. Para ganar tiempo preguntó:

—Y, en ese otro país, ¿de qué ancho estaríamos hablando?

Los ojos del hombre mayor brillaron.

—Tres metros. Piénsalo, unas vías de ese ancho. Algo absolutamente colosal. Un cambio tremendo y un reto para cualquier ingeniero.

—¿Y ese otro país tiene nombre?

Truscott estudió a Peter durante unos segundos antes de decir:

—La Alemania de Hitler.

A esa revelación le siguió una larga pausa en la que Peter decidió que eso no podía ser una prueba. ¿Ellos dos solos, con su padre fuera de la conversación, hablando de Alemania y Truscott comentando ese tema con un joven que todavía no estaba formalmente contratado en la empresa? Nada de eso tenía sentido, así que preguntó:

—¿Por qué me está contando todo esto, señor?

Truscott no respondió. En vez de eso señaló un gran mapamundi colgado en la pared del fondo del estudio y le hizo un gesto a Peter para que se acercara. Entonces empezó a hacer amplios movimientos con el brazo que abarcaban todo el continente europeo y después grandes círculos que llegaban hasta Francia por el oeste y entraban en Rusia por el este, todo ello con el centro en Berlín.

—Hitler ya ha comenzado a construir su nueva red de vía ancha —aseguró—. Lo llama *Breitspurbahn*: tren de vía ancha. Y algunas líneas ya están montadas y en funcionamiento.

—Pues entonces ha hecho algo bueno, ¿no?

—Extraordinario, asombroso incluso, y fascinante para un ingeniero —reconoció Truscott—. Pero peligroso, muy peligroso para Gran Bretaña.

—¿Una vía nueva? ¿Cómo puede eso resultar peligroso?

—¿Es que no lo ves? Alta velocidad y enormes cargas. Eso significa que podría llevar a su ejército adonde quisiera mucho más rápido de lo que nosotros tendríamos capacidad de responder por mar. En un solo tren podría mover toda una división *panzer* y llevarla directamente a muy poca distancia de los pozos de petróleo de Oriente Medio, antes de que nuestros barcos tuvieran tiempo siquiera de salir del puerto.

Peter arrugó la frente.

—Sí, pero no controlan todo ese territorio... ¡al menos todavía no!

—Pero pronto lo harán. Ya sea mediante negociación, amenazas o invasión militar. Es lo que dice la última evaluación de la inteligencia militar. Pero oficialmente no estoy autorizado a comentar esta información.

—Y entonces, ¿por qué estamos hablando de ello? —preguntó Peter, lleno de dudas.

—Porque ciertas personas han venido a pedirme consejo técnico. Y tengo que advertirte de que en el curso de esa conversación mencioné tu nombre.

—¿Mi nombre? —preguntó Peter, sin poder creérselo.

Truscott asintió.

—Les hablé de tus antepasados suizos, de tu dominio del idioma alemán, de tus conocimientos sobre ferrocarriles, paracaidismo, piloto aficionado y esquí... Y se mostraron muy interesados.

Peter extendió ambas manos.

—Pero ¿por qué?

—Eso te lo tendrán que decir ellos. Se pondrán en contacto contigo pronto. He venido a avisarte antes de que lo hagan para que estés prevenido... y preparado.

3

Las peligrosas huéspedes de Claudia Kellner eran Lotti Bergstein y Anna, su hija de seis años. Claudia supuso que, durante el tiempo que llevaban escondidas para escapar de las redadas de la Gestapo, la mujer había pasado muchas veces sin comer para que su hija tuviera algo que llevarse a la boca. Se le veía la piel llena de manchas, el cabello lacio y los hombros hundidos en un permanente gesto de sumisión.

La niña iba también muy encogida, se negaba a soltar la mano de su madre y metía la cabeza todo lo que podía en un abrigo sin botones. En las distancias cortas se percibía claramente su mal olor, provocado por el tiempo que llevaban viviendo en la naturaleza.

Claudia las acompañó al baño para que se lavaran un poco, les dio un diminuto botiquín que contenía cremas y vendas y después fue a buscar alguna prenda de ropa que pudiera darles: un jersey, un abrigo mejor, ropa interior limpia. Su anterior alojamiento había sido una caja de cartón ubicada bajo unos árboles en un parque. ¿Y antes de eso? No se lo preguntó.

Cenaron alubias, gachas de avena y panecillos, lo mejor que Claudia consiguió encontrar entre los suministros que guardaba en la fresquera con el estante de porcelana. Su vivienda consistía en una sola estancia amplia, con forma de L, con una cocina minúscula y un baño. No andaba sobrada de nada, pero con un par de mantas hizo una cama improvisada.

Miró pensativa a la madre y a la hija. Lo más aconsejable era no tener mucha información, cuanto menos supiera mejor, pero Claudia no podía adoptar una actitud distante; su tendencia natural era sentir compasión. Tras hacerles unas cuantas preguntas con mucho tacto había conseguido averiguar que se habían llevado al marido de Lotti en una redada nocturna, pero él lo había intuido con antelación y su mujer y su hija estaban preparadas; se escondieron en un armario grande, tras un panel falso. Y llevaban huyendo desde entonces.

A Claudia le daba mucha pena ver las malas condiciones en las que estaban tanto la madre (manchas, llagas, los ojos hundidos, la postura encorvada) como la niña. A pesar de todos sus esfuerzos por conectar con ella, la pequeña estaba encerrada en un caparazón de miedo y no quería comunicarse. Claudia se sintió culpable. Pensó que debería dejar de compadecerse y sentirse agradecida por esos lujos relativos de los que disfrutaba en su vida: tenía ropa limpia, comida en condiciones, una bañera, un aseo y un trabajo. Estaba por encima de la media general; era una persona «normal». Se dijo que tenía que poner en práctica lo que enseñaba en clase: ayudar y apoyar a los menos afortunados que nosotros. Era una lección que no se impartía en ninguna otra clase en su escuela.

Pero su compasión tuvo un precio. Claudia pasó una mala noche, retorciéndose y revolviéndose por la preocupación. Nadie estaba a salvo de los informadores. El riesgo era enorme. La gente espiaba a sus vecinos, a sus colegas, e incluso los niños denunciaban a sus padres. Al menor atisbo de algo inusual, la correveidile del barrio se enteraba. *Frau* Netz vivía al final de la calle. Era la única de todos los que vivían en esos apartamentos que tenía teléfono y todo el mundo sabía por qué. Como todos los jefes de bloque, tenía oficialmente derecho a entrar en cualquier casa utilizando la excusa de que debía registrarla en busca de objetos inflamables, por si se producía un bombardeo. La vieja urraca había hecho valer esa excusa para invadir el apartamento de Claudia varias semanas atrás y estuvo fingiendo que repasaba la lista de objetos prohibidos mientras abría todos los armarios y metía la nariz en todas partes.

Si volvía a aparecer por allí en ese momento, sería catastrófico.

El sueño la estuvo eludiendo toda la noche. Claudia sudaba, preocupada, todo el tiempo con un nudo en el estómago. ¿Y si alguien veía a sus huéspedes por la ventana? La respiración trabajosa e irregular que le llegaba desde el otro extremo de la habitación era otra señal de la mala salud de la mujer. Necesitaba un médico, pero eso era imposible. Sabía que los «submarinos» sufrían mucho por la inanición, por verse obligados a llevar una existencia más propia de los animales salvajes y por el miedo constante a ser descubiertos. Pero ninguno había aparecido muerto. Ningún propietario quería explicar por qué había un cadáver en su sótano. Las implicaciones de todo aquello eran tan tremendas que Claudia no podía dejar de dar vueltas en la cama. Cuando se dio cuenta de que no iba ni siquiera a poder dormitar un poco, se levantó y recorrió el apartamento descalza: fue al baño, a la cocina y a la ventana. De repente le pareció que su apartamento era una prisión, una trampa, que ya no era el sitio donde encontraba refugio tras sus complicados días en la escuela. Pensó otra vez en las arengas de Drexler en la sala de profesores. Ya era bastante malo tener que afiliarse al partido para poder mantener su puesto de profesora y estar obligada a ir a la oficina de la Casa Marrón, sede del partido nazi, en Brienner Strasse a pagar la cuota. Cuando volvía de allí por el camino que trascurría junto a la espesura, fue cuando vio aquellas caras infantiles entre los arbustos. Buscó por la casa algo para calmar los nervios, pero solo encontró leche.

En algún momento, bien entrada la madrugada, tomó una decisión. Lo único que podía hacer era actuar de forma normal e ir a dar sus clases, tras advertir a madre e hija que no hicieran ruido y no se acercaran a las ventanas. Tenía que establecer un patrón.

Claudia había insistido en que solo podían quedarse una noche, pero le resultó imposible echarlas, aunque el riesgo aumentaba con cada hora que pasaba. En la escuela fue muy difícil comportarse con normalidad, sin mostrar ni el más leve atisbo de ansiedad, y aguantar la tensa relación con sus compañeros sabiendo que Lotti y su hija estaban escondidas en su casa. Claudia puso una excusa para no ir al comedor. No podía comer. Era muy consciente de que el menor desliz en su casa podría lanzar a la acción a *Frau* Netz. Pensó en la jefa de bloque con amargura. Una persona ebria del poder que le habían otorgado para que lo ejerciera sobre personas que, en otras circunstancias, habrían pasado junto a ella sin saludarla. ¿Estaba esa sociedad enfermando por culpa de gente como Drexler, Netz, el débil director de la escuela y sus colegas dóciles e intolerantes?

El segundo día en la escuela fue una prolongación de la agonía. Pero ¿cómo podía echar a esas dos mujeres desesperadas? Claudia se dio cuenta de que no conseguía mantener la concentración en clase. En la puerta de la escuela vio que *Frau* Schmidt la miraba, intentando llamar su atención, pero no hubo oportunidad de acercarse y mantener una conversación discreta. Porque las dos eran conscientes de que tenían que tener cuidado de lo que decían cuando estaban en grupo.

La ansiedad la estaba limitando. Tendría que hablar con Lotti esa noche. Ellas tendrían que irse después de anochecer. Pero no tenía ni idea de cómo iba a soportar una despedida tan cargada de desesperación. Les daría ropa, comida y un poco de dinero, eso seguro, pero ¿a quién podía enviárselas? No tenía amigos en la ciudad.

Sin embargo, al llegar la noche le faltó fuerza de voluntad y no consiguió pronunciar las palabras.

Ocurrió a la tercera mañana.

A las cinco, sus huéspedes seguían durmiendo mientras Claudia se vestía y se preparaba su preciado café. Entonces alguien llamó a la puerta. Claudia se quedó con la cuchara suspendida en el aire. Nadie pasaba por allí a esa hora.

Tragó saliva, fue de puntillas hasta la ventana y apartó un poco la cortina.

¿*Frau* Netz? No, peor.

Un policía. Un agente vestido con el uniforme verde y el chacó de tipo napoleónico.

Claudia soltó la cortina, se dejó caer al suelo y cerró los ojos. Estaba hundida.

Que las hubieran descubierto tan pronto era un desastre para las tres.

ϒ

Momentáneamente paralizada, se quedó en el suelo sin responder a la llamada del policía.

¿Y si fingía que no estaba? ¿O se escondía? ¿Y si no contestaba, con la esperanza de que se fuera? Claudia miró detrás de ella y vio la expresión petrificada de Lotti Bergstein y a su hija asomando un poco por debajo de la manta que le hacía de cama y decidió que huir no era viable. ¿Hasta dónde podrían llegar? Seguro que había más policías en la puerta de atrás.

Tragó saliva, le hizo un gesto a Lotti para que se ocultara de la vista y después, reticente, apoyó una mano en el picaporte, todavía dudando y temblando. ¿Era ese el momento en que acababa todo?

Otro golpe en la puerta. Se dio cuenta de que no sonaba fuerte. Ni violento. Era casi como si fuera el cartero o la persona que venía a leer los contadores. No era un golpe decidido, que demandaba que abriera inmediatamente o echaría la puerta abajo.

Claudia inspiró hondo. Sabía que no había que demostrar miedo delante de la policía. Ya había tenido que aguantar el tipo antes, en Praga; ¿quién podría olvidar aquellas escenas traumáticas en la estación Wilson, justo antes de la guerra, cuando tenía que enviar a todos esos niños fuera del país? Pero tratar con agentes de la Gestapo estando en misión oficial era algo bastante diferente a intentar librarse por dar refugio a una fugitiva. Y no solo una, sino dos. Empezó a construir una mentira en su mente: «No es judía, es una prima que ha venido del campo». Pero ¿cómo se iba a creer nadie esa historia tratándose de una mujer sin papeles y que tenía una apariencia tan desastrosa?

Volvió a echar un vistazo afuera. El uniforme del policía estaba inmaculado, con la raya del pantalón perfecta, pero su expresión no parecía agresiva. No tenía los labios apretados, externamente no se le veía ninguna señal de hostilidad y no tenía el ceño fruncido ni tampoco una expresión despectiva. Claudia seguía teniendo la mano en el picaporte. No abrir suponía solo posponer lo inevitable, o algo peor, pero abrir... era como tirarse desde un acantilado. Su mente le decía que tenía que abrir, pero sus dedos se negaban a obedecer. En su cabeza se colaron imágenes de su madre y de la promesa que le hizo de no poner a su familia en peligro. En ese momento echó de menos el ambiente reconfortante y la seguridad de su hogar.

De repente encontró en su interior una inesperada resolución. Tenía que hacer eso por ella. Inspiró hondo, contuvo la respiración y abrió la puerta.

Examinó a la persona que estaba en el umbral. La primera impresión que le dio fue que estaba solo, lo que le sorprendió. Y lo siguiente en que se fijó fue que no tenía nada en la mano: ni una porra, ni esposas, ni una hoja de papel.

—¿*Fraulein* Kellner? —Su voz sonaba amable, incluso educada.

—Sí.

—¿Claudia Kellner?

—Sí, soy yo. —¿Sacaría ahora el trozo de papel, la orden de arresto? Y le diría que lo acompañara a...

—Tengo un mensaje para usted —fue lo que dijo.

—¿Un mensaje? —La incredulidad tuvo que notarse en su voz. Y lo que pasó después aumentó aún más su confusión.

El hombre sonrió.

—Sí, un mensaje —repitió—. ¿Le importaría pasar por los almacenes del ferrocarril esta mañana, antes de ir a trabajar?

—¿Los almacenes?

—Los talleres del ferrocarril, seguro que los conoce. Vaya al almacén de componentes, al norte de las vías. En el otro extremo, cruzando el túnel. Pregunte por Schmidt. Quiere hablar con usted.

Su sorpresa debió de seguir siendo evidente. Tal vez tenía incluso la boca abierta, o eso pensaría ella después. Dicho esto, el agente se dio la vuelta, aún con la sonrisa en la cara, y se fue. Cuando llegó a la calle, añadió:

—Eso es todo.

Mientras lo veía alejarse hacia Karlsplatz y la gran comisaría de Ettstrasse (todavía solo), tuvo la impresión de que sus ojos le habían enviado además un mensaje tácito. ¿Se lo habría imaginado o lo había interpretado bien? Porque lo que había visto en sus ojos era: «No tenga miedo, todo está bien».

Cuando el policía con el chacó se fue, Claudia se dejó caer en el sofá, resopló e intentó calmar los latidos de su corazón.

«Eso es todo», había dicho mientras se alejaba en dirección al centro de la ciudad. ¿Lo había interpretado bien? ¿Lo de que no debía tener miedo?

Lotti Bergstein la miró, pero no se atrevió a preguntar. Sus manos temblorosas lo dijeron todo por ella: se esperaba lo peor.

—No lo entiendo —dijo Claudia—. Me ha dicho que vaya a un sitio, pero no sé por qué ni para qué.

¿Había leído de más en la expresión del hombre? No era habitual que la policía fuera por ahí entregando mensajes. Podías esperar de ellos preguntas, citaciones o incluso algún arresto, pero no que te dieran mensajes. ¿Sería una trampa? ¿Para hacerla salir y que pudieran arrestarla en la calle? ¿Pero por qué molestarse? Normalmente no se lo pensaban dos veces a la hora de arrestar a nadie.

—La verdad es que no lo entiendo —volvió a decir.

Lotti y su hija se enroscaron en posición fetal en un rincón de la habitación, dos fugitivas llenas de miedo, esperando otro golpe en la puerta. Eso era lo más cerca que Claudia había estado del desastre. Durante sus actividades en Praga, cuando ayudaba a subir a los niños judíos a los *Kindertransports* para su evacuación a Inglaterra, ni una sola vez había temido que la arrestara la Gestapo. Su papel allí había recibido la aprobación oficial; la había recibido con reticencias, pero tenía permiso para ayudar con las evacuaciones. Entonces la policía secreta le parecía algo banal. ¿Secreta? Menuda broma, si todo el mundo sabía quiénes eran. Unos cuantos eran simples matones y otros unos sinvergüenzas que aprovechaban su papel para ocultarse de las autoridades. Y ninguno destacaba por su intelecto; solo el comisario tenía una mente con la que había que tener cuidado. Pero el contacto que acababa de tener con las fuerzas de la ley había sido muy diferente. ¿Ese policía uniformado que había estado en su puerta representaba un peligro? ¿Había informado alguien de sus submarinos?

Volvió a reflexionar sobre qué hacer. ¿Ignorar el mensaje? ¿Huir? ¿Desaparecer como otra persona ilegal? Pero la sonrisa amable del policía le daba confianza. Consideraba que tenía buen ojo para catalogar a las personas y lo que había visto en él era que quería trasmitirle seguridad sin decirlo explícitamente. Tras un par de minutos, decidió confiar en su intuición.

—Quedaos aquí y que no os vea nadie. Voy a enterarme de qué va todo esto —les dijo a Lotti y a su hija mientras se ataba un pañuelo en la cabeza. Sabía que en la calle debía ser anónima, pasar desapercibida. Necesitaba ocultar su melena oscura, que muchas veces atraía miradas de admiración. Cuando era adolescente le encantaba el cine y era admiradora de Lilian Harvey, una estrella anglogermana que triunfaba en Hollywood y en Alemania, y muchos decían que se parecía a ella. Miró alrededor, buscando, y su mirada se detuvo en el abrigo marrón de Lotti, el que no tenía botones. Lo cogió y contuvo la respiración, luchando contra el asco que le daba el olor de la prenda.

—¿Me lo prestas media hora? —preguntó, señalándolo.

Después, tras comprobar que no había nadie merodeando por la calle, se dirigió a los almacenes del ferrocarril. Estaban solo a unos cientos de metros del apartamento y tenía que pasar cerca de un alto muro de ladrillo rojo antes de llegar a la entrada. Cientos de personas trabajaban en los almacenes y los talleres para el mantenimiento de las locomotoras, los vagones y todo el material móvil así que, cuando cruzó las grandes puertas de hierro negro y después el patio adoquinado lleno de marcas y manchas de aceite, en el que había un carro sin ruedas, una pila de traviesas rotas y un camión, junto al que había tres hombres enfrascados en una conversación, ella esperó poder pasar por una simple trabajadora que iba con prisa. Estuvo a punto de tropezar con un adoquín que sobresalía y uno de los tres hombres se giró y la miró. Durante un momento temió oír un silbido que atrajera una atención no deseada, pero el soso pañuelo y el abrigo marrón al parecer resultaban una combinación eficaz y la convertían en otro elemento poco interesante del paisaje humano.

El hombre apartó la mirada y volvió a su conversación.

Pasó bajo el arco coronado por las letras esculpidas DR, *Deutsche Reichbahn*, y se dirigió al largo túnel que había bajo las vías y que llevaba al almacén de componentes. Diez vías llegaban a la *Hauptbahnhof*, la principal terminal de pasajeros de la ciudad, y para ella era un misterio por qué razón el *Reichbahn* guardaba todos los repuestos al otro lado de las vías. Entró en el túnel, alicatado con azulejos verdes, y de repente se sintió vulnerable y se preguntó qué explicación podría dar si alguien le hacía alguna pregunta. Pero ese problema se esfumó rápidamente. Las vigas de acero del techo estaban justo bajo el nivel de las vías. El ruido atronador de las ruedas cuando los trenes pasaban por encima provocaba un estruendo que reverberaba por todo el pasaje. Nadie podía hablar ni oír nada en medio de ese traqueteo ensordecedor.

Cerca del extremo norte del túnel había varias puertas, pero no estaban marcadas de ninguna forma. Al final subió por una rampa, se fijó en el aire general de deterioro e identificó el bosquecillo de arbustos y jóvenes sauces que todo el mundo conocía como El laberinto. Solo uno de los edificios parecía estar en uso. Se acercó, abrió la puerta y encontró la segunda sorpresa del día.

—¡Erika! ¡Eres tú!

Tras un mostrador, vestida con un blusón beis desvaído, estaba la madre con la que había hablado en la puerta del colegio.

—Ven aquí detrás —dijo Erika Schmidt, señalándole que pasara tras el mostrador.

Claudia se cubrió la boca con la mano.

—No te había relacionado a ti con esto.

Erika le señaló un rincón donde solo había sitio para dos taburetes y una mesa pequeña.

—Suele pasar cuando tu apellido es el más común de la zona.

Se sentaron una frente a otra. Claudia se estaba recuperando de la sorpresa, el shock y el miedo, y sintió un poco de resentimiento.

—¿De qué va esto? Ese policía... —Negó con la cabeza—. Creí que...

—Lo sé. Perdona por hacerte pasar un mal rato, pero es el mejor mensajero que tengo.

Claudia sacudió la cabeza.

—¿Un policía, mensajero? ¿Tuyo? ¿Cómo puede ser?

—Es uno de nosotros.

—¿Nosotros?

—Uno de nosotros, y no uno de ellos.

Las dos mujeres, que habían mantenido una conversación muy tranquila en la puerta de la escuela, ahora se miraban inquisitivamente, en silencio. En la cabeza de Claudia sonaban alarmas. Aquella parecía una conversación peligrosa. Y ese lugar igualmente peligroso. Claudia miró a la mujer y la vio diferente; intentó encontrar pistas en la expresión de Erika que explicaran el inesperado giro de relación. Después bajó la vista y la fijó en la mesa de metal del rincón de aquel extraño edificio. ¿Qué era ese lugar? ¿Un almacén de componentes? Parecía un cruce entre un almacén y un taller. Recordó la conversación con Erika en la puerta de la escuela; una exploración cautelosa de las preocupaciones de ambas: los niños, la escuela, las clases. Después una charla poco concreta sobre unas caras que había visto en El laberinto. Y una confirmación, indicaciones de una vida oculta en alguna parte de los alrededores. Insinuaciones, pero ninguna explicación. ¿Hacia dónde podía ir la conversación entonces?

Erika rompió el largo silencio.

—Sé lo que estás haciendo —dijo en voz baja.

A Claudia se le heló la sangre en las venas, pero no dijo nada.

—Es peligroso. Deberías tener más cuidado. —Otra pausa—. Si te pillan, te enviarán lejos, no lo dudes.

Claudia tenía una expresión de perplejidad, pero no tenía intención de admitir nada.

—Sé lo de tu submarino —continuó Erika—. Y lo de la pequeña también. Has hecho algo muy valiente, pero una enorme estupidez, y deberías parar inmediatamente.

—¿Cómo? ¿Cómo lo sabes?

—Te vi en la calle. Vi cómo os conocisteis las dos o, mejor dicho, las tres. Y también vi cómo os ibais juntas a tu casa. Y entendí lo que estaba pasando. Y si yo lo vi, puede que algún otro lo viera también.

Claudia se quedó callada un momento.

—¿Y?

—Hay algo que deberías saber.

Erika sacó la cabeza por la entrada que daba al rincón para comprobar que nadie las estaba observando, ni podía oírlas. Después empezó con su explicación. Los niños que Claudia entrevió en los arbustos en el camino de vuelta a su casa no fueron una ilusión. Eran niños vagabundos. Y había muchos. Niños pequeños, como la que estaba disfrutando de la peligrosa hospitalidad de Claudia. Habían perdido a sus padres, que habían acabado en campos de concentración o simplemente habían tenido que dejarlos, y no tenían a nadie que cuidara de ellos.

—Son un fastidio. Rebuscan en los contenedores, roban comida, les dan la lata a los trabajadores del ferrocarril... Son un peligro. Si ciertas personas los encuentran, se acabó.

—¿Y por qué me cuentas eso?

—Nadie quiere arriesgarse para ayudarlos. Todos conocemos los peligros. Pero ellos están cada vez más desesperados y se vuelven más temerarios. Antes o después habrá una catástrofe.

Claudia no pudo evitarlo: un torrente de imágenes de su pasado se coló en su mente. Imágenes de los días anteriores a la guerra en Praga. De subir niños pequeños a un tren que iba a Inglaterra, de padres rotos de dolor, obligados a separarse de sus pequeños para salvarlos del horror que les esperaba si no se iban lejos. «Oh, no. Otra vez no. Otra vez no», pensó. Levantó la vista.

—¿Y qué te hace pensar que yo quiero implicarme? ¿Por qué yo?

Erika volvió a comprobar que nadie estaba escuchando y después dijo:

—Te he visto. Te he observado con los pequeños en el patio. Eres una de las pocas maestras a las que de verdad les importan. La mayoría de los profesores no son más que un montón de idiotas integrales, pavoneándose por ahí con sus camisas pardas y sus uniformes de soldaditos de juguete gritando: «*Heil Hitler*» y diciendo tonterías. Pero, a ti te importan.

—¿Y qué es lo que me estás diciendo?

—Ya lo sabes.

Claudia efectivamente lo sabía. Estaba ocurriendo otra vez. Los niños estaban convirtiéndose en víctimas del sistema. Y ella se veía arrastrada una vez más a una misión de salvamento.

—No puedes mantener a tus submarinos en casa, ¿lo sabes, verdad? —continuó Erika—. Pídele a la madre que se vaya, no podemos implicar a adultos en esto, y envía a la niña a la espesura. Allí tendrá que sobrevivir lo mejor que pueda.

—Es horrible, inhumano. No puedo echar a Lotti a los lobos.

—Mira, Claudia, para sobrevivir hay que endurecerse. Tu debilidad va a hacer que te maten. No podemos montar un campo de refugiados para adultos. ¿Cuánto crees que sobreviviríamos?

—Lo ha pasado muy mal. Ha estado en condiciones horribles.

—Es lo mejor que puedes hacer por su hija. Ella lo comprenderá. Y hay algo todavía más práctico que puedes hacer.

—¿El qué?

—Juntos nosotros podemos ayudar —dijo Erika—. No podemos dar apoyo a los adultos, pero podemos centrarnos en los niños. Yo lo he estado haciendo por mi cuenta durante las últimas semanas. Los he metido en El laberinto para mantenerlos fuera de la vista, pero no es suficiente. Necesitan cuidados de verdad antes de que se conviertan en un problema y un peligro para ellos mismos y para nosotros. Se mueren de hambre y no están en buenas condiciones de salud.

Claudia se lo podía imaginar. Ya había visto el estado en el que estaban sus dos submarinos.

—He decidido que no puedo hacerlo todo sola —prosiguió Erika—. Necesito ayuda. Alguien que me apoye para cuidar de ellos adecuadamente.

Miró a Claudia de una forma inequívoca. Lo sabían. Las dos. Claudia reconoció el momento: era hora de tomar una decisión.

Y no podía negarse. Era su compromiso con la humanidad, con la compasión. Ser una especie de tía de incógnito para esos niños abandonados de El laberinto. Ocultos, subterráneos, por debajo de la vigilancia de las autoridades.

No dijo nada, se tomó un momento, inspiró hondo y se sintió al borde del acantilado. Los riesgos eran enormes. Era una estupidez. Una locura.

Entonces miró a Erika a los ojos.

—¿Se puede confiar de verdad en ese policía? —preguntó.

4

En cuanto Truscott salió por la puerta principal y se alejó por Whiting Street en su elegante Jaguar cupé descapotable (el más moderno, con un sistema de cobertura de faros instalado para el oscurecimiento impuesto por la guerra), la madre de Peter lo acorraló en un rincón del salón.

—¿Qué? —preguntó atravesándolo con una mirada exigente y las manos en las caderas.

Él inspiró profundamente. Había llegado el momento que más temía. Además, tampoco tenía información específica para darle.

—Perdona, mamá, pero no puedo decirte nada. He hecho un juramento de silencio. Secretos oficiales y esas cosas.

Ella se mostró frustrada, a punto de llorar.

—¡Igual que tu padre! —respondió con tono cortante y le dio la espalda.

Peter oyó ruido de golpes de cacerolas en la cocina y se sintió un traidor. Estaban unidos, no tenían secretos. Pero dejó inmediatamente de fustigarse. Eso no era del todo verdad. ¿Qué hijo se lo contaba *todo* a su madre?

Durante el resto del día, y también el siguiente, no pudo evitar un mal presentimiento. ¿Cómo te abordaba alguien de la inteligencia militar? ¿Vendría otra visita, sería una llamada de teléfono o una carta? ¿Qué podrían querer de él? Su ansiedad creció. Era un hombre intrépido en las montañas, pero sabía que no estaba hecho para las hazañas militares. No quería lanzar bombas o tirotear a gente; lo que quería era salvar personas. Era un rescatador, no un guerrero. Creía que las naciones que iban a la guerra cometían una locura. Era como si habitara un planeta diferente al de su padre, que seguía siendo un belicista convencido a pesar del amargo precio que había pagado la familia Chesham en las trincheras de la Gran Guerra. Un tío muerto en Gommecourt, y el otro, Henry, inválido porque le volaron una pierna. Peter había acompañado al tío que había sobrevivido a Thiepval el día del aniversario de la batalla del Somme: 72.000 hombres muertos en el bombardeo. Eso no podía volver a pasar. Peter decidió que tenía que haber una forma mejor y, después de la universidad, estuvo un tiempo formando parte de la operación de los *Kindertransports*.

Pero el ejército requirió sus servicios hacía varios meses, como era de esperar en tiempo de guerra. Su estatus como futuro ingeniero y directivo de la LNER no sirvió para librarse y pronto se vio vistiendo uniforme. El ejército le dijo que podría darles un buen uso a todas las habilidades que había aprendido en las montañas suizas en la escuela de esquí de los montes Cairngorms. Les había hablado de las largas vacaciones que pasaba con su tío, su tía y sus dos primas a tiro de piedra de la frontera alemana. Lo que no mencionó fueron los vuelos por placer en el biplano Dragonfly de Stefan, el piloto aficionado y las veces que se tiró en paracaídas sobre las cumbres más altas para bajar después esquiando hasta el pueblo de Steinach.

—Pero no soy un holgazán —se dijo en voz alta a solas en su dormitorio, a la defensiva, consciente del tiempo que se había pasado mano sobre mano en Escocia, esperando una nieve que no cayó, muy consciente de su estatus privilegiado: buena comida en el comedor militar, mejor alojamiento que el resto de los hombres y largos permisos para disfrutar con su familia en casa.

El miércoles pasó sin recibir ninguna noticia y el jueves se despertó con un sabor ácido en la boca, parecido al de las manzanas silvestres que le encantaban cuando era niño. A la mañana siguiente apareció una carta en el felpudo dirigida a «P. Chesham» y remitida por el Departamento de Exportaciones de la Cámara de Comercio de Bristol, en la que le invitaban a una reunión para tratar «un posible cambio de puesto de trabajo». Cuando vio el lugar donde lo citaban, decidió que a alguien se le debían de haber cruzado los cables. ¿El hotel Savoy de Londres?

Le enseñó la carta a su padre, que se mostró mordaz.

—Pero ¿qué esperabas? ¿Una carta con remite del MI6?

—¡Oh! —Peter hundió los hombros y se volvió para irse.

—Peter…

—¿Sí? —Se detuvo al llegar a la puerta.

—Esta es tu oportunidad de hacer una verdadera contribución al esfuerzo bélico. De hacer algo que valga la pena, para variar. De servir a tu país.

Peter dudó un segundo, asintió y se dispuso a marcharse. Pero su padre no había terminado.

—¡Olvídate de todas esas tonterías pacifistas tuyas! Deja eso atrás de una vez. Y, como evidentemente vas a ver a alguien de importancia, haz el favor de no aparecer con uno de tus malditos jerséis blancos.

Eran las cuatro menos diez de una tarde lluviosa de viernes y el Savoy no consiguió levantarle el ánimo ni provocarle una sensación de verdadera expectación. Mientras Peter bajaba por la empinada pendiente del Strand, abriéndose paso entre la multitud arremolinada junto a una larga fila de taxis, y después cruzaba el suelo de mármol blanco y negro de la zona de recepción, se estuvo preguntando qué tipo de entrevista iba a tener.

Al llegar al mostrador, se incorporó a una cola. Su padre había insistido en que llevara chaqueta gris oscuro, camisa azul y una corbata sencilla. «Estarás a salvo. Los ataques aéreos no empiezan hasta bien entrada la noche», había comentado.

Ese optimismo en cuanto a los viajes en tiempos de guerra solo había aguantado hasta Ipswich. El tren iba hasta arriba de soldados, cuyos petates bloqueaban los pasillos. En

Witham tuvieron que parar durante casi una hora porque la vía que salía de la estación estaba bloqueada por el cráter de una bomba. Y al llegar a la estación de Liverpool Street, el lugar al que llegaban los *Kindertransport* con los que Peter había ayudado antes de la guerra, vio que la estación estaba en ruinas, con agujeros en el techo, sacos de arena en los andenes y caos por todas partes.

En la calle le sorprendió el gris omnipresente y sintió el sabor del polvo en la boca. Había casas bombardeadas abiertas en canal a la vista de todos; era casi indecente levantar la vista y ver el baño, la cama y el armario de alguien en una segunda planta, al borde de un abismo. Sin embargo el Savoy parecía indemne. La cola avanzaba despacio hacia el recepcionista del hotel y, cuando llegó su turno, Peter preguntó por el señor Rosamond. El recepcionista buscó algo bajo el tablero del mostrador y por fin encontró una notita.

—Ah, sí, el coronel. —Miró su reloj—. Ya debería estar allí. Pase usted. Al fondo, junto a la ventana.

Peter miró en la dirección que le señalaba el hombre. Le pareció que un mar de caras lo observaba. Había butacas por toda la sala, que estaba dominada por un gran tragaluz. La opulencia resultaba intimidante. Peter se frotó una oreja y se rascó la barbilla. Aquello no era lo que había esperado: cabellos blancos, ristras de perlas, estolas de piel, chalecos ceñidos y bastones esperando a un lado. Pasó junto a carteles que señalaban por dónde se iba a la barbacoa y al bar americano y después recorrió una amplia extensión de parqué inmaculado, sintiéndose como una extraña criatura procedente del otro lado de la luna que había llegado para entretener a un público intrigado y curioso. Cuando llegó al final del parqué, en un rincón encontró una mesa en la que un hombre menudo de pelo cano estaba sentado solo, con las yemas de los dedos unidas y mirándolo con una expresión neutral: ni cordial, ni hostil; ni interesada, ni indiferente.

Peter recordó cómo lo había llamado el recepcionista.

—¿Coronel Rosamond?

—Siéntese.

Peter enarcó las dos cejas. No estaba acostumbrado a respuestas tan cortantes. No obstante se sentó con calma, suponiendo que estaba ante un mundo (si es que no había entrado ya) en el que la cortesía era algo que no tenía la más mínima importancia. Buscó en el bolsillo de la chaqueta, encontró la carta y se la tendió.

—Estoy intrigado... —llegó a decir, pero no pudo continuar.

—No vamos a hablar de eso aquí —cortó el hombre, se giró y chasqueó los dedos con un aplomo fruto de la práctica. El *maître* se acercó rápidamente, muy servil y deseoso de agradar.

El hombre se dirigió a Peter.

—¿Quiere que le traiga algo de beber? ¿Café, té, agua mineral... o algo más fuerte?

—Un té sería perfecto. —Peter recordó una sentencia de su madre: «Nunca bebas café en un hotel inglés: sabe peor que el agua de fregar platos».

Pero, claro, ella era suiza.

—Rápido, Emilio, no tenemos todo el día.

—Claro, coronel, por supuesto. Ahora mismo.

Rosamond (si es que ese era su nombre real, ¿cómo podía estar seguro de nada de lo relacionado con esa extraña reunión?) le habló a Peter con una franqueza sorprendente, teniendo en cuenta que acababan de iniciar la conversación.

—Es italiano. Supongo que lo habrá adivinado. Está preocupado por la guerra, cree que van a deportar a todos sus parientes y que yo puedo mantenerlos a salvo. —Una leve sonrisa y un casi imperceptible encogimiento del hombro izquierdo—. No he querido sacarle de su error.

Peter se quedó impactado por tan evidente acto de manipulación, pero tal vez se lo había dicho justo para obtener ese efecto y así abrirle las puertas de aquel mundo secreto.

—Muy bien, joven, hábleme sobre usted. ¿Qué es lo que piensan las generaciones jóvenes de la guerra hasta ahora? ¿Tienen ganas de luchar? ¿De intervenir en el desarrollo de los acontecimientos?

Peter inspiró profundamente.

—Yo diría que más bien están a favor de aumentar nuestra capacidad defensiva. Con la fabricación de aviones, los suministros o los convoyes en momentos concretos... —Dejó la frase en el aire, porque se dio cuenta de que probablemente esa no era la respuesta que el coronel esperaba. ¿Le estaba poniendo en un compromiso deliberadamente? ¿Un examen general en un lugar público para poner a prueba su carácter? ¿Era el momento de contarlo todo y no mostrar timidez?

Peter notó que el runrún de las conversaciones que se estaban produciendo a su alrededor había cesado. Sus respuestas se habían convertido en el foco de atención de todos los que estaban sentados en las butacas cercanas, o eso le pareció. Vio de reojo trajes elegantes a medida, pieles, sedas, encajes, verdes esmeralda, azules turquesa y magentas. ¿Es que esa gente no tenía nada mejor que hacer que ir a tomar el té de la tarde en esa sala y cotillear?

—¿Y qué le parece este lugar? ¿Lo aprobaría? ¿Y a todos estos huéspedes? —insistió Rosamond, haciendo un gesto provocador con el brazo, que abarcaba todo el salón—. La semana pasada un grupo de caballeros del East End estuvieron a punto de invadir el lugar. Deseando comerse nuestra comida y dormir en nuestras camas. ¿Qué le parece eso?

Peter intentó encontrar una respuesta anodina.

—Estoy seguro de que hace falta un lugar para llevar a cabo discretamente reuniones y demás.

—¡Ajá! ¡Un diplomático! —Rosamond rio entre dientes y se levantó de su asiento de un salto, haciéndole un gesto a Peter para que hiciera lo mismo—. Venga conmigo.

Momentos después estaban en un ascensor, subiendo al primer piso. Estaban solos por primera vez y por fin el hombre le ofreció una explicación.

—Seguramente se estará preguntando por qué hemos quedado ahí abajo. Era una prueba. A ver cómo se desenvolvía en una situación social incómoda.

—¿Y he pasado la prueba?

—Ya se lo diré.

Salieron a un pasillo y después se detuvieron delante de la puerta del número 21. Rosamond llamó dos veces y susurró «Edward». Entonces la puerta se abrió. Al otro lado había otro hombre, bastante calvo, serio y silencioso. El lugar parecía ser una habitación de hotel estándar. Rosamond se sentó a los pies de la cama.

—Ahora que ya no somos el centro de atención, cuéntemelo todo sobre usted. Absolutamente todo.

En respuesta él hizo la exposición que había ensayado, la historia de sus primeros veintitrés años de vida, con detalles que Peter sospechaba que no eran nuevos para aquel hombre. Aun así enumeró todos los acontecimientos relevantes: tres años de estudios de ingeniería mecánica en Cambridge, con el examen de fin de carrera aprobado con las mejores notas, vacaciones en los Alpes y un tiempo ayudando a Nicholas Winton en la operación de rescate de los *Kindertransports*. Después llegó la guerra: reclutamiento temprano para el ejército, una temporada en Escocia. Y para finalizar, el siguiente paso previsto en su carrera para convertirse en alguien importante de la empresa de ferrocarriles, que había tenido que quedar en suspenso.

Rosamond desplegó un mapa grande de Suiza y lo colocó sobre la colcha. Señalando las montañas, preguntó:

—¿Cuáles ha escalado? ¿Y por qué?

Peter empezó a sentir más confianza. Eso era terreno conocido. Fue dando los nombres: Matterhorn, Monte Rosa, Jungfrau. La escalada era un pasatiempo que hacía por diversión, comentó.

—Pero ¿por qué lo hace? —insistió el hombre—. ¿Por qué correr el riesgo?

Otra pregunta fácil. Peter supuso que eso era otra prueba. Su respuesta fue que lo hacía sencillamente porque podía. Tras completar unos cuantos ascensos, ya era algo que le salía de forma natural. Escalar era parte de él. Al ver un pico atractivo o un ascenso apetecible ya no lo podía evitar. ¿Que uno no lo conocía? Pues quería probarlo. Cuando veía el sol reflejado en una alta cordillera sentía ese impulso, era como una llamada. Tenía que subir allá arriba. Era como una adicción. Como fumar. No podía dejarlo. ¿Y por qué iba a hacerlo de todas formas?

El hombrecillo mantuvo la cara impasible, pero Peter por fin empezó a sentir una cierta aprobación ante sus respuestas. Entonces Rosamond le preguntó cómo era escalar con mal tiempo. Peter empezó a hablar de comprobación de la previsión del tiempo, de la evaluación de los riesgos, pero se dio cuenta de que eso no impresionaba a Rosamond. ¿Sería la respuesta incorrecta?

—¿Y si se pierde? ¿Se ha perdido alguna vez en uno de esos picos de los que me habla?

Peter reflexionó un momento. ¿Qué era lo que ese hombre quería oír? ¿Que había planificado cuidadosamente cada ascenso, que se había asegurado de no verse atrapado por la niebla, una avalancha o la oscuridad? No, no era esa la respuesta que quería escuchar, así que Peter dijo:

—Claro, pero solo hacen falta agallas, pura cabezonería y fuerza de voluntad para salir de donde sea. Esas cosas son las que funcionan siempre cuando todo lo demás falla.

Rosamond asintió con aprobación y lo acompañó hacia la segunda puerta.

Otra sorpresa. Era el baño. Peter pensó que la tarde se iba volviendo más rara por momentos. Rosamond se sentó en un lateral de la bañera y abrió los grifos. El agua fue cayendo ruidosamente en la bañera, pero él no hizo el menor gesto para poner el tapón. En vez de eso el hombre levantó la vista y dijo:

—Ahora ya podemos hablar con libertad total.

Peter, de pie a su lado, eligió ser directo.

—Yo ya he respondido a todas sus preguntas, así que tal vez ahora usted pueda responder a alguna de las mías.

No hubo respuesta.

—Primero, ¿por qué es necesario que hablemos en el baño?

—Escuchas.

—¿Escuchas?

—Está muy verde aún, ¿eh? Aparatos de escucha. Si alguien que no es amigo intenta escuchar nuestra conversación, el ruido del agua impedirá que oiga lo que hablamos.

Peter contuvo la sorpresa. Su siguiente pregunta fue:

—¿Y por qué estoy hablando con la Cámara de Comercio de Bristol?

—No está hablando con ellos. Está hablando con la Organización Z.

—¿La qué? —Peter se encogió de hombros y después continuó—: ¿Y usted es?

—Yo soy Z.

5

Peter odiaba que lo manipularan. Se estaba hartando muy rápido de ese hombrecillo malhumorado que estaba con él en el baño de una habitación del Savoy y que de repente se autodenominaba «Z». Le enfurecía ese persistente aire de misterio que rodeaba toda esa entrevista. Z... pero ¿de qué iba eso? ¡Menuda pedantería! Peter miró fijamente aquella cabeza pequeña, la nariz ganchuda y las enormes gafas que parecían agrandarle las pupilas. Intentó calmarse y se tragó su escepticismo, porque le habría hecho preguntar: «¿Y por qué iba a creer algo así?». Pero recordó la petición de su padre de que se tomara en serio ese importante llamamiento para participar en los esfuerzos bélicos. Así que, haciendo gala de un considerable autocontrol, lo que dijo fue:

—Creo que necesitaría una explicación más clara de cuál es su papel, señor Rosamond.

Le puso mucho énfasis al nombre y pareció tener efecto.

El hombre se lo quedó mirando fijamente. Esa mirada aumentada resultaba extrañamente persuasiva.

—No me llamo Rosamond, eso es una tapadera. Soy Dansey. Edward Claude Dansey. Y represento a una organización de la inteligencia. Recopilamos información militar, diplomática y económica sobre países extranjeros y después la pasamos a nuestro gobierno.

Había un aire prudente y cauteloso en lo que acababa de decir. Peter quiso sonsacarle más. Truscott, cuando estuvo en su casa de Whiting Street, mencionó la inteligencia militar, pero esa Organización Z no sonaba a agencia oficial del gobierno. Eso de «se la pasamos» sugería que se trataba de un grupo ajeno a los cauces oficiales.

—¿Entonces no se trata de algo oficial? —se arriesgó Peter—. No estamos hablando de algo legal, ¿eso es lo que ha querido decir?

—Parece que no está tan verde como parecía —reconoció el hombrecillo que acababa de decir que realmente se llamaba Dansey—. No, los diplomáticos y los funcionarios que están en ciertos lugares del extranjero están bajo vigilancia y, por lo tanto, tienen una utilidad limitada. Solo sirven cuando operan fuera de las embajadas. Sin embargo nosotros estamos fuera de toda sospecha, somos invisibles para los observadores de los estados enemigos.

Peter no dijo nada; el agua seguía corriendo y él solo esperó a que continuara.

—Somos empresarios —prosiguió Dansey—. Gente con razones legítimas para entrar en fábricas y lugares estratégicos. Cumplimos con nuestra función comercial establecida: cerrar negocios, organizar pedidos de equipamiento, herramientas… Pero además conseguimos enterarnos de cualquier tipo de información útil. Y esa es la que después pasamos. O al menos eso era lo que hacíamos… hasta que Alemania se cerró para nosotros. Pero todavía nos llegan cosas de los neutrales.

A Peter no le impresionó nada de todo aquello. Sonaba a grupo de espías aficionados que hacían de detectives en su tiempo libre. Dansey debió de ver en su cara lo que estaba pensando.

—Y tenemos mucho más éxito que los otros —añadió con tono molesto.

Peter se dio cuenta de lo que antes le había parecido raro de su conversación: la vaguedad, las respuestas esquivas, el aire de misterio. Su padre lo había tenido. Y Truscott también. Y ahora Dansey.

—¿Mi padre lo hace? —preguntó.

—Exacto.

—¿Es uno de su equipo?

—Nunca hablamos de quien conforma el equipo.

—¿Ni siquiera con los hijos?

—Mucho menos con los hijos.

Peter se apoyó en la pared del baño. Estaba caliente y húmeda por la condensación y notó que le corría el sudor por la espalda. Era incómodo estar de pie y hablar por encima del constante ruido del agua. Pero no tenía intención de dejar que aquel hombre le intimidara.

—Sigo sin ver cómo encajo yo en todo esto —declaró—. ¿Cómo puedo contribuir a esa especie de servicio de espionaje dentro del mundo de la empresa privada que me está describiendo? Suena a club muy cerrado. Un pasatiempo para hombres entrados en años.

La mirada de Dansey se volvió glacial. De repente el aire de esa diminuta habitación se cargó con un voltaje extremo. Tal vez había ido demasiado lejos.

—¡Y yo que le tenía por un chico inteligente! ¿Cree que debo reconsiderar mi opinión?

—No ha respondido a mi pregunta.

Dansey no contestó. Lo que dijo fue:

—Lo que no entiendo es cómo un joven que claramente es valiente, aventurero, intrépido, paracaidista y aficionado a pilotar, un hombre que no tiene miedo a correr riesgos, está malgastando su tiempo y su talento enseñando a esquiar a hombres que nunca van a utilizar esas habilidades. Es un desperdicio de recursos. ¿Cómo puede usted mirarse en el espejo cada mañana?

Peter enrojeció.

—Es cierto que soy aventurero e intrépido. Pero tengo mis reservas.

—Nadie se puede permitir el lujo de tener reservas en tiempos de guerra.

—Sea como sea, a mí no me apetece soltar bombas sobre madres y niños. Hay formas mejores de enfrentarse al enemigo. Seguro que somos capaces de encontrar otras medidas más específicas para perjudicar a esa máquina de guerra que es Alemania. Pero lo último que deberíamos hacer es rebajarnos al tipo de barbarie que practica a diario el enemigo.

Esa declaración fue recibida con un tenso silencio.

—Estoy de acuerdo con eso —dijo Dansey por fin—. Lo de las medidas específicas para hacer daño al enemigo. —Asintió—. Y podría ser justo lo más indicado para usted.

Hubo una pausa y también una visible relajación de la tensión, una liberación de presión casi audible. Estaba claro que Dansey había tomado la decisión de ser razonable y Peter dedujo que, a pesar de toda esa agresividad, estaba claro que ese hombre quería algo de él. Dansey volvió a enumerar la lista de habilidades de Peter de la que ya habían hablado en el bar: el esquí, la escalada y el paracaidismo. Después hizo una referencia a la vinculación familiar con el mundo del ferrocarril; a Peter le pareció que exageraba un poco, pero no quiso contradecirlo. Y por fin reveló lo siguiente:

—Se está produciendo un avance en territorio enemigo del que no puedo hablar, pero que no podemos tolerar. Supone una grave amenaza para la seguridad de esta nación.

Dansey no sabía que Truscott ya le había contado lo básico sobre el *Breitspurbahn* de Hitler.

—Nos tomamos este asunto muy en serio —prosiguió Dansey—, tanto que hemos decidido que alguien debe ocuparse de ello. Un equipo, en realidad.

Peter se quedó perplejo. ¿Estaban todos locos? ¿Entrar en el Tercer Reich en medio de la guerra? ¡Era un suicidio! Pero su mente rápidamente hizo las conexiones necesarias.

—Ustedes son un servicio de recopilación de información, no una unidad operativa, ni un organismo militar activo, ¿o he entendido mal?

La expresión de Dansey se tensó momentáneamente, pero pronto se relajó.

—Veo que comprende rápido. Digamos que las cosas están cambiando a causa de la guerra. Estamos recibiendo reconocimiento oficial y ahora podemos organizar operaciones.

Peter hizo una mueca. No estarían pensando en él para eso, ¿verdad? ¡Ni hablar! No estaba loco, aunque estuvieran al borde del abismo. No, su papel debía limitarse al asesoramiento, la información y la instrucción.

—Tenemos la aprobación de las altas esferas para esta operación —aseguró Dansey.

—¿Para conseguir qué?

—Robar sus secretos.

Peter no dijo nada.

—Y destruir.

—¿Destruir? —soltó Peter.

—¿Por qué ese tono de duda?

—Esto de lo que habla... —empezó Peter vacilante, porque no podía revelar lo que sabía del *Breitspurbahn* y de la evidente imposibilidad de destruir toda una red de vías férreas—. ¿Es realmente posible acabar con ello?

—Sí. Y ya tenemos un plan minuciosamente diseñado. Atacaremos el componente clave. Tenemos que acabar con ello antes de que los alemanes puedan utilizarlo. Nuestro plan es formar un pequeño equipo de saboteadores, liderado por un hombre con altas cualificaciones.

En ese momento Dansey se levantó del borde de la bañera y se quedó de pie en el diminuto espacio que quedaba entre la bañera y la pared. Por razones obvias, estaba muy cerca de Peter. Y lo miró muy fijamente.

Entonces lo señaló.

—Será su equipo. Porque usted es ese hombre.

Cuando abandonó el Savoy, en el tren que lo llevaba a casa, Peter se enfrentó a un buen montón de interrogantes: ¿ese plan era factible?, ¿estaba a su alcance?, ¿era el hombre indicado para ello?

La tensa conversación había continuado en aquel diminuto y agobiante baño, con el agua corriendo y Dansey observándolo, esperando una respuesta. ¿Se apuntaba o no? Peter estuvo a punto de negarse, pero se quedó todavía más desconcertado cuando Dansey empezó a hablar del plan para escapar.

—Ahí es donde entran sus parientes suizos —explicó Dansey.

Peter cerró la mano y golpeó la ventanilla del tren con el codo, furioso de que hubieran hecho sus planes contando con el tío Stefan. ¿Accedería él a involucrar a la familia Feissler? El recuerdo de las muchas vacaciones de su infancia que había pasado en aquella casa a orillas del gran lago y de las caras sonrientes de sus primas y sus generosos padres solo hacían todo aquello más doloroso.

—La familia no correrá peligro —había asegurado Dansey—, pero su tío sí que tendrá que asumir cierto riesgo. Aunque creo que cuando usted le explique lo grave que es la situación, él accederá.

Peter cambió de tren en Ipswich, con la mente llena de imágenes de la furiosa reacción que tendría su madre ante esa idea. El riesgo era demasiado grande. Absurdo. Injusto. Esa no era su guerra; los Feissler eran neutrales.

Pero no podía contarle nada de eso a su madre. Había jurado mantener un estricto secreto. Cuando llegó a Bury subió con pasos pesados por Station Hill, dejó atrás la curtiduría y las maltерías, cruzó la gran plaza, pasó por delante del memorial de la guerra de los Boers, con la estatua del soldado sentado en el suelo, y llegó a Whiting Street. Cuando entró en el vestíbulo del número 2 su madre ya estaba allí esperándole. Lo cogió del brazo.

—No lo hagas, Peter, sea lo que sea. Di que no. Veo en tu cara que es algo terrible; si no, no te notaría tan torturado.

—Lo siento, mamá, no puedo contarte nada. —Hizo una mueca de disgusto—. Tengo que dar una respuesta el lunes.

En el silencio que siguió Peter se dio cuenta de que en eso estaba completamente solo. No habría consejos, ni sondeos, solo la gran pregunta: ¿podía hacerlo?

¿Y decantarse por él no suponía una elección bastante extraña? Seguro que había hombres más cualificados, más duros y que soñaban con hazañas militares. Pensó en Gabrielle, a la que su madre se refería como «tu última amiguita». La verdad es que ya no se veían, pero Gabrielle de todas formas representaba una visión de la vida totalmente opuesta a la suya: le gustaba la diversión extravagante e irrelevante y adoraba el teatro. Y Peter compartió ese amor con ella. Y no solo por el maquillaje, los guiones, la emoción de actuar y la diversión de ser alguien que no era, sino también por la alegre camaradería que había entre bambalinas. Se acordó de cuando interpretó al señor Spettigue, el villano de *La tía de Carlos*. A su madre le encantó, a Gabrielle le pareció que lo hacía bastante bien y su padre se mantuvo al margen.

Peter sabía que tenía que reivindicarse ante su padre. En su cara curtida se veían profundas arrugas provocadas por la decepción. Mostrarse tibio sobre lo de la LNER fue un error; dejar pasar la oportunidad de tener un puesto en la academia de la RAF fue una locura; pero no presentarse voluntario para una forma de servicio más comprometida que una escuela de esquí en el país era algo que rozaba lo vergonzoso. Peter era consciente de que ya no podía parapetarse tras sus actividades pasadas con Winton y los refugiados. No podía volver a utilizar sus objeciones contra los bombardeos. Ese destino tan cómodo de los montes Cairngorms ya no era lo bastante bueno. Y no podía seguir siendo pacifista ante la perversidad de Hitler.

Su padre lo había señalado con un dedo acusador.

—Es el momento de redimirte. De hacer borrón y cuenta nueva con respecto a tus deficiencias anteriores. Cumple con tu obligación. Sirve a tu país.

Esa noche Peter permaneció a solas en su habitación, buscando una forma de superar todas sus inseguridades y las dudas sobre su actitud en el pasado. ¿No había estado a la altura? Su autoconfianza había tenido que encajar un buen golpe. En ese momento, mirando por la ventana de su dormitorio, tomó la decisión. Se iba a redimir. Superaría la prueba.

Pero seguía habiendo dos barreras que no iba a cruzar. Se negaba a poner en peligro a la familia de su tío en Suiza.

Y había otra cosa..., la promesa que se había hecho a sí mismo cuando estalló la guerra y que no le había contado a nadie. Sí, haría lo necesario para sabotear la capacidad operativa del enemigo, pero al hacerlo no acabaría con ninguna vida. Ni una.

Una mujer alta y muy delgada, con el cabello canoso y un sombrero con una pluma roja lo abordó en la cola de la recepción del Savoy.

—¿Señor Chesham? —Su acento era claramente de clase alta—. Disculpe, cambio de planes, nueva ubicación. ¿Me sigue, por favor?

Lo acompañó afuera, a la fila de taxis. Mientras el taxi se dirigía al Strand y se abría paso entre el tráfico que rodeaba Trafalgar Square, él intentó sonsacarle información: cuál era su destino o dónde estaba el «señor Rosamond», pero ella mantuvo un silencio enigmático. Tal vez así era como hacían las cosas en esa misteriosa Organización Z. El taxi hizo un giro brusco para entrar en St. James's y se detuvo. Ella señaló una escalera que desembocaba en una puerta azul, señalada con un solitario número cinco de metal. Cuando llamó, abrió la puerta otra mujer, mayor y con aspecto de matrona, y le pidió a Peter que entrara. Lo acompañó a un gran salón, donde encontró a Dansey sentado solo en un enorme sofá tapizado con tela de *chintz*. El hombrecillo le hizo un gesto para que se sentara en una butaca y casi al instante le colocaron al lado, en una mesita, una taza de té.

Esta vez no había grifos con el agua corriendo. La mujer se dedicó a atender el fuego. Peter se fijó en la gruesa alfombra verde, las pesadas cortinas y un secreter antiguo con incrustaciones. ¿Era la casa de Dansey? Como no le habían dado ninguna explicación, la mente de Peter era un torbellino. No sabría hasta mucho después que la mujer con aire de matrona y el cubo de carbón en la mano era la señora Yarwood, el ama de llaves de la casa franca de Dansey; que la Organización Z estaba siendo absorbida por el Servicio Secreto de Inteligencia y que el nuevo lugar de trabajo de Dansey estaba a cuatro pasos de allí, cruzando el parque, en el número 54 de Broadway, un edificio en el que nadie ajeno al servicio podría entrar.

—¿Y bien? —Dansey no malgastaba saliva.

Peter no pudo evitarlo.

—¿Esto es seguro? ¿No me dijo que las paredes tenían oídos?

Dansey hizo un gesto para quitarle importancia.

—Claro que sí. No solo las paredes. También los platos, las mesas, los enchufes, los camareros... Pero no tema, aquí es donde yo hago mis negocios.

—Ah.

—¿Y bien?

Peter inspiró hondo y dio la respuesta que había preparado.

—Debo de estar loco —comenzó—, pero la respuesta es sí, lo haré.

Le resultó raro ver a Dansey sonreír.

—Lo sabía —contestó—. Tenía total confianza. Reconozco a los buenos en cuanto los veo. De hecho, ya he encontrado a su ayudante.

—Un momento —lo frenó Peter—. Hay una condición. Una condición fundamental.

La expresión de Dansey cambió. No parecía un hombre acostumbrado a hablar de condiciones, aparte de las que imponía él.

—Mis parientes —anunció Peter—. Si el tío Stefan no está de acuerdo, no voy a presionarlo.

La expresión de Dansey pasó a ser sombría.

—Pero todavía no sabe lo que le va a pedir que haga.

—Sea lo que sea, si hay peligro, no lo voy a obligar. Si tiene buenas razones para decir que no, las respetaré. Él tiene que tener capacidad de decisión sobre si quiere arriesgar su cuello. Puedo intentar convencerlo, si me parece razonable, pero... —Peter se encogió de hombros.

Tras una breve pausa, Dansey hizo un levísimo asentimiento.

—Está bien.

La tensión de Peter desapareció. Acababa de aceptar su principal objeción, pero quería saber los detalles de lo que tenía por delante.

—Nosotros no trabajamos así —respondió Dansey—. Se lo diremos cuando necesite saberlo. Es mejor que la mano izquierda no sepa lo que hace la derecha... Solo yo conozco cómo encajan todas las piezas. Pero no tenga miedo. Recibirá instrucciones en cada fase.

Peter sacudió la cabeza. Estaba claro que Dansey y su padre se parecían mucho. Operaban en un mundo de vaguedades etéreas, pero esa no era la forma de actuar de Peter. Él quería hechos. En el trato que había tenido con aquel hombre había sentido todo el tiempo que algo no iba bien, que ese hombre no estaba siendo del todo sincero, que no le estaban contando información vital. Peter también sospechaba que valoraba mucho más sus habilidades relacionadas con el montañismo que sus estudios de ingeniería. Decidió que no podía confiar del todo en Dansey.

—Discúlpeme, pero sigo queriendo que me dé detalles más concretos de lo que quieren que haga —insistió.

Dansey cogió una carpeta marrón, la sostuvo en la mano y después carraspeó.

—Le puedo decir esto: el hombre que está detrás de todo, el cerebro en el centro de este nuevo sistema, no es alemán. Es estadounidense. Un ingeniero e inventor que le ha presentado sus ideas a Hitler después de que lo rechazaran en los Estados Unidos.

—Perfecto. —El tono de Peter era de rechazo.

—Ni mucho menos perfecto. Es suspicaz. Y un poco paranoico, como todos esos inventores a los que alguien ha rechazado. No lo saben encajar. Por eso se presentó ante Hitler, que piensa, igual que él, que lo grande es hermoso. No, no solo hermoso, colosal. Ambos demuestran un entusiasmo incomprensible hacia todas las cosas de proporciones monstruosas. Son un par de lunáticos. Tome. —Dansey le pasó la carpeta, que estaba cubierta de sellos rojos. Todos incluían la palabra «secreto»—. Será mejor que se lo lea. Es lo que nuestros contactos saben de él. Y del nuevo sistema.

Peter nunca antes había visto documentos como esos, pero hizo todo lo posible por no mostrarse intimidado. Revisó despacio los detalles y enseguida le quedó claro cuál era el objetivo principal. Las vías anchas que Hitler estaba construyendo habrían resultado carísimas, hasta un nivel prohibitivo, si no fuera por el ingeniero Hank Sumner Hoskins. El estadounidense lo estaba haciendo posible al solucionar el problema de la necesidad de utilizar cables de corriente sobre las vías, algo imprescindible para las locomotoras eléctricas.

Pero con este nuevo sistema ya no era necesaria la electricidad para dar energía a sus trenes.

El último párrafo le heló la sangre:

> La contribución de Hoskins es la pieza clave de este rompecabezas: un motor nuevo, eficiente y autocontenido de naturaleza revolucionaria, cuyos detalles no conocemos. Ese es el secreto que debemos descubrir... y destruir.

Peter cerró la carpeta y levantó la vista.

—Esa es su misión —sentenció Dansey.

6

El día había comenzado a las cinco con su rutina habitual, aunque no en su estado mental normal. Cuando se puso a preparar su primer café de la mañana, lo único que Claudia tenía en la cabeza y a lo que no dejaba de darle vueltas era al problema de Lotti Bergstein y su hija pequeña. ¿Cómo podía seguir las recomendaciones de Erika y pedirle que la abandonara? Era imposible. Inhumano.

Pero ni la madre ni la hija podían quedarse en el apartamento más tiempo. Ya llevaban allí demasiado, pero echarlas como si fueran desechos humanos era espantoso. Y separar a la madre de la hija era la crueldad definitiva. Esa situación le había traído a la mente un episodio anterior de su vida y ahora los recuerdos de lo que hizo en Praga volvían para perseguirla. Cada vez que pensaba en las horribles palabras que tendría que decirle a Lotti, la brutal explicación se le quedaba atravesada en la garganta.

¿Estaba flaqueando? ¿Es que se había vuelto blanda? Volvió a preguntarse si podría hacer de madre de un grupo de fugitivos. Niños indisciplinados, descuidados y mal alimentados. En secreto y poniéndose en peligro. Todavía en bata, empezó a verter el líquido reconfortante en la taza, su primera taza de la mañana; algo a lo que aferrarse, su inalterable rutina matutina. Eran todos unos acaparadores, pensó, la nación entera acumulaba de todo, desde alijos secretos de café a latas de cebolla asada o ensalada de patata. Era consecuencia del hambre y las restricciones que habían pasado durante la Gran Guerra.

Después volvió a centrarse en la terrible tarea que tenía

por delante. Empezó titubeante a explicarle a Lotti los detalles de la situación en El laberinto. Y cuando Claudia pronunció la temible frase («creemos que es la única forma»), no hubo objeciones, ni protestas y mucho menos gritos de horror. Lotti era la viva imagen de la resignación. Ya se había hecho a la idea del sacrificio que tenía que hacer.

En ese momento toda la compasión de Claudia estuvo a punto de superarla. Aparecieron de nuevo en su mente imágenes de expresiones similares en las caras de madres y padres en la estación Wilson de Praga. Sintió el profundo dolor por la separación de Lotti tan agudo como un aguijón, doloroso como la picadura de una docena de avispas, casi imposible de soportar, y tuvo que contenerse para no abrazar a la madre y a la hija y asegurarles que no las iba a abandonar nunca. Esa fue la despedida más difícil que había presenciado en su vida. Estuvo todo el tiempo a punto de decir: «¡No puedo hacerlo!».

Pero se contuvo. ¿Ese acto de rechazo sería la prueba más dura a la que se tendría que enfrentar o habría desafíos peores en su futuro?

Claudia dejó a Lotti ocuparse de la desgarradora despedida final. ¿Cómo explicarle a esa personita tan dependiente que dejar ir a su madre era su única posibilidad de sobrevivir?

Claudia salió para ir a trabajar a la escuela, nerviosa de nuevo por las huéspedes ilícitas de su apartamento, pero esperando que las clases la distrajeran. Y funcionó, aunque varias veces tuvo que controlar su impaciencia ante la pataleta de alguno de esos alumnos, mucho más afortunados, que podían acudir a la *Landsberger-Schule*.

El traslado de Anna se había programado para la noche, con la ocuridad, bajo la condición de que no hubiera lágrimas, ni sollozos, ni hiciera ningún ruido; a Anna la cogería de la mano un niño de la calle de su confianza y la llevaría más allá de la escuela, por un sendero, hasta una entrada oculta que solo él conocía y que desembocaba en las profundidades de El laberinto.

Después de hacerlo, Claudia le puso en la mano a la madre una taza de su preciado café (no el de imitación, sino el bueno, el Melitta Gold que tenía bien escondido desde hacía meses); un regalo que no le haría a nadie más. Además, le dio un paquete con alimentos que apenas podía permitirse e información de que había sótanos, cobertizos y terrenos agrestes cerca de la casa de un amigo médico, al otro lado de la carretera principal. Cruzarla suponía un gran peligro, pero Lotti no dijo nada, solo se fundió con la oscuridad, como si estuviera hecha para la vida subterránea.

Por fin Claudia volvía a estar sola en el apartamento, con las pruebas incriminatorias de que había sido ocupado por más de una persona fuera de la vista. Debería sentir alivio, pero no. Decidió que la única forma que tenía de sobrellevar esa sensación de total desdicha era, de ahí en adelante, comprometerse totalmente en el cuidado de los niños de El laberinto.

Era medio choza, medio almacén. Estaba construido con ladrillos desde los cimientos hasta media pared y después habían añadido un armazón de hierro cubierto de madera. Dentro había un largo mostrador también de madera, lleno de arañazos por el constante roce de los componentes pedidos y entregados a lo largo de los años. Detrás de él y a cargo de todo estaba la señora de esa cueva de Aladino grasienta y con olor a humedad y llena de pernos y tornillos: Erika Schmidt. Ella nunca se sentaba porque estaba en constante movimiento, comprobando sus listas y registrando las entradas y salidas de remaches, bielas, muñequillas, manguitos y balancines. Todas las piezas necesarias para mantener girando las ruedas de una docena de viejas locomotoras de vapor aparcadas en las vías del cobertizo de trenes.

La mayoría de los días, Erika, una rubia de rasgos marcados con un moño bien tenso y vestida con un blusón desvaído, estaba sola en el almacén. Pero ese día no. En un pequeño rincón que no se veía desde el mostrador, Claudia y ella estaban enfrascadas en su conversación.

—Cuando entres ahí, será mejor que te impongas desde el principio —aconsejó Erika.

—Sé cómo tratar con niños —contestó Claudia.

—¡Con estos no! No te habrás encontrado nunca con unos niños como estos. Son salvajes. Animales en la jungla. Rebeldes se queda corto para describirlos. Y tienes que conseguir que esos imprudentes dejen de subirse a la torre. Los veo colgándose y haciendo el mono desde aquí. Al final los va a ver alguien.

Claudia asintió.

—Me las arreglaré.

Se había levantado temprano esa mañana para hacer los preparativos antes de ir a la escuela. Y cuando atardeció, cogió sus bultos y se dirigió a El laberinto. En una gran bolsa llevaba un generoso suministro de lo que su madre solía llamar «comida de pobres»: un plato de patatas que se llamaba *Bratkartoffeln*, *Frikadellen*, albóndigas de carne picada y bocadillos de *Bratwurst* y además pan y un queso cremoso para untar que se llamaba *Quark*. La carne era de verdad, por supuesto, y la había sacado de su propia despensa, aunque sabía perfectamente que ya había utilizado todos sus cupones para raciones de esa semana. Menos mal que todavía le quedaban unas cuantas latas. En la mochila llevaba jerséis, chaquetas, abrigos, calcetines, gorros y bufandas, un conjunto heterogéneo de prendas desechadas de diversas tallas, reunidas gracias a la generosidad de las esposas de los trabajadores del ferrocarril. Y sabía que, como todas las noches, Erika había dejado fuera, junto a la puerta de atrás, un cubo de agua limpia que a la mañana siguiente estaría vacío.

Claudia tuvo mucho cuidado y comprobó que no hubiera nadie y que no la observaban. Era crucial que nadie la viera desaparecer entre la maleza. Apartó las ramas de un bosquecillo de árboles jóvenes que había crecido entre las vías de los antiguos apartaderos, que llevaban mucho tiempo sin utilizarse, y después pasó con dificultades junto a un tope roto. A unos cien metros, por un camino que serpenteaba entre un montón de zarzas, tojos y varias traviesas rotas, tuvo que rodear por un lateral una plataforma giratoria grande y cubierta de malas hierbas y por fin se acercó al taller de máquinas con forma de media luna, cerrado y abandonado desde hacía cinco años. Evitó un montón de trozos de hierro oxidado, abrió un poco una de las altas y grises puertas plegables y miró el interior sumido en la oscuridad.

Aquello era fantasmagórico. Patrones irregulares de luz tapizaban un suelo cubierto de virutas de metal. En los días en que brillaba el sol, se veían volar pequeñas nubes de polvo en el aire rancio. Muy arriba, el enorme tejado era un mosaico de tragaluces de cristal, algunos rotos que dejaban entrar la luz, y otros intactos que la bloqueaban porque estaban cubiertos de líquenes. Hacía mucho que se habían llevado las locomotoras al otro extremo de las vías para comenzar una obra que, por suerte para los niños vagabundos, nunca había llegado a materializarse.

Claudia recorrió con mucho cuidado el camino de entrada hasta que llegó a los pozos de reparación de los motores, que estaban cubiertos con tablas para evitar que alguien cayera dentro. El espacio bajo esas tablas ofrecía un escondite perfecto, al menos para ocultarse, aunque no se podía decir que fuera un lugar muy cómodo. Dio unos golpecitos con el pie sobre las tablas y llamó en voz baja:

—¡Rudy! Soy Claudia. Ven a ayudarme.

Silencio. Solo el ruido del viento que se colaba por las grietas del tejado. Volvió a llamar. Tras otra larga pausa se dio cuenta de que al fondo del taller de máquinas había una pequeña figura de pie, inmóvil entre las sombras. La cara curtida era como la de un adulto, pero el cuerpo delgado era el de un niño. Ella le sonrió y señaló su mochila.

—He traído unas cuantas cosas.

Él no se movió, ni tampoco respondió.

—Tengo un jersey gordo, un gorro y guantes —ofreció, abriendo la mochila.

—¿Y por qué voy a hablar contigo? —La vocecilla tenía un tono acusador, suspicaz y que rozaba la hostilidad.

—He venido a ayudaros —contestó ella.

—Eres una de ellos.

Ella negó con la cabeza, un poco desconcertada.

—No soy tonto —insistió el niño—. ¡Esto es una trampa!

Claudia suspiró y se dio cuenta de que tenía delante la cautela profundamente arraigada de un fugitivo, un niño que había aprendido a no confiar en nadie, que sobrevivía gracias a su miedo a los extraños.

—No, yo soy una amiga. Estoy con Erika. Me ha enviado ella.

Otro silencio y Claudia resistió la tentación de reducir la distancia que los separaba, preocupada de que, si lo hacía, él podía huir y escalar por las vigas del techo.

—Quería traer una manta —dijo con el tono más alegre que pudo—, pero no he podido. Tal vez mañana encuentre una que te pueda traer.

Se arrodilló y se centró en descargar su botín, aunque se sentía un auténtico fraude: la realidad era que el bonito jersey gordo del que hablaba era una chaqueta con botones, raída y desgastada, a la que le faltaba una manga, pero era lo mejor que podía ofrecerle para protegerse de la helada de la noche. Oyó que él se acercaba y de repente se dio cuenta de que estaba a su lado.

—Me duele la espalda por las mañanas —dijo con un tono muy pragmático.

Ella asintió y sonrió amablemente.

—¿Y si le echamos un vistazo a tu cama? —sugirió.

Él se agachó, apartó una pesada tabla y destapó una cama de paja cubierta con los restos de una manta de cuadros escoceses. Había un parche de moho verde en una de las paredes de hormigón, un rincón húmedo por el agua de un arroyo subterráneo y los rastros habituales que demostraban que ese espacio lo ocupaban más seres vivos: una hilera de excrementos de ratón. Ella apartó la vieja manta, que se hizo pedazos en cuanto la cogió, y la sustituyó por el jersey, un trozo de alfombra con una forma rara y un chubasquero de hombre.

—Y traigo un mensaje de Erika —le dijo al niño—. Tenéis que dejar de jugar a colgaros de las vigas del techo, porque alguien os puede ver y no queremos eso, ¿verdad?

El riesgo era muy alto. ¿Cuánto tiempo podía pasar antes de que algún fanático con pocas luces y la cabeza llena de toda esa propaganda de odio los viera y cogiera el teléfono? ¿Y cuánto antes de que los gritos, los chillidos y el caos provocaran una redada de la Gestapo y todos sus futuros pudieran medirse únicamente en horas?

Tal vez fue su tono lo que lo convenció, o quizá la preocupación que demostró; fuera lo que fuera, al final el pequeño Rudy dejó que le diera un abrazo antes de irse. El siguiente lugar al que tenía que ir estaba detrás del taller de máquinas. Avanzaba con mucho cuidado; para caminar entre las vías tenía que mirar muy bien dónde pisaba. Estaba oscuro y había agujeros y equipamiento abandonado oculto por la maleza, pero no se podía arriesgar a utilizar una linterna, solo podía confiar en la descripción que le había hecho Erika. Su pie derecho se quedó enganchado en algo metálico. Tropezó, estuvo a punto de caerse, hizo una mueca y empezó a caminar más despacio. Por fin identificó los restos de un vagón frigorífico, ahora estacionado para siempre en un rincón de lo que antes fue un patio en el que seguro que había mucho ajetreo. No tenía ni chasis ni ruedas, estaba pintado de un azul sin brillo y el aire alrededor olía a humo. Lo rodeó y encontró la puerta en un lateral.

—¿Por qué ahí? —le había preguntado a Erika antes de salir.

—En ese sitio están a salvo de los intrusos. Solo se puede abrir desde dentro.

Claudia llamó con el código de cinco golpecitos: tres golpes rápidos, una pausa y luego dos.

Durante varios segundos tensos no pasó nada. Claudia, sola en medio de una oscuridad que crecía por momentos y entre un montón de gravilla cubierta de musgo y unas zarzas cubiertas de espinas, se sentía vulnerable y muy tonta allí de pie, junto a ese cascarón metálico hecho pedazos y cargada con todos sus bultos. Entonces una bisagra que necesitaba un buen engrasado chirrió y apareció una cara que la miró a los ojos.

Tenía cortes en las mejillas, el pelo recogido en unas coletas muy finas y una mirada cauta. Aun así, debajo de todo aquello, fue capaz de reconocer que se trataba de un chico de corta edad.

—Hola —dijo con una sonrisa—. Soy Claudia.

Υ

Había un grupo de niños (los salvajes, los aburridos y los asustados, diría ella) sentados o tirados en el suelo alrededor de una hoguera en la que crujían y chisporroteaban unas ramitas secas. Se veían restos de comida desparramados a su alrededor.

Parecía que sabían quién era ella y por qué había ido, aunque no la recibieron con los brazos abiertos. Ella los miró de arriba abajo y se fijó en las caras sucias cubiertas de pupas, las manos callosas y con cicatrices y la ropa desgastada, rota y a la que le faltaban botones. Un niño llevaba unas gafas sin cristales y otro lucía una sonrisa sin dientes. Vio labios hinchados, un vendaje rudimentario, una cojera crónica y las pruebas de una pelea reciente. Lo adivinó: un duelo con espadas improvisadas.

A su alrededor había evidencias que corroboraban lo que le había dicho Erika de los pequeños robos que cometían. Aquello era como una cueva de Aladino infantil: una campana grande, un reloj de estación, dos placas con nombres de locomotoras, una tetera plateada, tres paraguas y un candelabro de bronce, además de otros elementos más prosaicos como una lona, sacos de arpillera, cacerolas, platos, martillos, llaves inglesas y otras herramientas grandes que los niños normales ni conocían. También se fijó en algunos juguetes maltrechos y una pila de espadas que había junto a un cubo que recogía el agua de lluvia que goteaba del techo. Arrugó la nariz: ese sitio olía a cuerpos que necesitaban un baño y comida podrida.

—Bueno, veo que sabéis quién soy yo, así que me gustaría que os presentarais vosotros. Empecemos por el loco al que le gusta colgarse de la torre.

El niño de unos diez años con las coletitas demostró tener una buena ración de arrogancia al anunciar:

—Ese soy yo. Me llaman Rápido.

—¿Ah, sí?

—Soy el vigilante. Si alguien se cuela entre los arbustos yo bajo rapidísimo y aviso. Y entonces todos desaparecemos, ¿lo entiendes?

Unas sonrisitas iluminaron todas las caras sucias.

—Tú sabes cuándo hay que salir corriendo ¿verdad, Rápido? —comentó una vocecilla aguda con tono de admiración—. Desaparecer como si nunca hubieras estado aquí.

—Claro. —Un orgulloso encogimiento de un solo hombro—. Las porras de los policías, las esposas, policías que golpean puertas. Así lo sé. Y por eso estoy aquí.

Claudia les trasmitió con todo el tacto que pudo el mensaje de que dejaran de hacer travesuras en el tejado para que no los descubrieran. La respuesta fueron miradas fijas y hoscas.

Tragó saliva. El contraste con los alumnos tan bien vestidos que veía por el día era enorme. Con el amor que ella sentía por los niños, lo que tenía delante le parecía una atrocidad.

Había nombres autoimpuestos, que a veces eran un poco crueles: Águila, Guepardo, Topo, Napias y Orejotas.

—¿Y tú eres? —le preguntó a otro.

—Fonzie, el gordo.

—Pero si estás muy delgado…

—¿Cómo no voy a estar delgado aquí?

—¿Qué habéis conseguido hoy?

—Hoy ha sido un buen día… —dijo Fonzie con un suspiro—. Patatas fritas, salchicha. La mayor parte de los días es repollo y melaza, pan duro, sopa. Siempre sopa. Una sopa muy aguada.

—Anoche tuve un sueño —añadió otra voz.

—¿Y tú eres?

—Napias.

Rodeó al niño con un brazo y lo hizo girar para que quedara de frente a ella.

—¿Y qué soñaste, Napias?

El chico se humedeció los labios.

—Soñé con albóndigas agridulces, rollo de ternera, *speisequark* para desayunar como lo preparaba mi madre y un montón de moras y arándanos en un panecillo recién salido del horno.

Tras oír eso se produjo un silencio reverencial, del tipo que podría seguir a algún sermón del sacerdote en una iglesia. Miró las caras que la rodeaban. Vio ojos ansiosos y fijos en su bolsa.

—Pues hablando de comida —dijo abriéndola—. Tengo algo para vosotros.

El aletargamiento desapareció en un segundo. Los niños se levantaron de un salto y formaron un círculo a su alrededor.

—¡Uno por uno! ¡Todos a la vez no! —Le dio un manotazo a una mano—. Sin tocar.

Todavía no estaban del todo asilvestrados, pero algunos de esos niños ya mostraban señales de puro salvajismo. Abandonados a su suerte, no tardarían mucho en volverse salvajes del todo. Les hizo cambiarse las prendas que estaban en peores condiciones, con la intención de lavarlas o sustituirlas si era necesario. Lo de cocinar suponía un problema. Había marcas de quemaduras en la pared que hablaban de desastres anteriores. Y la higiene era casi inexistente, así que prometió volver con una tina para que se lavaran.

—¿Y nos va a bañar usted? —preguntó Rápido en tono burlón.

—Os frotaré bien si hace falta —dijo, y su expresión cortó de raíz la broma.

Miró detrás de Rápido, a un rincón donde había dos niñas tumbadas juntas, la viva imagen del desánimo y la postración. Les preguntó sus nombres (eran Elsa y Frieda) y ellas empezaron con una retahíla de preguntas quejumbrosas: ¿qué nos va a pasar? ¿Cuándo podremos volver a casa? ¿Tendremos que quedarnos aquí para siempre?

Cuando las acarició para consolarlas, le sorprendió que pareciera que no fueran más que piel y huesos. Casi le dio miedo abrazarlas fuerte, por si se rompían. Sintió tal emoción que ni se dio cuenta de su mal olor. Quiso juntarlos a todos y abrazarlos fuerte para calmar su soledad, su miedo, su hambre y su inseguridad. Acarició hombros, brazos y dedos. Era una demostración física de compasión, casi maternal, y rezó para que ninguno de sus niños acabara en esas condiciones.

—¿Estáis aquí todos? —preguntó.

—Hay algunos en el vagón de cola de aquí al lado —le dijeron.

¿Cuánto más podía empeorar esa situación? Se quedó paralizada momentáneamente por la desesperanza y el dolor. Era una sensación que ya conocía. En el pasado muchas veces se había visto superada por el dolor y se había sentido vacía. En esas ocasiones le parecía que no era más que el cascarón de la persona que tenía que ser. Parpadeó y cuando levantó la vista vio que todos la miraban, expectantes. Entonces supo que debía ser fuerte. Por mucho miedo que le diera el riesgo que estaba corriendo ella, quedaba minimizado ante la enorme sensación de responsabilidad. No podía huir de eso. Erika y ella eran la única esperanza de esos niños.

—Voy a ver a los de al lado —dijo—, pero antes de que me vaya, oíd una cosa. —El sentido común debería haber hecho que se detuviera en seco, pero no pudo evitar hacer la loca promesa que era casi imposible de cumplir—. Os voy a ayudar en todo lo que pueda —prometió— y conseguiré sacaros de aquí de alguna forma.

Hubo un silencio y todos la miraron. ¿Era asombro o incredulidad? Sabía que su declaración era imprudente, pero su historia con los *Kindertransports* pesaba demasiado. ¿Cuántos evacuados había preparado para salir de Praga antes de que empezara la guerra y se impusieran las restricciones? ¿Es que esos niños merecían menos? Su reacción había sido puramente instintiva. Un atisbo de duda debería haberle hecho pensar en si podría hacer un truco de magia como ese sola y en tiempo de guerra. ¿Convertir a ese grupo de salvajes en unos fugitivos disciplinados? Se tocó el punto de la nuca. Esos niños necesitaban algo más que ayuda. Necesitaban esperanza. Y un futuro.

—¿Nos vas a sacar de aquí? —preguntó Rápido.

—Sí, os sacaré —repitió y se dijo mentalmente que cómo iba a cumplir con esa casi imposible promesa era algo que ya pensaría después.

ϒ

Era un bloque de viviendas de trabajadores alejado de la calle principal, con las coladas tendidas en los diminutos patios, troncos apilados para soportar el exigente invierno, una destartalada caldera para ropa y un retrete exterior. Claudia sabía que allí vivía sobre todo gente de los almacenes. Se acercó con cautela a la puerta que había en un extremo. Oyó una radio sonando, alguien avivando un fuego y una madre regañando a un niño travieso fuera de la vista. Salió despacio de la oscuridad y llamó suavemente a la puerta. Por la ventana vio una figura con los tirantes bajados sentada en una silla junto a una voluta de humo de leña.

La puerta la abrió *Frau* Fleischmann. Estaba casada con el hombre que limpiaba los motores. También era la recolectora de ropa y almacenaba las mantas, casi todas raídas, y los jerséis con agujeros que le daban sus vecinos. En el hatillo había toallas gastadas, gafas de repuesto y algún que otro juguete con tres ruedas o muy pocas llantas.

—Todo lo que pueda conseguir está más que bien. —Claudia sonrió para darle las gracias—. No son tiempos de bonanza para nadie. Ni siquiera en la tierra de la leche y la miel —bromeó con poco acierto.

Frau Fleischmann frunció el ceño.

—No recuerdo cuándo fue la última vez que probé la miel.

Abrió la diminuta puerta de la despensa y añadió al alijo de Claudia seis pastelitos tipo *Streusel*.

—He tenido que estirar un poco los ingredientes —confesó.

Claudia respondió con entusiasmo y reprimió un recuerdo de la vez anterior que les llevó pastelitos a los niños, cortesía de la esposa del director del taller, y Rápido dijo: «Saben a serrín, nada que ver con los que hacía mi madre».

Frau Fleischmann era una de las amas de casa con más ganas de ayudar de todas las que pasaba a visitar Claudia.

—Pobrecitos, es horrible lo que les ha pasado… Pero usted tampoco tiene buen aspecto —añadió mirando a Claudia—. Media noche despierta, debe estar agotada.

Claudia le aseguró que estaba bien y fue a la siguiente casa, pero esa visita resultó menos productiva.

—Andamos escasos ya nosotros, ¿es que espera que le quitemos lo poco que tenemos a nuestros propios hijos? —*Frau* Demmler tenía las manos en las caderas—. Y todos los que están en El laberinto no es que sean angelitos, ¿sabe? Me han robado la caseta para los pájaros. Y la pala del jardín. ¡Granujas!

Claudia hizo lo que pudo por calmar los ánimos. Después le quedaba el peligroso viaje de vuelta. Tenía que salir de los almacenes sin despertar la curiosidad de nadie para que no le hicieran preguntas sobre el bulto grande que llevaba. En esos días era común que las mujeres llevaran bolsas, pero estaban bastante vacías y las mujeres siempre estaban atentas: una cola repentina era señal de que había llegado algo bueno a las tiendas. Las bolsas vacías eran lo habitual, las que abultaban mucho la excepción.

Su principal prioridad cuando llegaba a El laberinto era la comida. La petición quejumbrosa de Rápido («Siempre tengo hambre. No puedo pensar en otra cosa que no sea la comida. Comida, comida, comida… todo el tiempo») había hecho que Claudia volviera a saquear su ya reducida despensa, la de Erika y la de varias casas del personal del ferrocarril. Las salchichas eran lo básico y añadía cualquier otra cosa a la que pudieran renunciar en sus ya modestas comidas. A veces aparecía algún extra, como una gran tarta rosa que sospechaba que había salido de la cocina de los talleres. Ya la habían aceptado lo suficiente en El laberinto como para que pudiera observar su comportamiento durante la frenética hora de la comida. Oyó un trozo de conversación de Rápido: «Cuando se pasa la sopa, yo cojo mi ración y un pellizco del pan de Águila. No es tan listo como cree».

Después se enteró de más detalles de la técnica de supervivencia de Rápido. «¿Trabajar para todos y compartirlo todo? Eso es lo que ha dicho Claudia, pero bueno, no siempre. Hay que cuidar de uno mismo, ¿no? Los más pequeños no necesitan tanta comida.» Él les quitaba un par de trozos de su ración en cuanto se despistaban. Era más grande y más fuerte; él necesitaba más que ellos. Cuando Águila escondió una rebanada de pan extra bajo ese trozo de alfombra vieja que utilizaba como almohada, Rápido lo vio y después se la birló. No tenía escrúpulos. Era un superviviente, eso era lo que tenía que hacer para seguir adelante, para calmar el hambre.

Y para seguir con su odio: Rápido odiaba todos los uniformes. Eran una amenaza, eran el enemigo.

—El día que desapareció Horst decidí que a mí no me iban a coger —contó—. Es la mejor lección que he aprendido. Unos golpes en la puerta por la noche, todo el mundo se despertó y yo me metí sin pensármelo en el armario de la caldera, detrás del tanque. Encogido, escuchando y temblando. Oí todo el alboroto, los golpes, los gritos y los llantos. Oí a mi madre y a mi padre y después todo quedó en silencio. —Rápido tenía los ojos llenos de lágrimas—. Los policías sabían que yo estaba allí y vinieron a buscarme. Pero no me encontraron.

Claudia tenía un nudo en la garganta, pero sabía que hacerles hablar de sus experiencias les resultaría terapéutico.

—¿Y tú, Águila? ¿Cómo acabaste aquí? —le preguntó, pero lo lamentó al instante, en cuanto vio su cara.

—Estaba en el jardín cuando se llevaron a mi padre —dijo—. Me escondí detrás del cobertizo. ¿Por qué hicieron algo así? —Durante un momento ella no supo qué decir y el niño continuó—: Me había explicado que él no les gustaba a algunas personas, pero ¿por qué no les gustaba? Era mi papá, mi papá especial.

—Fueron los camisas pardas, idiota. —Rápido era el más enterado de los fugitivos—. A los camisas pardas no les gusta nadie.

Claudia miró a su alrededor, espantada por el estado de los dientes de los niños. Amarillos, irregulares, deformados, algunos desaparecidos. Era terrible, pero no tenían nada: ni cepillos, ni pasta, ni ganas de cuidárselos. Pensó en el contraste con el régimen de higiene dental que llevaba ella: al menos tres cepillados al día, uno después de cada comida, y a veces incluso más. Cuando eran pequeños, su hermano la acusaba de ser obsesiva con eso.

El ruido de una pelea que llegaba desde el fondo del vagón interrumpió sus pensamientos, y luego, gritos y chillidos agudos. Era una riña: piernas que daban patadas, brazos que salían por todas partes y puños que volaban. Los niños se arremolinaron alrededor. Una pelea era un espectáculo, una distracción, un acontecimiento. Cacerolas, una silla rota y varios cubos vacíos salieron rodando mientras las dos pequeñas fieras iban de acá para allá.

Claudia conocía muy bien la situación. Lo había visto antes. Cogió a Guepardo y Orejotas por el cuello de los jerséis.

—Si tenéis que pegaros, hacedlo fuera —ordenó.

Un día después, Oskar tenía un gran cardenal en la nuca. Estaba enrojecido por los bordes y el centro duro y amarillo. Era lo peor que ella había visto, así que lo sacó del vagón de cola y lo llevó hasta el almacén de componentes para examinarlo bien bajo la luz eléctrica. Claudia intentó colocarle una cataplasma caliente mientras el niño gemía y se retorcía.

—¡Estate quieto! —pidió intentando mantenerlo en la silla—. O no va a servir para nada. Me ha costado muchísimo conseguir una de estas…

El sonido de pasos le hizo apartar la vista de lo que estaba haciendo, pero no la mano del hombro del niño.

Karl Drexler estaba de pie en el rincón del almacén, mirándolos fijamente. Se produjo un silencio de estupor. Oskar paró de retorcerse y Claudia dejó de intentar curarlo. Estaba aterrada. La persona que menos le gustaba del mundo la había encontrado. Su refugio seguro había quedado al descubierto.

—¡Vaya! —exclamó, con una expresión de triunfo—. Con que es aquí donde viene corriendo todas las tardes después de la escuela. No es muy emocionante, ¿eh? —Le echó un vistazo a las estanterías de componentes—. ¿Dónde está la gracia?

Claudia dejó la cataplasma, se levantó y se enfrentó al desafío. Fría, imperiosa, hostil.

—*Herr* Drexler, ¿qué está haciendo aquí?

—La he seguido, claro. Estaba intrigado. Siempre se escabulle de la escuela en cuanto puede, como si tuviera alguna importantísima misión que cumplir. Todos los días. Nos ignora. No toma parte en las actividades de la escuela. Como si odiara su trabajo. Y quería saber por qué.

Ella dio un paso adelante para interponerse entre él y el niño.

—Esto es una propiedad privada y me parece que lo que yo haga no es asunto…

—Oh, sí que lo es. Una maestra tiene que hacer más que asistir a clase y vigilar el patio. —La rodeó y miró al niño—. ¿Forúnculos y llagas? Y muy antiguos, por lo que parece. Y está muy poco aseado. ¿Quién es este niño? ¿Y por qué no lo he visto en la escuela?

Claudia abrió la boca, pero no salió ninguna palabra; tenía miedo de que una mentira improvisada la incriminara.

—¿Y bien?

Erika, que no había dicho nada durante su conversación, salió de entre las sombras.

—Es mío.

Drexler se giró.

—¿Y usted es?

Claudia explotó.

—¡No tiene ningún derecho! No está usted en la escuela. No tiene ninguna autoridad aquí para hacer preguntas.

Erika intervino de nuevo.

—Es mío. Bueno, no es mío en realidad, es mi sobrino. Ha venido de visita y normalmente no está en ese estado, es que ha estado haciendo el tonto entre los arbustos y la basura, jugando al escondite. Ya sabe cómo son los niños.

Drexler frunció el ceño hasta casi unir las cejas. Después puso su cara seria de miembro de las tropas de asalto.

—Debería darle vergüenza. Dejar que un niño acabe en ese estado. ¡Pero mírelo! ¿Jugando en los arbustos? Hace por lo menos una semana que no se lava. O más. ¿Por qué no está en la escuela?

—Ha venido de visita desde el otro lado de la ciudad. Va a otro colegio.

—Lo que necesita es un médico y una madre de verdad.

—¡Basta! —Claudia se acercó con la cara enrojecida—. ¡Se acabó! No es asunto suyo lo que hacen mi amiga y su sobrino. Váyase. Ya.

Drexler se limitó a sonreír.

—No me iré antes de que me explique qué tiene usted que ver en esto. —Señaló con la cabeza la maleza que había al otro lado de la ventana—. ¿Qué hay ahí? ¿Qué interés tiene?

Claudia se asustó. Si Drexler ponía un pie en la espesura, estarían perdidos.

—¡Váyase! —insistió—. ¡Inmediatamente!

El tono tranquilo de Erika los interrumpió de nuevo.

—¿Es que dos amigas no pueden quedar para tomar un café y hablar un poco sin que las interroguen? —Incluso consiguió sonreír un poco—. Estábamos planeando una excursión para la familia y los amigos. Nada más. No hay ningún misterio. Nada por lo que interesarse tanto.

—¿Y por qué aquí?

—¿Y por qué no? Es un lugar tan bueno como cualquier otro.

Claudia inspiró hondo. Gracias a Dios que estaba Erika. En vez de reivindicarse, como tenía derecho a hacer como señora de esos diminutos dominios, había conseguido quitarle hierro a las preguntas insidiosas de Drexler. Pero el peligro seguía estando ahí. Drexler observó al niño y después miró la maleza. Oskar estaba encogido de miedo. Si salía corriendo hacia la puerta y desaparecía entre los arbustos, Drexler adivinaría lo que pasaba y su historia perdería toda credibilidad. Claudia agarró al niño por los hombros con fuerza.

—¿Cómo te has hecho esas heridas, chico? ¡Dime!

—Pero, señor.... —De nuevo la suave voz de Erika—. ¿No ve que está asustando al niño?

Drexler la atravesó con la mirada, miró de nuevo al niño, después a Erika y a Claudia y otra vez a la ventana y los sauces llorones que se movían con la suave brisa de la tarde. Al final, sin dejar de mirar a Claudia, dijo:

—Tengo una advertencia de parte de sus colegas. Tiene que mostrar más compromiso con la escuela. Implicarse en nuestras actividades.

Silencio.

Al final él continuó:

—El comité de profesores exige que vaya a la reunión de la semana que viene en la sala de profesores. El miércoles, a las dos en punto. Y no aceptaré ninguna excusa para no asistir.

7

Era jueves, setenta y dos horas después de la extraña reunión con Dansey en el piso de St. James's Street; tres días que habían estado cargados de una actividad frenética. Había recibido lecciones intensivas de código Morse en la academia de oficiales, radios inalámbricas portátiles, cómo colocar explosivos, la potencia del amatol y, lo peor de todo, la mejor forma para destruir un tren.

Dansey, esa exigente caricatura de hombre, le había dicho que iba a «formar un equipo». ¿Un equipo? Peter soltó una risita amarga. El equipo, al parecer, estaba formado solo por un especialista en electrónica, tecnología de baterías y locomotoras eléctricas. Y no era un académico, ni mucho menos. Ni un profesor de electrónica, ni un genio de algún laboratorio o alguna instalación de investigación. Era un perito industrial o sacado de los talleres de Stratford de la London and North Eastern Railway, un hombre que había conocido esa misma mañana en la torre de paracaidismo de Ringway. Peter se estaba abrochando el arnés y casi ni se fijó en el hombre que esperaba su turno después de él.

—Soy el soldado Williams —se presentó con una voz cantarina.

Peter se giró un segundo y saludó con la cabeza.

—Soy parte de tu equipo.

—Oh, ¿en serio?

—Trabajo en la LNER.

Pero antes de la que la conversación pudiera continuar, los interrumpió el sargento encargado de los saltos.

—¡Siguiente!

Peter hizo el gesto del pulgar hacia arriba requerido y su salto desde la torre fue tan bueno como siempre. Aterrizó perfectamente ejecutando una voltereta impecable. Muy fácil para alguien que había estado saltando desde el biplano de su tío desde la infancia.

—Debería estar usted haciendo mi trabajo, señor —le dijo el sargento con una sonrisa.

—Échele un vistazo al siguiente por mí, ¿quiere? —respondió Peter.

El soldado Williams se balanceó de lado a lado, hizo un descenso bastante irregular y aterrizó hecho una bola y cubierto de barro, sin dar la voltereta requerida.

—No va a llegar lejos con esa técnica —comentó el sargento.

Más tarde, en un refugio tipo Nissen con mucho ruido, Owen Glendower Williams volvió a acercarse a Peter.

—¡Me acuerdo de usted! —saludó.

—Peter Chesham —respondió amistosamente Peter.

—Ah, el favorito del jefe. —Y cuando Peter puso cara de sorpresa, añadió—: En Stratford lo sabemos todo sobre usted. Nos han advertido que tengamos cuidado porque está bajo la tutela del mismísimo *sir* Andrew.

En los siguientes días tuvieron bastante contacto. No se preocuparon del rango o del estatus mientras volaban en un Anson de la RAF para practicar los saltos. La ansiedad de Peter aumentó cuando vio que Williams necesitaba la ayuda de la bota del sargento para saltar.

Más tarde le preguntó:

—Creo que sabes esquiar un poco...

—Claro.

El lunes estaban ambos sentados en una sala deprimente del aeródromo de North Weald, a las afueras de Londres. Un aparcamiento de aviones de combate que estaba en su mayor parte lleno de Hurricanes. Pero uno de los hangares estaba atestado de una heterogénea colección de Hudson, Lysander, Whitley y Martin Maryland, los aviones de operaciones especiales del escuadrón de vuelo 1419.

Peter se sentía agobiado, abrumado e inseguro. Durante todo el proceso había tenido dudas sobre Dansey y sus especiales planes de espionaje. No podía librarse de la idea de que ese hombre era un oportunista con una personalidad dudosa de cuya palabra no podía fiarse. Incluso dudaba de sus propias aptitudes para esa misión. ¿Cómo una carrera y saber cosas sobre ingeniería ferroviaria podían convertirle en la persona adecuada para robar una tecnología nueva y desconocida? No llevaba explosivos (se los proporcionarían en el lugar), tenía muy pocos contactos y ¿cómo se las iba a arreglar si el voluble estadounidense se mostraba hostil? Y además, no le gustaba nada tener que implicar al tío Stefan. El plan operativo se basaba en que su tío pilotara el biplano Dragonfly. Le gustaba tan poco esa idea que había intentado incluso convencer en North Weald a un ayudante militar para que les proporcionara un piloto británico para hacer ese vuelo. Al principio recibió su sugerencia con un comprensivo asentimiento.

—Tenemos muchos tipos locos por aquí que están deseando cruzar el canal para lanzarse a alguna hazaña peligrosa —le dijo el ayudante—. De hecho, los yanquis y los canadienses se entretenían chocando sobre las Rocosas. Estarían encantados de ayudarte, pero mi trabajo consiste en no desperdiciar vidas en misiones imposibles. —Entonces el ayudante llamado Bledloe se sacó la pipa de la boca, señaló a Peter con ella y añadió—: Por eso no puedo permitir que te lleves a uno contigo para tu misión.

Al principio algunos aspectos de la operación le habían parecido a Peter incluso ingeniosos, pero mientras se aferraba a su asiento en el interior de ese bombardero Hudson que olía a combustible y no paraba de vibrar al sobrevolar el canal de la Mancha, la realidad se impuso en su mente y el entusiasmo se convirtió en aprensión. Vio botas nazis, cárceles y todo tipo de horrores en su futuro. Preguntó por qué no podían saltar más cerca del objetivo, pero le dijeron que estaba impracticable («sería el suicido más rápido de la historia»). Peter se agarró a un soporte que no paraba de temblar y se preguntó qué otros problemas podían surgir. Y entonces el motor de estribor se incendió y el piloto se puso enfermo. Peter no podía ayudar; era paracaidista, no piloto. El Hudson empezó a dar bandazos y supo que la tripulación había perdido el control. Cuando oyó: «Listos para el aterrizaje de emergencia. Apretaos los cinturones. Y meted la cabeza entre las rodillas», notó el sabor de la bilis en la garganta. Menudo destino maldito, acabar hecho un guiñapo en un paraje desolado. Entonces oyó los golpes, los arañazos, el metal arrancado y la colisión con el suelo. Cuando pasó y todo se quedó quieto, casi no podía creer que estuvieran en tierra y vivos. Salieron como pudieron del fuselaje destrozado, sorprendidos por su buena suerte.

Peter se sentó en un tocón de árbol y miró los restos de metal arrugado. Dos miembros de la tripulación estaban agachados examinando lo que quedaba del tren de aterrizaje. No tenía buena pinta. Peter desenrolló sus mapas. A pesar de todos los problemas, al menos habían conseguido bordear el territorio francés, tanto la zona ocupada como la controlada por Vichy, y habían aterrizado, según lo planeado, en la zona italiana, una franja estrecha de terreno alpino muy cerca de la frontera suiza.

Que estaban en el lugar correcto quedó confirmado cuando se les acercaron dos figuras que salieron de las sombras. Su comité de recepción consistía en un viejo molinero y su hija. Al parecer por fin algo de lo que había preparado Dansey había funcionado como estaba previsto.

Peter volvió a mirar el caos y preguntó por segunda vez en pocos minutos:

—Pero ¿volará?

Larkin se irguió.

—Lo siento, pero no se puede hacer nada. Ha quedado hecho un desastre. Este avión no volverá al aire, no hay duda.

Peter tragó saliva porque sabía que era él quien debía ejercer el mando.

—Entonces ya sabéis lo que hay que hacer —anunció.

El avión desapareció en pocos minutos bajo una llamarada potente, cortesía de una pistola de bengalas Very. Después, mientras amanecía, Peter, Williams y los tres tripulantes del Hudson, uno cojeando doloridamente, empezaron a ascender por una colina para refugiarse en el enorme molino, que dominaba el paisaje desde lo alto de una loma. Mahoney, el piloto, era el herido.

—Todavía me duele mucho —confesó.

Y con eso Peter se encontró frente a su siguiente problema: ahora ya no eran dos, sino cinco. Y lo mejor que podían esperar los hombres de la RAF era encontrar protección en la Embajada británica o enfrentarse al internamiento en un campo de prisioneros de guerra suizo.

En el molino, Jules Victor Chappet se mostró tranquilizador.

—Estarán ustedes totalmente a salvo en el molino —aseguró—. Nadie ha pasado por aquí, ni de cerca, desde hace semanas.

Peter asintió, agradecido y feliz de poder hacerle un regalo a ese hombre. El molinero era un valioso activo de la Resistencia, un veterano de Verdún, un hombre que sabía de guerra y de armas. Sus «camas» para ese día estaban varios pisos más arriba, subiendo por una escalera empinada hasta la parte más alta del molino, donde estaba el engranaje de madera. Puede que estuvieran a salvo por el momento, pensó Peter, pero todavía estaban atrapados en territorio italiano, lejos de su objetivo, en el Tercer Reich.

8

En la postal se veía la *Frauenkirche*, con las dos enormes cúpulas verdes de la catedral dominando la ciudad que parecía dormir un sueño profundo bajo ellas; era la imagen más icónica de Múnich. Claudia estaba escribiendo un mensaje trivial a su familia, un mensaje de esperanza y felicidad que describía su nueva vida en Baviera. Era su rutina habitual; cada semana una escena diferente de la ciudad en la que ahora vivía o del paisaje circundante. Neuhausen tenía una variedad aparentemente ilimitada de postales con fotos para los turistas del Reich que venían a conocer la ciudad favorita del *Führer*.

A sus padres les enviaba un mensaje cuidadosamente redactado en el que les aseguraba que todo iba bien. Pero no reflejaba la realidad. Claudia estaba sola en su pequeño apartamento con sus postales, sus plumas y su ficción tranquilizadora, sintiéndose aislada, confinada y consciente de los riesgos que estaba corriendo. Y ahora, para empeorar esa sensación de peligro, Drexler insistía en que se enfrentara al comité de profesores autodesignado, los palmeros del partido, los propagandistas y los que sembraban el odio, esos a los que ella tanto detestaba.

Pero estaba segura de una cosa. No podía contarle a su madre nada de eso. Había prometido no poner a su familia en peligro. Recordaba las frases que ella le dijo cuando salió de Praga: «No seas imprudente con tu seguridad, Claudia. Recuerda que una palabra descuidada puede acabar con toda la familia. Si hablas demasiado, puedes meternos a todos en un KZ».

Un KZ. Muy típico de Alemania. Utilizar iniciales para

todo, incluso para los campos de concentración. Habían empezado con Dachau y ahora se extendían como una plaga de langostas por todo el territorio ocupado.

«Aunque no te importemos nosotros, al menos piensa en tu hermano», había añadido su madre con su acritud habitual. Robert estaba en el ejército y Claudia sabía cómo funcionaba la mentalidad del régimen: la vergüenza de un miembro de la familia se contagiaba a los demás, sobre todo a los que llevaban uniforme. Si la arrestaban a ella, él también sería sospechoso, tal vez incluso lo interrogarían y lo enviarían a un batallón penitenciario. Su madre estaba preocupada por mantener a Robert fuera de peligro en su actual poco conocido destino de la fuerza aérea en la estación de radio del mar del Norte, adonde no había llegado aún la guerra. Robert siempre había sido el favorito de su madre.

La relación de Claudia con su madre había sido gélida desde el principio de su adolescencia. Recordó una vez más por qué estaba en Múnich. Le habían pedido que se mantuviera alejada y al margen de los problemas. Parecía una especie de destierro por culpa de haberse «implicado» en su época anterior. Había mostrado rebeldía, malas contestaciones y desafíos a la autoridad. Le vinieron a la cabeza palabras de advertencia: «Son tiempos peligrosos... Te has hecho demasiado visible ante gente peligrosa».

¿Debería quitarse de en medio para salvaguardar a Robert y su familia? ¿O desafiar a su madre e intentar salvar a los niños?

Intentó olvidar esa ansiedad centrándose en su apariencia. Las uñas y el peinado siempre perfectos. Ropa decente y sin maquillaje, como le gustaba al régimen, el único detalle que ambos tenían en común. En la soledad de su habitación se sentó delante del espejo y se dio cuenta de que el rubor rosado que una vez fue su característica más destacada ahora se había desvanecido y se había trasformado en una notable palidez.

Suspiró. No importaba, tenía muchas cosas por las que sentirse agradecida. Se levantó y puso un concierto de clarinete de Von Weber en el gramófono. La suya seguía siendo una vida moderadamente cómoda. Eso le habían enseñado sus incursiones en El laberinto (que le producían arañazos por las zarzas y desgarrones en la ropa por las espinas). Pasó el dedo por el borde de su taza de café, satisfecha; lisa al tacto, era reconfortante, el dibujo floral de color azul vivo y atractivo sintiéndose la porcelana de muy buena calidad. Bueno, no era tan buena, pero ganaba mucho en comparación con los utensilios sucios, rotos y rajados que tenían los niños de El laberinto. Y eso a pesar de que había sacado de su armario muchas cosas de utilidad que habían acabado en su mochila: tazas, cazos, cacerolas, cubiertos. Y además su neceser para la escuela con los cepillos (los cuatro, los repuestos que guardaba para ella) y la pasta de dientes, que les había llevado junto con un cubo de agua. «¿Pero tenemos que hacerlo? Sí, no discutáis.» Sus dientes horribles era una afrenta para Claudia.

Su mirada se paseó por los otros objetos de su tocador: el calendario con círculos rojos alrededor de dos aniversarios muy emotivos: un cumpleaños y una fecha de salida. Ambos, claro, relacionados con ese otro tiempo, antes de la guerra, en el que vivía en un hogar con su familia en Praga y era parte de la gran comunidad alemana de la capital checa. Miró con un poco de nostalgia el cuadro del puente de Carlos que tenía colgado sobre la chimenea y después la insignia para la solapa que había llevado cuando ayudaba con los *Kindertransport* que salían de la ciudad. Casi involuntariamente levantó la vista para mirar también el gran sombrero que había sobre el armario. No se lo había puesto desde que cesaron sus actividades en la estación, pero lo había guardado como recordatorio; incluso le ponía un clavel nuevo cuando el anterior se marchitaba. Esa flor era su insignia de esperanza.

Buscó aguja e hilo para coser un bolsillo descosido, pero los recuerdos de aquellos trenes la llevaron a abrir un cajón y sacar el pase oficial que le daba acceso a los andenes en Praga. La propia Gestapo había organizado la operación. Entonces ella no les tenía miedo. Tenía su reticente permiso y sentía un compromiso personal y un fuerte vínculo emocional con los *Kindertransports*. Una vez un conocido le preguntó: «¿Por qué tanta dedicación? ¿Qué importancia tienen para ti? La mayoría son niños judíos, ¿no?».

A lo que ella respondió con desdén y tan tajante que sus palabras cerraron la puerta a cualquier otro comentario: «Son niños pequeños».

Esos recuerdos hicieron que sacara de su escondite un documento de identidad británico en blanco que debería haber destruido y mirara los huecos que debían rellenar con los datos de cada niño. Estudió una vez más las palabras que incluía; una aprobación del gobierno británico para que «se le permitiera el acceso a este joven por motivos educativos, bajo la tutela del Comité de Ayuda Internacional», un documento que hacía que no hiciera falta visado y que tenía un sello en tinta azul muy brillante en la esquina inferior izquierda que ponía: «Comité Británico para la Infancia en Praga».

Cerró el cajón con un profundo suspiro y miró la foto de la familia Kellner reunida: las caras sonrientes de su padre, su madre y su hermano Robert. ¿Es que el buen nombre de la familia era más importante que todo lo demás? En esa foto no estaba la única cara ausente de la vida de Claudia: la que tenía la nariz respingona y los ojos azules. Esas facciones que había visto un año antes, en medio del *shock*, en un niñito muy triste que estaba hecho un ovillo en el asiento de una esquina del octavo *Kindertransport* que salía de Praga. Estaba a punto de echarse a llorar. Y una niña con el pelo oscuro de ocho años le abrazaba por los hombros.

¿Podría ser cierto?

Una vez más la imagen desapareció ante sus ojos.

Estaban sentados juntos en un rincón, la niña rodeando con el brazo al niño, que se había hecho un ovillo. Él lloraba y ella estaba haciendo el papel de madre. Claudia estudió al niño. Había algo en él...

El día había empezado para Claudia en la sala de espera, donde se notaba calor y humedad por culpa del frío exterior y de las lágrimas de hombres y mujeres que intentaban ocultar su dolor porque había llegado ese día que ningún padre quería vivir. ¿Cómo mentalizarte para dejar marchar a tu hijo? ¿Para enviarlo a los brazos de unos extraños?

Toda la ciudad hablaba de lo mismo: de lo que iba a pasar ahora con los judíos de Praga. Ya les habían quitado el trabajo, les habían denegado la educación, les habían prohibido entrar en parques y cines, y lo que más temían: había constantemente redadas, confinamientos en guetos y en transportes que nadie sabía adónde iban. No había futuro para los niños.

Por eso la sala de espera de la principal estación de la ciudad estaba así, atestada y llena de dolor. Con su típica crueldad, las autoridades alemanas habían prohibido a los padres el acceso a los andenes, así que Claudia estaba en medio de esa obra maestra del art nouveau que era la estación Wilson, que había recibido su nombre en honor del presidente estadounidense, ataviada para que la reconocieran fácilmente con un gran sombrero de paja con un clavel rosa, lista para, a la hora convenida, dirigir una fila de ciento cincuenta niños que iban por parejas hasta los vagones que los esperaban. «Daos las manos y no lo olvidéis: seguid el sombrero», decía siempre, uniendo su mano con una de dedos diminutos.

Fue tal vez unos veinte minutos después, cuando sus protegidos ya estaban sentados en sus asientos asignados, cuando vio al niño. Rubio, ojos azules, la nariz respingona y un gesto peculiar de la boca. No quería separarse de la niña.

Claudia inspiró hondo y contuvo la respiración. ¿Podría ser? ¿Podría ser ese?

La niña, que tenía el pelo castaño recogido en una cola de caballo, llevaba un cuello de encaje y mostraba una expresión muy seria. Sacó del bolsillo un caramelo y con él consiguió que el niño se incorporara para sentarse y en su cara apareciera una sonrisa que la trasformó por completo.

Esa sonrisa... No había duda. Tenía que ser. Ahora estaba segura, no podía haber otra sonrisa como esa.

Unos gritos y cierta actividad en el andén señalaron que el tren estaba a punto de partir. Ahora que todos los trabajadores ingleses de los Kindertransports habían sido enviados *de vuelta a casa y los habían sustituido los del Instituto de Praga y la Gestapo, Claudia era la última de los voluntarios que podía mostrarles compasión a los niños que iban a hacer el viaje. Levantó la vista. Tenía que bajar. No tenía que estar en ese tren una vez saliera de la ciudad.*

Pero volvió a mirar al niño y la niña y leyó sus nombres en las etiquetas identificativas: Luise y Hansi Grunwald. No le resultaban familiares. Nunca había sabido su nombre. Pero en ese instante actuó por instinto.

Les sonrió. Y se remangó. «Qué bien se os ve juntos», dijo quitándose la alianza de eternidad de su abuela del dedo. «Y qué bien estás cuidando de tu hermano. Por eso los dos deberíais tener algo que os recuerde este momento dentro de unos años.»

Fue un regalo espontáneo. Le cogió la mano a la niña y le puso el anillo en el dedo corazón. Le quedaba grande y se le caía, así que se lo dejó en la palma. Y después les dio su reloj. «Y guarda esto para el pequeño Hansi», le dijo a la niña.

Más gritos y el sonido fuerte del silbato.

Claudia se levantó, con los ojos llenos de lágrimas, y se dirigió al vagón abarrotado de niños que iban de camino a la supervivencia y la libertad en Inglaterra. «Buena suerte a todos, y que tengáis un buen viaje hasta vuestros nuevos hogares.»

9

Lo primero que vieron, cuando sus ojos se acostumbraron a la oscuridad, fue un cartel que ponía «Bella Vista» colgando precariamente de un clavo.

Peter frunció el ceño. Qué raro que Stefan hubiera permitido semejante dejadez. Tampoco había ni rastro del columpio de las niñas. Después apareció ante sus ojos la silueta del chalé, con esos aleros que se prolongaban hasta muy cerca del suelo. Desde algún lugar les llegaba el suave sonido del agua lamiendo la madera. Peter se quedó allí, vacilante, empapándose de ese olor familiar, una mezcla única de agua del lago, hierba cortada, cerdos, vacas y lavanda, aliviado de haber llegado a la casa de los Feissler, en la orilla sur del lago Constanza, pero todavía acosado por la preocupación. Los habían recogido en el molino la noche anterior, habían cruzado la frontera y habían recorrido en coche el territorio suizo en una larga hilera de coches y furgonetas sin nada de especial. Había sido una operación bien organizada, tenía que admitirlo, y la Organización Z de Dansey por fin estaba demostrando su valor. Según le había dicho Bob Marshall, su contacto, trabajaban desde un edificio de Berna, bastante alejado de la embajada británica, para evitar que los vigilaran. La tripulación del avión había sido trasladada a la Casa Z y ahora Williams y él habían llegado a casa de su tío, pero Peter seguía teniendo sus dudas. Incluso en la oscuridad pudo distinguir que las macetas de las ventanas estaban vacías y la leña sin cortar. ¿Cómo iba a presentarse ante su tío y su tía y explicar por qué había llegado sin avisar en medio de la noche y de la guerra? ¿Podría cruzar la puerta de atrás sin más y saludarlos como si nada?

Negó con la cabeza. El impacto sería devastador. Lo que hizo fue algo que nunca había hecho antes. Fue a la puerta principal y, sintiéndose muy raro, llamó suavemente.

Williams y él esperaron, mirándose y cambiando el peso de un pie al otro, pero sin decir nada.

Tras un largo rato Peter volvió a llamar, esta vez más fuerte. No se veía ninguna luz, pero oyeron un leve movimiento. Tal vez un Stefan cauteloso estaba mirándolos desde alguna ventana cubierta para el oscurecimiento.

Al fin se abrió la puerta y, con la poca luz que había, Peter tuvo que forzar la vista para reconocer la figura delgada de su tía Trudi.

Estaba muy pálida. Y asombrada.

—¿Peter?

—¡Hola! —saludó él con una enorme sonrisa.

—¿Qué haces aquí? —preguntó con incredulidad.

Peter no estaba acostumbrado a ese tono. Dio un paso para acercarse.

—Este es mi amigo Owen —presentó.

No hubo respuesta, solo un silencio incómodo.

—¿No nos vas a dejar entrar? —se vio obligado a preguntar.

En silencio, sin pronunciar ni una palabra, Trudi abrió la puerta lo bastante para que los dos pudieran pasar a su lado y entrar en el vestíbulo a oscuras. Cerró la puerta inmediatamente y recolocó la cortina de oscurecimiento antes de encender una luz eléctrica tenue y parpadeante.

No los invitó a pasar de ahí, no le dio un abrazo, ni la bienvenida de ninguna otra forma. En ese momento Peter se dio cuenta de que la que estaba delante no era la persona rebosante de salud que recordaba. Había perdido el bronceado que tenía por el mucho tiempo al aire libre, tenía el cabello descuidado y las facciones demacradas.

—¿Por qué? —insistió su tía, con las manos en las caderas y sacudiendo la cabeza—. ¿Qué estás haciendo? ¿Cómo has llegado hasta aquí?

—Me han ayudado.

Eso no mejoró la recepción.

—¿Sabes…, eres consciente…, tienes la más mínima idea de lo peligroso que es esto?

En ese momento el tono exasperado de su tía quedó interrumpido por una pregunta a gritos que llegó desde el interior de la casa. Se abrió una puerta y una voz juvenil y femenina quiso saber:

—¿Quién es?

Y al instante aparecieron en el vestíbulo dos niñas con grandes sonrisas y los brazos tendidos.

—¡Peter!

La llegada de sus dos primas, Bella y Petra, acabó con la gelidez de la bienvenida. Peter les presentó a Owen Glendower Williams con su nombre completo y ambas, entre risas y sin dudarlo, los acompañaron al salón. Peter se dio cuenta de que no había ni rastro del tío Stefan y también de otro detalle preocupante: no había nada borboteando en los fogones de la vieja y enorme cocina.

—Gracias a Dios que ha llegado gente nueva —dijo Bella—. Esto es aburridísimo. Estamos hartas de estar encerradas en esta casa.

—¿Es que no podéis salir? —preguntó Peter, pero al instante siguiente se dio cuenta de la inocencia de la pregunta.

Petra hizo una mueca.

—Es la guerra —exclamó, claramente imitando la forma de hablar de su padre—. Y mamá y papá están muy preocupados por ella y por nosotras.

Trudi se acercó para retomar el control de la conversación.

—Siento ser tan brusca —dijo—, pero habéis venido en muy mal momento.

Tenía bolsas bajo los ojos y Peter se dio cuenta de que el jersey apagado que llevaba tenía unos cuantos hilos sueltos. ¿Dónde estaban los colores exóticos que una vez conoció? Los fuertes naranjas, amarillos y rojos. ¿Y el peinado con las ondas y los rizos?

—Sé que es un momento difícil —reconoció.

—Las leyes de neutralidad suiza son muy estrictas ahora. Muy pero que muy estrictas. Si las infringimos nos pueden arrestar, multar o incluso encarcelar y también despedirnos de nuestros trabajos. Podríamos incluso perder la casa. O a las niñas.

Él hizo una mueca de incomodidad.

—Seremos discretos.

A Trudi no pareció tranquilizarle su respuesta.

—No podemos alojar a extraños, ayudar a ningún país que participe en la guerra, sea cual sea... —Se interrumpió con un largo suspiro—. Ya estamos corriendo demasiados riesgos —insistió.

—¿Refugiados? —adivinó Peter.

Ella lo atravesó con la mirada.

—No te voy a decir nada. Nada, ¿me oyes?

Él intentó bromear, decir algo sobre que eran cosas de familia, pero ella lo cortó de raíz.

—¿Por qué estás aquí? Tú eres familia, claro, pero representas a una potencia extranjera en guerra. Así que, dime, ¿qué ocurre?

Peter suspiró y miró a su alrededor.

—¿Dónde está mi tío?

—Olvídate de Stefan. ¿Por qué?

Peter se cruzó de brazos.

—Disculpa, pero lo único que puedo decirte es que no os pondría en peligro ni a ti ni a las niñas.

Trudi lo estudió durante largo rato.

—¿Y por qué en esa promesa excluyes a Stefan?

—Porque tengo que hablar con él.

—No te voy a permitir que lo involucres.

Cuando Peter se limitó a enarcar ambas cejas, ella continuó:

—Sea lo que sea, quiero saberlo.

—Lo siento, Trudi, pero es información clasificada. Un secreto. Cumplo órdenes y solo puedo hablar con él a solas.

—¡Órdenes! —soltó casi escupiendo la palabra—. Así que has venido aquí con una artimaña, lo que ya nos pone en peligro. No voy a permitir que nadie me utilice. Ni a mí ni a nadie de mi familia. Y sobre todo no voy a permitir que lo hagas tú, precisamente tú. Pero ¿eres tú de verdad, Peter?

Su voz había ido subiendo hasta alcanzar un tono muy agudo. Esperaba reticencia, pero ni mucho menos esa hostilidad. La conversación se estaba volviendo demasiado tensa para las niñas.

—¡Mami! —Era Bella, que le tiraba a su madre de la blusa—. Deja de hablarle así a Peter, no seas tan mala. Vamos a prepararles algo. Les vendrá bien un té.

—Me alegro de que haya venido —anunció Petra, con los brazos cruzados y una gran sonrisa—. Y cuando papá vuelva, él también se va a alegrar.

La mirada de Trudi seguía siendo torva y sombría. Miró fijamente a Peter y dijo:

—No podéis quedaros aquí.

—¿Qué?

—Tenéis que iros.

—¡Pero mami! —chilló Bella.

Peter no pudo ocultar su sorpresa, pero justo en ese momento oyó un leve ruido y una pequeña vibración que llegaban desde más abajo. Vio que ella también lo había oído. Más crujidos delatores y después el ruido de una puerta. La expresión de su tía era una mezcla de alarma y alivio cuando se irguió y salió corriendo del salón.

Y Peter creyó saber por qué.

10

La hora que le había dicho Drexler (las dos en punto del miércoles) se acercaba y la ansiedad de Claudia alcanzó su máximo nivel. Sabía que tenía que plantarle cara a ese comité de profesores autodesignado, que actuaba como si se tratara de la Corte Suprema. Claudia sentía una enorme responsabilidad por esos niños de El laberinto que dependían de ella en secreto. Tenía que enfrentarse a esa gente. Sabía que estaban planeando un interrogatorio, como un tribunal de la Inquisición. Y era más que una prueba. Si ella flaqueaba, ellos supondrían una amenaza para ella, su familia y sus protegidos ocultos. Durante los últimos días había experimentado unos altibajos de emociones que iban de la rebeldía a la aprensión. Estaba empezando a pasarle factura la presión de su doble vida. Una vez más recordó la voz de su madre exigiéndole que tuviera cuidado. Su mente había estado repasando una y otra vez todos los acontecimientos del pasado. Dos días antes, en la privacidad de su apartamento, estuvo sollozando bajito, incapaz de aguantar más una sensación de nostalgia incontenible.

Cuando llegó el día, se negó a entrar en su juego vistiéndose de una forma especial en vez de llevar su jersey burdeos habitual, como haría cualquier día normal para ir a clase.

A las dos en punto entró en la sala de profesores y se los encontró a todos ahí, implacables, holgazaneando con sus camisas, pantalones y botas militares de color pardo: Hobisch, el profesor de educación física, ahora ascendido a subdirector; Spindlegger, que estaba a cargo del campamento de entrenamiento; y Kuhn, un entusiasta de las marchas, los desfiles y todo lo nazi.

Claudia miró alrededor cuando entró en esa sala y se sintió aislada y vulnerable. Para distraerse, estudió la habitación y los muebles. El edificio de la escuela no era moderno, no tenía nada que ver con el flamante edificio tipo Bauhaus que albergaba a la élite del partido y que estaba en el centro de la ciudad. Allí se veían unos paneles de madera con muchas capas de barniz y unos pequeños cuadrados decorativos en los que había colgadas fotos enmarcadas de desfiles y ocasiones importantes y memorables, como la marcha anual de conmemoración de los mártires hasta la plaza de la ciudad vieja. Recordó una broma que solía hacer su madre: el ejército no está completo hasta que todos y cada uno de los directores de colegio tienen un cargo en él.

Ojalá esa broma fuera cierta, pensó Claudia. Ese grupo de ahí no aspiraba a la relativa urbanidad del gris verdoso del uniforme militar. Hobisch tenía apoyadas sus odiosas botas en una silla. Tiempo atrás a ella le gustaba el olor del cuero. Ahora lo odiaba, detestaba la forma en que esos tiranos de las camisas pardas fanfarroneaban adornados con él, lo lucían con orgullo y desfilaban ostentándolo, y como si sirviera para darles validez a sus vanas ilusiones de autoridad. Su absurdez intrínseca le provocó un pensamiento repentino y extraño que le levantó el ánimo: qué divertido sería volcarles la mesa y verlos caer en medio del caos, con las cervezas y los cafés salpicándoles el cuero brillante.

El subdirector fue quien habló primero. Su voz destilaba sarcasmo.

—*Fraulein* Kellner, me alegro de verla. Es un placer del que no disfrutamos muy a menudo. Cualquiera diría que nos está evitando.

Ella sonrió, buscando proyectar una imagen de despreocupación.

—No ha sido más que una coincidencia, se lo aseguro.

Miró a su alrededor, buscando a su adversario más peligroso, pero Karl Drexler no estaba presente, algo muy extraño. Probablemente estaría impartiendo instrucción a los de la clase 4B en la plaza, se dijo.

—Su compromiso con sus alumnos, sus clases y la vigilancia del patio son encomiables —continuó Hobisch—. ¡Qué dedicación! Ojalá demostrara el mismo compromiso con la causa.

Intentó fingir perplejidad. Pasara lo que pasara, no podía dejar que la traicionaran los nervios. Había tratado con tipos peores en Praga, pero el peligro que representaban esos patanes uniformados exigía que fuera más inteligente. Que hubieran caído de forma tan absoluta bajo el hechizo de esa ideología grotesca hacía que su comportamiento resultara más traicionero y demostraba los fallos de sus caracteres.

—¡Usted no es nada! —aulló de repente Hobisch—. ¡Nada! Y la nación lo es todo. ¡Alemania, despierta!

—Tiene usted razón —respondió ella.

—Pero hemos notado —prosiguió Hobisch, señalándola con un dedo acusador— que hay una falta de entusiasmo por su parte. Se escabulló de las lecciones de ciencia racial y no aparece por las reuniones del partido.

—Estoy muy ocupada —contestó y se encogió de hombros.

—Incluso ha cuestionado la historia del valiente soldado de la batalla de Tannenberg. Ya me he enterado de su epílogo pacifista —añadió—. Hospitales, muletas, pobreza, héroes con hambre y sin trabajo. ¡No es eso lo que esperamos de usted! No será que simpatiza con la ideología de esos comunistas escondidos en los armarios, ¿verdad?

Claudia sabía que lo de la historia del héroe de guerra acabaría pasándole factura y se preguntó cuál de sus alumnos habría contado lo que pasó en esa clase de literatura. Se había visto obligada a recitar la historia del héroe de Tannenberg en su clase, pero entonces decidió añadirle una conclusión realista a ese relato de gloria en el campo de batalla.

Su única respuesta fue atravesar a Hobisch con una mirada fija y sin parpadear.

—Yo no tengo nada en mi armario de lo que avergonzarme —contestó, lo que provocó las risas esperadas. Pensó que eso los distraería y tal vez los haría cambiar de rumbo.

Pero no funcionó con Hobisch.

—Fanatismo salvaje —gritó—. Eso es lo que necesitamos. ¡Fanatismo! Gente preparada para demostrar su compromiso con el partido y con la causa. —Hizo una pausa, como para recuperar el aliento y recordar el guion que había preparado. Cualquier otro día Claudia se habría reído ante ese lenguaje tan descabellado, inspirado, sin duda, por el sumo sacerdote de la jerga nazi: Josef Goebbels.

En un tono un poco más moderado, Hobisch continuó:

—Se ha decidido ponerla a prueba, darle la oportunidad de redimirse y demostrar el compromiso necesario. Aquí en Múnich tenemos mucha suerte porque dentro de un mes va a venir el *Reichmarschall* para hacer una inspección. Y esta escuela va a tener una representación en el desfile que se va a organizar para conmemorar su visita. Y usted, *Fraulein* Kellner, llevará el estandarte de la escuela, e incluso esperamos que pueda conocer al gran líder en persona. Por supuesto, nosotros también estaremos presentes.

Claudia tuvo problemas para ocultar el desagrado que le producía la perspectiva de conversar educadamente sobre el partido con ese mandatario espantoso. Recordó varias discusiones en la mesa del desayuno en casa de sus padres en las que el veredicto sobre el leviatán Hermann Göring era inequívoco: un matón brutal que enmascaraba su impulso asesino fingiendo que era algo así como un tío bondadoso de toda la nación.

Spindlegger decidió que ya era hora de participar.

—Le estamos concediendo un gran honor. No nos decepcione. Estaremos allí. Y la estaremos observando.

Sabía que no podía negarse, pero en su interior estaba hecha una furia. ¿Hablar con Göring? ¿Sentarse en una plataforma tirada por caballos y desfilar por las calles para celebrar una absurda fantasía medieval? La noción del Día del *Reichsmarschall* era mucho más que ridícula. Pero tomó una decisión. Las payasadas de ese trío solo estaban sirviendo para reforzar su firme intención de rebelarse, de correr un gran riesgo y, de alguna forma, llevar a su «camada» secreta a un lugar seguro.

—¿Y cuándo va a ser?

—A finales de noviembre. El miércoles 27.

Claudia inspiró profundamente. Quedaba casi un mes todavía. Tiempo más que suficiente para pensar alguna excusa, buscar alternativas y arreglárselas para estar ausente en el momento crítico.

—Por supuesto, tendrá que ir apropiadamente vestida —añadió Kuhn y Claudia supo a qué se refería: el temido traje típico que consistía en un vestido de campesina, blusa con encaje y mangas abullonadas. «No me lo pondría ni muerta» fue la frase que le surgió espontáneamente en la cabeza, pero que no pronunció. Tal vez debería estar agradecida, se dijo. El interrogatorio y el «castigo» por su falta de espíritu patriótico podrían haber sido peores. Al menos no habían llegado a decir algunos de los horrores que había anticipado.

Pero esa sensación de alivio resultó prematura. En ese momento se produjo una conmoción detrás de ella. Al volverse encontró a su némesis, Karl Drexler, en medio del umbral con las piernas abiertas y sonriendo de oreja a oreja, la viva imagen del triunfo. Llevaba algo en su zarpa cerrada que hacía pendulear de un lado al otro.

Claudia frunció el ceño y se quedó mirando. De repente, espantada, reconoció el objeto. Su guardapelo. Se quedó con la boca abierta.

—¿Qué está haciendo con…?

Pero su protesta quedó interrumpida por el respingo que dio al ver que estaba abriendo la tapa y mirando dentro.

—¡Qué interesante! —exclamó—. Un guardapelo con un mechón de cabello rubio y la foto de la cara de un bebé. ¿Y qué es esto, doña Perfecta?

Claudia se levantó para recuperar su medallón, pero él lo agarró con fuerza y mantuvo una sonrisa torcida en la boca.

—Es mi hermano —dijo ella.

Drexler frunció el ceño.

—¡Su hermano, mis narices! A su edad nadie lleva la foto de su hermano cuando era bebé y un rizo de su pelo. ¡Vamos! ¡Confiese! ¿Quién es?

—Devuélvamelo.

Se reía entre dientes y permanecía con la sonrisa de oreja

a oreja, con el guardapelo fuera del alcance de Claudia, tras su espalda. Ella lamentó haber dejado el objeto en el cajón de su mesa. Había estado mirándolo con aire soñador durante un descanso de clase.

—¿Un hermano de bebé? ¡No me tome el pelo! ¿Cuál es su vergonzoso secreto? Vamos, todos queremos saberlo. ¿Quién es el niñito?

Eso era demasiado. Ese bruto manoseando su guardapelo y burlándose de la parte más vulnerable de su vida. Él acercó mucho la cara a la de ella.

—La he descubierto, doña Perfecta. ¿Es este su secretito más culpable?

Ella parpadeó muy rápido, pero supo que si claudicaba, para sus torturadores, con sus mentes retorcidas, eso equivaldría a una admisión de culpa y seguro que después provocarían un desastre y su reputación y su prestigio profesional quedarían destrozados. Claudia cerró la mano y apretó hasta que se clavó las uñas en la carne. Ella no se rendía, se recordó. Los Kellner nunca se ponían de rodillas. Las mujeres de su familia no salían corriendo llorosas, derrotadas. Lo miró con la expresión más dura que era capaz de adoptar.

—Esta conducta es absolutamente vergonzosa. No tengo que explicarle nada a usted, pero… —Un ataque de dramatismo vino en su ayuda. Dejó que se alargara el silencio. Estaban todos callados, expectantes—. Ya se lo he dicho. Una tragedia familiar. Un hermano que murió a los nueve meses de varicela.

Otro silencio y después Drexler rio, burlón.

—No la creo.

Entonces ella adoptó una actitud desafiante. Con las manos en las caderas y la voz firme, que no dejaba traslucir la agitación que sentía en su interior.

—Una burda calumnia. Una intrusión. Una invasión escandalosa de mi vida personal. —Su mirada era dura y hostil—. Y robo de propiedad privada. ¿Es esa la conducta que se puede esperar de un colega? ¿La conducta apropiada para un profesional?

—Eso mismo me pregunto yo.

Otra voz. Y esta tenía un tono completamente distinto. Las mofas de Drexler se interrumpieron cuando el doctor Horst Neumann entró por la puerta abierta y se quedó observando a los cinco perplejos miembros de claustro.

—¿Es que no tienen clases que impartir?

Ella se sintió momentáneamente agradecida por la interrupción, pero entonces pensó: ¿de verdad quería que la salvara el director? ¿Ese hombre ciertamente peculiar, de vestimenta extravagante y al que le encantaba hacer ostentación de su camisa de cuadros azules y sus gemelos de oro? Pero Neumann no era un rebelde. Ella no le había perdonado que no protestara por el plan de estudios que les habían impuesto, lleno de odio y humillación.

Al oír la invitación para que concluyeran la reunión, Kuhn, Spindlegger y Hobisch se levantaron de un salto de sus asientos y dijeron a coro: «*Heil Hitler!*».

Claudia tuvo el suficiente aplomo para quedarse petrificada, mirando fijamente al frente y con una mano imperiosa extendida. No se dignó a mirar a Drexler cuando este dejó caer el guardapelo en su mano.

La mentira le había dejado un sabor acre en la boca y no podía permitirse escapar al protocolo que el director había insistido en implantar, así que reunió sus escasas reservas de conformidad y pronunció un «saludo alemán» algo tardío.

Pero incluso mientras lo hacía decidió que, de alguna forma y a pesar de su atenta vigilancia, ella iba a echar por tierra su participación en el absurdo día de celebración de Göring.

A pesar de todas las dificultades, Claudia sabía que tenía que hacer más por sus fugitivos clandestinos de El laberinto que solamente llevarles suministros básicos para su subsistencia, por muy desesperadamente que necesitaran la comida y la ropa de abrigo. Mantenerlos con vida no era suficiente. Solo hacía falta contemplar a cualquier grupo de niños en el patio de un colegio para ser testigo de sus jóvenes emociones en su estado más libre y puro. Miedo, competencia, rivalidad, desprecio, arrogancia, agresividad.

Por el contrario, en un grupo de niños salvajes, abandonados a su libre albedrío y sin normas, ni disciplina, ni nada que ocupar sus mentes, ¿qué es lo que se ve? Claudia suspiró al pensarlo y se puso a recoger materiales que pudieran activar su imaginación. Llevaba días recopilando los objetos necesarios: ceras, lápices, pinturas, pinceles, libros de cuentos ilustrados para colorear, de canciones infantiles y de rompecabezas. También tenía otras cosas: un par de pelotas de tenis, una vieja raqueta y algunos juguetes que, con suerte, ayudarían a ese grupito rebelde a recuperar algo parecido a la normalidad y la conducta civilizada.

La bolsa estaba muy llena y pesaba cuando inició su camino una vez más para entrar en esa jungla, pero esta vez no había quesos, ni salchichas, ni pan, ni tampoco mantas o jerséis. Esta vez llevaba alimentos para la mente.

Mientras se abría camino entre los árboles y la maleza, le sorprendió oír voces mucho antes de llegar al vagón frigorífico. Y eran voces de niñas. Cuando la vieron aparecer, Frieda, Elsa y Wanda la rodearon, llorando y quejándose, y le tiraron de la ropa.

—Han quemado mi osito —dijo Wanda.

—Y han jugado con mi Molly como si fuera una pelota —se quejó Frieda. Claudia sabía que Molly era el peluche más preciado de Frieda—. Y la han estropeado.

—Y han roto mi dibujo. —Elsa tenía cierta presencia de ánimo, a pesar de su cara de humillación—. Mi dibujo de un árbol. Estuve mucho tiempo haciéndolo.

Un ruido que venía de un lateral atrajo la atención de Claudia. Se zafó como pudo de las niñas y fue hasta una plataforma de hormigón agrietada y cubierta de musgo. A un lado había un agujero profundo.

—Pero ¿qué estás haciendo ahí abajo? —Se lo preguntó con su tono más serio a la figura manchada de barro que había al fondo de un alto terraplén de lo que en algún momento fue un muelle de carga. Águila levantó la vista para mirarla con una expresión de gran concentración, que sin duda haría que siguiera cavando durante horas.

—Es un túnel —explicó—. Va a ser mi guarida.

—Si no se te derrumba encima primero —contestó ella.

Frieda señaló en otra dirección.

—Allí arriba —advirtió, ansiosa como cualquier chivata de mostrarle el camino.

Allí arriba Oskar y Napias estaban metidos hasta los tobillos en un pequeño arroyo, jugando a hacer carreras. El objetivo era ver qué hoja de roble pasaba por encima de un diminuto dique primero. Bueno, eso era aceptable y hasta creativo, admitió Claudia.

Gritos de angustia le hicieron cruzar más arbustos para presenciar una escena que le produjo tal impacto que la dejó momentáneamente paralizada. Reconoció la espalda de Rápido. Tenía un brazo levantado. Claudia oyó un grito de miedo y después una amenaza con voz aguda.

—¿Lo vas a hacer? Di que sí o sigo.

Se acercó apresuradamente y vio que Topo estaba bien atado a un poste metálico que alguna vez sostuvo un cable telefónico.

—¿El qué? —quiso saber Claudia, lo que hizo que Rápido se girara furioso.

—Quiere que suba a lo más alto del poste —lloriqueó la víctima. Tenía pequeñas lesiones y arañazos en la cara y los brazos que hablaban de cómo había sido esa sesión de tortura.

Claudia se enfadó, soltó a Topo y todo el mundo tuvo que volver al vagón frigorífico. Ella insistió en que se sentaran y se estuvieran quietos, sin hablar. No quedaba nada de su actitud normal, tranquila y amistosa; la había sustituido una expresión muy seria que consiguió silenciar incluso a los más rebeldes. Sabía que estaba ante un problema. Como no impusiera un poco de orden, la anarquía reinante, desembocaría en puro salvajismo y todos estarían perdidos.

—Tenéis que dejar de comportaros de esta forma.

Silencio.

—Si seguís así, maltratando a los otros, rompiendo y destruyendo cosas y siendo malos con los demás ¡se acabó! Yo misma os echaré de El laberinto.

—Se lo diré a los camisas pardas —amenazó un Rápido, todavía con ganas de pelea.

—Entonces te meterás en problemas. Nos meterás a todos, pero sobre todo a ti. Volverás a vértelas con la policía, sus porras y sus esposas y se te llevarán a rastras. ¿Quieres que te lleven? ¿Eso es lo que quieres?

Silencio.

—De ahora en adelante todos vais a estar emparejados con otro del grupo. Uno al que tendréis que ayudar y tratar como un hermano, aunque no queráis.

Sacó una pluma y un papel para hacer una lista. Penitencias, parejas, tareas y disculpas.

—Uno de los mayores con uno de los pequeños, un niño con una niña y pobre del que se le ocurra intimidar, engañar, hacer daño a otro o destruir algo.

Miró al grupo, retándolos a contradecirla, a desafiarla.

—Esta es la condición que os pongo. Si no la cumplís, no habrá más comida, ni más ropa, ni más juguetes.

Y después de eso y del largo silencio reconfortante que siguió a sus palabras, empezó a sacar cosas de la bolsa.

11

Peter adivinó que la tía Trudi estaba bajando por la rampa hasta el embarcadero que el chalé Bella Vista tenía a la orilla del lago. Y, como había intuido, poco después se abrió la puerta del salón y entró una fila de figuras encogidas y asustadas. Tres hombres de mediana edad, con el pelo canoso y los pantalones mojados, una mujer temblando bajo una enorme manta marrón y una chica adolescente, la que estaba más alerta de todos, con un abrigo que le quedaba enorme.

Eso era lo que había detrás de la escena que había montado su tía al verlo, comprendió Peter. Los Feissler estaban ayudando a escapar a unos cuantos refugiados.

Su tío lo saludó sin la más mínima inhibición.

—¡Peter! ¡Qué sorpresa más agradable! —dijo con los brazos abiertos—. Estoy intrigado. ¿Cómo has conseguido llegar hasta aquí?

Al saludo le siguieron abrazos de oso y una bienvenida cariñosa. Después Peter le presentó a Williams. Al menos su tío Stefan no había cambiado.

Se llevaron de allí a los refugiados (que iban de camino a un monasterio en una montaña) y a Peter y a Williams les dieron mantas para que durmieran en un cobertizo. Al día siguiente, cuando por fin hubo oportunidad de tener una verdadera conversación, Peter se juró que mantendría su promesa y que no presionaría a su tío. ¿Era justo ponerlo en esa tesitura? ¿De verdad podía pedirle que hiciera un vuelo ilegal sobre el Tercer Reich? Y no solo eso: que volara bajo sobre los Alpes en pleno invierno y en ese diminuto avión.

Peter estaba desgarrado entre la lealtad a su familia y a su país.

Stefan contempló el lago mientras reflexionaba sobre el plan. Había problemas: estaban prohibidos todos los vuelos privados por la guerra, había escasez de combustible y los suizos mostraban hostilidad hacia los refugiados en general. Muchos que habían logrado escapar habían sido devueltos a los nazis. Los Feissler estaban escandalizados por la conducta de sus compatriotas.

El lago brillaba con diferentes tonos de gris plata y el agua estaba tan calmada que parecía un espejo. Stefan señaló la otra orilla, la alemana, a la que había ido en barco varias noches para sus rescates ilícitos. Podía meter a treinta personas apretadas en la barca.

—No me resultaría difícil llevarte hasta allí —comentó.

Peter negó con la cabeza.

—Órdenes —fue lo único que dijo. Sabía que sus contactos estaban en otro lugar.

Pero el factor decisivo fue Trudi.

—Está de los nervios porque has venido aquí —explicó Stefan—. Es peligroso para ti y para nosotros. —Negó con la cabeza, reticente—. No va a permitir nada que ponga en peligro a nuestra familia, nuestro hogar, las vidas de las niñas o las nuestras. Solo está pensando en lo mejor para nosotros y no puedo llevarle la contraria en esto.

Peter suspiró y asintió. Más tarde, otra vez en la casa y después de hablarlo un poco más, su tía no cedió en su hosca resistencia.

—No deberías ni siquiera habérnoslo pedido —le dijo a Peter—. Y puedes decirle a quienquiera que te haya enviado que la respuesta es no. Definitivamente no. Stefan no lo hará. Porque yo no se lo permitiré.

Y eso fue todo. Operación Zero.

Arriba, sentado en un jergón de paja y utilizando un libro para apoyarse, Peter resumió el problema en un mensaje críptico para la Organización Z. Una línea sobre un cochero que había perdido su caballo. Dirigió la nota a la Compañía de suministros de ingeniería marina suiza, en el 24.ª de Knockendorf Strasse, claramente un buzón de Dansey, y esperó que le respondiera con la orden de abortar.

No estaba preparado para lo que ocurrió después.

Era casi medianoche. Se oyó un golpe decidido en la puerta. Stefan lo ignoró. Más golpes y Stefan fue a abrir. Y volvió para decirle:

—Alguien pregunta por ti.

Peter miró a la figura que estaba en el porche y reconoció la cara sonriente de Skip Mahoney.

—¡Hola! ¿Qué tal te va?

Peter no ocultó su sorpresa.

—¡Pero si eres tú!

—Soy tu piloto de reemplazo.

—¿Qué?

—Creo que estoy como una cabra, pero me he presentado voluntario.

—¿No estabas herido?

—Me han hecho un remiendo, amigo. Me ha estado cuidando una enfermera muy simpática.

—Pero tu tripulación y tú estabais deseando volver a casa. Tus habilidades especiales eran necesarias en tu escuadrón, o eso me dijiste. Eres demasiado valioso para acabar en un campo de prisioneros.

—Parece que en este momento el viaje de vuelta a casa resulta un poco complicado. Estamos atrapados en este país. Así que aquí estoy, un poco magullado, pero listo para volar.

Peter inspiró hondo. Eso lo cambiaba todo.

12

Ella lo llamaba «el Miércoles Negro». El 27 de noviembre, la fecha del desfile del Día del *Reichsmarschall,* era como una nube negra en el horizonte de Claudia. Estaba decidida a eludirlo. Tal vez podía fingir estar enferma, irse a hacer un curso, pedir el traslado a otra escuela, o cualquier otra artimaña para no tener que soportar la humillación de desfilar delante de Hermann Göring.

—Hay cosas peores —dijo Erika al oír las furiosas protestas de Claudia—. Mucho peores. Tú hablas de repugnancia. Pero yo hablo de peligro.

Claudia se paró en seco y se mordisqueó un dedo. Algo en la expresión de su amiga hizo que se le helara la sangre. Erika le contó que le había llegado un mensaje de su contacto en la policía. Weber, el agente que le dio aquel susto a Claudia cuando fue a llamar a su puerta, había demostrado su fiabilidad y su ayuda inestimable avisándoles de las redadas y los registros en las calles en busca de submarinos que hacían la policía y la Gestapo.

—Todo se está volviendo mucho más peligroso.

—¿Quieres decir que...?

—Sí. ¿Cuánto tiempo pasará antes de que empiecen a mirar hacia aquí?

Claudia siempre había sabido y temido que no podrían ocultar y alimentar a los niños indefinidamente.

—Tenemos que hacer algo —añadió Erika—. Antes de que sea demasiado tarde. Llevarlos a alguna parte. A un lugar más seguro.

Claudia se rascó la nuca.

—Podemos meterlos a todos en un tren —sugirió—. Una excursión de la escuela. Encontrar algún pretexto plausible. Tú podrías arreglarlo. Enviarlos en un viaje al otro lado de la frontera.

Erika rio entre dientes.

—¡Estarás de broma! No podríamos pasarlos por la frontera. Ni esconder niños en un tren. Es demasiado complicado. Llama la atención. ¿Y hacerlo oficialmente? ¡Imposible! Nunca permitirían que una excursión escolar cruzara la frontera por ninguna razón. Ninguna en absoluto. No es posible.

Claudia se rascó otra vez.

—¿Y ese estadounidense del que me has hablado? Me has dicho que tiene poder. Privilegios. Tal vez podría arreglar algo.

Erika negó con la cabeza.

—¿Y por qué iba a hacerlo? ¿Y qué podría hacer? Además va siempre acompañado. Bien vigilado por la Gestapo.

—Podrías hablarle de las víctimas del sistema. Unos niños desdichados. Apelar a su compasión y ver cómo reacciona.

—No conseguiríamos llegar hasta él. —Erika frunció el ceño—. Aunque... —Se encogió de hombros—. No lo hace a menudo, pero algunas veces...

—¿Qué?

—Nunca viene en persona. Pero envía una hoja rosa.

Claudia sabía que la hoja rosa era una solicitud de un componente concreto. Cuando el ingeniero necesitaba algún componente para su proyecto, enviaba una hoja en la que estaban los números de serie de lo que necesitaba para que Erika encontrara el componente en su almacén.

—El problema es la escolta. —Erika explicó que la mayoría de las veces la hoja se la traía el taciturno ayudante del ingeniero, escoltado por el miembro de la policía secreta que menos simpatía le producía: el *Oberscharführer* Voss.

—¿Siempre viene con él?

Erika reflexionó.

—No, a veces la trae por las tardes, cuando Voss libra.

—Entonces tienes que estar preparada para cuando surja la oportunidad —contestó Claudia.

Claudia estaba pensando en qué tipo de hombre sería ese ingeniero, que había dejado su país y cruzado el Atlántico para trabajar en un proyecto secreto para el Tercer Reich. El secretismo que lo envolvía y su estatus protegido sugerían algún propósito siniestro y eran una clara señal de peligro. ¿Cómo sería ese hombre? ¿Por qué estaba haciendo lo que querían los nazis? Se preguntó qué le daría el Tercer Reich que no le habían proporcionado en los Estados Unidos. Tal vez era por alguna razón personal. Quizás estaba huyendo de algo. ¿Tendría alguna debilidad? ¿Podrían explotarla?

—Podrías hacerlo tú —sugirió Erika.

Claudia parpadeó.

—Creo que no. Es a ti a quien conoce, no a mí.

—¿Yo? ¿Con estas arrugas? Tú eres nuestra mejor baza.

Era cierto. Erika tenía muchos atributos estupendos, pero le faltaban algunos atractivos. Claudia consideró si debía dar un paso adelante. Instintivamente era reacia a la manipulación. Hacer de espía, utilizar el engaño y comportarse de manera desleal…, ella no era así. Además, no quería implicarse en los conflictos políticos de otra persona, ya tenía bastante con los suyos.

Pero inspiró con decisión y se dijo que esto era diferente. Era por el bien de los niños.

—Puedes hacerlo —insistió Erika—. Has podido con tus asquerosos colegas. Has sobrevivido a su interrogatorio. Tienes agallas cuando hace falta.

Claudia se mordió el labio. Esa afirmación la hacía sentirse muy incómoda. Solo un año antes era una persona diferente: amable, sincera, tímida incluso. Los acontecimientos la habían cambiado. En ese momento se preguntó: ¿cuántas agallas tengo? ¿Debería dejar a un lado todos los escrúpulos para proteger a esos niños?

Mientras, Erika ya había olvidado sus dudas anteriores y

se había mentalizado de que abordar al ingeniero era la solución a su problema.

—El estadounidense tiene que ser diferente a todos los demás —dijo—. Es cosa tuya, Claudia. Encuentra su debilidad, su punto vulnerable y tira del hilo.

Claudia dudaba.

—Podría ser un error fatal. Tal vez sea una rata, un chivato. Hablar demasiado podría hacer que nos arrestaran a todos.

—Pues entonces tendrás que usar toda esa inteligencia que tienes para ir sondeándolo poco a poco sin revelar nada incriminatorio —fue la rotunda respuesta de Erika.

Ocurrió tres días después. El ayudante del ingeniero, el viejo Epp, vino por la tarde, con la hoja rosa en la mano y sin escolta.

—Quiero que le lleves este mensaje a tu jefe —le dijo Erika, y en la parte de atrás de la hoja rosa escribió: «Hay una cosa que los alemanes tenemos en común con los estadounidenses: que sabemos apreciar un buen café. La marca que yo tomo es Dallmayr y es la mejor. Lo tomo a las 15.00 horas en mi almacén. Considere esto una invitación».

Era atrevido, casi impertinente, dirigirse así a un hombre tan eminente siendo ella nada más que la encargada del almacén. Pero él era estadounidense y todos sabían que ellos no tenían esos prejuicios. Decidió que el tono informal le llamaría la atención, despertaría su curiosidad. Firmó la nota con un sencillo: «Erika». Él no sabía que ella no era precisamente Marlene Dietrich.

La tarde siguiente estaban en su rincón privado. Claudia llevaba su mejor chaqueta, de un naranja alegre, con una falda marrón de tablas. Estaban hablando de los problemas de El laberinto.

—¡Pequeños demonios! —exclamó Erika—. Quemar cosas, hacerse daño… ¿Qué se les va a ocurrir después?

—Siempre pasan esas cosas con niños que no tienen ningún control —respondió Claudia.

—Pero ¿lo has atajado?

—Creo que sí. Tengo que mantener la mano firme —dijo agitando un dedo—, pero ayer estaban muy dóciles.

Erika hizo una mueca, suspiró y de repente levantó la vista. Acababan de oír una tosecilla fingida que llegaba desde el mostrador. Y al momento se repitió. Erika miró por debajo del mostrador y en su cara apareció una expresión extraña cuando susurró:

—¡Es él!

—¿Cómo lo sabes?

—Mírale los zapatos.

Zapatos de cuero marrón tipo Oxford, con la puntera en forma de eme. Nadie en ese lugar iría a trabajar con un calzado tan caro.

—¡Ajá! —exclamó Hank Hoskins, sonriendo, cuando apareció Erika—. Huelo el café. No, no solo café; un café fantástico. Hábleme de esa marca que mencionaba.

Ese hombre seguramente era un entendido, pensó Erika.

—Dallmayr. Se tuesta aquí. Y también se muele. Bueno, al menos se hacía antes. —Habían cerrado a causa de la guerra, pero no lo dijo—. En la tienda de Diener Strasse conservaban los granos en unos enormes tarros de porcelana.

Él aplaudió.

—Fantástico. Mucho mejor que lo que me dan a mí. Pero siempre se consigue lo mejor de lo mejor en las tiendas, ¿verdad?

—Es el mejor de la ciudad con diferencia —confirmó ella—. Y mis amigas piensan lo mismo que yo.

—Ya veo. —Hoskins se inclinó sobre el mostrador para ver bien a Claudia, que todavía estaba sentada en el rincón.

Erika dio el paso. El hombre estaba de buen humor.

—Quizá quiera tomarse una taza con nosotras —invitó—. Si tiene algo de tiempo.

—Nunca estoy demasiado ocupado para rechazar una invitación como esa —dijo mientras Erika iba a buscar otra silla—. Solo he venido a comprobar personalmente que tiene suficientes de estos —dijo señalando una hoja rosa—. Pero podemos mirarlo luego.

Sonrió de oreja a oreja y se hicieron las presentaciones.

—Esta es Claudia, una amiga de la ciudad —dijo Erika y después, con voz de megafonía de estación y mirando fijamente a Claudia añadió—: Y él es la estrella de todo esto de lo que te estaba hablando, el gran nombre escrito en letras de neón que va a hacer famosos a los talleres y los almacenes de Landsberger y a todos nosotros.

Hoskins rio y se encogió de hombros, entusiasmado con su taza de café. Y se emocionó aún más cuando Erika sacó tres rosquillas de la despensa.

—Menudo regalo —dijo—. Café decente, dulces y compañía agradable. Mucho mejor que el viejo Epp. Es la única persona con la que hablo en mi taller y, Dios santo, ese hombre es el más adusto que he conocido.

Erika echó un vistazo alrededor. Estaban solos.

—Me sorprende que no haya traído a sus sombras —dijo—. ¿O es que están esperándolo escondidos en el túnel?

Era una referencia obvia y bastante descarada a los policías de la Gestapo, que normalmente iban pisándole los talones a Hoskins, fuera adonde fuera. Todos en los almacenes lo sabían: el ingeniero jefe era el cerebro del proyecto preferido del Führer y los hombres de negro tenían órdenes de no perderlo de vista.

—Oh, no se preocupe por ellos, no están tan cerca —confesó Hoskins—. Solo Voss, del turno de mañana, es un poco entusiasta. Pero estoy más tranquilo por las tardes, en el turno de Franz. Es un hombre más relajado.

Erika puso los ojos en blanco y Hoskins añadió:

—Ahora seguro que está hipnotizado con Schubert. Todos los días, más o menos a esta hora, ponen un concierto en la radio de Hamburgo.

—¿Cultura? ¿Música clásica? ¿Ellos? —Erika parpadeó, incrédula.

—Lo sé. No encaja con su imagen, ¿verdad? Lo cierto es que este no es el hábitat natural de Franz; es más bien una forma de evitar que se meta en problemas. Afortunadamente, tiene amigos influyentes.

—Qué suerte.

—Además, este destino en los almacenes es bueno. Aquí pueden relajarse, nunca pasa nada, al menos nada de lo que tengan que preocuparse.

—Es un alivio —contestó ella.

La conversación siguió fluyendo y encadenando temas neutrales: los dulces, el pan, las especialidades de Múnich, como la famosa salchicha blanca que por tradición debía consumirse antes de mediodía, el queso especiado y la mantequilla para untar que se llamaba Obatzda. Después hablaron de la ciudad y su catedral.

—Esas cúpulas verdes, son bastante especiales, ¿no creen? —comentó él.

En ese momento Claudia dejó su taza y se levantó, sonriendo con aire de disculpa.

—Por agradable que me resulte esta reunión, van a tener que disculparme, pero debo volver. Tengo cosas que hacer. —Extendió la mano—. Encantada de conocerle, señor Hoskins.

Y se fue.

Erika mantuvo la expresión imperturbable. Era todo parte de un concienzudo ritual de engatusamiento. Habían decidido que era mejor no hacer que todo pareciera demasiado fácil desde el primer encuentro. La idea era que probara y después ver qué pasaba.

Claudia se lo estaba pensando.

—Es que no tiene nada que ver conmigo. Yo no voy por ahí pavoneándome, buscando que me inviten a cenar, ni haciendo esfuerzos por hacer amigos. Ni mucho menos. Soy más bien lo opuesto. No quiero que nadie se fije en mí. Y lo último que necesito es la complicación de una relación.

—Pero tampoco tienes que actuar como una monja —apuntó Erika.

Claudia apartó la mirada. Había evitado cuidadosamente cualquier amistad masculina. Había muchas más cosas que podía decir, pero no lo hizo. Solo insistió:

—Me gusta ser parte del mobiliario, así soy yo. Y es mucho mejor para los niños. Por su bien debo parecer tan corriente que nadie se fije en mí. Ser casi invisible.

—Claudia —empezó Erika con un tono de complicidad—, nunca vas a poder ser invisible. —Y después dijo—: Ven mañana y ponte algo bonito.

—Ni hablar. No pienso ir por ahí exhibiéndome.

Al día siguiente no pasó por el almacén de componentes como forma de protesta, pero después tuvo un ataque de culpabilidad al pensar que había decepcionado a una amiga. Y lo que era aún peor: ni siquiera le había dado una explicación. El martes, Claudia se sintió obligada a compensar la mala educación que había demostrado. Se pintó las uñas de rojo (suponiendo que Hoskins no compartiría esa obsesión del régimen por la «imagen natural»), se recogió el pelo y se puso un vestido de lana suave de color verde bosque que se había hecho ella misma utilizando la tela de dos vestidos viejos. Pero eso no lo podía saber Hoskins. A pesar de su procedencia no era soso; estaba bastante orgullosa del bolsillo de la pechera y del cuello vuelto de un tono verde más oscuro. A las cinco estaba sentada tras el mostrador del almacén de componentes, nerviosa pero lista.

—Ha preguntado por ti —comentó Erika.

—¿Qué es lo que ha preguntado?

—Que quién era esa mujer joven y guapa.

—¿Y qué le has dicho?

—Solo que eres de la ciudad.

—¿Y?

—¿Y tiene novio? ¿O está casada? Le he dicho que creía que no. Y he dejado caer que tal vez te gustaría que te invitara a una buena comida. Para variar, teniendo en cuenta las escasas raciones que nos dan.

Claudia hizo una mueca.

—¿Y por qué vamos tan rápido?

—Nada de eso, es nuestra oportunidad. Tiene poder, estatus y es un personaje al que ellos cuidan. Incluso la Gestapo tiene que hacer lo que él dice. Pero sobre todo es un hombre solitario que necesita compañía. Especialmente si es de una mujer joven y atractiva.

Claudia volvió a arrugar la cara.

—Piensa en los niños, Claudia. Necesitamos… Necesitan salir de ahí.

13

No era un gran estruendo, sino más bien un zumbido irritante, como el de una mosca pesada. Peter estaba acostumbrado al ruido del Dragonfly de Stefan. Había pasado muchas vacaciones alocadas y felices trepando por el fuselaje, colgando de las riostras que unían las dos alas y saltando desde el avión a la nieve. Era un modesto hidroavión biplano al que en De Havilland le habían añadido una puerta extra para la cabina y una pasarela en las alas. Antes de llenarlo hasta arriba con el equipo tuvieron que quitar dos de los cinco asientos para hacerle hueco a todo: la radio portátil, dos pares de esquíes y raciones que debían durarles dos días.

Se lo llevaron utilizando un subterfugio: compraron el combustible en el mercado negro y sacaron el avión tras romper las cerraduras, para dejar un rastro falso que sirviera para proteger al dueño de cualquier repercusión. El despegue se hizo sin incidentes. Mahoney accionó los dos motores Gipsy Mayors de 142 caballos y el Dragonfly rozó las leves olas del lago, con la succión tirando de los flotadores de aluminio, hasta que cogieron el impulso suficiente para que el aparato se elevara. Después, volando como un insecto torpe, se dirigieron a los Alpes austríacos. Las condiciones eran rudimentarias. No tenían auriculares, ni radio, así que la comunicación entre ellos se reducía a gestos con la mano. El viento era helador y soplaba muy fuerte. Incluso con el grueso abrigo que llevaba, Peter estaba tiritando. ¿Cómo ese avión tan frágil y delicado podría aguantar las peligrosas corrientes de aire que corrían por los cañones rocosos de la zona montañosa de

Allgäuer-Lechtaler? ¿Y qué tal se le daría a Mahoney volar entre montañas?

La luz de la luna le daba al paisaje una apariencia fantasmagórica. Su ruta tenía que llevarles lejos de los picos más altos, pero eso aumentaba el riesgo de que los viera algún cazador furtivo que anduviera por ahí de noche. Contaban con que la cobertura de los sistema de escucha alemanes no fuera muy amplia en esa zona. Aquello no era más que una puerta trasera en medio de una zona rural en la frontera con la Austria ocupada, la Italia fascista y la Suiza neutral, pero que hubiera poca cobertura no significaba que fuera totalmente inexistente. Después estaba el glaciar. Localizarlo necesitaba de precisión. Si algo salía mal, no había posibilidad de rescate.

Y al final, el salto. La idea de poner pie a tierra en un glaciar había despertado la imaginación de Peter, pero las condiciones extremas hacían que fuera necesario hacerlo bien a la primera. Se encogió de hombros y dejó de lado sus preocupaciones. En vez de eso, se permitió dejarse llevar por el entusiasmo. «Abraza el miedo», le había dicho su instructor de Ringway, y Peter prefirió pensar, con orgullo, que le habían elegido para una tarea dificilísima, aunque para ello Dansey había tenido que ignorar deliberadamente un montón de contras sobre el (temporalmente) segundo teniente Peter Chesham. No era un líder natural, ni un oficial de carrera, ni un hombre que decía «lo correcto». Pero no importaba, estaba haciendo lo que le habían pedido y demostrando su valía ante su padre, ante el mundo en general y ante sí mismo. Iba a la guerra, pero no pensaba utilizar el paracaídas para matar o mutilar. Se trataba de acortar la guerra. Era todo por la paz.

Mahoney le dio un golpecito en el hombro y señaló hacia abajo. Peter miró por la ventanilla el paisaje de picos de diferentes alturas que quedaban más de trescientos metros por debajo; unas vistas que intimidaban, a pesar de su familiaridad con el terreno. Entonces vio el glaciar. Hockfelln, la forma correcta en el momento justo.

Peter asintió y le mostró la mano con el pulgar hacia arriba para darle las gracias al piloto por esa navegación tan exacta. Mahoney lo había hecho bien. Ahora era el turno de Peter.

Se impulsó hacia arriba para salir del asiento, se quitó el cinturón, comprobó el paracaídas y abrió la puerta lateral. El viento le golpeó de inmediato e hizo que tuviera que detenerse un momento antes de salir y avanzar un poco más, agarrándose a las riostras que unían las alas superiores e inferiores. Una fuerte ráfaga proveniente del motor estuvo a punto de hacerle perder pie. Una correa suelta estaba bailando una danza frenética. Eso no era un paseo y no tenía nada que ver con intentar aterrizar en las suaves laderas nevadas de alrededor del gran lago. Pero las vistas a la luz de la luna eran impresionantes y maravillosas, a la vez que muy intimidantes por su extensión. Las zonas blancas contrastaban con la negrura de la nada.

Mahoney estaba dando la vuelta a velocidad de crucero para después volar bajo y estabilizarse justo encima de la parte superior y más abierta del glaciar. Era el momento. Miró un segundo la cara pálida de Williams, todavía sujeto con el cinturón a su asiento, pronunció la frase «¡No me falles!» y se lanzó al vacío, nervioso por si acababa cayendo en un borde del glaciar y al vacío. El paracaídas de seda blanca se abrió y él bajó flotando en el inmenso silencio, agitado por un aire tan frío que le pareció que cortaba como un cuchillo. En unos segundos se hundió en una profunda capa de nieve polvo que le llegaba a la cintura y que amortiguó el impacto de la toma de tierra. Se quitó como pudo el paracaídas, desprendió de su cinturón un foco que llevaba y lo encendió para guiar a Mahoney, que estaba girando para el segundo pase.

Peter contuvo la respiración. ¿Podía ser ese el momento en que todo salía mal? Varios bultos grandes bajaron lentamente y Peter marcó mentalmente las posiciones en las que estaban cayendo, preparándose para ir a recogerlos después. Por el momento se quedó allí con la luz. Sintió un enorme alivio cuando, en la tercera vuelta, el avión viró de repente a estribor y una figura solitaria bajó flotando. Aterrizó cerca de él rodando y formando una bola de nieve, hasta que al final paró por pura inercia en medio de un remolino de blancura.

Williams se levantó con dificultad, gruñó y se arrancó las correas del paracaídas, enfadado.

—¡Nunca más! —exclamó—. ¡Ha estado a punto de darme un ataque al corazón ahí arriba! El frío me ha dejado petrificado.

Peter le dio las gracias mentalmente a Mahoney, aunque no sabía si había sido un empujón o el viraje brusco lo que había lanzado a Williams al aire. Se limitó a asentir, apagó el foco y el avión se alejó.

Caminar a la luz de la luna a través de una capa de nieve que les llegaba a la cintura era agotador. Encontrar y recoger los bultos y desembalar todo el material les llevó dos horas. La nieve, que había sido su aliada en el aterrizaje, ahora se había convertido en su enemiga.

Las pesadas mochilas y la profundidad de la capa de nieve hacían que mantener el equilibrio fuera difícil. Cuando empezaron la marcha con los esquíes, Williams perdió el equilibrio hasta tres veces, y cuando por fin consiguió avanzar, solo lo consiguió durante unos metros y arrastrando los esquíes antes de caer de nuevo. Peter empezó a preocuparse y a sospechar que Williams había exagerado sus habilidades con el esquí para que lo aceptaran en el equipo. Descansaron un rato, esperando a que saliera el sol antes de cruzar una grieta, y siguieron avanzando durante varias horas en las que pareció que no progresaban lo que hubieran querido. Era desesperante. La marcha iba patéticamente lenta. Williams resbalaba constantemente, así que Peter decidió distraerlo, porque no quería que se diera por vencido. No hizo falta mucho estímulo para que se lanzara a hablar. Empezó a relatar recuerdos de una cabaña de mineros en Gales, imágenes de una vida diferente: el viernes era el día de paga y esas noches las pasaban en el pub; tenían unos tarros con dinero en la repisa de la chimenea que eran para la renta, la leche, la electricidad y el médico. Y hasta tenían un baño con agua corriente.

Peter siguió adelante, preguntándose cómo habían decidido unir dos personalidades tan dispares, pero esas eran las cosas que pasaban en el ejército reclutado por ese hombrecillo. De repente te encontrabas compartiendo la vida con gente con la que nunca te habrías cruzado en Civvy Street.

Williams estaba hablando de la amplia familia de Peter y lo «pijo» que era tener parientes en Suiza. Peter rio.

—Pero cuánto resentimiento. Estás obsesionado con eso de la clase social, ¿eh?

—Bueno, es algo que está ahí, no finjas que no existe.

—¿Y por qué toda esa rabia?

—¿Quieres saberlo? Te lo diré. Detesto a los que son como tú. Los de tu clase. No sabéis nada, no tenéis experiencia práctica de la vida, no os ensuciáis las manos, solo andáis por la vida tan tranquilos. Vais a la universidad y cinco minutos después ya le estáis diciendo a todo el mundo lo que tiene que hacer.

Peter se lo tomó con humor.

—Todo va a cambiar después de la guerra. Por el esfuerzo conjunto. Como estamos haciendo nosotros ahora.

Al anochecer se refugiaron en las ruinas de una cabaña de pastores. Cuando se hizo de día decidieron utilizar una puerta vieja como trineo improvisado para superar una bajada empinada. Sus espaldas sufrieron con cada roca o bache ocultos y Peter tuvo problemas para mantener el control cuando adquirieron velocidad. Era complicadísimo de dirigir, porque la puerta era rígida e iba hacia donde le daba la gana. Apareció un giro brusco a la derecha y lo superaron por poco. Williams chillaba de miedo y Peter necesitó toda la fuerza que le quedaba en sus articulaciones doloridas para mantener el improvisado trineo en posición. Otro giro brusco y esta vez se dio cuenta de que no lo iban a conseguir. Williams cayó, con esquíes, mochila y todo desapareció en su estela.

Cuando consiguió retroceder hasta el lugar de la caída, Peter encontró a Williams en malas condiciones, con un corte que le sangraba y una pierna muy magullada, sin los dos esquíes y también sin la mochila en la que llevaban la comida.

Sujetó con unas correas a sus esquíes la mochila que quedaba, donde llevaban la radio, y después se los ató con una cuerda a la cintura para poder ayudar a caminar a Williams mientras iba arrastrando lo que quedaba del equipo. El avance resultó doloroso; notaba las piernas como plomo, los muslos y los pies doloridos y ya les estaba pasando factura el frío debilitante y el agotamiento. Tenía los dedos entumecidos, que movía constantemente por miedo a que se le congelaran, y parecía que su nariz ya no le perteneciera. Por suerte, al anochecer llegaron a unos prados exuberantes, cruzaron un puente sobre un pequeño río y oyeron el ruido de un tren a lo lejos.

—¿Te lo puedes creer? —Williams sacudió la cabeza—. ¿Un tren en este lugar perdido?

—Justo por eso lo elegimos. Es el punto donde la línea principal pasa más cerca de las montañas.

Un alto edificio de ladrillo dominaba el paisaje y, tras examinarlo, reconocieron su objetivo: el edificio de la estación de Bergen.

Peter se acercó a la puerta de atrás. Era el momento clave. ¿La información de Dansey sería fiable? ¿Sus contactos de verdad funcionaban o estaría metiéndose en una trampa?

Llamó tres veces y, cuando abrió la puerta un hombrecillo (calvo, con gafas, tirantes sobre la camisa de rayas sin cuello), Peter dijo la contraseña: «Disculpe que le moleste a estas horas. Estoy buscando a Maria».

—¿Y para qué lo busca?

¿Lo? Peter arrugó la frente, pero siguió con el guion establecido.

—Esperaba poder unirme al personal del tren que va a los almacenes de Landsberger.

El hombrecillo cruzó el umbral para mirar a Peter de arriba abajo.

—No parece usted un empleado del ferrocarril.

—Soy maquinista. Sé cosas que solo puede saber un maquinista.

—¿Quién es el jefe de las cocheras de Traunstein?

—Tannhauser. —Peter se sintió idiota. ¿Quién había oído hablar alguna vez de un jefe de cocheras que se llamaba como un personaje de una ópera wagneriana? Pero siguió con la expresión impasible.

—¿Cuántas ruedas tiene una locomotora de clase A en Rosenheim?

Para esa también estaba preparado.

—Ninguna, porque las clase A nunca se han utilizado en Rosenheim.

El hombrecillo asintió, se asomó un poco más y miró el jardín.

—Será mejor que entren —dijo por fin—. ¿Solo vienen ustedes dos?

Estaban en el salón del jefe de la estación, devorando un plato de patatas fritas con huevo y un buen trozo de pan negro. Peter estaba aliviado. Maria, el jefe de la estación, era su contacto en Bergen y, con suerte, el primero de una cadena de colaboradores en la clandestinidad. Se rio entre dientes por tener que llamarlo Maria, pero sabía que todo eso era parte del sistema de códigos de Dansey; todos usaban nombres de pila de grandes compositores. El jefe de la estación era Carl Maria von Weber. Peter, alias Piotr, era Chaikovski.

Después se puso a pensar en el problema de Williams. Su ayudante se había convertido en una carga. Para hacer su trabajo tenían que ser prácticamente invisibles. Era fundamental que pudieran mezclarse entre la multitud, convertirse en una cara anónima más, en otro empleado del ferrocarril. Un hombre que cojeaba y con heridas en la cara atraería la atención al instante. Y además Williams estaba al borde del agotamiento. El descenso de la montaña había acabado con sus fuerzas.

Solo había una opción: tenía que dejarlo atrás. Además, su única utilidad era su habilidad para usar la radio. Lo alojaron en una habitación en la buhardilla y Peter le dijo que debía «curarse, pero nada de médicos».

Peter, sin radio y sin ningún material explosivo aparte de su propia inteligencia, tenía que seguir solo.

Cuando llegó la mañana, los preparativos de Dansey demostraron que seguían funcionando. Le habían preparado una impresionante colección de nuevos documentos: un pase amarillo de empleado de la *Reichbahn*, un *Reisepass* verde con el nombre de Sepp Bauer, sellado y firmado por el alcalde de la ciudad de Bergen y, para culminar, un *Führerschein* (carné de conducir) marrón con una foto de alguien que se parecía mucho a él y una nota del *Oberstadtdirektor* grapada que indicaba que el tal Sepp Bauer tenía los ojos verde grisáceo.

A las seis Peter se puso la gorra negra arrugada y el mono azul que llevaban los maquinistas de todo el mundo, listo para coger el tren de la mañana a Múnich. En el brazo izquierdo llevaba un brazalete con el dibujo de una locomotora de vapor. Y eso lo hacía oficial; ya era maquinista, o *lokomotivführer*.

Con él, para evitar cualquier contratiempo, iba un maquinista de verdad, que era el hijo del jefe de la estación.

—Te esperan —dijo Maria mostrándole el papel blanco con la circular a todo el personal para que le dejaran pasar.

Peter subió a bordo. Todo eso le daba cierta sensación de tranquilidad, de que iba pasando de las manos de unos amigos a las de otros.

Pero cuando el tren arrancó para salir de la estación, una duda comenzó a crecer. Siempre había sido muy consciente del peligro de traición. Teniendo eso en cuenta, ¿lo iban a acompañar por su bien? ¿O era una forma de tenerlo siempre vigilado y no perderlo de vista?

14

Claudia había esperado algún café discreto en una calle lateral o tal vez un restaurante apartado en un extremo de la ciudad, pero Hank Hoskins lo hacía todo a lo grande.

Llegaron a Brienner Strasse en su Mercedes Super Sport Tourer de seis cilindros y fueron directos a la entrada principal del enorme edificio en el que estaba el Café Luitpold. El edificio de cinco plantas con torres dobles en cada esquina ocupaba toda la manzana. Los camareros les hicieron una reverencia y murmuraron un saludo cuando Hoskins entró con ella hasta el más lujoso de los veinte salones interiores: el salón real.

Mientras el *maître* salía corriendo para traer la carta, Hoskins, vestido con una chaqueta de esmoquin, recorrió con la mano el respaldo de su asiento y también la parte inferior de la mesa y la parte de atrás de su reservado. Después, con cuidado de que no lo vieran, abrió la base de la lámpara de mesa, examinó las conexiones y volvió a colocarla en su lugar.

La expresión extrañada de Claudia le hizo sonreír.

—Soy ingeniero —dijo—. Me gusta saber cómo funciona todo.

—¿Y las flores? —sugirió ella—. ¿También son una obra de ingeniería? —En ese momento él estaba mirando el interior del jarrón con la misma sonrisa torcida y ella supo que no estaba siendo sincero.

De repente lo comprendió.

—Seguro que sus amigos no van a querer espiarlo precisamente a usted —dijo, poniendo énfasis en la última palabra.

—Ya sabe lo que dicen: vigila a tus amigos tanto como a tus enemigos.

Ella suspiró, se hizo la sofisticada y cogió la carta con el borde dorado.

—Qué mundo más extraño habita usted.

Hojeó la carta mientras pensaba que esa conversación demostraba que Hoskins no era un colaborador convencido, ni uno inocente tampoco. Si tenía cuidado de lo que decía en presencia de los demás, eso podría significar que estaba abierto a otros puntos de vista.

—Me sorprende que no lleve escolta —comentó ella.

—Oh, seguramente me estarán esperando en el hotel Torbau.

—¿Y no estarán decepcionados cuando se enteren? ¿O incluso se enfadarán un poco? Después de haberse tomado la molestia de toquetear las lámparas…

—Las damas cambian mucho de opinión.

—¡Por favor, no me mezcle usted en esto! —exclamó ella—. No quiero que se fijen en mí. Ellos no.

—Vale. Les diré que fui yo el que cambió de opinión.

Claudia se esforzó por parecer relajada. Pero no lo estaba. Todo eso era parte de la estratagema. Se trataba de un juego. Solo había aceptado la invitación tras un minuciosamente planificado ritual de rechazos y excusas: la gran carga de trabajo de una maestra que no le dejaba tiempo para nada, la necesidad de poner las notas o de preparar la clase del día siguiente…

—¡Oh, vamos! —había insistido él—. Seguro que puede sacar un par de horas. Supondrá una novedad teniendo en cuenta esa dieta tan monótona que tiene que llevar. Cenar como una reina una noche. ¿Qué me dice a una cena de verdad, con todo el boato?

Le pidió que la recogiera en el buzón amarillo que había en Landsberger; no tenía intención de que la vieran subir a un coche en los almacenes ni en la puerta de su apartamento, porque no quería que nadie pensara que era el ligue del gran hombre. Aun así la extravagancia del coche y la llegada a ese lugar la habían hecho sentirse avergonzada. Esperaba que no la hubiera visto nadie que la conociera. Y ahora estaba alerta, buscando la trampa invisible. ¿Estaría forzando la máquina? ¿Habría notado que pretendía algo de él? ¿Por qué esa demostración de poder y posición?

Pidieron cangrejos al vapor y pastel de espinacas para él y pato a la barbacoa con champiñones para ella. Claudia se había esforzado especialmente con su vestido. Su madre le había enviado unos metros de brocado para que los cosiera a los dobladillos de prendas viejas; una solución barata para renovarlas y tener algo que ponerse en ocasiones especiales. Había utilizado uno con dos tonos, crema y lila, para decorar un vestido morado oscuro ajustado a la cintura y que se ceñía con un cinturón para destacar lo estrecho que era su talle. Adecuadamente decente, había pensado, pero ¿seguía siendo adecuado teniendo en cuenta toda la gente estirada que había en ese lugar?

Miró a su alrededor: era todo bronce y mármol negro, pilares estrechos y frescos teatrales en el techo. Unos músicos tocaban en un estrado lateral.

—El Café Luitpold es un lugar perfectamente recomendable —comentó Hoskins—. Como ve, con guerra o sin ella, aquí nunca falta de nada.

Ciertamente a nadie parecían preocuparle los sellos de comida, ni la cartilla de racionamiento que Claudia llevaba en el bolsillo. Se prometió que no se iba a sentir intimidada por la ocasión, ni por esa demostración apabullante de riqueza. «Recuerda la estación Wilson», se dijo. «Recuerda Praga y los trenes llenos de niños que iban a sacar de allí para ponerlos a salvo. Y después acuérdate de los que no pudieron salvarse.»

Volvió a preguntarse por qué él estaba tan empeñado en impresionarla. ¿Quién era en realidad? ¿Un judas, un malvado o solo un hombre solitario? Debería haber fingido alegría o placer cuando llegó la comida, pero le preocupaba acabar vomitando por lo nerviosa que estaba.

De repente esa situación tan extraña empezó a resultarle divertida y sonrió involuntariamente, algo que pareció gustarle al ingeniero. Ella nunca había estado en un lugar como aquel; si su hermano la viera, los dos se partirían de risa. De todas formas, decidió no pasarse ni hacer nada demasiado obvio, así que empezó a hacerle preguntas sobre su vida: cómo llevaba lo de vivir en una ciudad extranjera, la diferencia en las normas para conducir, lo difícil que era conducir un Mercedes Tourer sobre el laberinto de vías de tranvía de Múnich, cómo era su hogar en los Estados Unidos.... Cualquier cosa para mantener la conversación alejada de ella. Pero en algún momento tendría que responder a algunas preguntas difíciles. Su instinto le indicaba que no dijera nada, que no revelara detalles de su vida, pero eso no era realista si lo que pretendía era establecer una conexión humana. Así que cuando él empezó a preguntarle sobre su vida, ella le dio una versión lo más vaga posible sobre la rutina de la escuela (niños adorables, una vocación que le resultaba gratificante, una escuela bien equipada), pero él lo notó.

—No hace falta que tenga tanto cuidado —dijo él—. Estoy acostumbrado; la discreción es una forma de vida entre mis colegas. Lo comprendo. Así son las cosas aquí, pero no se preocupe: yo solo soy un ingeniero solitario que necesita un cambio para alejarse un poco de sus engranajes y sus pernos. No me interesa nada de todo este tema. Ni ellos, ni sus juegos estúpidos.

Su franqueza la tranquilizó y quedó claro que eran los otros los que tenían oídos en todas partes, los de los micrófonos ocultos y los del patético ejército de informadores de miras estrechas del que tenía que guardarse cualquier ciudadano alemán o trabajador de paso.

—El papel que desempeño aquí me supone muchas ventajas —explicó—. Sé que todos tienen órdenes de no molestarme, porque soy el hombre que va a sacar el conejo blanco de la chistera.

—¿Y lo es en realidad?

—Sin duda.

Ella sacudió una mano en un gesto de disculpa.

—Perdone, no debería haberle preguntado eso.

Él no le dio importancia.

—Están obsesionados con el secretismo, pero, demonios, no puede hacer ningún daño contarle a usted las cosas por encima.

De hecho es agradable hablar con alguien a quien le interesa lo que digo. —Ladeó la cabeza y mostró una sonrisa un poco tensa—. Tengo que confesar que me siento bastante orgulloso de esto.

Ella sonrió también.

—¿Y por qué no iba a estarlo?

—También estoy bastante emocionado. Y me alegro de tener a alguien con quien compartir esa emoción que no esté constantemente intentando encontrar objeciones u obligada a estar ahí porque ha recibido órdenes.

Ella rio.

—¿Feliz y orgulloso?

—Sí. Feliz por mis logros, que he conseguido a pesar de tenerlo todo en contra y de toda la gente que se negó a creer en mi idea. Sé que suena un poco jactancioso, pero la verdad es que vamos muy por delante del resto del mundo. Los demás son demasiado idiotas para interesarse en esto, están muy satisfechos con lo que ya tienen.

Claudia se arriesgó a hacer un comentario más personal.

—Estoy segura de que su trabajo aquí es loable, pero ¿no debería estar haciéndolo en su país?

Hoskins se quedó callado un momento, dio unos golpecitos con el tenedor en la mesa y durante un segundo Claudia creyó que había ido demasiado lejos. Pero entonces él dijo:

—Cuando tu país te rechaza, tienes que encontrar otra forma de expresar tu talento y tus ideas. Y si, como yo, tienes una idea muy grande, enorme, necesitas un patrocinador, un mentor, alguien que te apoye con entusiasmo, que tenga la voluntad, el dinero y los mecanismos para ayudarte. Para invertir en ti.

—Ya veo…

Circunspección, eso fue lo que decidió. Nada de preguntas directas. Se mantendría en las generalidades que no levantaran sospechas. Además, se dio cuenta de que él era obsesivo. Quería hablar, autojustificarse. Así que se puso a pensar en voz alta y comentó que tal vez su intensa dedicación al progreso tecnológico estaba aislándolo de la realidad de la vida cotidiana del Tercer Reich.

—¿Qué quiere decir?

—¿Puedo ser sincera?

—Claro.

—¿Muy sincera?

—Adelante. Yo soy la personificación de la discreción.

—Bueno... —Suspiró y lo miró a los ojos durante un largo momento, mientras guardaba silencio—. A mucha gente le preocupa lo que ocurre a nivel social. El país está avanzando, pero hay gente a la que le preocupa la cantidad creciente de víctimas del sistema. Tanto políticas como raciales.

—¿Se refiere a los transportes a los campos de trabajo? No puede ser tan malo ir a trabajar el este, ¿no? —La miró detenidamente y después dijo—: Pero por lo que veo usted no se cree esa versión.

—No me la creo —confirmó ella en voz baja.

La conversación quedó en suspenso y ella pensó que no era prudente seguir por ahí. Demasiado pronto para arriesgarse a hablar de sus fugitivos secretos, decidió. Volvería al tema en alguna otra ocasión, así que cambió su expresión, sonrió y volvió a hablar de la vida personal de él.

—¿Y qué le parece la vida aquí? Espero que haya encontrado algunas distracciones agradables. Aunque no creo que los almacenes de Landsberger sean un lugar muy divertido. —Se rio de su propia broma y después sonrió otra vez. Una sonrisa de invitación.

Sintió que había una personalidad contenida al otro lado de la mesa. Consumida por su trabajo y sus ideas, deseando mostrarlos ante una audiencia que los apreciara, ante alguien en quien pudiera confiar. Y acertó con su deducción. Hoskins empezó a hablar. Le pareció que se lo estaba contando todo, de pe a pa, y Claudia hizo todo lo que pudo, a pesar de su ignorancia técnica, por recordar lo fundamental. Tenía la sensación de que lo que él estaba contando era información valiosa y que tal vez en algún momento todas esas revelaciones podrían resultar importantes. Pero lo que se le quedó grabado en la mente, como si acabara de sonar una potente alarma de incendios, fue su mención de la frontera suiza. Estuvo a punto de dar un brinco en el asiento, pero consiguió permanecer calmada y solo decir:

—¿Entonces este trabajo hace que tenga que viajar mucho? ¿E ir tan lejos?

Después él siguió con otro largo discurso sobre geografía, pero ella ya solo lo escuchó distraída. ¡La frontera suiza! Si ella, o él, o ambos pudieran encontrar una forma de llevar a escondidas a sus niños abandonados hasta la frontera y conseguir que la cruzaran, estarían seguros y sería una gran victoria. Pero ¿cómo?

—Tiene que dejarme que se lo enseñe —estaba diciendo él—. Hablar de ello está bien, pero es mucho mejor verlo en la realidad. ¿Querrá venir conmigo la próxima vez que vaya de visita a los talleres?

15

Peter era muy consciente de que ahora se las tenía que apañar solo. Todo el peso descansaba sobre sus hombros y él solo tenía una herramienta: su poder de persuasión. Era un soldado sin armas, ni capacidad para causar daños. Lo único que podía hacer era hablar con los principales personajes relacionados con el *Breitspurbahn,* tanto su creador como los que buscaban su destrucción.

Tragó saliva y mantuvo la mirada baja. El tren de las 6.15 a Múnich era el tren de los trabajadores y su viaje en él le puso los pies en la tierra. La emoción tras haber superado la montaña había desaparecido. Ahora estaba fuera de su elemento y ante un nuevo tipo de peligro. Sabía que el error más pequeño podía acabar en un arresto y con sus huesos en una celda de la Gestapo. También reconoció que los miembros de la Resistencia, como el joven acompañante que tenía sentado delante, estaban corriendo riesgos aún mayores. Toda la red, familias incluidas, corría el peligro de que acabaran con ellos. Tenía que aguantar por esa gente, se lo debía.

Las condiciones eran espartanas. Los asientos eran tablas de dura madera y no había ningún tipo de calefacción. Era un *Personenzug,* un tren local que iba haciendo paradas. Al principio él levantaba la cabeza, hablaba casi en susurros e intentaba ocultar su acento suizo. Le preguntó a Kurt por la vida en la plataforma del maquinista. Era la mejor táctica; hacer que quien hablara fuera el chico. Después de un rato se arriesgó a echarles un vistazo a los demás pasajeros; tenía curiosidad por saber cómo trataba la guerra al ciudadano medio del Tercer

Reich. Al otro lado del pasillo había una mujer con la cara demacrada, una bata sin forma y un pañuelo en la cabeza. Tenía la apariencia de una operaria de fábrica cansada, a punto de empezar un turno de catorce horas. Había oído decir que las fábricas de armamento trabajaban las veinticuatro horas.

El calor de tantos cuerpos fue empañando las ventanillas y la escarcha de la noche hizo que resultara complicado distinguir los nombres de las estaciones, pero pudo identificar Rosenheim y Grafing.

El poder de su nuevo uniforme quedó demostrado cuando el revisor los miró y simplemente asintió levemente. No hizo falta decir nada. Tampoco hubo necesidad de enseñar su flamante pase de personal: el *Dienstausweis* nº 44, en el que se describía su trabajo, que estaba fechado y firmado por la policía ferroviaria de Berlín y lucía tres impresionantes sellos azules con el águila alemana con la esvástica entre las garras. Tenía los bolsillos llenos de la parafernalia para el viaje. La lista era larga y alguien había sido muy eficiente. Y había estado muy ocupado.

Volvió a mirar a las otras personas del vagón; desde el perro con un solo ojo que quería bajar en todas las estaciones, hasta la monja que estaba leyendo las *Nachrichten* locales. ¿Estudiaba los pecados de la sociedad? Peter se arriesgó a observarla con más detenimiento. No, tenía el periódico abierto por la sección de deportes. A diferencia de los británicos, los alemanes no habían cancelado su liga de fútbol.

La tensión aumentó cuando empezaron a cruzar los barrios periféricos de Múnich. Tras un gesto de Kurt pasaron al extremo del vagón, salieron afuera y cerraron la puerta al salir. Antes de llegar a la terminal principal de Múnich, los trenes de Bergen tenían que hacer un agudo giro a la derecha para unirse a la línea principal que venía desde el oeste y el norte. Las ruedas chirriaron, el motor se quejó, la velocidad se redujo considerablemente y el tren empezó a ir muy lento.

Los dos estaban en los escalones, listos para saltar. Los almacenes de Landsberger estaban situados en una zona de tierra con forma de punta de flecha, donde convergían las dos líneas.

—No quiero arriesgarme a ir hasta la terminal de la ciudad —explicó Kurt—. Hay mucha policía en las barreras.

Así que saltaron.

Peter trastabilló torpemente cuando hizo pie sobre la gravilla junto a la vía, pero consiguió evitar una caída; no quería parecer un torpe aficionado. Después, mientras cruzaban el caos de edificios y vías, se esforzó por adoptar el modo de andar tranquilo de un ferroviario con experiencia. Era una postura que trasmitía sensación de propiedad, de familiaridad, de control, de competencia calmada e hizo todo lo posible por imitarla.

Entraron en el edificio de control, a una gran sala de taquillas para el personal. Se abrían puertas, se metían maletines y se guardaban llaves. Era casi como si los trabajadores estuvieran imitando a los hombres de negocios. Ninguno llevaba las bolsas típicas que llevaban los maquinistas británicos, pero Peter supuso que esos maletines contendrían más o menos lo mismo: lámparas, abridores de puertas y termos de café, no de té en este caso. Y probablemente carne de cerdo, salchichas y huevos, para cocinarlos sobre una pala en la caldera de la locomotora.

Kurt se dirigió a una especie de quiosco adosado a la pared. Tras un diminuto panel de cristal empañado estaba una mujer sentada tras un escritorio. Llevaba una blusa gris arrugada y sostenía un cigarrillo entre dos dedos amarillentos. Llevaba una plaquita que anunciaba su cometido: encargada de rotaciones.

No les dirigió la palabra; solo levantó la cabeza para indicar que estaba escuchando.

Fue Kurt el que habló.

—Se presenta el personal de reemplazo para el viaje a Stuttgart de esta noche —dijo—. Kurt Fischer y Sepp Bauer. —Y después añadió, con mucho énfasis—. De Bergen.

La mujer se puso el cigarrillo en los labios, le dio una calada y los miró a través de una nube de humo. Se giró un poco y dijo por la comisura de la boca:

—Los de Bergen están aquí.

Entonces Peter oyó otra voz, masculina esta vez, cuya identidad quedaba oculta por una especie de pantalla. No entendió las palabras. La mujer asintió, encontró dos papeles en la mesa (Peter después descubriría que eran hojas de viaje, rellenas con unas cifras escritas con una letra diminuta), se las acercó a través de la pequeña abertura del panel y después les señaló las escaleras.

—El comedor —aclaró Kurt—. Vamos a comer algo. El Interlocutor podrá recogerte allí.

El comedor era como una pesadilla para Peter: un sitio atestado y en el que le costaba respirar porque estaba lleno de humo. Algo que parecía un viejo samovar rezongaba en un rincón, había varios bancos burdos de madera con sobras encima y bajo una sucia campana de cristal se veían grandes trozos de pan negro, las inevitables salchichas calientes y una cubeta con patatas fritas. Pero el «menú» no era el problema.

Sentado frente a ellos se encontraba un hombre vestido de negro con una insignia con dos relámpagos en el cuello, una expresión muy seria y los labios apretados. Tenía un codo apoyado en la mesa y no tardó en estirar un dedo acusador que señaló en su dirección.

Peter supo inmediatamente que tenían problemas. Ese hombre necesitaba llamar la atención. Peter había estudiado los rangos militares alemanes y reconoció la runa con forma de ese que identificaba a las SS y las dos rayas horizontales y una sola barra diagonal que señalaban que se trataba de un *Oberscharführer*, un suboficial.

—¿Quién eres tú? No te he visto antes.

Una voz áspera. Un hombre de las calles que no se andaba con preámbulos.

—Kurt Fischer —se presentó el acompañante de Peter—. Y este es...

—Que hable él.

—Sepp Bauer —terminó Peter.

—¿De?

—Stuttgart.

—¿Por qué? El personal de Stuttgart no se queda aquí. Es un tren de ida y vuelta directo.

—Somos los sustitutos del último tren. Alguien se ha puesto enfermo en el último minuto.

—Tu acento no me parece el de alguien de Stuttgart. Y conozco todas las caras que hay por aquí. Es mi obligación. Además, no me gustan los extraños. Especialmente los de Sttutgart que suenan a extranjeros. A malditos suizos.

A Peter le habían insistido mucho en algo: un ferroviario siempre debía tener derecho de paso dentro de su territorio. A pesar de una inseguridad creciente, y temiendo que hablar lo delatara, aclaró:

—Hablo un dialecto local. Vengo de un rincón muy tranquilo del país.

—¡Papeles!

Los dos suspiraron e hicieron la coreografía de buscar por los bolsillos. Esta vez sí que el policía examinó muy minuciosamente su pase de personal.

—Fischer y Bauer —dijo el *Oberscharführer* como para sí, buscando algo en los bolsillos y frunciendo el ceño, frustrado. Entonces chasqueó los dedos en dirección a la mujer del comedor.

—¡Pluma y papel!

—No tengo —respondió ella sin dudar, demostrando una encomiable ausencia de miedo.

Entonces miró a Peter.

—¡Pluma y papel!

Peter se encogió de hombros.

—Disculpe, soy maquinista, no escritor.

—Entonces preséntese en mi despacho en media hora. Hasta entonces me guardo esto.

Peter se quedó horrorizado. Dudaba de que su permiso aguantara que lo contrastaran con los registros centrales. Seguro que los números eran falsos.

—Pero los necesitamos —respondió—. Son las normas. Llevar los papeles en todo momento. ¡En todo momento!

El *Oberscharführer* le atravesó con la mirada y después tiró los pases sobre la mesa. Uno resbaló y cayó al suelo.

—¡Hojas de viaje! —exigió después.

—Oiga, no es necesario —intervino el joven Kurt—. Puede ir a comprobarlo con la encargada de las rotaciones, ella se lo puede explicar todo y responderá por nosotros.

—Voy a hacer comprobaciones de vosotros dos, Fischer y Bauer. —Pronunció los nombres con desdén, como si fueran demasiado absurdos para tomarlos en serio—. Y os recordaré. Así que será mejor que os subáis a un tren esta noche. Os quiero fuera de mi territorio. Espero no volver a ver vuestras caras por aquí mañana.

En cuanto el hombre vestido de negro se fue por las escaleras, una figura diminuta con la cabeza grande y unos ojos enormes apareció en la puerta.

—Veo que ya han tenido el placer de conocer a *Die Pestbeule* —dijo.

Peter, con el corazón en la garganta por una mezcla de miedo, nerviosismo y alivio, logró sonreír. *Die Pestbeule*: el forúnculo de la peste.

Claudia estaba otra vez en el rincón del almacén de componentes de Erika, contándole sus impresiones de la noche que habían pasado en el Café Luitpold, de la extravagancia del lugar y la gente y de los asombrosos detalles de la conversación que había mantenido con Hank Hoskins. El contraste entre ambos lugares le resultó muy impactante; Claudia recordó sus dedos recorriendo la brillante y pulida decadencia de la mesa del restaurante, en comparación con Claudia recorriendo con los que ahora tocaban la superficie áspera y llena de arañazos de los muebles del almacén y con su sencilla taza de café delante, y fue muy consciente, por primera vez, de la deprimente pobreza de su lugar de reunión.

Erika estaba buscando algo en el catálogo rotatorio que tenía sobre el gran mostrador, pero parecía distraída y no mostraba curiosidad por Hoskins, por hablar animadamente del desayuno, por *Die Pestbeule,* ni por los mensajeros llenos de grasa que aparecían en el mostrador. Claudia también notó que no estaba concentrada en los números de serie del catálogo.

Tras echar un vistazo para comprobar que estaban solas, Erika interrumpió su historia sobre el Luitpold para decir en voz baja:

—Hay algo que debes saber.

Claudia sintió una relámpago de alarma.

—Hay muchas cosas aquí que no sabes, cosas que están ocurriendo…

—¿Como qué?

—Al otro lado de las vías.

Claudia se encogió de hombros. Lo sabía todo sobre el sistema de vías anchas. Todo el mundo con ojos en la cara podía ver las vías enormes que estaban apareciendo por toda la ciudad. Y mejor todavía: había podido vislumbrar algo de lo que había dentro de la cabeza del hombre que estaba desarrollando el motor de ese nuevo sistema. De hecho le acababa de contar a Erika lo que recordaba de esa información y le sorprendió que su amiga pareciera conocer todos esos detalles con anterioridad.

—¿Hay algún nuevo secreto? —preguntó.

—Eso es. —Erika bajó aún más la voz hasta que fue solo un susurro—. Pronto va a llegar alguien que va a cargar con toda la culpa de lo que está a punto de pasar.

Claudia abrió los brazos, perpleja.

—El fin de todo. El nuevo motor va a quedar destruido.

—Pero ¿por qué?

—No necesitas saberlo. La verdad es que no sabes nada. Tú recuerda eso. Lo único que tienes que hacer es no meterte en medio, nada más. Por eso te lo cuento.

Claudia se quedó callada un momento.

—Hank… no es una mala persona.

Erika se encogió de hombros.

—¿Por qué? ¿Por qué destruir algo que podría ir en beneficio de todos? Parece que tú odias lo que hace, pero no entiendo la razón. Quiere mejorar las cosas… Es una de las pocas acciones de este régimen que podrías aprobar.

—No lo entiendes.

—Ilumíname entonces.

Erika inspiró hondo.

—Ahora mismo crees que estoy loca, ¿verdad?

—No...

—Crees que una mujer no puede desempeñar un papel importante en acontecimientos decisivos.

Claudia dudó, avergonzada.

—No, claro que no, pero ¿adónde quieres llegar con eso?

—El nuevo motor de tu amigo supone un gran peligro. —Erika movió la mano en dirección a las nuevas vías—. ¿Crees que los nazis están gastando todo ese dinero solo para hacerle la vida más fácil a la gente que tiene que viajar? ¿De verdad eres tan inocente?

Claudia se ruborizó, preguntándose por qué ese cambio de tono tan repentino.

—Es para la guerra —aclaró Erika—, ese es su cometido. Ni para ti, ni para mí. Para hacerlos a ellos más poderosos. Para darle a él una capacidad bélica aún mayor.

Los ojos de ambas se dirigieron a la foto que tenía que colgar obligatoriamente de la pared. El Führer, con los ojos fijos, contemplando su glorioso futuro militar.

Se produjo un largo silencio mientras Claudia lo pensaba, con la frente arrugada por la concentración.

—Pero ¿por qué necesitamos a alguien de fuera? ¿Por qué no alguien de aquí?

—Hace falta que sea un agente extranjero para que le echen a él toda la culpa. Nosotros tenemos que parecer inocentes y fingir que hacemos todo lo posible por salvar el proyecto. Si no, las consecuencias serían terribles.

—A mí me parece que es un riesgo enorme, si lo descubren. Es traición.

—No sabes nada, Claudia, nada de nada. No hagas preguntas.

Claudia negó con la cabeza y resopló.

—Increíblemente peligroso. ¿Es que no tenemos ya suficientes problemas? ¡Me refiero a los niños! ¿Qué va a pasar con ellos?

Erika suavizó el tono.

—Estás dedicada en cuerpo y alma a esos niños, y yo también, pero tienes que entender que hay algunas cosas que son más importantes que esos niños.

Claudia negó con la cabeza.

—Estás loca si te implicas en eso. Si yo fuera tú, Erika, no querría tener nada que ver con eso.

Otro silencio. Otra mirada fija entre las dos.

—Ya estoy implicada, Claudia. Soy parte de ello. En esta operación se me conoce como Johannes.

Claudia se quedó mirando fijamente a su amiga, sin habla durante un largo rato, perpleja y confusa ante ese cambio repentino en Erika y su tono conspirador. El silencio se alargó y Claudia sintió más miedo que la primera vez que se encontró con los submarinos. Al final preguntó:

—¿Y quién es ese agente que lo va a desencadenar todo? ¿El que va a traer los problemas hasta el mismo umbral de nuestra puerta?

—Llegará dentro de poco. Le conocemos como Piotr.

—¡Oh, Dios mío! —Claudia apoyó la cabeza en las manos.

—Y algo más —añadió Erika—. Quiero que lo conozcas.

Peter (o Piotr, como le llamaba todo el mundo ahora) estaba tumbado boca abajo sobre unas vigas, intentando mantener el cuerpo muy quieto porque le daba miedo que, si dejaba colgar las piernas, atravesara con ellas el yeso del techo que tenía debajo. Para estar un poco más cómodo solo contaba con unos sacos, una manta y un pequeño tablón.

Tenía toda la atención puesta en la escena que se estaba desarrollando al otro lado de las vías, que veía por una diminuta rendija de su escondrijo. Desde esa posición en el desván de un barracón de empleados de dos plantas, ponía en marcha su introducción encubierta en un nuevo mundo, el mundo del *Breitspurbahn*. Tenía unos prismáticos que le habían prestado y con ellos observaba cada movimiento, intentando encontrar patrones en ese lugar: horas, frecuencias, rutina. Y estaba bien tener algo que hacer. La actividad le ayudaba a calmar los nervios. Los primeros minutos que pasó en ese lugar estuvo paralizado por el miedo. Después del altercado con *Die Pestbeule*, se sentó en una silla mirándose las manos que no dejaban de temblarle. Fijamente. Primero los dorsos, con la lisa piel de los dedos y las arrugas de los nudillos; después las giró y se miró las palmas, como un viejo vidente en una feria, intentando leer el mapa de su futuro, intentando encontrar la forma de controlarse. El deber, la misión, el respeto, Dansey, su padre. Cuando paró el temblor, cogió los prismáticos por hacer algo y lo que vio le dio motivos para centrarse y calmarse.

Sin duda la primera imagen que vio del nuevo sistema del Führer le resultó fascinante. Impresionante era decir poco. En Londres le habían dado las dimensiones, pero verlo en directo era asombroso. Esas máquinas eran monstruosas. Las locomotoras y los vagones eran tan grandes como casas y al lado los trenes normales parecían enanos. Sabía por la información que le habían dado que había turbinas de gas, además de las de vapor. Algunas de ellas tenían seis cilindros de alta presión y seis de baja y llevaban cien toneladas de carbón y otras cien de agua. Después su mirada se centró en todas las construcciones nuevas: el taller de máquinas, la torre de suministro de agua, de carbón y el castillete de señalización, al otro lado de las hileras de vagones futuristas de dos plantas. El aire estaba lleno de humo y de polvo de carbón de los motores de vapor y de combustible y queroseno de los diésel, pero soplaba una brisa desde los Alpes que traía una frescura que aliviaba bastante antes de que te asaltara otra ráfaga de ese peculiar olor a metal incandescente que sabía que provenía de motores eléctricos a los que les estaban dando mucho trabajo. La primera vez que lo notó fue en el metro de Londres. Pero eran más perturbadoras las nubes de cenizas que llegaban desde las ruinas de un edificio quemado. Se veía el agujero negro en una hilera de edificios junto a las vías. Obviamente algún desastre reciente.

A través de sus lentes identificó el taller del ingeniero jefe, el gran almacén de las locomotoras y el lugar de construcción de los vagones. Incluso identificó el cartel de la Gestapo y tuvo que reprimir otro escalofrío. Al otro lado del barracón, fuera de su línea de visión, estaban los trenes normales (los de «ancho estándar»), pero esos no le interesaban. Lo que tenía delante era por lo que había llegado hasta allí: esos trenes inmensos que iban sobre vías separadas casi tres metros. Ahora entendía por qué Dansey lo había descrito, y el resto de la nueva arquitectura monolítica del Tercer Reich, como otro ejemplo de la manía que tenía Hitler por las cosas gigantes. De hecho habían acuñado una nueva palabra: «gigantomanía».

Peter observó los movimientos de los trenes y también los humanos. Hombres en parejas, con monos, con uniformes negros. Un secretario. Y al final un hombre en particular, que llevaba un traje gris e iba rodeado de un equipo con portapapeles en las manos. Este tenía que ser el ingeniero, se dijo. Pero a esa distancia, con las vías de por medio, no podía estar seguro.

Quería saber dónde guardaban la nueva unidad de propulsión, el nuevo motor, esa Cosa: el objeto de la misión de Peter, el dispositivo que había ido a examinar y destruir. No estaba en el exterior, claramente lo tenían bajo llave.

Había pasado una hora desde que había sobrevivido al susto que le había dado en el comedor *Die Pestbeule* y le habían presentado al hombrecillo con ojos de rana.

—Yo soy el Interlocutor —le dijo—. Soy quien organiza el barracón. Despierto a los muchachos. Me aseguro de que no se duerman y no pierdan sus trenes.

A pesar de su familiaridad, Peter siguió el procedimiento de Dansey, le preguntó por la salud de Sebastian y se identificó con los mismos detalles del nombre del jefe de las cocheras y el número de ruedas que había utilizado en Bergen.

—Sebastian soy yo —dijo el Interlocutor—, pero no se lo digas a nadie.

Pronto se dio cuenta de que estaban esperando su llegada y que al Interlocutor le habían asignado la misión de ser su protector. Había unas instrucciones muy estrictas: mantenerse fuera de la vista en todo momento y dormir en un espacio vacío. La gente que estaba «en el centro» no querían hablar con él directamente ni identificarse, explicó el Interlocutor, y la información se trasmitiría por dos conductos: él y otra persona que recibía el nombre de Johannes.

Al oír eso Peter protestó.

—No he venido hasta aquí y he corrido todos esos riesgos para que me mantengan a distancia —dijo con más exasperación de la que pretendía—. Tengo derecho a conocer al cabecilla. Lo necesito.

El Interlocutor negó con la cabeza.

—¿Cuánto tiempo cree que sobreviviríamos si fuera tan fácil como eso?

—Usted no lo entiende…

—Oh, claro que sí.

Por el momento no había forma de superar la capa externa de esa célula, pero Peter estaba decidido. Esos subalternos no le iban a mantener apartado. Su momento llegaría.

Pasó la primera noche en su nuevo alojamiento para evitar la posibilidad de encontrarse con los maquinistas de larga distancia que dormían en el barracón. No eran un grupo alborotador. El leve sonido lejano de unas radios era la única señal de vida. Hombres callados, responsables, de mediana edad, hombres de familia, deseando mezclarse entre el grupo y ser los grandes ignorados. Peter se preguntó si alguno tendría la oreja pegada al altavoz, escuchando a escondidas un programa prohibido de una radio extranjera, algo por lo que le podrían meter en la cárcel si lo descubrieran. Más tarde, cuando todo estuvo en silencio, se internó hasta el diminuto despacho del Interlocutor para intentar sacarle la mayor cantidad de información posible: la distribución de la planta, la seguridad, los cotilleos, pero sobre todo el progreso que estaba haciendo el ingeniero con su nuevo proyecto.

Pero eso era un total secreto.

—Tal vez mañana tenga que ayudarme con ese —le dijo a Peter.

A la mañana siguiente, el Interlocutor tenía preparado otro mono del *Reichsbahn*, más sucio y más gastado que el que llevaba antes, y un tarro de grasa para que se ensuciara las manos, y después lo envió por el túnel, a la zona del almacén, con una solicitud de componentes y la instrucción: «Vuelve inmediatamente si el contacto no está».

A pesar del disfraz, Peter se sintió vulnerable mientras caminaba por el largo túnel. Nunca había estado antes en un pasaje tan ruidoso y que parecía no terminar nunca. Afortunadamente pasaba poca gente por allí y los que lo hacían no parecían tener ninguna curiosidad. Cuando llegó al mostrador del almacén preguntó, como le habían dicho, por Johannes. Tras el mostrador había una mujer poco agraciada con un blusón marrón. Lo miró de arriba abajo. Y eso le puso nervioso.

—¿Y usted es? —preguntó.

Peter se rascó la cabeza y se dio la vuelta para irse.

—Veo que no está en casa. No importa, vendré en otro momento.

—Oh, sí que está en casa —contradijo ella—. ¿Quién le dijo que está aquí?

Peter tragó saliva. ¿Estaba yendo todo según lo planeado? ¿Cómo iba a salir de allí si el tal Johannes no era el contacto correcto?

—Piotr —dijo por fin, casi a regañadientes, y después miró fijamente a la mujer. Sus labios apretados se suavizaron un poco y levantó la trampilla del mostrador.

—Pase adentro —invitó.

Peter caminó con cuidado por un pasillo entre hileras de armaritos y estanterías. Ella señaló un rincón junto a una ventana. Allí no había nadie. Él se volvió para mirarla, desconcertado, preguntándose si le habrían engañado. ¿Era una emboscada? ¿Había tipos con uniformes negros escondidos tras las estanterías, a punto de saltar sobre él? Extendió ambas manos en un gesto de asombro.

—¿Y Johannes?

Ella sonrió.

—Johannes soy yo —anunció.

Diez minutos después, tras hacer las comprobaciones de identidad, esa mujer le dio a Peter un montón de información, en especial sobre el estado avanzado pero todavía sin terminar de la nueva central eléctrica, pero también le advirtió de que no debía hacer nada para comprometer el secreto de que había niños escondidos entre la maleza de allí al lado y de la mujer que los cuidaba.

—¡Dios bendito! —exclamó—. ¿Niños haciendo cola para salir de aquí? Me trae recuerdos. ¡Aquel último tren!

Erika se lo quedó mirando.

—¿Qué?

Peter sacudió la cabeza y no le dio más explicaciones. Pero pensó que estaba ocurriendo de nuevo. ¿De verdad había parado en algún momento? Volvió a pensar en todos esos niños que consiguieron salir. Y los que no.

—¿Le preocupa la proximidad de los niños al almacén? —preguntó ella—. ¿Están demasiado cerca?

—Sí, demasiado cerca —reconoció con tristeza, mirando por la ventana la maraña de hierbajos, arbustos y árboles.

—Están en el extremo opuesto de las vías. Seguro que ahí no pueden correr peligro, por fuertes que sean las explosiones.

—Los restos que caigan. Trozos grandes de los edificios. Además, el *Reichbahn* puede que quiera reabrir las instalaciones a este lado de las vías y consiga destrozar muchas cosas de por aquí.

—¡Oh!

—Además, atraerá la atención de la gente que no queremos. —Entonces suavizó el tono y le dedicó a la mujer una de sus sonrisas engatusadoras—. Pero oiga —dijo con un susurro de aire confidencial—, lo que tengo que hacer aquí es tan importante que necesito hablar con el líder de la célula. ¿Podría usted arreglar ese encuentro?

Hasta ese momento se había mostrado cooperadora, un conducto de información que participaba de buen grado, pero de repente no respondió. Su expresión fue suficiente respuesta.

Él se encogió de hombros, frustrado una vez más, y señaló los arbustos de fuera.

—Pues será mejor que vaya yo a hablar con los niños.

Johannes rio burlona.

—No encontrará a nadie ahí. Están totalmente camuflados. Lo verán llegar. Se enfrenta a unos maestros de la ocultación.

Peter sonrió.

—Yo sé de estas cosas. Sé dónde buscar —afirmó.

Niños haciendo cola para salir del país... Hostigados por un régimen muy duro... El gran rescate y la gran tragedia de los *Kindertransports* de antes de la guerra. Volvió a recordarlo todo. Como el último tren, con el último grupo de 250 niños a bordo a punto de salir de la estación de Praga cuando estalló la guerra. Y se canceló el viaje. Hicieron bajar a los niños y nunca más volvieron a saber de ellos. Un trago muy amargo.

Esas imágenes llenaban la mente de Peter mientras recorría el camino hacia la espesura de maleza. Y ahora parecía que estaba pasando todo de nuevo. Pero su humor mejoró al anticipar el momento de encontrarse con otro grupo de niños refugiados, y lo que le vino a la mente fue un recuerdo más feliz: uno de los viajes que se realizaron con éxito y que llegó a la estación de Liverpool Street en Londres, donde estaba él para recibirlos.

El niño que más le sorprendió de todos los del vagón fue una niña alta de pelo cobrizo, ojos brillantes y muy alertas que abrazaba una funda de violín. Peter los miró con una gran sonrisa mientras sus marionetas de mano se ponían a trabajar: canciones infantiles como Sing a Song of Sixpence *y* Mary, Mary, Quite Contrary *y una versión resumida de la historia de* Punch and Judy.

Los niños no apartaron los ojos de él. Primero lo hizo en inglés y después en alemán, con un gran esfuerzo por reprimir su acento suizo. De su Bolsa mágica salió un zapatito muy raro y después contó la historia de una viejecita que vivía dentro. La canción Hey Diddle Diddle *consiguió arrancar las mayores carcajadas cuando la vaca saltaba por encima de la luna. Y terminó con* Ding Dong Bell, Pussy's in the Well.

La niña de la funda de violín le miró con una sonrisa de agradecimiento cuando de la Bolsa mágica sacó una serie de juguetes pequeñitos: un puente de la Torre de Londres de metal, un soldado de la guardia a caballo en miniatura.

El segundo voluntario de los de Winton extendió los brazos en un gesto de bienvenida y repitió el mensaje. Era una bienvenida en tres idiomas. La mayoría de los niños venían de Praga, pero algunos eran de los Sudetes, de donde sus padres habían huido de la invasión nazi meses antes. Peter ocupó el tiempo que necesitaban para hacerles llegar la traducción en checo y en estudiar las caritas. Una niña con trenzas que no dejaba de llorar y abrazaba una muñeca; un niño con pantalones bombachos hacía lo que podía para cargarse una mochila a la espalda; otro chico de unos diez años llevaba una chaqueta a la moda y camisa y corbata.

Retomando la rutina de bienvenida, Peter dijo:

—Sé que habéis tenido un viaje muy largo, pero ya casi ha terminado. Dentro de poco os vamos a sacar del tren para que conozcáis a vuestros nuevos papás y mamás. Pero tenemos que ir a ver al hombre que hay en el mostrador para decirle quiénes sois...

—Yo sé quién soy —afirmó un niño pequeño, señalando su chapa con el nombre.

Peter rio y la niña de la funda de violín le habló en un inglés casi perfecto.

—¿Se le da bien la música, además de las canciones infantiles?

—Toco un poco —reconoció Peter, encogiéndose de hombros—. Sobre todo el piano.

—Bien. Entonces podrá decirme qué puedo esperar en cuanto a mi educación musical.

Peter rio.

—Primero tenemos que encontrar una casa y un colegio y después...

—Tengo un interés especial. —Y después dijo—: Elgar.

—¿En serio?

—He leído sobre él. Tengo muchas ganas de ir a un concierto en su Royal Albert Hall.

Peter intentó ocultar su sorpresa.

—¿Elgar? Es un compositor muy inglés, no está muy de moda en Europa.

—Cuando me enteré de que iba a venir a Inglaterra, lo estudié todo sobre él. He estado ensayando sus Variaciones. *Siempre me dan ganas de llorar.*

Esa conversación se había quedado grabada en su memoria. Tantas llegadas, tantos niños... pero ese fue el día que Peter conoció a Helga. Y Helga pronto se volvió una parte muy familiar de su vida: violinista, fan de Elgar, adoptada por su tía Klarissa que vivía en el otro lado de la ciudad de Bury, una buena amiga de la familia y una visita frecuente en la casa de los Chesham.

Y entonces le asaltó otro recuerdo, uno más reciente: la refugiada Helga tocando a Bach en su salón del 2 de Whiting Street con Peter, su madre y su tía, el día que sir *Andrew Truscott llegó para interrumpir su improvisación y para hacer añicos la vida tranquila y sin incidentes que Peter llevaba durante la guerra.*

Claudia recorrió el camino hacia el interior de esa jungla con un jersey marrón desvaído que le había donado la mujer de Papa Thorbeck, un trozo grande de pan de las cocinas del colegio y el último queso de su reserva personal. Y lo hacía con la mandíbula apretada en una expresión de determinación.

La relación con Erika se había enfriado desde que le había revelado lo de la nueva conspiración. Esa mañana los almacenes estaban llenos de gente, pero la mirada de soslayo de Erika se lo dijo todo. El agente extranjero no solo había llegado, sino que estaba en su jungla.

Claudia sentía una furia tremenda. Creía que su amiga estaba loca por participar en algo así. La adopción del nombre en clave de Johannes demostraba que estaba muy metida. Claudia estaba asustada. Hablar de sabotear el proyecto favorito del Führer significaba que estaban apostando fuerte. El nivel de peligro era altísimo. La voz de advertencia de su cabeza, que sonaba muy parecida a la de su madre, le pedía que saliera de allí rápido antes de que llegara el desastre.

Tragó saliva, se subió el cuello del jersey para protegerse del frío y supo enseguida que estaba demasiado metida para huir. No podía fallarles a sus niños y le molestaba el cambio de prioridades de su amiga. ¿Ese otro objetivo? Sacudió la cabeza. Ella solo veía las caras tristes y desesperadas de los niños abandonados. ¿Cómo podía Erika no poner a los niños en primer lugar?

Se acercó a un sauce llorón cuyas ramas servían muy bien para ocultar lo que había más allá. Apartó el follaje a un lado y se encontró a una figura sentada quieta, parcialmente oculta por el musgo, la hierba y las hojas.

Lo reconoció inmediatamente: Kiefer, un pelirrojo de ocho años que venía de un orfanato, rescatado justo minutos antes de una redada. Extrañamente estaba sonriendo. Y comiendo. En la mano tenía un objeto cubierto por un papel azul brillante. Cuando se acercó, él abrazó el paquete contra el pecho y salió corriendo, como si temiera que pudiera quitárselo. Esas diminutas ratas callejeras habían aprendido rápido a no arriesgarse a que les confiscaran nada.

En el vagón frigorífico hizo su habitual ritual de entrada y notó inmediatamente un cambio en el estado de ánimo de sus ocupantes. Estaban atentos, sentados en silencio, sin sus habituales expresiones de aburrimiento u hostilidad. Algo, o alguien, les tenía con la mirada fija. Había unos trozos de leña seca chisporroteando en la hoguera y alrededor estaban desperdigados restos de comida.

En el centro del vagón había una figura masculina sentada con las piernas cruzadas sobre un trozo de estera que hacía de improvisada alfombra. Levantó la vista para mirarla, pero no hubo sorpresa. Tendría veintipocos, rubio y llevaba el mono azul del *Reichbahn*, con el águila en la parte izquierda del pecho. La gorra estaba en el suelo a su lado. Durante un momento los niños miraron a Claudia en silencio.

Entonces volvieron a mirarlo a él y empezaron los gritos.

—¡Vamos, vamos! ¡Termine la historia!

—¿Quién es usted? —El tono serio de Claudia frenó el clamor. Esa era su intención, ya que lo había dicho en su tono más exigente de maestra de escuela, a pesar de que sabía perfectamente quién debía de ser ese hombre.

—¡La historia, la historia!

Él le dedicó una gran sonrisa e inclinó la cabeza.

—¿Qué le pasó la gato?

—¿Y al zorro? ¡Cuéntenoslo!

Las vocecillas insistían mucho.

—El gato —continuó el hombre con un tono profundo y enigmático— escaló hasta lo más alto del árbol cuando lo persiguieron los perros, pero el zorro, madre mía, el zorro no era tan listo como creía…

A pesar de su irritación, Claudia se sintió atrapada en la historia. La voz era atractiva, reconfortante, te envolvía. Como la de su padre, una voz que era como el caramelo líquido, cremoso y marrón oscuro. No había forma de parar a ese cuentacuentos. En ese momento sintió una punzada repentina de resentimiento, de celos incluso. ¿Habían sus niños aceptado del todo a ese extraño? Estaba acostumbrada a ser el centro de atención. Se dio cuenta, con cierta culpabilidad, que tal vez ahora necesitaba tanto su atención como ellos el alimento que les llevaba.

Cuando el zorro se dio cuenta de su error fue demasiado tarde. Por fin acabó la historia, ella ignoró al cuentacuentos y fue directa hacia Anna, siempre la niña más vulnerable. Sabía que ahí encontraría un lloriqueo de queja.

—No me gusta el guiso de salchichas.

—No importa —la calmó Claudia—. Mañana habrá pan y diferentes quesos.

—Pero han hecho que todo sepa raro.

Claudia asintió, comprensiva. Ella sabía por qué. El que cocinaba era uno de los líderes del grupo. El Gran Jan era un gran hombre de dieciséis años y demostraba su madurez fumando en pipa. Su segundo fumaba cigarrillos de liar. Los dos estaban deseando que les saliera bigote. El «sabor raro» era el resultado de alimentos adquiridos de formas inconfesables (salchichas robadas del comedor, repollo del huerto y melaza de alguna taquilla rota), todos juntos en la misma olla para hacer un guiso. También podía haber tomates, mermelada o azúcar, cualquier cosa que pudieran gorronear o robar.

—Una chispa extra —contestó Jan.

—Es usted Claudia, ¿verdad?

El cuentacuentos apareció de repente a su lado, pero ella no quiso gastar saliva en las presentaciones.

—Le ha dado a Kiefer, el pelirrojo que estaba allí fuera, entre los hierbajos, algo envuelto en papel azul. ¿Qué era?

—Solo chocolate.

Claudia no pudo evitarlo. Estaba hablando con un extraño, pero fue directa al grano.

—No ha sido una buena idea. Luego le dolerá el estómago. Estos niños llevan una dieta que roza la inanición, parte de la comida que hay aquí no se puede decir que sea lo mejor y cosas tan potentes como el chocolate hacen estragos en sus estómagos.

—Era solo una chocolatina.

—¿Pretende hacerse el Papá Noel con todos estos niños abandonados?

Él sonrió, nada impresionado por su tono.

—Pero ¿cuántos niños abandonados tiene?

—La última vez que los conté eran treinta, más o menos.

—¿Treinta?

—Parece sorprendido. Me han dicho que lo sabía todo sobre nuestra pequeña guardería.

—No tenía ni idea de que hubiera tantos. —De repente pareció triste.

—¿Podemos hablar? —Le señaló afuera.

Cuando llegaron al camino de tierra, donde los niños no podían oírlos, ella se enfrentó a él con la expresión muy seria. El aumento del peligro acrecentaba su brusquedad.

—Usted —empezó señalándolo— es mi peor enemigo, mi peor pesadilla y el peligro que más temo.

—¿Disculpe?

—Es un peligro peor que la Gestapo. Podría hacer que me colgaran y que descubrieran a todos mis pequeños. ¿Se hace una idea del desastre que nos puede provocar? ¿La más mínima? ¿La tiene? ¡Es peor que la peste!

—¡Por favor! Esto no es necesario.

Ella seguía señalándolo con un dedo.

—Seguro que no ha venido hasta aquí para aprender a decir «hola» en perfecto bávaro. O para librarse de ese horrible acento suizo.

Pero el hombre ya había recuperado la compostura.

—Lo sé todo sobre usted —respondió con una sonrisa—. Me lo han contado. Lo entiendo. Tiene un secreto muy delicado que guardar. Teniendo en cuenta las circunstancias, su ansiedad es natural. Y yo ya he conocido a algunos de los integrantes de su grupito.

—No quiero que hable con mis niños y les llene la cabeza de tonterías.

—¿Considera las fábulas de los hermanos Grimm tonterías?

Ella lo atravesó con la mirada un minuto y después quiso saber:

—Pero ¿qué está haciendo aquí?

—No esperará que le responda a eso, ¿no?

—Tengo una idea bastante clara. Algo grave, peligroso y que lo más probable es que nos eche encima a las autoridades. ¿No es así?

—Es usted muy persuasiva. Seguro que consigue que hasta el mismo demonio contribuya a su fondo de ayuda a los desamparados.

—No se haga el listillo conmigo, se llame usted como se llame.

—Será mejor que me presente. Soy Sepp Bauer, a su servicio.

Ella soltó una carcajada.

—Sí. Y yo soy Mary Poppins.

Había café en la mesa, como siempre. Era su ritual de después de la escuela en el almacén, pero el ambiente era frío.

Claudia no quería discutir con su amiga. Necesitaba a alguien cercano, alguien que la comprendiera y con unas ideas similares para compensar el mal ambiente que se encontraba todos los días en la sala de profesores. Además, no podía actuar por su cuenta. Necesitaba ayuda con la colada y los suministros y que Erika siguiera compartiendo la carga de ser una madre para esos niños. Pero, a pesar de todo, seguía enfadada por la intromisión en sus vidas de esa peligrosa conspiración.

—Quiere hablar contigo otra vez —dijo Erika.

—¿En serio? ¿Por qué? ¿Más canciones infantiles? ¿O cuentos de hadas? ¿Quién es ese encantador de serpientes que han enviado para hacer el trabajo sucio?

Erika dejó la taza.

—Claudia, no puedes continuar así. Esta hostilidad no está siendo de ayuda.

—Los niños son lo primero…, al menos para mí. —Claudia sabía que parecía una pataleta infantil, pero no podía evitarlo. Todo ese secretismo y los nombres en clave la tenían desconcertada. Estaba asustada.

—Y para mí, si puedo elegir —confirmó Erika—, pero dependemos de la buena voluntad de la gente de aquí para ayudar a los niños. Y ellos quieren que se haga eso otro. Y yo también, por cierto. Tú no puedes ir en contra de todos.

Claudia bajó la vista.

—Yo no estoy de acuerdo con la violencia… Y Hank, haga lo que haga y sea bueno o malo, no es una mala persona.

Erika se sirvió otra taza y después jugueteó con los filtros.

—No sé exactamente cuál es el plan. Ni si tiene que ver con él a nivel personal o no. —Se encogió de hombros—. Lo comentaré con Piotr.

Claudia estalló.

—¡Piotr! ¡Odio esos nombres tan raros! ¿Sabes que él dice que se llama Sepp Bauer?

Erika enarcó ambas cejas, lo que previno a Claudia de no volver a hacer esos comentarios desdeñosos.

—Los nombres son para su protección. Piotr es para la operación y Sepp para la gente. —Erika suspiró—. ¿Sabes? Tienes suerte de que no se haya puesto en tu contra. Podrías haberte topado con otro que no fuera tan amable. —Hubo otra pausa y después Erika añadió—: La verdad es que yo esperaba a alguien adusto, imponente, hasta que diera un poco de miedo. Como mínimo un estirado. Pero este hombre, con esa sonrisa, es un encanto. Y además tan joven y guapo. No me digas que no te has fijado.

Claudia ignoró la última frase.

—La única forma de hacerme feliz es que saque a los niños primero… antes de que haga lo que tiene planeado.

Erika se encogió de hombros.

—Deja de pelearte con él. Os necesitamos a los dos. Queda con él otra vez. Háblale de lo que te preocupa y trátalo con él.

Peter había hecho todo lo que estaba en su mano, pero le desconcertó la reacción de Claudia. Tal vez era comprensible, aunque resultaba intimidante. De todos modos no era su única preocupación. La otra era las malas condiciones en las que estaban los niños. Era impactante verlos. ¿Cuánto tiempo llevaban allí confinados?

Las dudas sobre su misión militar volvieron a surgir. ¿Por qué Williams y él habían hecho ese peligroso camino por la montaña en territorio del Tercer Reich, desafiando la naturaleza y arriesgándose a acabar en una celda de tortura? ¿Solo para poner en riesgo a ese patético grupo de esqueletos andantes? Esos niños necesitaban ayuda: médicos, comida, nutrición, cuidados y amor. Su instinto se rebelaba solo con pensar en ignorar su situación, pero ¿qué podía hacer?

Si estuviera en Gran Bretaña habría hecho algo. En los días anteriores a la guerra había «hecho su parte» para ayudar a los pequeños refugiados de Praga e incluso mucho más. Primero, entreteniendo a los pequeños en la estación de Liverpool Street cuando llegaban a Inglaterra. También había chicos abandonados alojados en cabañas junto al mar, esperando que les asignaran padres de acogida. ¿Quién quería un chico adolescente cuando había niñas y bebés disponibles? Esos niños necesitan algo que hacer; deporte, conversación y risas, y él prestó su ayuda. También se ocupó de la refugiada Helga, que había llegado a formar parte intrínseca del tejido de su familia en Bury. Recordó su pasión por Elgar y entonces un caleidoscopio de imágenes se reprodujo antes sus ojos, escenas de los primeros días del Blitz: la declaración de guerra, ayudándola a ponerse la máscara de gas, el centinela de ataque aéreo en la calle gritando «¡A cubierto!», cavar un hoyo en el jardín para hacer un refugio antiaéreo y el asombro de Helga cuando su padre enterró los «tesoros» de la familia en los cimientos del refugio: sus botellas de Chablis y las joyas de su madre.

Menudo contraste con la situación de los niños de El laberinto. Arrugó la nariz al recordar el olor indescriptible de ese vagón frigorífico. Le sugeriría a alguien que lo limpiaran y lo fregaran bien. ¿Y no podían organizar un suministro mejor de comida desde el comedor de la zona de trabajo? Cuando Rápido le ofreció un poco de «sopa» para que la probara, estuvo a punto de atragantarse y vomitar aquel líquido nauseabundo. Pero ¿qué echaban en la olla? Mejor no saberlo.

Él había despejado una zona de maleza para jugar al corre que te pillo, había hablado de los méritos del último avión Focke-Wulf 190 con el pequeño Rolf y, asustado por los aullidos de Anna, le había contado una versión especialmente reconfortante de *Jochen y las judías mágicas*, horrorizado por la fragilidad de su cuerpecito.

Le desgarraba el terrible contraste entre la naturaleza destructiva de su misión y la vulnerabilidad de esos niños, ambos separados solo por diez vías de tren. Un choque de acero y piel.

Las dudas siguieron reconcomiéndole. Sabía cómo fingir, cómo hacer un papel, cómo mostrar una confianza que no sentía. Dar el pego, como lo habría dicho Williams, pero Peter prefería ver la situación en términos teatrales: el espectáculo debe continuar. ¿Cómo iba a terminar? ¿Cómo bajaría el telón? La verdad es que no tenía ni idea. No se había aprendido sus frases porque no había guion y Dansey era un director de escena bastante malo. Peter había aceptado todo eso, tranquilizándose al pensar en su condición secreta: nada de violencia ni hacer daño. Sabía que era su deber patriótico dejar a un lado toda esa ansiedad y mostrarle a Claudia una cara diferente. ¿Qué otra cosa podía hacer?

Gorra, mono y morral. Parecía uno más de los trabajadores que iban de acá para allá a lo suyo por el patio. Había muchísimos. ¿Quién era quién? Muy pocos se conocían. Salían de los talleres, los almacenes y las oficinas del departamento de la vía estándar, la vía ancha y del otro lado de las vías. Ese sitio era un laberinto enorme. El nombre conocido como Piotr quería hablar con ella otra vez de «un asunto urgente», así que quedaron en un porche oscuro junto a la puerta de atrás del cobertizo de las ruedas, desaparecido hacía mucho tiempo, oculto no solo de la atención de los que pasaban por allí, sino muy lejos de la vista del *Oberscharführer Voss*, alias *Die Pestbeule*.

—¿Y por qué tengo que hablar con usted? —preguntó Claudia en cuanto le reconoció—. Usted que es... un enemigo del Estado. —No encontraba ninguna razón para ponérselo fácil. La ansiedad hacía que su hostilidad se volviera irritante.

Él sonrió de oreja a oreja.

—Porque vengo en misión de paz.

Ella rio burlona.

—¿Y me tengo que creer eso? —Apartó la mirada para demostrarle su desprecio—. Su acento y ese nombre no me engañan.

Él la miró y buscó sus ojos, obligándola a mirarlo a la cara. Tenía la desconcertante característica de parecer muy sincero, lo recordaba de su primer encuentro.

—Hoy no soy su enemigo —anunció—. Hoy (y personalmente espero que siempre) soy su amigo.

—Y yo voy a ser tan tonta de dejarme convencer por esa palabrería. Parece un vendedor ambulante...

Él la interrumpió.

—De verdad espero no ser nunca su enemigo, Claudia, pero sin duda hoy y durante los próximos días, o incluso una semana, soy decidamente su amigo.

Ladeó la cabeza y volvió a sonreírle, una reacción que ella no esperaba. Parecía no ser capaz de desconcertar a ese hombre. La actitud de seria maestra de escuela no le estaba funcionando.

—De verdad que no hace falta mostrarse hostil, Claudia —comentó—. Sé que nuestros dos países están en guerra y me parece horrible. Lo odio. Y conozco a otra persona que no está muy lejos de aquí que es de la misma opinión.

Claudia se irritó. Sabe demasiado y se toma muchas familiaridades, pensó. Y estaba utilizando su nombre de pila de una forma muy indecorosa. Estaba claro que había hablado con Erika. Tenía que ser Erika. Ella era la única que sabía esas cosas de ella. Erika había hablado de más.

En ese momento su conversación quedó interrumpida por el estruendo de un enganche de dos trenes que llegaba desde la zona del cambio de vías, detrás de ellos, pero en cuanto el ruido cesó, él insistió:

—También estoy seguro de algo más. La mayoría de la gente de por aquí odia este régimen terrible tanto como yo. A los nazis, quiero decir. Y creo que entre ese grupo de gente está usted.

Ella permaneció en silencio, tomándole la medida mientras le dejaba continuar.

—Quiero convencerla de que sería algo bueno para todos que nosotros dos cooperáramos.

Levantó la cabeza bruscamente, como si estuviera muy sorprendida, y dijo:

—¿Cooperar? ¿Cómo?

—Podría usted ayudarme.

—¿Ayudarlo? —preguntó en voz muy baja, casi un susurro, pero Claudia seguía pareciendo indignada—. ¿Ayudar a un enemigo extranjero? Debería denunciarlo. Hacer que lo arrestaran.

—¿Y arriesgarse a que la arrestaran a usted también y enviaran a los pequeños al gueto (o algo peor)? ¿Qué pasaría entonces con ellos? ¿Lo sabe?

Se libró de tener que responder gracias al encargado de la

caldera de una de las enormes nuevas locomotoras que había en el patio del *Breitspurbahn*, allí cerca. El monstruoso chorro de vapor llegó hasta muy arriba en el aire y creó una enorme nube de vapor gaseoso que ensordeció todo a su alrededor. El encargado de la caldera claramente la había llenado demasiado, lo que había subido la presión hasta niveles peligrosos y las válvulas de seguridad habían saltado.

Cuando el ruido cesó, ella cruzó los brazos y dijo:

—Odio el ejército. Dice usted que odia la guerra, pero es algún tipo de soldado. Cualquier cosa que haga atraerá atención. Y la atención produce arrestos. Ojalá se fuera y se llevara sus ideas a otra parte.

—Lo que estoy intentando hacer es evitar que esta guerra empeore.

—¿Y puede empeorar?

—O, sí, y mucho. —Señaló los talleres al otro lado de las vías—. ¿De verdad cree que están intentando mejorar las vidas de la gente?

—Eso ya lo he oído antes.

—Es para la guerra —continuó él—. Una guerra más grande y más eficaz, más sangrienta. Significa más países invadidos, más gente muerta, esclavizada, enviada a campos de concentración. Mujeres y niños, como sus pequeños. Es para eso y por eso que hay que detenerlo antes de que lo consigan.

—Pero…

—Lo sé, el ingeniero jefe le ha contado a usted y a todo el que quiera escucharlo que es algo maravilloso. Ese hombre es un insensato. Le está haciendo el trabajo sucio al Führer. Hay que mantenerlo bajo control. Y usted puede ayudarme.

—Eso es lo que quería decir —respondió, airada—. Usted está aquí para destruir. Para devastar. Y quiere hacerle daño a Hank, que es un buen hombre y es mi amigo. No quiero que le pase nada.

Piotr resopló.

—Eso depende de si quiere cooperar. De si podemos persuadirlo.

—¿Y si no pueden?

—Ahí es donde entra usted. Puede ayudar a persuadirlo. Necesito que alguien le explique lo equivocado que está. Que vea la situación como yo la veo.

Ella no respondió, así que él prosiguió:

—Sé que se lleva bien con él. Busque la forma de que podamos reunirnos, pero tiene que ser algo muy discreto, una reunión lejos de la vista de las autoridades.

Ella volvió a mirar para otro lado.

—Hay un precio —anunció Claudia. Y hubo un largo silencio antes de que hablara de nuevo—. Mi cooperación tiene un precio. Que usted me ayude a mí a sacar a los niños antes de hacer nada. Entonces, y solo entonces, le prestaré mi ayuda.

16

No era el tipo de invitación que a Claudia le habría gustado, pero ya que había tomado la decisión de cultivar su amistad con el ingeniero, se esforzó por sonreír la siguiente vez que quedaron para tomar un café en los almacenes y afirmó que le encantaría acompañarlo durante su ronda de inspección.

—Hemos sido muy futuristas en los diseños —apuntó Hoskins—, con ideas muy por delante de las de nuestros rivales.

Cruzaron las vías para entrar en el taller de construcción de los vagones. Al instante le golpeó el fuerte olor a madera, pintura y cola. Era una zona con poca luz. Había extraños patrones rectangulares de luz que provenían de paneles en el techo y que producían efectos extraños al iluminar objetos que había al nivel de las vías, algunos terminados y otros solo en armazón.

Hoskins estaba repasando su lista y hablaba sin parar de su repertorio de vagones: vagones abiertos tipo góndola con planchas de acero, de paneles de madera para el ganado, de carga para materiales de construcción y vagones planos con correas para otros materiales. Subieron unos cuantos escalones y entraron en el vagón restaurante especial para personalidades. Estaba equipado con todo, listo para su uso. Se fijó en el acabado verde oscuro del exterior y el llamativo nombre en letras doradas escrito en los laterales: Caribú.

—¿Eso no es un animal canadiense? —preguntó ella—. ¿Una especie de reno?

—Exacto, profesora —contestó él—. Lo he diseñado siguiendo el estilo del Canadian Pacific. Influencia norteamericana, como ve. Un reflejo de mis orígenes.

Allí dentro se sintió abrumada por el enorme espacio. Las vías anchas le daban al vagón otra dimensión. Había una zona de comedor suntuosa con una mesa central cubierta de terciopelo rojo. Cabían doce comensales, tenía sillas a juego y disponía grandes mesas auxiliares en los laterales con hileras de cubiertos con el mango de marfil y copas de cristal. La vajilla era de porcelana de Nymphenburg decorada con el nuevo escudo con las dos bes por el *Breitspurbahn*, o el «*Big Bahn*» como le gustaba a Hoskins llamarlo.

Ella cogió un plato de guarnición, con el borde amarillo y un dibujo azul, y expresó su sorpresa.

—¿Tan avanzado está todo ya?

Él le dio una carta del restaurante. Ella miró la oferta que la encabezaba: fletán a la plancha o salmón con mantequilla de limón.

—Pues espere a ver el siguiente —anunció.

Se quedó parada admirando los detalles del segundo comedor: el techo con un artesonado muy elaborado, lámparas de araña, una decoración muy recargada, alfombras rojas estampadas, manteles blancos y los ventanales más enormes que había visto en su vida. Una mujer con un uniforme muy elegante con estampado azul estaba arrodillada delante de un armario, ordenando la vajilla.

—Suntuoso se queda corto —reconoció Claudia—. Parece el salón de un castillo. Como viajar en primera clase en un transatlántico.

Él sonreía, disfrutando de su reacción y orgulloso de su creación. Siguieron por el taller. Alguien que no veían estaba dando martillazos y el ruido se solapaba con el chirrido agudo de una sierra mecánica. En el vagón cinematográfico habían instalado una enorme pantalla y unos paneles laterales le daban al vagón la apariencia de un antiguo teatro de la ópera.

—El siguiente son las cocinas —anunció.

Allí Hoskins estuvo especialmente explicativo.

—La belleza de este sistema es que, con el aumento de tamaño, tenemos una capacidad enorme para todo tipo de refinamientos y lujos. Y hay mucho espacio para que se añada nuevo equipamiento en el futuro. Y espacio para todo lo que pueda necesitar un gran chef durante el viaje —explicó, acariciando las superficies. Y después se agachó y descorrió varios paneles para que se viera el gran espacio de almacenamiento.

En el coche cama todavía no habían hecho tantos progresos. Una figura que llevaba un delantal estaba enfrascada en su trabajo con la lija, pero ella vio recovecos polvorientos detrás de las literas y armarios aún no llegaban al techo.

A Hoskins le gustaba lucirse. Estaba orgulloso de sus logros. Así que ella sonrió y le dejó disfrutar.

Él tocó otro panel y dijo:

—Por ahora está sellado, pero después se podrá abrir, cuando se vaya desarrollando el tráfico y haga falta más equipamiento. Es lo bastante grande para meter cualquier equipo que se nos ocurra. De hecho, aquí cabe un ejército —dijo riendo, encantado con su broma.

Y de repente esa idea llenó la mente de Claudia. Fue como si tuviera un momento de revelación.

¿Lo bastante grande para un ejército?

¡Entonces era lo bastante grande para su pequeña banda de fugitivos!

—¿Le pasa algo? —preguntó él al ver su cara seria.

—No, nada —dijo sonriendo como pudo—. Es muy impresionante, de verdad. Ha hecho un trabajo fantástico.

—No puede estar hablando en serio. —Peter sacudía la cabeza, pero mantenía el buen humor y reía entre dientes—. Es una idea ingeniosa, pero ni hablar.

Hasta ese momento Claudia se había sentido atrapada por todos lados, pero ahora se abría ante ella una nueva visión. De repente estaba claro el camino que debía seguir.

—Me parecía que usted era un hombre al que le gustan mucho los niños —comentó—. Que les cuenta cuentos y les canta canciones. Que sabe controlar a los matones y les convence para que bajen de los árboles. Pues esta es su oportunidad. En vez de hacer estallar esa cosa, en vez de la destrucción, tiene una oportunidad de hacer algo que valga la pena. Salvar vidas, no destruir.

Él sonrió.

—Como ya le dije en otra ocasión, usted podría convencer al más avaro para que hiciera una donación millonaria a una organización benéfica, pero esta vez no lo va a conseguir.

—¿Por qué no? —Abrió mucho los ojos, tentadora—. Hoskins me dijo que va a llevar el tren hasta la frontera para impresionar a los suizos, una táctica para persuadirlos de que accedan a algo, no sé a qué.

—Al tránsito, supongo. Traslado de cargamentos desde este sistema al suyo o incluso que construyan uno como este en territorio neutral, aunque eso lo dudo.

Claudia puso los brazos en jarras.

—Podría llevar a mis niños al otro lado de la frontera y destruir el tren allí... Pero después de que mis pequeños hayan cruzado a un lugar seguro.

Peter negó con la cabeza.

—Aunque yo le dijera que sí, ¿cómo íbamos a ocultar a treinta pequeños rufianes (desaliñados, descuidados y que huelen mal, que llevan meses viviendo de las sobras y de cualquier manera) durante un viaje largo en un tren lleno de personalidades importantes? Sobre todo nazis, además. Niños sin billetes ni visado. Es imposible.

—Ya se lo he dicho: escondidos —insistió—. Hay docenas de escondrijos en esos vagones. Escondidos durante todo el viaje y, en el momento adecuado... —Hizo un gesto con las manos que imitaba un muñeco de resorte al salir de una caja.

Él rio de nuevo.

—¿Y qué genio nos va a crear una madriguera secreta que se pueda llenar de niños en el tren más prestigioso del Führer? ¿Me puede enseñar a la persona dispuesta a hacerlo?

Ella inclinó la cabeza con una leve sonrisa, un gesto que parecía sugerir que cualquier cosa era posible.

—¿Y cómo consigo que crucen la frontera alemana? Un

guardia de frontera, un oficial ferroviario, casi cualquier alemán con ojos en la cara.... Cualquiera que vea al grupo, gritará «*Juden!*». Y acabaremos todos en un tren, uno que vaya a uno de esos campos de trabajo del este.

—Es un hombre inteligente. Se ha colado en Alemania. Tiene experiencia. Sabe cómo hacer las cosas.

Él se rio de lo que acababa de oír.

—Y también están los suizos. —Suspiró—. Los alemanes son brutos y los suizos escurridizos. Y tienen un buen lío en la frontera. Los guardias de la frontera venden a los refugiados que cruzan a los guardias alemanes por un precio. Y en el interior de Suiza hay leyes contra los ciudadanos que den refugio a los que huyen. El soborno es la única forma de conseguirlo. Solo que hace falta conocer a quién hay que sobornar.

Ella suspiró.

—Cualquiera diría que usted es un malvado con el corazón de piedra que no quiere ayudar.

—Claro que no, yo... —Se interrumpió.

—¿Sí?

Estuvo a punto de decírselo. De explicarle, de justificarse, revelándole su papel en los *Kindertransports*. Pero no. Negó con la cabeza y guardó silencio. Tenía que darle largas mientras cumplía con su deber. Ese tren nunca llegaría a la frontera suiza. Hoskins y su nuevo motor iban a quedar borrados de la historia allí mismo, en el almacén. Ese tren nunca abandonaría Múnich. Sacudió la cabeza.

—Es usted imposible —dijo por fin—. Y todo esto es imposible.

—No me falle, Piotr. Y no falle a los niños cuyas vidas ahora dependen de usted.

Peter estaba seleccionando elementos de un kit y guardándolo con cuidado en la bolsa de herramientas de un mecánico. La precisión de sus preparativos era vital, pero no tenía la mente completamente puesta en lo que hacía. El cruel contraste entre su misión y esos niños no paraba de reconcomerlo.

Sacudió la cabeza, suspiró, cogió una llave inglesa y la metió en el fondo de la bolsa. Sacó un par de coderas elásticas y se las subió por los brazos, hasta que quedaron a la altura de los codos. Después volvió a comprobar el estado de su mono de la *Reichbahn* y sus botas de goma.

Todo estaba en silencio, así que salió de su escondite en el barracón y se puso en marcha con paso rápido y silencioso en dirección a la oficina principal. Era poco después de las once y no se veía a nadie por allí. Ya había cronometrado a Franz, el policía del último turno de la estación, que estaba cómodamente arrellanado en la oficina de la Gestapo con la radio, seguro que sintonizando un concierto en la emisora nacional. Esa noche era Haydn, o eso le habían dicho. Como mínimo, tenía que alabarles el gusto.

Cuando cruzó las vías volvió a pensar en Claudia y su conversación sobre Suiza y los escondites en los nuevos vagones. Estaba intentando involucrarle en su loco plan de huida y sabía que tenía que rechazarlo. No podía permitir que la misión quedara comprometida.

Llegó a un muro de ladrillo pasadas las vías y accedió a un estrecho hueco entre el almacén de documentación y el despacho del ingeniero. Los dos estaban oscuros. Ese era su objetivo. De día había estudiado la fachada y todo lo que pasaba allí. Había visto cómo sacaban grandes planos en rollos de papel del almacén, que habían devuelto por la tarde. Había registrado el tráfico humano que había entre las oficinas y los talleres, prestando especial atención a los delineantes, el ingeniero y sus ayudantes.

Peter avanzó por el hueco y levantó la vista para mirar las tres ventanas cerca del tejado. Abrazando la bolsa de las herramientas contra el pecho, pegó la espalda a la pared, apoyó los pies en la otra y empezó a subir lentamente, sujetándose con pies y codos. Como le había enseñado Fitzpatrick durante su curso exprés de allanamiento en Fulbrough Manor. Nunca olvidaría esa figura evasiva y marchita que sospechaba que le habían dado un permiso de un día en la prisión de Wormwood Scrubs, pero Peter había adoptado la técnica de entrar sin que le vieran como el escalador natural que era. Había sido como volver a la infancia, escalando canalones y árboles, aunque lo mejor fue subir como una araña por dos paredes muy próximas.

Jadeaba por el esfuerzo de ir cogiendo altura y maldijo internamente los bordes dentados de la áspera pared, que notaba en los codos a pesar del uso de las coderas. A mitad de subida se detuvo para recuperar el aliento y volvió a pensar en Claudia. Tuvo que reconocer su coraje, su riqueza de recursos y su imaginación, pero sus ideas le parecían totalmente impracticables. No les daba ni una pizca de credibilidad. Una gran parte de él quería ayudarla, pero ahora era un soldado y tenía una misión militar, había hecho un juramento de lealtad y eso no se olvidaba en cuanto aparecía el primer obstáculo. Su objetivo primordial era descubrir el secreto de la nueva unidad de propulsión de Hoskins.

Volvió al trabajo, impulsándose para seguir ascendiendo, esperando que el dolor que sentía mereciera la pena. El miedo que tenía era encontrarse con una caja fuerte. En Fulbrough no había tenido tiempo de aprender a abrirlas.

Las ventanas eran viejas y estaban sucias y una tenía una raja tentadora. Peter engrasó el cristal para poder trabajar en silencio y se puso manos a la obra con un cortador de vidrio, alargando la raja hasta que llegó al marco. Mientras trabajaba era consciente del viento y sus quejidos lastimeros, y le pareció oír en ellos los lloriqueos de Anna en su miserable alojamiento. Pero estaba todo en su cabeza, claro. La cinta adhesiva y una ventosa le ayudaron a conseguir un buen agujero del tamaño de un puño. Por el agujero pasó el gancho, que levantó el pestillo de la parte baja del marco, lo que le proporcionó una ventana lo bastante amplia para colarse dentro. La incisión era muy limpia. Podría volver a pegarla en su sitio al salir. Y con suerte no la notaría nadie.

Ya estaba dentro, y para cuando sus pies tocaron el suelo, ya había decidido que, a pesar de todo, intentaría ayudar a Claudia, pero de forma más práctica que ese plan alocado de los polizones. Empezó a examinar metódicamente los grandes montones de dibujos a escala, sabiendo que tendría que hojear cientos. Cualquier proyecto grande daba grandes cantidades de trabajo a la oficina de planos. Intentó adivinar cuál era el sistema: vagones, instalaciones en la estación, partes mecánicas. Necesitaba tiempo y paciencia para la lenta búsqueda, pero el premio iba a merecer la pena. Estaba preparado con una cámara especial para documentos, versión de Fulbrough: una Minox Riga pequeña y ligera que utilizaba una película de grano ultrafino. Con eso pensaba capturar los secretos del nuevo motor. Estaba muy concentrado, pasando rápido los planos de arriba, leyendo los títulos, tanto que estuvo a punto de no oírlo.

El ruido de unas llaves en la puerta.

Para cuando la figura entró en la habitación, cerró la puerta y encendió las luces, Peter estaba pegado a las vigas del techo, con manos y piernas extendidos, los pies acoplados en un rincón y los brazos sosteniéndole la parte superior del cuerpo. Estaba a plena vista, pero lo había hecho pensando que los oficinistas, soldados e incluso los policías muy pocas veces miraban arriba, si es que lo hacían alguna vez.

Era Hoskins, el ingeniero en persona, que había vuelto inesperadamente. ¿Cuánto tiempo se quedaría allí? ¿Cuánto podría aguantar Peter encaramado en las vigas?

Entonces se le ocurrió otra idea. Una forma de cambiar las tornas. Una oportunidad inesperada. ¿Si estuviera presente Dansey, no le animaría a atacar mientras pudiera? Podría caer sobre Hoskins, saltando desde las vigas y aprovechando la sorpresa y las tácticas de choque. Pero rechazó la idea antes de darle más vueltas. Con esa táctica no conseguiría la respuesta que quería. Peter prefería la persuasión y apelar a la dignidad de aquel hombre. Y se había prometido que no utilizaría la violencia en ningún caso. Por otro lado reconoció que un soldado debería ser un hombre de acción, pero antes de que pudiera resolver el dilema, la puerta se abrió bruscamente una vez más y entró otra persona.

Peter contuvo la respiración. Solo hacía falta que uno de ellos levantara la vista. Estudió al recién llegado y reconoció al antagonista natural de Hoskins, su rival en busca de la gloria tecnológica, el ingeniero adjunto de los almacenes de Landsberger, Reinhardt Meyer. Peter se relajó un poco según fue desapareciendo el riesgo de que lo descubrieran. No era una ronda de reconocimiento ni una inspección repentina. Los dos estaban enfrascados en sus desacuerdos. Peter conocía la tensión entre ellos gracias a Erika.

La voz de Meyer llegó hasta donde él estaba, muy clara en medio del silencio.

—Me alegro de encontrarle aquí —le dijo a Hoskins—. Supongo que los dos trabajamos hasta tarde, intentando solucionar problemas. Es un buen momento para hablar. Adecuado para expresarme con total franqueza, creo.

—¿Ah, sí? —Hoskins sonaba distraído y retomó su búsqueda, como había hecho Peter antes, revisando un montón de planos.

—Seré directo. Es sobre el 25.

—¿Qué ocurre?

—No lo va a conseguir. Ahórrese la humillación y elija la opción de la supercaldera.

Peter lo sabía todo sobre la opción de la supercaldera. Era una locomotora de vapor que Meyer había desarrollado como alternativa a la nueva unidad de propulsión, pero lo que no conocía Peter era el plazo: ¿el 25? Seguramente estaban hablando del viaje de prueba a Suiza.

—¡Ni hablar! —Hoskins había dejado de buscar y estaba agitando los brazos—. Nada de medias tintas, ¿me oye? —Y después continuó con más moderación—: Reconozco su gran logro, Reinhardt. Ha llevado el vapor hasta el máximo, es una mejora muy útil de una tecnología antigua, pero no es eso por lo que yo estoy aquí. Esto es una revolución y yo soy un revolucionario.

—Eso dice usted.

—Esto es el futuro. Ha llegado y está aquí y ahora. El 25 es el día en el que le vamos a demostrar al mundo —no solo a Alemania, sino también a Suiza y a todos aquellos que nos estarán observando— que mi sistema es el futuro.

—Todavía quedan demasiados problemas por resolver. Y muy poco tiempo. No lo conseguirá.

—Soy consciente de que es usted escéptico, pero demostraré que se equivoca.

Meyer se mostró enérgico.

—Espero que esté calibrando los peligros. El precio que pagará si fracasa. El que pagaremos todos. Este régimen no perdona.

—¡Ya verá como lo consigo!

Meyer soltó un resoplido largo y exasperado.

—Quiero asegurarme de que es consciente de lo que hay en juego. Está jugando con el futuro de todos los que trabajamos aquí. Tal vez el de los talleres. Incluso el del sistema de ferrocarriles. Quizá (está muy en duda) logre los laureles de la victoria. Pero es mucho más probable que acabe con un traje a rayas en un campo de concentración.

Peter se preguntó cómo respondería Hoskins a eso, pero nunca lo sabría. En ese momento la puerta se abrió y entró una tercera figura. Un hombre con un uniforme gris y el águila, con un cinturón marrón, pistola y botas militares. Franz, el policía del ferrocarril, que no estaba dormido ni distraído por el concierto de Haydn.

—Pensé que había algún intruso —explicó—, que habían entrado de alguna forma.

Y miró a su alrededor.

¿Miraría hacia arriba?

—No se preocupe, Franz —le tranquilizó Hoskins—, hemos terminado.

Así que la niñera del régimen tenía la suficiente confianza con su jefe como para que le llamara por su nombre de pila. Dos hombres que tenían una historia común, le había dicho Erika. Desde hacía mucho.

Hoskins pareció tomar una decisión repentina, sacó un plano del montón y se dirigió a la puerta.

—Reinhardt, volveremos a hablar por la mañana.

Apagaron las luces, cerraron la puerta y la llave giró en la cerradura. De nuevo en la oscuridad, Peter sintió que le abandonaba la tensión y aparecía la debilidad en los brazos por el cansancio de haber estado soportando todo su peso. Pero siguió en la misma posición durante varios minutos antes de bajar para seguir con su búsqueda. Continuó durante casi una hora, aunque no logró encontrar el tesoro que había ido a buscar. Los planos del nuevo motor no estaban por ninguna parte.

No importa, se dijo; el descubrimiento más importante había sido el día de la gran prueba de Hoskins: el lunes 25, día de extraordinaria exhibición del nuevo supertren en Suiza.

Se acababa de convertir en la fecha límite de Peter.

17

Era difícil mantener a raya la enfermedad, las llagas y la depresión. La mala comida, el frío y la intemperie iban desanimando a alguno de los niños. La pequeña Anna estaba perdiendo la batalla: en cama y sufriendo, su respiración sonaba horrible. Claudia sospechaba que era neumonía y supo que debía actuar, a pesar del peligro de que los descubrieran o los traicionaran.

Entonces se acordó de Piotr y decidió que esa era su oportunidad. Necesitaba que se comprometiera, acabar con su resistencia, convertirlo en un aliado. Decidió jugar la carta de la empatía que sentía por los niños y le envió un mensaje a través de Erika para quedar con él en el vagón frigorífico donde estaba Anna, con fiebre e inquieta.

—Necesito su ayuda —empezó ella.

—Soy su peor pesadilla, ¿o ya no se acuerda?

—Necesita un médico ya.

—Ya lo veo, pero ¿cómo encontramos a un médico que podamos confiar en que mantendrá la boca cerrada?

—Hay uno. Pero tendremos que esperar a que anochezca.

—Un momento... —Presentó las consabidas objeciones. Esa no era su tarea. Tenía que permanecer escondido. ¿Por qué no se lo pedía a Erika? Pero Claudia tenía respuestas para todo: necesitaba un hombre con uniforme y que llevara una maleta para completar su tapadera. La perfecta tapadera familiar. Una pareja de los almacenes.

—Es su única oportunidad.

Peter apretó los labios y dudó.

Ningún médico normal trataría a una niña así, le dijo Claudia. Una visita normal a una consulta acabaría en arresto o algo peor. Confiaban en la asistencia médica clandestina, tan oculta bajo la superficie oficial como ellos.

Peter repitió sus objeciones e insistió en que salir de los almacenes era un riesgo enorme para su operación, pero cuando se encendieron las farolas estaba ahí, con su uniforme del ferrocarril y la gorra, y ella supo que había conseguido su primera victoria.

Le pasó un sobre que abultaba mucho.

—¿Qué es?

—¿Usted qué cree? ¿Que se puede ir por ahí sin papeles? Esos pases del ferrocarril que usted tiene no le servirán para nada fuera de los almacenes.

Él sacó unos cuantos pases nuevos, toda esa parafernalia burocrática que tanto gustaba a las autoridades: tarjeta de trabajo, registro de residente, cartilla de racionamiento de comida y de ropa, registro de vivienda y policial.

Él la miró, perplejo.

—¿Cómo...?

—No pregunte.

Peter inspiró hondo y supuso que habría sido Erika o algún contacto dentro de la policía, y fue más consciente que nunca de que le controlaba una mano misteriosa y oculta que permanecía fuera de su alcance, por frustrante que fuera, mientras la iba guiando para que pudiera ir salvando los escollos que surgían en la vida en Alemania en tiempo de guerra. Una vez más tuvo la incómoda sensación de ser una marioneta y de que había alguien que movía sus hilos.

Levantaron a la niña, la envolvieron en varios jerséis y abrigos y la sacaron de los almacenes, cruzaron la carretera principal y entraron en el creciente barrio de Laim, manteniéndose lo más lejos posible de los bloques de apartamentos y ocultándose entre las sombras. Viviendas de clase media acomodada, un lugar donde no había problemas nunca, así habría descrito esa zona un policía. Gente que apoyaba al régimen con su silencio, habría apuntado Claudia. Personas satisfechas de que se hubiera restaurado el orden tras el caos del pasado, pero que miraban decididos hacia otro lado en lo que respectaba a la brutalidad del régimen.

Al girar una esquina encontraron un edificio eclesiástico con una enorme cúpula con forma de cebolla.

—Cómo les gustan las iglesias —comentó Peter en un susurro.

—Es la oficina que gestiona las prestaciones.

En Friedenheimer Strasse no les quedó más remedio que cruzar una carretera ancha, de dos carriles y bien iluminada. Los tranvías ocupaban la sección central y era obligatorio esperar en los semáforos hasta que te permitieran cruzar. De pie en la acera opuesta había una figura conocida, con la cabeza ladeada.

—¡Hola, *Fraulein* Kellner! ¡Qué sorpresa! ¿Qué está haciendo en la calle tan tarde? Y seguro que no frecuenta mucho esta zona tampoco.

Claudia tragó saliva. *Frau* Obermeier no paraba de hacer preguntas y, como sabía por experiencia, no se iba a frenar por nada. Era una de las madres de más edad, con el pelo muy corto y con unas cuantas canas y grandes pendientes. Se vestía de forma juvenil, con una falda negra con grandes aberturas a los lados.

—¿Y quién es esta niña? —preguntó Obermeier, mirando detenidamente el bulto poco atractivo que iba encogido entre Claudia y Peter.

Claudia tenía una mentira preparada, aunque sabía que era bastante inverosímil.

—Estoy ayudando a alguien. Su madre no se encuentra bien, así que llevamos a la niña a casa de su tía durante unos días, hasta que su madre recupere las fuerzas.

—No tiene buena pinta. —Obermeier estuvo a punto de hincarle el dedo en la cara a la niña—. Está muy pálida. Y no le vendría mal un baño, diría yo. ¿Y qué le pasa a su tía? ¿No podía ir ella a recogerla?

—Ya me conoce —contestó Claudia, haciendo su papel—, siempre dispuesta a ayudar a los niños.

—¿Y él quién es? —preguntó mirando a Peter.

Él sonrió de oreja a oreja y levantó el maletín, para señalar que pesaba.

—Un amigo.

Obermeier miró a Claudia con una incredulidad que quedaba claramente patente en su sonrisa maliciosa.

—Quería hablar con usted, *Fraulein*, sobre mi Udo. Necesita ayuda especial con la lectura. Más de lo normal, ya me entiende. No quiero que se quede rezagado.

Así que ese era el precio: un trato especial a cambio de silencio.

—Ya hablaremos —prometió Claudia—, cuando tenga más tiempo. En la puerta de la escuela.

—Por poco —comentó Peter cuando volvieron a ocultarse entre las sombras de una pequeña avenida flanqueada por casas nuevas.

—Me causará problemas —afirmó Claudia.

Habían llegado a la zona de un vecindario más adinerado. Los bloques de apartamentos eran elegantes, pintados de azul y amarillo, colores que destacaban a la luz de las farolas. Tenían balcones, pérgolas y toldos. Había visillos en las ventanas y macetas junto a las puertas. En la siguiente calle pasaron delante de jardines delanteros, árboles y setos de aligustre. Cuando Claudia oyó el sonido de una capa al lado de un jardín de infancia supo que tendrían que enfrentarse a otro problema.

—Buenas noches, querida, es usted la maestra de la escuela, ¿verdad?

El padre Ostler era un hombre en quien no confiaba. Había adoptado la iglesia nazi. Eso se decía en la sala de profesores. Y daba sermones «aceptables».

Ella le dio la versión de los hechos que había preparado, la historia de la tía.

—Es usted un ángel —respondió él.

Ella asintió y siguió adelante apresuradamente, preocupada de que esa respuesta tuviera un tono irónico. Ese hombre seguramente era un informador. ¿Qué mejor fuente podía tener cualquier fisgón del Estado que una que tuviera oídos en el confesionario?

Cuando llegaron a la mitad de la siguiente calle se detuvieron delante de una entrada muy ornamentada. Las puertas de roble y las ventanas redondas estaban coronadas por una gran vidriera que parecía un mosaico. Antes de que perdiera el derecho a cobrar sus consultas mediante el sistema de salud estatal, el médico vivía allí. Había un diminuto cajetín metálico pegado a la pared que tenía varios trozos de papel con unos cuantos nombres que no se distinguían. Claudia miró hacia atrás. No había señal del cura ni de que nadie los estuviera observando, así que comprobó que todo estuviera como antes y después pulsó el timbre que decía: «05, S. Lister».

Se oyeron unos crujidos por el altavoz y contestó una voz cansada.

—¿Sí?

—Hola, Siggie. Soy Claudia.

La puerta se abrió y subieron un largo tramo de escaleras, cruzaron otras puertas y bajaron por un pasaje. La puerta del número 5 ya estaba abierta y el aire caliente que salía les invitó a entrar para calentarse junto a una estufa de coque.

Siglinda Lister era una mujer pequeñita que llevaba el uniforme azul de enfermera.

—Tenéis suerte —dijo con un suspiro—. Acabo de volver del hospital. ¿Quién es?

—Anna. Tiene fiebre y se encuentra mal. Me preocupa que sea neumonía.

Lister les indicó que cruzaran otra puerta. Ahí notaron el cambio de olor: desinfectante y algún tipo de líquido de limpieza. Claudia miró a su alrededor. Era la segunda vez que iba; la primera fue con otro niño enfermo. Recordaba la camilla, el lavamanos, la silla y el cubo, pero cuando miró las estanterías vio que estaban casi vacías. En otro momento estaban llenas de medicamentos. Como ella ya sabía, esa era la consulta clandestina de la enfermera Lister, que antes fue ayudante del médico de medicina general del distrito. Realizar esas actividades en casa era completamente ilegal.

—Voy a mandar a mi chico a buscar al doctor —comentó Lister—. No tardará.

ϒ

El médico era Josef Prenzlau. Y cuando llamó a la puerta principal y entró con Lister, Claudia se quedó impactada por su apariencia. La otra ocasión en que visitó su consulta era un momento en que él tenía mucho éxito, a pesar de que le habían prohibido ejercer. Era muy popular en el distrito y sus pacientes, sobre todo los pobres que no tenían dinero ni prestaciones, le pagaban en especie: fruta, lechugas, pepinos, palomas o nabos en conserva. Seguro que era el doctor submarino con más pacientes de toda la ciudad.

Pero ahora Claudia tenía delante a un hombre diferente. Su cara parecía abotargada y los ojos inyectados en sangre de alguien que bebía mucho. Su ropa olía a cigarrillos baratos. Seguro que hacía varios días que no se cambiaba. El precio de la vida subterránea, comprendió Claudia. Le estaba dejando huella.

—Claudia —saludó—. Sigues caminando por la cuerda floja, ya veo. Y la verdad es que se te ve muy bien. ¿Cómo lo consigues?

Ella sonrió y se encogió de hombros.

—¿Y los pequeños?

—Ya ves —dijo señalando a Anna—. Fiebre, me temo.

Examinaron muy concienzudamente a la niña, Prenzlau a un lado de la mesa, trabajando con su estetoscopio, y Lister por el otro lado. Claudia los oía hablar en voz baja. Le sorprendió oír a Lister llamarlo por su nombre de pila, algo que nunca habría hecho en otros tiempos. Después oyó otra frase importante pronunciada en susurros: «Te tiemblan las manos, Josef. Tienes que dejarlo».

La dinámica entre enfermera y médico había tomado nuevos derroteros.

—No puede volver contigo —anunció Prenzlau, mirando a Claudia.

—Tendrá que quedarse aquí —apoyó Lister—. Hasta que tengamos la fiebre bajo control.

Claudia empezó a poner excusas, pero Lister las ignoró con un gesto de la mano.

Prenzlau se lavó las manos y se dirigió a Claudia. Ahora vivía en el sótano de una casa grande, rodeada de árboles y en una avenida exclusiva. Eso era lo que sabía Claudia. Y que solo salía de noche.

—¿Cómo están las cosas? —preguntó, sonriendo y abriendo su maletín para darle la habitual bolsa de patatas, pero él se negó a aceptarla.

—Guárdalas para los niños —dijo—. No me puedo quejar. Mucha gente de por aquí todavía está dispuesta a arriesgarse a pesar de los informadores para que les trate, así que tengo suerte. No le guardo rencor a nadie. —Se encogió de hombros—. Todos tenemos a veces compromisos que no nos gustan.

Ella pensó que se iba a repetir una conversación que ya habían tenido, una charla que evidenciaba el pesimismo de ese hombre.

—¿Cuáles crees que son mis posibilidades de supervivencia a largo plazo? —preguntó de repente—. Pocas, ¿verdad? Y tú, ¿todavía vives en tu mundo de fantasía? Estamos haciendo algo increíble, nosotros dos, manteniendo a tus pequeños con vida, pero ¿para qué? Al final nos atraparán a todos.

Aquella noche había algo diferente en Prenzlau, más allá del desaliño y el abotargamiento. Había perdido su aire de fatalismo. Le acarició la mandíbula y los ojos se le llenaron de lágrimas.

—En realidad, tengo un pequeño dilema moral —dijo de repente.

Ella lo miró a los ojos. Lister estaba ocupada atendiendo a Anna y Peter se había apartado a un rincón porque había notado que se trataba de un momento privado.

—Póngame a prueba —se ofreció.

—Aunque parezca increíble y así de repente. —Se encogió de hombros—. Sea como sea, me ha surgido una posibilidad de escapar.

—Felicidades —contestó ella—. Me alegro por usted. ¿Y cuál es el dilema?

—Esto —dijo señalando con un gesto de la mano la habitación—. Todo esto, mis pacientes, y usted…, usted y sus pequeños. Los dejaría a todos atrás. ¿Y quién los iba a tratar si yo me voy?

Claudia sabía que tenía razón. Si él se iba, solo quedaría la enfermera Lister, pero lo que hizo fue sonreír y decir:

—Váyase. Aproveche su oportunidad. Ya ha hecho bastante por nosotros y por sus pacientes. Sálvese usted.

—Estoy pensando en decir que no —confesó—. Mi conciencia y esas cosas.

—¡No sea tonto! —Claudia fue directa. Creyó que podía arriesgarse a ser sincera. El doctor había cuidado de todo el mundo desinteresadamente y ahora alguien debería hacer lo mismo por él. Tal vez esa persona era Siggie Lister, pero quizá Prenzlau necesitaba un empujón más—. No se sacrifique —insistió—. Lo que ha hecho es más que suficiente. Ahora es su momento. Sálvese. —Volvió a sonreírle—. Es una muy buena noticia.

Él asintió, pero no dijo nada.

Contuvo su curiosidad. Como todo el mundo en esos tiempos complicados, sabía el protocolo de despedida: le deseabas al fugitivo buena suerte, buen viaje, le dabas las gracias por el momento de verdadera amistad que habíais compartido y le deseabas que consiguiera escapar sano y salvo.

Pero nunca le preguntabas cuándo sería.

Y sobre todo, nunca cómo.

18

Peter abandonó su puesto de observación del desván y cruzó en silencio el barracón, poniendo cuidado de no encontrarse con nadie en el pasillo. Después se coló en el cubículo que había junto al vestíbulo principal, cerca del cartel para las visitas con el mensaje, en grandes letras: «¡Silencio! Personal durmiendo».

El Interlocutor, una figura bajita y arrugada con un pie deforme, estaba sentado en su mesa cubierta de papeles y listas. Peter le sonrió e intentó una vez más sonsacarle información.

—Tenemos que ser listos —contestó el Interlocutor—. La célula existe porque somos más listos que ellos. —No hacía falta especificar quiénes eran ellos—. Clausuraron el sindicato, pero no lo han destruido, nos pasamos a la clandestinidad. Somos fuertes, resistiremos y tenemos el sistema. El ferrocarril es una red compleja y los nazis creen que la tienen bajo control. ¡Inocentes!

Peter esperó que ese monólogo sirviera como precursor de la identificación de la persona que lo controlaba todo y le animó ver que el hombre levantaba la vista para mirarle.

—Pero bueno, tengo un mensaje para usted —continuó—. Segundo vagón de cola de la vía de en medio. El amarillo. A las 10.30.

—¿Y?

Un encogimiento de hombros.

—Ese es el mensaje.

—¿Una reunión?

—Supongo. Es un buen sitio para eso. Se ve todo lo que hay alrededor. Quién está fisgoneando, quién está fuera y además desde dentro se les ve primero.

—¿Una reunión con quién?

—No me lo han dicho.

Poco antes de las diez Peter echó a andar por el sendero de escoria, manteniéndose siempre entre las dos hileras de vagones y parándose de repente cada pocos minutos para comprobar si oía pasos que le siguieran. La tercera vez que paró pasó por debajo de un vagón para cambiar de vías y se quedó quieto, en silencio, escuchando, durante tres minutos. Le pareció una eternidad, pero para controlar los nervios lo estuvo cronometrando en su reloj. Después echó a andar de nuevo, cruzando por encima de las vías anchas hacia las normales y una hilera de vagones anodinos, algunos tipo góndola, otros para carga de carbón, otros planos, que ya había visto en un momento anterior. En la vía más alejada había una vieja locomotora y cerca un guardagujas alejándose, esperando que hubiera algo que hacer.

Peter avanzó con cuidado junto a la máquina. No quería que le sorprendiera algún empleado despierto, pero no tenía de qué preocuparse. Cuando se acercó más a la cabina de mando, notó la típica mezcla de olores (grasa, carbón y vapor en el aire); estaba vacía. Sin duda el maquinista y el fogonero estaban jugando a las cartas en el cobertizo del guardagujas.

El vagón era un vehículo de principios de siglo, pintado de un amarillo desvaído y, a diferencia de muchos de los que había en ese patio, todavía conservaba el chasis y las ruedas. Las vías parecían llenas de esos vagones antiguos, que obviamente hacía mucho que ya no se usaban. Su torre de observación sobresalía del techo como la torre de un submarino, excepto que estaba coronada por un tejadillo con un ángulo extraño, que parecía el sombrero de un viejo, y dos ventanas panorámicas. Peter volvió a esperar en el sendero de escoria, escuchando por si percibía alguna señal. ¿Alguna palabra suelta que anunciara una emboscada, tal vez? ¿El sonido del seguro de un arma al accionarse? Sabía que acudir a una convocatoria tan vaga como esa era un riesgo. Pero la vida en tiempos de guerra era un riesgo continuo, se dijo a la vez que se sujetaba a los pasamanos y subía por la escalerilla hasta la plataforma de la puerta trasera del vagón.

Seguía sin oír ruidos, ninguna reacción. Dio dos pasos hasta la mitad de la plataforma, dejó atrás el enorme volante del freno y se atrevió a echar un vistazo al interior por la ventanilla cubierta de malla de alambre.

Nada.

Abrió la puerta, cuyas bisagras sin engrasar chirriaron, y entró. Ese lugar parecía vacío, ordenado y fuera de uso. En un rincón estaba la habitual estufa de carbón, que en su día emitía un calor reconfortante para los guardafrenos en los viajes largos. La mesa de la cocina estaba limpia y los bancos vacíos.

Seguía sin oírse nada.

Avanzó hasta el centro del vagón, donde estaba la escalera que subía al puesto de observación. Se acercó despacio hasta que pudo ver si había alguien ocupando alguno de los dos asientos. Miró arriba.

El lado izquierdo estaba vacío.

El derecho, ocupado.

—Suba —dijo una voz autoritaria con acento bávaro.

Peter quería mantener una mano en el cuchillo que llevaba en el bolsillo del mono, pero necesitaba las dos para agarrarse a los pasamanos. Era una escalera vertical. Subió en cuatro zancadas, apoyando los pies en las ranuras integradas en la carrocería.

No sabía a quién esperar: tal vez el ingeniero jefe, tal vez un contacto de la Resistencia, tal vez el *Oberscharführer* Voss apuntándole con su Walther PPK.

Cuando llegó a su nivel, reconoció al hombre inmediatamente. La noche anterior había oído su tensa conversación en el almacén de documentos. Allí, tan cerca, examinó la figura robusta con pómulos altos, pelo corto, bigote bien recortado y ojos de sabueso. Reinhardt Meyer, el ingeniero jefe adjunto.

—Esto no me lo esperaba —reconoció Peter.

—No se equivoque —contestó Meyer—. Yo no soy su contacto y no tengo nada que ver con la gente que le está ayudando.

—Ya veo.

—Nunca le he visto a usted ni hemos hablado, ni por supuesto nos hemos reunido.

—Somos dos hombres invisibles que están charlando un rato.

—Le he pedido que venga porque quiero dejar una cosa muy clara.

Peter esperó, temiendo que no le fuera a gustar lo que estaba a punto de oír.

—Sé cuál es su propósito y no me opongo.

Peter se animó al oír eso.

—Pero de ninguna forma puede pasar aquí. En estos almacenes.

—No lo comprendo. ¿Y cómo se supone que voy a hacer el trabajo si no es aquí? Aquí es donde se guarda la nueva unidad, donde se ha construido y donde se va a probar y preparar. ¿No es correcto?

—Sí. Está custodiada en el taller número 1. Imposible atravesar esa seguridad. Pero yo no me refería a eso.

—¿Y a qué se refería?

—Cualquier acto de sabotaje en estos almacenes haría que la Gestapo se nos echara encima a nosotros. Su mejor oportunidad (y la nuestra) será durante el viaje hasta la frontera suiza.

Peter se pellizcó la nariz. Ese no era el plan. Las órdenes que le había dado Dansey eran sabotear el nuevo motor en los almacenes, robar los planos y persuadir al ingeniero de que desertara. Dansey no querría que el nuevo tren especial de Hitler se mostrara al mundo en la frontera con la Suiza neutral.

Meyer volvió a hablar.

—Es una locura todo, por supuesto. Los suizos no firmarán ningún trato. ¿Hacer más anchos sus túneles? Seguro que no.

—¿Y si lo hacen?

—Si lo firman, no se lo tomarán en serio. Podrían hacerlo

solo para mantener al Führer contento y después adoptar sus tácticas habituales. Una ristra infinita de evasivas.

—Pero a mí eso no me sirve —insistió Peter—. Lo que yo quiero es poner fin a esto.

—Y yo. Y su mejor oportunidad son los suizos.

Peter suspiró y Meyer volvió sobre el tema.

—Los suizos tienen mucho cuidado de no pisar territorio del Tercer Reich. Es comprensible. Después de todos esos secuestros en territorio neutral que han hecho las SS. Incluso cruzaron la frontera de Holanda el año pasado para atrapar a dos de los suyos, ¿lo sabía?

Peter no lo sabía, pero asintió, porque no quería demostrar ignorancia.

—La reputación de Alemania por sus tácticas despiadadas nos precede, así que nuestro inteligente ingeniero jefe, *Herr* Hoskins, ha resuelto el problema. —Sonrió de forma enigmática—. Ha insistido en construir un circuito temporal siguiendo la costa del lago Constanza, solo para hacer una demostración. Para que podamos lucir nuestro nuevo sistema ante los suizos, que podrán verlo desde un barco en el lago sin tener que poner ni un solo pie en nuestro territorio.

—No entiendo…

—Es una construcción muy endeble —explicó Meyer—. Solo para una carga muy pequeña, para un día y para el tránsito de un solo vehículo. Hoskins tiene engatusado al Führer, así que tenemos que hacer lo que él diga, pero es una trampa mortal potencial. Por culpa de su entusiasmo maníaco no ha tenido en cuenta lo ajustadas que están las cosas. Y esa es su oportunidad. Le hemos dicho que tendrá que desenganchar el tren y que solo podrá pasar por ese bucle la nueva unidad de propulsión, que tendrá que ir muy despacio, sobre todo al cruzar por el puente, porque la estructura no soportará la velocidad, pero es testarudo. Solo harían falta unos cuantos tornillos sueltos para debilitar la estructura con consecuencias fatales…, si a alguien se le ocurriera aflojarlos. Y si él se hunde con su locomotora, probablemente este proyecto que ha sido una equivocación desde el principio se irá a la tumba con él.

Peter miró muy fijamente a Meyer. Ese hombre adusto y enigmático estaba sonriendo. Y a Peter se le pasó por la cabeza una idea repentina. ¿De verdad era solo el ingeniero adjunto? A pesar de sus protestas, de todas esas cosas despiadadas que acababa de decir, lo que él proponía era algo definitivamente más retorcido. ¿Podría ser el líder de la célula de la Resistencia?

—A nosotros no nos preocupa que Hoskins sufra alguna calamidad —insistió Meyer—. Ese estúpido asumirá toda la culpa mientras el resto de nosotros quedamos eximidos. Nadie sospechará que ha sido un sabotaje. —Se encogió de hombros con aire dramático—. Solo era una estructura temporal y podremos decir que se lo advertimos y que él no nos hizo caso.

Peter se puso tenso. Sabía que estaban rediseñando sus planes, pero ¿debería dejarse llevar?

—No derramaremos lágrimas por él —añadió Meyer—. Seguramente se oirán unos cuantos vítores.

Peter estuvo largo rato considerando su respuesta. No quería desobedecer las órdenes de Dansey, pero antes de que pudiera decidir cómo reaccionar, Meyer se inclinó hacia delante y miró por su ventanilla.

—¡Maldita sea! Creo que ese es Voss, avanzando por las vías. ¿Le ha seguido alguien?

—Seguro que no.

Peter escuchó con mucha atención. Tenía muy buen oído, pero los ruidos de fondo dificultaban la audición. El traqueteo de unos trenes que pasaban por la vía principal, la sirena de una fábrica, el entrechocar de los topes de los vagones desde una zona de estacionamiento. Entre esas distracciones, los breves momentos de silencio confirmaron el aviso de Meyer. Un ruido de piedrecitas cerca, el sonido de pasos cuidadosos sobre la gravilla.

Entonces el vagón se ladeó ligeramente cuando alguien agarró los pasamanos para subir.

Peter se puso tenso y sujetó con la mano el mango del cuchillo. Sabía cuál era el lema del Fulbrough: la violencia, extrema y letal, era la opción correcta a la hora de tratar con la Gestapo. Pero ¿sería capaz de hacerlo?

Otro ruido, esta vez más alto, más rítmico, más constante; alguien que se acercaba, pero que no intentaba ocultarse. Peter contuvo la respiración y se dio cuenta de que había oído ese sonido rítmico antes. Era el Interlocutor. El hombrecillo estaba forzando sus piernas para producir una distracción. Se oyó una voz profunda fuera (no les llegaron las palabras), pero claramente Voss había hecho una pregunta.

—Me ha parecido ver a alguien moviéndose por el patio. —La voz del Interlocutor sonaba más cerca, alta y clara.

—¿Y a ti qué te importa?

—Es mi patio, por tanto, mi responsabilidad.

—¡Idiota! —Voss había dejado ya de susurrar—. Vuelve a tu puesto y deja de interferir.

—¿No hay ninguna causa de alarma entonces?

—¡Vete!

—Vale, bien, me alegro de haberle sido de ayuda, *Herr Oberscharführer*.

El sonido rítmico del paso del Interlocutor se fue alejando gradualmente y el vagón de cola volvió a ladearse. Se abrió la puerta y se oyeron unos fuertes golpes sobre las tablas del suelo. Voss estaba utilizando su bastón para revisar el interior, buscar tras la estufa y dentro de un armario de la despensa.

Peter se encogió, intentando encajarse en el asiento y escuchando el golpeteo, sin soltar el cuchillo. Era su única arma. Había tirado la pistola reglamentaria del ejército en el molino de Francia. Ahora estaba recordando las lecciones de Fulbrough sobre cómo matar sin hacer ruido y dónde apuñalar. Sintió el frío acero de la hoja afilada. Tocó con el dedo la afilada punta. Los consejos se parecían a los destinados a las armas de fuego. Disparar al enemigo entre los ojos desde lo más cerca posible. Todo eso le ponía enfermo, así que sacudió la cabeza. Un cuchillo era estrictamente un arma de último recurso para defenderse de animales salvajes o un perro enloquecido. Se había prometido que nunca lo usaría con un ser humano.

Ni siquiera con Voss. Deslizó el arma por un lado del asiento. Si era necesario, se inventaría algo. Su alemán era lo bastante bueno, así que empezó a idear una historia sobre una reunión privada entre viejos amigos.

Con un último golpe frustrado del bastón, Voss fue hacia la puerta. Como la mayoría, no se le ocurrió mirar hacia arriba, confirmando la máxima de Dansey de que el escondite más seguro era siempre el que estuviera más alto.

Peter oyó a Voss soltar una maldición y bajar hasta la vía y después pasos de nuevo por la gravilla.

Tras un largo silencio, Meyer susurró:

—Eso tendría que servir para enseñarnos a los dos una lección importante.

Cuando ambos, tras un tiempo considerable, bajaron con cuidado, estaban muy pálidos. Pero hubo un extra importantísimo para Peter. Meyer le dio los planos de la nueva unidad de propulsión de su rival y confirmó la fecha para el viaje en tren de las personalidades: el lunes 25 de noviembre.

Se sentía atrapado. Por un lado tenía a Claudia exigiendo que pusiera a los niños por delante y por otro al ingeniero adjunto que insistía en que el sabotaje debía producirse cerca de Suiza. Peter estaba solo y no podía ponerse en contra de la gente que lo ayudaba, porque dependía de ellos. No sabía si Meyer realmente representaba a la Resistencia, pero la mujer que se hacía llamar Johannes, que ahora sabía que era Erika Schmidt, había dejado claro que las condiciones de Meyer eran también las suyas y ella sin duda era mensajera de la célula. Había otro problema: todavía no había localizado al líder. Y era algo que no dejaba de frustrarlo. ¿Cómo podía cumplir con el plan de Dansey de destruir ese motor en los almacenes?

Todavía le quedaba un camino obvio abierto ante él: Hoskins. Pero para tener la oportunidad de hablar con el ingeniero necesitaba la ayuda de Claudia para fijar una reunión. Suspiró. Era la pescadilla que se muerde la cola.

Fue a buscarla, pero encontró a Erika sola en el almacén.

—Tengo que ver a Claudia lo antes posible, es urgente —pidió.

Ella no respondió, solo sonrió.

—Quiero que se reúna usted con alguien esta noche —fue lo que dijo.

Peter volvió a animarse. Lo comprendió al instante. Se estaba abriendo otro canal de información y sabía perfectamente que no debía hacer preguntas, aparte de la hora y lugar, porque el último detalle fue lo que le hizo dudar. Tenía que salir de los almacenes otra vez y caminar un buen rato por las calles.

La mujer lo tranquilizó.

—No se preocupe. Está todo preparado. No ocurrirá nada, seguro que se lo pasará bien.

¿Pasárselo bien? ¿Qué podría haber allí para pasárselo bien?

Era bien entrada la noche y su inquietud no mejoraba nada al verse expuesto en las calles. Sabía cómo moverse dentro de la zona de los almacenes, pero no era un espía profesional. Aquel hombre mayor que estaba al otro lado de la calle, ¿sería un operativo de vigilancia colocado ahí? Una mujer que estaba de pie delante de su puerta, mirándolo. Y esos adolescentes, que se reían y gritaban... ¿Los tipos como Voss reclutarían niños?

Tras un largo recorrido por Landsberger Strasse, se acercó con cautela a un bloque de apartamentos con la fachada de color beis y miró a su alrededor antes de llegar a la pesada puerta principal. Tenía una ventanita circular a la altura de los ojos y se abrió un poco misteriosamente cuando se acercó. Abrió la puerta del todo y observó la pequeña figura masculina oculta entre las sombras al otro lado.

—Suba —dijo con un susurro ronco que Peter no reconoció—. Tercer piso.

Cuando Peter enfiló la última parte de la escalera oyó música amortiguada. Una cantante, decidió. Se abrió otra puerta y por ella salió un brazo que lo metió dentro de un tirón. Parpadeó rápido por el cambio entre la penumbra del pasillo y las fuertes luces del interior. Era Erika, que no iba vestida con su blusón marrón manchado de grasa ni olía a virutas de metal, sino con un vestido de fiesta rosa que le llegaba a la rodilla, decorado con pétalos de rosa roja. La trasformación era total. Le sonreía y detectó un aroma, posiblemente jazmín. Echó un vistazo rápido a su alrededor: la canción que sonaba en el gramófono era *I Wish I Were a Chicken*, de una comedia que se estaba proyectando en los cines. La gente tenía bebidas en la mano y en un rincón del otro extremo había una mesa hasta arriba de una selección de frutas, salchichas, cosas pinchadas en brochetas y tartas de queso *quark* que desafiaba cualquier racionamiento.

La expresión de Peter se volvió sombría.

—¿Qué es todo esto? No me dijiste que iba a haber una fiesta. —Dio varios pasos atrás, hacia la puerta—. Esto es una locura. Demasiada gente. —Hizo una mueca y susurró—: Informadores.

Ella negó con la cabeza y le puso una mano en el hombro.

—¡Relájate! Conozco a todos los que están aquí. Pongo la mano por ellos. Por todos y cada uno.

—¡Es peligroso!

—No pasa nada, esta casa es totalmente segura. Es de una *Blockwart*, Irma, que es amiga mía, una de los nuestros.

Él suspiró y se miró.

—Mírame cómo voy vestido…

Ella se fijó en el mono del *Reichbahn* y sonrió.

—¡Es perfecto! Un traje elegante habría llamado la atención en Landsberger. ¿Quieres cerveza, vino, algo más fuerte?

Observó la mesa donde estaban las bebidas. Había un mini barril con un grifo, con una chapa que decía «Triumphator Doppelbock», y varias jarras pequeñas y de un litro preparadas. Había un cubo debajo para recoger lo que se derramara.

—Es fuerte —explicó ella—. Tómate una.

A regañadientes y con poca habilidad le dio un sorbo a la cerveza de color ámbar oscuro y notó un toque de caramelo. Reconoció varias caras de los almacenes. Papa Koller y Hugo Schnee lo saludaron discretamente con la cabeza. Estaban muy cómodos, con unas jarras llenas en la mano. Un extraño se presentó como Weber. Era una especie de policía que colaboraba, un hombre que tenían dentro, recordó que le había contado Erika.

Un enorme objeto de madera oscura presidía la habitación, que le recordó al aparador de cocina de su abuela. Había platos y otros elementos decorativos expuestos, y también hileras de tazas.

—Herencia familiar —dijo—, un *Grunderzeit*, una verdadera pieza del siglo XIX, guillermiana.

Él asintió. Pensó que hacía un extraño contraste con la alfombra india, el suelo de parqué y la ventana que daba a un balcón cubierto por una sombrilla rosa. A lo lejos se veía una enorme grúa.

—Siempre se está construyendo algo en alguna parte de la ciudad —comentó.

Entonces, justo cuando estaba pensando que había hecho un viaje en balde hasta allí, la vio: una figura elegante vestida de morado, con una copa de vino en la mano, de pie en un rincón al lado de una planta voluminosa en una maceta y con la vista fija en él.

Inspiró hondo y la miró sonriendo.

Hank Hoskins dejó las herramientas y apoyó la frente en la mano. Estaba trabajando hasta tarde y un nuevo problema técnico del sistema lo había dejado exhausto. Le empezaba a doler la cabeza y no conseguía llegar a ninguna solución.

El viejo Epp, su poco alegre ayudante, ya se había ido a casa y Hoskins empezó a lamentar haber rechazado la invitación de Erika para una fiesta. Le había dicho que no iría por culpa de la acumulación de trabajo, pero ahora, al mirar el gran reloj del taller que marcaba casi las ocho, decidió que había cometido un error. Lo que necesitaba era un cambio de aires y compañía agradable, sobre todo la compañía de una mujer joven y guapa. Estaba seguro de que Claudia estaría en la fiesta. Estaba deseando volver a quedar con ella para cenar y pasarlo tan bien como lo hicieron en el Café Luitpold. Recordaba su inteligente y entretenida conversación, y lo que ahora entendía que habían sido referencias discretas a «las víctimas del sistema». Un tema peligroso, pero ¿qué le importaba a él? Se sentía muy atraído por ella, que era mucho más que deseable, y eso era lo único que tenía presente.

Se quitó la bata arrugada, se recolocó la pajarita, se miró en el espejo para comprobar que tenía bien el pelo y después se puso un abrigo de color óxido y un sombrero de fieltro negro. Sí, Claudia era el remedio que necesitaba, decidió mientras cerraba y salía a Landsberger Strasse. Sería una sorpresa que apareciera tarde, pero seguro que a Erika no le importaba.

Peter cruzó la habitación, con la jarra de peltre en la mano, y se ofreció a rellenarle la bebida. Lo de pedir bebidas era una forma útil de romper el hielo, lo sabía por su experiencia anterior. Pero Claudia era implacable. Rechazó su ofrecimiento y se lanzó a una de sus baterías de preguntas.

—Estoy muy impresionada por sus habilidades con las canciones y los cuentos infantiles —dijo con una sonrisa burlona—. Cuénteme, ¿cuánto tiempo lleva de contador de cuentos?

Él intentó seguirle el juego.

—Conseguiré mi título oficial la semana que viene. —Y añadió—: Pero me parece que está en el mismo bando. Es una artista con las tizas de colores, según me han contado.

—Eso es una exageración, se lo aseguro.

—Y sabe hacer reír a los niños. Hermann, el gordo, un rey demasiado grande para su casco, Charlie Chaplin con un bigote hecho con un cepillo y el pato Donald con botas militares. Está hecha toda una cómica.

Ella bajó la vista.

—Veo que alguien de la escuela ha estado hablando por ahí.

—Estoy seguro de que sirve para hacer reír a los niños. Si los hace reír, comerán de su mano.

—Es la técnica que utiliza usted también, ya me he dado cuenta.

—Lanzar hechizos para embelesarlos. Es una forma de educar. Una pasión compartida. Usted y yo somos parecidos, ¿no cree?

Si lo creía, no lo dijo. Iba a ser difícil llevarla a su terreno, se dijo, pero lo intentó de nuevo.

—Me intriga saber cómo logra llevar esa doble vida. ¿Cómo se las arregla con los niños, los de la escuela y los de la jungla?

—Los niños no son el problema —dijo otra vez con expresión seria—. El problema son los adultos. —Y entonces empezó a abrirse un poco.

Habló del interrogatorio oficial en el colegio después de adaptar la historia del soldado heroico para incluir un epílogo en un hospital; misteriosas ausencias cuando pasaba lista, lo que significaba que había niños que desaparecían sin explicación alguna; lecciones llenas de odio por cuestiones de raza disfrazadas de clases de ciencias; desfiles militares; campamentos de supuesta educación física…

—Y podría seguir.

—No me sorprende que quiera salir de ahí.

—Me alegra que vuelva a sacar ese tema —dijo ella.

Peter suspiró. Había llegado el momento de intentar meterle algo de sensatez en la cabeza.

—Escapar del país es demasiado difícil —explicó—. Lo mejor es encontrar un monasterio. O algunas monjas amables que acepten a sus niños. O algún otro santuario distante y rural dentro de las fronteras del país.

Ella negó con la cabeza.

—Está todo lleno. No pueden aceptar más niños, hay demasiados. ¿Es que cree que mi grupito son los únicos submarinos que hay por ahí? Claro que no, hay cientos. Y nos hemos quedado sin monjas con ganas de cooperar. Cruzar la frontera es la única vía.

Peter la miró con recelo.

—La buena gente de otros países —continuó con expresión cómplice—. Y del otro lado del océano…

Controló una mueca de fastidio. Le quedaba un as en la manga, solo una posibilidad de ganársela y conseguir su cooperación, aunque eso significara destruir la identidad de Piotr y revelar la suya auténtica. Un paso drástico. E iba contra todas las normas del mundo secreto. Pero ese era el momento y la oportunidad. La condujo hacia un rincón, apartada de los demás y dijo:

—Es una pena que no lograra sacar del país a esos niños antes de que empezara la guerra.

—No pude. No estaba aquí entonces.

—Una verdadera lástima. Nosotros conseguimos sacar a unos cuantos cientos, pero no los suficientes.

—¿Nosotros?

Él se encogió de hombros.

—Yo ayudé un poco en los *Kindertransports*.

Ella lo miró.

—¿Un poco?

—Estaba con el comité de recepción en Londres. Los recibíamos, les asignábamos nuevos padres y mantenía entretenidos a los pocos a los que no les conseguimos familias. Sobre todo chicos adolescentes, difíciles de colocar. Nadie quiere un adolescente descarado. ¿Sabe algo de Winton?

—Claro que sé algo de Winton.

—Un gran hombre. Me gustó mucho trabajar con él. Ayudarlo con su organización.

Ella lo miró de forma extraña. Esperaba estar impresionándola con eso, pero parecía como si no creyera del todo lo que estaba oyendo.

—¿Era usted uno de los hombres de Winton?

Él asintió.

Y entonces la conversación cambió por completo. Esa mujer estaba llena de sorpresas. En vez de simpatía o aprobación o simple intriga, lo que empezó a mostrar fue hostilidad.

—¿Y cómo es que uno de los hombres de Winton acaba enviado aquí con una misión militar? —preguntó con los dientes apretados—. Si a usted de verdad le importaran mucho los niños, como lo haría si hubiera trabajado con Winton, debería pensárselo dos veces antes de ponerlos en peligro. ¡Estaría haciendo todo lo posible para sacarlos de aquí!

Esa última frase la dijo en voz más alta y Peter notó que otras conversaciones cesaban. Todo el mundo esperaba a ver qué pasaba después.

—Créame —respondió también bastante airado—, lo haría si pudiera. No los estoy poniendo en peligro. —Continuó hablando en susurros—. ¿Y cómo es que sabe usted tanto de Winton? ¿Tan lejos ha llegado su fama?

—Todo el mundo en Praga conocía a Winton. —Su tono era tenso, seguía enfadada—. Era un nombre con el que se soñaba. Un hombre al que había que buscar para conseguir que tu hijo entrara en uno de sus trenes.

—¿Estaba usted en Praga entonces?

—Sí.

—Pero ahora está en Múnich.

—Es evidente.

—¿Y qué hacía en Praga?

—Lo mismo que ahora. Era maestra.

—¿Entonces se enteró de los *Kindertransports* de Winton cuando era maestra?

—Hice un poco más que eso.

—¿Un poco más?

—Ayudaba a meterlos en los trenes.

—¿Qué?

—Hacía de guía. Recogía a los niños en la sala de espera, de donde los padres no podían salir, y los acompañaba al andén y después los metía en los trenes, me aseguraba de que estuvieran cómodos y les tranquilizaba asegurándoles que todo iba a salir bien. ¿Por qué me está mirando así?

Peter estaba asombrado, no podía creerlo.

—¿Usted los acompañaba a cruzar los andenes y los metía en los trenes?

—Eso es lo que le acabo de decir.

—¡La señora del clavel rosa en el sombrero! —exclamó Peter.

—No sé por qué parece tan sorprendido. Lo llevaba para que me localizaran en medio de la multitud.

Peter ignoró su fría respuesta, le cogió la mano y se la sacudió vigorosamente. En Londres la tenían por las nubes. Ese sombrero de paja había alcanzado el estatus de icono. Un objeto fácil de reconocer que servía para dirigir hasta los trenes a una fila de cientos de niños organizados por parejas.

—¡Pare! —Soltó la mano de entre las suyas—. Me va a dislocar el hombro.

—Usted era una heroína en Londres —confesó—. Nuestra chica de oro. La mujer que siguió adelante, haciendo el trabajo, cuando enviaron a casa a todos los británicos.

Ella se encogió de hombros al oír el cumplido.

—Era una misión oficial.

—Lo estuvo haciendo cuando ya no había nadie más —insistió—. Conocíamos la situación. Y lo hacía en las narices de la Gestapo. Era visible para ellos. Puede que fuera oficial, pero suponía un gran riesgo. Podían cambiar su política en cualquier momento y…

Su actitud no mejoró, aunque él la había reconocido, evidentemente ella no estaba de humor para reconocimientos.

Peter suspiró. Su estratagema no había funcionado. Desesperado, lo intentó de nuevo.

—La verdad es que todo está patas arriba. No sé cómo va a salir esto. Tal vez la frontera suiza… —Dejó la frase sin terminar y se encogió de hombros.

Durante unos segundos ella no dijo nada y solo lo miró fijamente con sus grandes ojos azules.

—¿Todavía está diciendo que la huida es imposible? —preguntó tras unos momentos de silencio.

Él ignoró sus palabras.

—Para que funcione el nuevo plan necesito su ayuda.

—¿Cómo?

—¡Ya lo sabe! Conciérteme una reunión con su amigo Hoskins. A solas y en secreto. Dígale que quiero hablar con él de… —Apartó la vista un momento, pensando en un tema plausible.

—¿De los refugiados?

Peter asintió.

—Bien. Ya sabe cuáles son mis condiciones —concluyó

ella—. Como ya le dije antes, prométame que sacará a mis niños y yo le ayudaré en todo lo que pueda.

Erika, que fingía no escuchar la conversación, se distrajo de repente al oír ruidos abajo. Un golpe en la puerta, pasos y voces lejanas. Con una alarma creciente salió al balcón y miró por encima de la barandilla.

Lo que vio hizo que volviera corriendo adentro y tirara con urgencia de la manga de Peter.

—Tiene que desaparecer —anunció con voz ahogada.

—¿Qué ocurre? Está muy pálida.

—Él está aquí. Abajo.

—¿Quién?

—Él, el ingeniero, Hoskins, está subiendo por las escaleras.

—¡Oh, Dios mío! —Ahora fue Peter quien sintió pánico—. No puedo estar aquí, no debe verme.

Claudia protestó.

—Pero si quiere hablar con él. Esta es su oportunidad.

—Así no. Necesito sacarme este mono y vestirme como Piotr.

Erika seguía en pleno pánico.

—Va a entrar en cualquier momento.

—¿Dónde está la puerta de atrás? —preguntó Peter.

—No hay.

—Entonces tendré que saltar —anunció dirigiéndose a la puerta del balcón.

—No sea loco. Es un tercer piso. ¡Venga por aquí! —Erika le hizo un gesto frenético para que la siguiera—. Sígame.

Los golpes en la puerta del apartamento eran persistentes.

—¡Un momento! —gritó Erika, intentando que no le temblara la voz y haciendo un gran paripé al abrir la puerta—. *Herr* Hoskins, ¡pero qué sorpresa! —Le hizo un ademán para que pasara—. Al final sí que ha venido.

—Espero no causarle ninguna molestia.

—No, por supuesto que no, es más que bienvenido.

Claudia se acercó, como le habían dicho, para acompañar en las presentaciones.

Hoskins levantó una mano.

—Discúlpenme —dijo—, es muy maleducado por mi parte, pero primero necesito utilizar el baño.

Erika le impidió el paso.

—Creo que está ocupado en este momento. ¿Puedo ofrecerle algo de beber mientras espera?

—La verdad es que es urgente. Enséñeme dónde está y esperaré en la puerta.

Erika se lo señaló y, cuando ya no podía verla, le dijo al oído a Papa Kuhn:

—¡Empieza una discusión y aléjalo de esa puerta!

El tono estentóreo de Kuhn resonó por todo el apartamento. Nadie podía ignorar sus palabras.

—*Herr* Hoskins, ¿es cierto? ¿Tiene graves problemas? ¿No va a poder hacer funcionar esa cosa? ¿Nos vamos a quedar todos sin trabajo muy pronto por culpa de esos problemas?

Pero Hoskins no dejó que le provocaran ni que le distrajeran.

Erika se echó las manos a la cabeza.

Entonces llegó el estrépito de porcelana haciéndose añicos. El ruido de cosas rompiéndose que llegaba desde la cocina iba acompañado de fuertes gritos femeninos.

Hoskins dudó, dio un par de pasos hacia la cocina, vio a Claudia recogiendo los restos de varios platos, pero volvió a la puerta del baño.

—¡Ah! Está libre, por fin —exclamó, agradecido.

Erika lo siguió con la mirada. Después miró al pasillo. No había nadie allí y la puerta principal estaba intacta. Su expresión asustada cambió súbitamente a perpleja.

Peter llegó al barracón sin aliento, con dos dedos sangrando, la espalda magullada y sintiéndose un imbécil integral. ¿Atrapado en un piso sin salida? Era un error de principiante.

Erika lo había encerrado en el baño, para que no se encontrara con Hoskins, pero esperar como un imbécil lleno de vergüenza a que surgiera una fugaz oportunidad de escapar sin ser visto no era la forma que tenía Peter de hacer las cosas. Había hecho todo el entrenamiento en Fulbrough. Tenía equilibrio y conocía la técnica, se dijo.

La ventana era lo bastante grande para salir por ella; el alféizar exterior ofrecía un soporte muy estrecho y puso a prueba sus nervios hasta el límite cuando buscaba algún leve asidero en las grietas más diminutas del revoque de la fachada. El alféizar del siguiente apartamento le proporcionó una ruta de escape: una ventana un poco abierta, una salida por un armario escobero, una bajada silenciosa hasta la puerta principal y después la escalera hasta la calle.

La sensación de contrariedad y humillación por esa experiencia le pareció un resumen de su progreso hasta el momento.

—No puedo seguir así. —Mientras se lavaba la sangre, sacudió un dedo airado frente al pequeño espejo del lavabo.

Era obvio. Necesitaba un cambio drástico… y pronto. Se envolvió la mano derecha con una esquina de la toalla, fue a sentarse en la cama y por primera vez tuvo que tomarse en serio el plan de Claudia de intentar huir del país con casi treinta niños.

¿Era una locura tan grande como parecía? Empezó a darle vueltas al problema. ¿Podría hacerse? ¿Un sabotaje en medio de una demostración pública con muchísima seguridad? Una cosa tenía que poner en peligro la otra. Imaginó cómo recibirían en su base el cambio de planes. Intentó encontrar la forma de redactar el mensaje para conseguir el permiso oficial para que los niños se convirtieran en su prioridad. Entonces vio las expresiones de sus instructores de Ringway y Fulbrough. Oyó el amargo sarcasmo de Dansey. Y vio la sonrisa burlona de su padre.

Todos rechazarían la idea. Ni se la plantearían. Insistirían en que se ciñera al plan o lo considerarían un fracaso total. Su intención de reivindicarse a ojos de sus compatriotas quedaría sentenciada. Peter no dejaba de luchar contra sí mismo. Buscaba respeto y reputación, pero no a costa de un grupo de niños abandonados. Si no podía convencer a Hoskins de que cooperara, estaría entre la espada y la pared: cumplir unas órdenes imposibles y destructivas o contradecirlas, lo que haría que cayera sobre él toda la ira de todos los que le importaban en Gran Bretaña. Sería una cosa o la otra. Una decisión complicada.

Todavía estaba oscilando en el filo de la navaja cuando se vio con Claudia al día siguiente. Ella apareció sonriendo, como si acabara de ganar un gran premio. Tal vez así era, se dijo él.

—Hay una persona que quiero que conozca —anunció.

—¿Quién?

—A mí ya me la han presentado. Hemos tenido una larga conversación.

—¿Sobre qué?

—Y lo que me ha dicho… ¡Vaya! —Se frotó las manos y lo miró triunfante—. Me tiene muy emocionada.

—Vamos, Claudia, no me deje con la duda.

—Ha demostrado unas capacidades asombrosas. Y que tiene dispositivos increíbles.

—Pero ¿me lo va a explicar?

—No. Solo prepárese para conocerle a las nueve, esta noche.

19

Se vieron en la puerta de atrás del taller de los vagones, tras burlar Peter la seguridad de la parte delantera, y al llegar se llevó una gran sorpresa. El hombre que lo esperaba no era ningún empleado ferroviario que hubiera visto nunca. Tenía una calva brillante, lucía una pajarita con topos rojos y un delantal de carpintero con una hilera de plumas y lápices muy bien alineados en el bolsillo de la pechera.

—Llámeme Igor —dijo al presentarse como el supervisor del taller. Peter reprimió la sonrisa. Nunca sabría, ni llegaría a preguntar, el nombre real de Igor Stravinski—. Me han dicho que hay que convencerlo —comentó el hombre—, así que deje que le muestre algo.

Cruzó el pequeño y ordenado taller y entró en la sala principal, con amplias zonas de luces y sombras. Peter se fijó en su pronunciada cojera.

Igor sonrió.

—No es por culpa de algún descuido durante el trabajo, se lo aseguro —comentó.

Giraron una esquina y Claudia, aprovechando que Igor no podía oírlos durante un momento, dijo en un susurro:

—Lo pisoteó una multitud cuando huía de los camisas pardas.

Igor estaba en una mesa, desenrollando planos similares a los que Peter ya había visto, y empezó a señalar cavidades en el vagón cocina, el restaurante y los de pasajeros, con su suntuosa decoración.

—Son espacios secretos —explicó—. Suficientes para su propósito.

—¿Sabe cuál es mi propósito?

—Sí. Y lo apoyo. Con todas mis fuerzas.

—Lo hará —aseguró Claudia.

Peter seguía siendo escéptico. ¿De verdad ese tren para las personalidades podría ocultar a una legión de niños fugitivos?

—Aunque lo hiciera… ¿Cómo mantenemos a más de veinte niños felices y callados… en esas condiciones durante un viaje así?

—Deje que se lo muestre.

Ya tenían un prototipo de escondite: paneles deslizantes, salidas ocultas, pestillos y postigos, lugares para tumbarse y para sentarse. Se instalaría un sistema de señales para que llegara a todos los espacios; se encenderían bombillas de colores para irlos tranquilizando: el azul significaba «todo va bien» y el verde para indicar que podían salir. Los adultos que lo controlaban tendrían unas llaves especiales.

—No estarán en silencio durante el tiempo necesario —insistió Peter—. Incluso aunque consigan convencerlos de que entren.

—Usted podría conseguirlo.

Peter se encogió de hombros y pensó en los problemas de trasportar en secreto una gran cantidad de niños. De cómo proporcionar suficiente comodidad y mantener un silencio total. Había que considerar la entrada de aire, pero también la forma de conseguir condiciones higiénicas mínimas: ropa de cama, mantas, sacos de dormir, almohadas y orinales. Y distracciones para mantenerlos en silencio: bebidas, comida, pinturas, libros para colorear, juguetes y caramelos. Y alguien con liderazgo y control.

—Yo puedo construir los escondites y el sistema de alerta —aseguró Igor—, pero cómo sacarlos es cosa suya.

Peter asintió al ver la previsión y la eficiencia, y apreció la sofisticación y la buena disposición que estaba mostrando. Y entonces se le ocurrió una idea: ese hombre tenía que ser más que un supervisor complaciente que se había convertido en conspirador con buena disposición. Todo ese plan era algo magistral. ¿Sería Igor el líder de la célula? Tal vez Peter por fin había llegado hasta él.

—Pero eso no es todo, ¿verdad, Igor? —intervino Claudia cuando los tres estaban de vuelta en el pequeño taller—. No solo creas vagones preciosos, sino que también restauras.

Peter quiso verlo y le permitieron entrar en una habitación interior. En el centro estaba el ejemplo más exquisito que había visto de muebles de estilo rococó: un conjunto de tocador y escritorio construidos en Francia en 1780. Igor se arrodilló para señalar el trabajo de restauración que estaba haciendo en las patas y para mostrar los mecanismos con ruedas dentadas que servían para abrir el escritorio y también un espejo central con paneles laterales.

—Dicen que lo usó María Antonieta —dijo encogiéndose de hombros—. Es una de mis obsesiones. La belleza del pasado para compensar la brutalidad del presente.

Peter sonrió, pero Igor se quedó pensativo. Apoyó un codo en un saliente y dijo:

—Permita que le pregunte una cosa. Si consigue sacarlos, ¿qué piensa hacer con todos esos niños?

Claudia también se volvió para observar a Peter mientras hablaba, sin estar seguro de si aún estaría permitida la llegada de un *Kindertransport* a Gran Bretaña en tiempo de guerra, si unos padres de acogida que hubieran pagado las cincuenta libras estarían listos y esperando en la terminal de Londres.

—Les estamos enviando lo más granado de nuestra juventud —admitió Igor—. Los compositores, ingenieros y filósofos llenos de talento del mañana. No creo que crezcan con muy buenos recuerdos de su patria anterior.

Peter sonrió, pero pensó que lo mejor era no decir nada.

—Me siento agradecido con su ejército —continuó Igor—. Que parece que considera el rescate como una táctica militar válida. ¿Esos niños lo convertirán en un héroe? ¿Conseguirá una medalla por eso? ¿O tal vez lo invitarán a palacio?

Peter rio entre dientes.

—Lo dudo mucho.

Igor miró al techo e hizo girar un lápiz entre el pulgar y el índice.

—Su presencia aquí ha puesto en cuestión la cómoda visión que tenía de mí mismo, la idea de que soy un pacífico trabajador en la sombra, alejado de la realidad. ¿La guerra? ¡Eso no tiene nada que ver conmigo! —Hizo una pausa—. ¿Eso es cierto o es falso? ¿Ahora soy un soldado? ¿Este delantal de carpintero se ha convertido en un uniforme? ¿Y mis lápices y sierras en armas de guerra?

¿Cómo responder a eso? Peter reflexionó sobre su respuesta un momento.

—El ferrocarril formará parte sin duda de la maquinaria de guerra de Hitler, pero sus acciones aquí hoy seguro que compensan cualquier complicidad anterior.

Igor asintió despacio, triste y en silencio.

Al salir, por la puerta de atrás para la que Claudia tenía llave, Peter aprovechó su proximidad. Habló muy bajo, apenas un susurro.

—Quiero saberlo —le dijo a Igor—, ¿estoy hablando con el líder? ¿El cerebro que hay tras este grupo de la Resistencia?

Igor abrió la puerta, miró con cuidado alrededor y negó con la cabeza.

—Claro que no —afirmó.

Pero a Peter le pareció que una sonrisilla pícara le elevaba un poco las comisuras de los labios.

Su pluma se puso en acción, aunque las palabras del papel sonaban inciertas: «Toda la acción pasa ahora a la frontera suiza. La única forma de que los socios colaboren. Hay una condición previa necesaria». Y después añadió los detalles sobre la vía provisional y la curva.

Peter chupó el extremo de la pluma, pensativo y consciente de la gravedad de ese mensaje. Podía imaginarse la reacción de Dansey. La desaprobación que se convertía en furia que no podía contener al leer el siguiente pasaje, pero Peter creía que no tenía otra opción: «Hay unos refugiados. Es necesario hacer preparativos vitales. Treinta pasaportes en blanco de la nación neutral y visados de salida de Suiza».

Añadió fecha, hora y localización, asumiendo vagamente que Dansey, con sus muchos recursos, tendría los medios para obtener esa documentación. Su intención era que los pasaportes en blanco se rellenaran con los detalles relevantes cuando (o si) el grupo llegaba a salvo a Suiza. Había considerado que lo mejor era omitir la palabra «niños».

Le envió esa carta a Williams y confió en que la Resistencia hiciera llegar el mensaje hasta Bergen. El primer día le preocupaba la seguridad, pero el Interlocutor lo tranquilizó.

—No se preocupe, es totalmente seguro. La red de ferrocarriles no es solo una red de acero, es una red de personas. Una hermandad en la que se puede confiar.

Le llegaron mensajes que le decían que Williams estaba recuperado y que la radio estaba funcionando.

Estaba hecho. El giro de 180 grados de Peter. Se pasó una mano por la cabeza, nervioso. En el pasado había utilizado la palabra «imposible» para describir el plan de llevar a un grupo de niños mal vestidos al otro lado de la frontera. Pero ahora se había comprometido a lograr eso y un atentado. La participación activa de Igor era impresionante y su plan ingenioso, pero Peter creía que en adelante debería mostrarse más firme. Eso era una operación militar. Tenía que hacer planes, establecer calendarios, consultar horarios, pero cuando le dio a Claudia una larga lista de objetos que necesitaban y le dijo que tendría que practicar con los niños rutinas de silencio, ella no reaccionó como una subordinada.

Apretó los labios.

—No creo que sea necesario que me diga eso.

Él esperaba que su tono se hubiera suavizado. Al fin y al cabo iba a conseguir lo que quería. Ella le puso una mano en el brazo.

—Igual que Igor, yo quiero saber lo que va a pasar cuando salgan de aquí. Cuando sean libres. —Lo miró fijamente—. Hábleme de los *Kindertransports*, ¿qué pasaba con los niños cuando llegaban a Inglaterra? ¿Cómo los trataban? ¿Y cómo se organizaba?

A él no le pareció mal hablarle de Winton.

—Recibíamos el tren cuando llegaba a la estación de Londres —contó—. Ya se había emparejado a los nuevos padres con los niños. Se encontraban en los andenes y se iban juntos.

—¿Y después?

Él se encogió de hombros.

—¿Después?

—Quiere decir que después no se ocupaban de ellos. ¿No comprobaban cómo iban progresando? ¿O supervisaban cómo los criaban?

Peter suspiró.

—Mire, tiene que comprenderlo. Era algo voluntario. Todos teníamos otros trabajos. Winton era corredor de bolsa. Hacíamos todo eso por las tardes y las noches. Era un trabajo de organización inmenso encontrar cientos de personas que pudieran llevar unos niños a sus casas y pagar cincuenta libras. Es una cantidad importante.

—Pero ¿no comprobaban nada más?

—No le ponga pegas, Claudia. Hicimos lo que pudimos y les dedicamos todo el tiempo que teníamos. La montaña de papeleo, la burocracia del gobierno, llevaba mucho tiempo. No era una operación oficial con departamentos llenos de asistentes que comprobaran que se hacía lo correcto con los niños.

Claudia se quedó callada unos momentos y él se preguntó qué vendría después.

—¿Recuerda usted bien a todos esos niños?

Se encogió de hombros otra vez.

—Eran cientos.

—¿Recuerda el último tren? ¿El octavo?

—Puede.

—Una niña con un niño mucho más pequeño, que viajaban juntos. Ella tendría siete u ocho años. Parecía que estaban pegados con pegamento.

—No esperará que yo...

—Eran especiales. La niña era morena y el niño muy rubio. Con los ojos azules.

Peter arrugó la cara por el esfuerzo de intentar recordar. Sí que se acordaba de Helga Lang, la entusiasta de Elgar a la que había ayudado su tía y que ahora era una visita casi permanente en su casa.

Claudia insistió, intentando que recordara a otros dos.

—Estos dos eran inseparables. La niña tenía la alianza de brillantes de su abuela en el dedo corazón y una muñeca que le encantaba a la que llamaba Gretel.

Peter la miró de forma curiosa.

—¡Qué específica! ¿También conoce sus nombres?

Claudia dudó solo un segundo antes de responder:

—Luise y Hansi Grundwald.

Él negó con la cabeza.

—Lo siento, no los recuerdo. Pero ¿por qué quiere saber de ellos? ¿Tiene alguna conexión personal?

Ella se quedó en silencio y miró al suelo.

Eso no era propio de Claudia.

—¿Eran muy especiales? —preguntó en voz baja.

Vio que ella tragaba saliva, vacilaba y abría la boca como para decir algo. Pero no salió de su boca ni una palabra.

—¿Quiere contármelo? —la animó con voz suave.

Ella negó con la cabeza.

Claudia era muy consciente de que los ojos de Peter la siguieron mientras cruzaba el almacén para irse a casa, pero no tenía intención de darle ninguna explicación. Hacerlo sería una tontería. Cambiaría su relación, como le había pasado con todo el mundo.

Aceleró el paso, se enjugó una lágrima y sorbió por la nariz. ¿Por qué no se acordaba? ¿Estaba siendo poco razonable? Seguía habiendo una oportunidad, tenue, pero la había. Cuando volviera a Inglaterra podría preguntar por su situación. Le había dado los nombres. ¿Dónde estarían Luise y Hansi ahora? ¿Cómo les estaría yendo en su nuevo país?

Entró en su apartamento y empezaron a asaltarle las dudas. Aunque Peter lograra localizar a los niños cuando volviera a casa, ¿cómo se iba a enterar ella? Eran dos personas separadas por la guerra.

—Esta guerra sucia y horrible —dijo en voz alta, y miró a su alrededor por reflejo, por culpa del miedo, antes de calmarse. No había testigos en su casa. Estaba tan segura en su cocina como se podía estar.

Buscó consuelo en la actividad. Guardó las sábanas limpias en el armario, limpió el suelo de la cocina y ordenó la mesa. Al menos el piso parecía limpio. La intendencia doméstica sirvió para calmarla, pero todavía estaba preocupada por el peligro de los informadores. Después del episodio con *Frau* Netz había tenido mucho cuidado de quitar de la vista cualquier rastro del trabajo que hacía en El laberinto (preparación de comida y recopilación de ropa) por si se producía una visita por sorpresa. Regó su areca, intentando mantener la calma, pero tenía el corazón acelerado. En la única ocasión que había visto a Siggie Lister en una situación social en la ciudad, tuvieron cuidado de hablar solo en los espacios abiertos de Hofgarten, rodeadas de caléndulas naranjas o junto a las ruidosas fuentes de Sendlinger Tor o la de St. Jacobs. Habría preferido charlar en un café, sobre todo en Rischart's, cerca de la catedral, donde podían estar un buen rato tomando un café acompañado de *himbeertschnitte*, tiramisú o tartaletas de frutas. Pero las terrazas de los cafés de la zona del *Rathaus*, los Jardines Ingleses y el Viktualienmark eran lugares peligrosos. No había forma de saber quién podía estar escuchando.

Al día siguiente Claudia necesitó todo su valor para mantener su parte del trato con Peter. Estaba anocheciendo cuando llegó al almacén de componentes. Peter estaba tomando café y hablando animadamente con Erika. Cuando se giró, ella se paró en seco, sorprendida por el cambio que veía en él. Llevaba unas gafas con montura de concha y un grueso bigote negro. ¡Y el pelo! Lo miró otra vez. Lo llevaba peinado hacia delante de una forma que lo cambiaba por completo. Y tenía la cara hinchada y distorsionada.

—¡No se preocupe! —dijo con una sonrisa extraña, que le retorcía las facciones—. Sigo siendo yo. Intente llamar a Hoskins, ¿vale?

Ella frunció el ceño, se encogió de hombros y levantó el

auricular. Llevaba el número del ingeniero anotado en un trozo de papel. Su intención era no utilizarlo nunca. Solo un imbécil diría algo sensible por teléfono, pero no tenían ninguna fórmula que fuera inocua.

—Hola. ¿Eres tú, Hank?

—¡Claudia! Qué maravilla.

—Pensé que tal vez te apetecería tomar un café. Lo estoy preparando ahora mismo.

—Oh, querida, qué lástima. Estoy desbordado. Tengo que acabar para el gran día. Y queda muy poco tiempo, un tiempo precioso. Tendrá que ser en otro momento.

—Pero es muy tarde ya. ¿Estás ahí solo?

—Me han dejado todos aquí con mi trabajo. Hasta Franz está enfrascado en Schubert.

Colgó el auricular y se volvió para mirar a Peter, que estaba pendiente de cada palabra.

—Pero ¿qué se ha hecho? —quiso saber.

—No me puede reconocer… cuando me vea en otro momento —explicó.

Ella suspiró.

—Está allí, solo, y el policía está al lado, escuchando la radio.

Él la miró levantando el pulgar y se dispuso a levantarse.

—¿Piotr?

Se detuvo.

—Nada de violencia, por favor.

La miró.

—Por supuesto. Ya se lo he dicho.

—Y tenga cuidado.

Los almacenes estaban desiertos y nadie pareció darse cuenta de que Peter cruzaba las vías hacia el despacho del ingeniero. La puerta cerrada era pan comido para un artista de las entradas sin hacer ruido.

El ingeniero le estaba dando la espalda, trabajando en una mesa de dibujo, y pasaron unos momentos antes de que levantara la vista y viera a Peter cerca de él. Se quedó desconcertado y después se calmó, poniendo las manos en las caderas.

—¿Quién demonios es usted? Dígame qué hace aquí. ¿Tiene permiso de la seguridad para entrar?

—Soy su conciencia —anunció Peter—. Represento a esa parte de su cerebro con la que sabe qué es lo que está bien y lo que está mal.

—¿Qué? Váyase al infierno. ¿Qué derecho tiene a...?

—Todo el derecho. ¿Cómo un ciudadano de Estados Unidos puede justificar estar ayudando a un régimen perverso como este? ¿Ser un colaborador nazi? ¿Un esbirro de Hitler? ¿Dónde está su conciencia? ¿Es que la tiene dormida?

—¿Y usted es?

—Un oficial aliado que ha venido a detener este sistema. —Hizo un gesto desdeñoso de la mano que abarcaba todo lo que había afuera.

Hoskins adoptó una expresión altanera.

—Dios bendito, ¡un inglés! Sí que tiene agallas para venir aquí a darme lecciones y amenazarme. Podría llamar al guardia y hacer que le arrestaran inmediatamente, seguro que lo sabe.

—Esa sería la última idea que tendría usted. Le atravesaría la cabeza con una bala antes de que tuviera tiempo de moverse para hacerlo.

—Vaya, un asesino común y corriente, nada más. Déjese de todas esas patrañas sobre la conciencia. Lo ha entendido todo mal, amigo, es usted el que está en peligro. De que acabe con usted la Gestapo.

—Me alegro de que sepa cómo trabaja esa gente. Y lo brutal que es el régimen al que sirve con tanto entusiasmo.

Hoskins se acomodó en su asiento. No parecía asustado, más bien intrigado.

—¿Y qué pretende usted exactamente? ¿Por qué está siendo tan osado, tan insensato?

—Porque quiero darle un mensaje. Deje lo que está haciendo aquí. Está ayudando a un maníaco homicida a crear más guerra, a matar a más gente, a esclavizar el mundo. Y decirle que su identidad ya está marcada, en Londres y en Washington. Sus actividades son más que conocidas y están siendo analizadas por el ejército. Y nuestra gente no le permitirá continuar aquí. Tiene que recoger sus cosas y venir conmigo.

Hoskins soltó una carcajada.

—¿Irme con usted? ¿Y eso para qué?

—Estoy autorizado por la gente de mi país a hacerle una oferta. A cambio de que deje su trabajo aquí.

—¿Y por qué iba siquiera a considerar una idea tan absurda? Estoy a punto de conseguir un enorme triunfo a nivel técnico. La culminación del trabajo de toda mi vida.

—Al servicio de un monstruo, de un régimen que tortura, esclaviza y mata a gran escala.

Hoskins agitó una mano para quitar importancia a esas palabras, como si no tuviera tiempo para considerarlas.

—Podrá hacer su trabajo en Londres —anunció Peter—, eso está garantizado.

El estadounidense dejó escapar una risa burlona.

—Me rechazaron. Su gente y la mía.

Peter no vaciló.

—No he venido para alimentarle el ego. Todo esto no es sobre usted. Ni sobre sus logros. Es solo lo correcto y lo incorrecto, lo bueno y lo malo, ellos y nosotros. La pistola que llevo en el bolsillo dice que una negativa le resultará fatal.

De repente Hoskins se puso nervioso.

—No sé por qué todavía le estoy escuchando. Debería hacer que lo detuvieran. Y si se queda aquí más tiempo, tendrá problemas. Hacen patrullas periódicas, ¿sabe?

—Entonces búsqueme un mejor momento y lugar y escuche lo que tengo que decirle. No se equivoque. Esta oferta es muy en serio. Tiene que pensarla detenidamente. Es una gran decisión.

Una pausa, después un gruñido. El silencio hablaba de un hombre que estaba lidiando con lo inesperado, con la lealtad a sus nuevos amos, enfrentándose a la duda y la referencia a un disparo inmediato inclinó la balanza.

—Será mejor que venga a mi villa. ¡No! Demasiados guardias y micrófonos. Además, hoy ceno fuera con la condesa de

Karlsfeld. Si ha sido lo bastante inteligente para llegar hasta aquí, podrá infiltrarse en su casa. Hablaré con usted allí esta noche.

—¿Dónde?

—En el cenador, bien oculto en el jardín trasero.

—¿Localización?

—La casa de los Stahlmann, aquí, en Múnich.

—¿Hora?

—A las nueve en punto.

20

Peter cogió el tranvía, todavía con el uniforme del ferrocarril y tuvo cuidado de evitar la estación central, donde sabía que había mucha seguridad. Estaba nervioso. No era un agente profesional y esta era la primera vez que se aventuraba en el centro de la ciudad solo.

Antes de salir de los almacenes, Erika le contó los detalles de la amistad del ingeniero con la condesa. Era poco probable que estuvieran vigilando su casa, aseguró, sobre todo porque era una de las principales patrocinadoras del Führer desde sus primeros tiempos.

Peter subió a un tranvía, evitando el contacto visual, pero alerta ante la presencia de los otros pasajeros. Notó el olor a ropa húmeda, pero no todo el mundo iba con prendas sencillas. Había dos mujeres jóvenes vestidas a la última moda de París, trajes de una sola pieza por debajo de la rodilla con hombreras.

Miró por la ventana. En la *Hauptbahnhof* había equipos de soldados vestidos de marrón pidiendo donaciones para el fondo invernal, de una forma muy agresiva. Apartó la vista y vio a un hombre, poco más que un muchacho, cojeando y apoyado en muletas. En la misma parada se subió al tranvía una chica con el cabello largo y rubio, vestida con el traje de campesina tradicional y eso provocó comentarios mordaces en susurros de las chicas que seguían la moda francesa.

—¡Oh, Dios mío, menuda paleta!

Su viaje exigió un trasbordo en Karlsplatz, donde encontró una gran conmoción. Un tranvía había descarrilado y se había estrellado contra un grupo de bicicletas estacionadas con sus cadenas. Un batiburrillo metálico de ruedas y manillares destrozados amontonado delante del tranvía. Varias figuras con uniforme miraban y sacudían las cabezas.

Peter cruzó la plaza, preocupado porque ya no era uno más dentro de la multitud, y encontró otra parada en la que los tranvías seguían en funcionamiento. Sintió un gran alivio cuando llegó un tranvía de tres vagones, pero en cuanto subió al primero y agujereó su billete con la intención de seguir siete paradas, se quedó paralizado. Desde allí podía ver por las ventanas hasta el final del convoy. Y en el último vagón había tres hombres registrando maletines, paquetes y bolsas de la compra. No hacía falta hacer preguntas. Sombreros de ala ancha y largos chubasqueros, el uniforme no oficial de la autoridad.

Cuando el trío avanzó hasta el vagón central, Peter tomó la decisión. No podía arriesgarse a un interrogatorio. No tenía total confianza en sus papeles falsos. Cuando el vehículo redujo la velocidad en la siguiente parada, se acercó a las puertas y se preparó para bajar a la calle, pero se arriesgó a echar un vistazo al vagón de en medio. El hombre alto con una pálida cicatriz en la mejilla y expresión crispada se lo quedó mirando. El jefe.

Las puertas se abrieron y Peter bajó y siguió calle abajo a paso rápido, girando en ángulos rectos hasta la calle principal. Si podía llegar hasta la primera intersección, estaba seguro de que podía perder a cualquiera que le siguiera en medio de la multitud de paseantes de esa hora de la noche. Oyó pasos detrás. Obviamente el de la cicatriz había enviado a uno de sus hombres a interceptarlo. Aceleró el paso y cruzó la calle bruscamente. Había poco tráfico y solo veía contenedores en la acera preparados para que los recogieran los basureros. Buscó un coche aparcado tras el que desaparecer, pero solo vio un Bugatti cupé negro con una puerta amarilla y un Opel Laubfrosch verde, un coche barato y poco alto, demasiado pequeño para ocultarlo. De manera absurda, dada la situación, recordó que el Interlocutor le había contado que ese coche utilitario solo costaba dos mil marcos alemanes.

El paso rápido estaba empezando a pasarle factura. Respiraba acelerado y le dolían los gemelos. Una mujer mayor con un delantal de flores se lo quedó mirando desde la puerta principal de su enorme bloque de apartamentos. ¿Otra informadora cotilla? Todavía le quedaban varios cientos de metros hasta el giro, pero de repente delante de él apareció un carro de panadero de cuatro ruedas que sacaban de una tienda, y el repartidor se puso a llevar bandejas de pan desde el otro lado de la acera, mientras un caballo pequeño y peludo comía de una bolsa que llevaba sujeta al cabezal. Peter rodeó el carro por detrás. La puerta estaba abierta. ¿Podía colarse allí y esconderse?

En ese momento el panadero, que llevaba un delantal con rayas negras, salió de la panadería y lo miró extrañado, así que Peter se giró y volvió a acelerar hacia la transitada calle del final. Estuvo a punto de caer al tropezar con unos adoquines que sobresalían.

¡Salvación, por fin! Una desordenada cola para un cine.

Peter se mezcló rápidamente entre ellos. Y cruzó la fila alejándose. Miró hacia atrás y vio a un hombre con un sombrero de fieltro verde, un abrigo beis con cinturón y pantalones negros de anchas perneras que recorría la cola, examinando detenidamente las caras.

A poca distancia de allí se anunciaba un salón de juego con máquinas tragaperras. Peter desapareció en su interior, encontró unas escaleras que llevaban a los lavabos en la primera planta y se metió en un cubículo. Se subió al retrete para examinar la ventana. Era pequeña y estaba atascada, pero la fuerza del miedo y la adrenalina hicieron que consiguiera abrirla y la atravesó como pudo para llegar a una salida de incendios. Detrás de él oyó alguien golpeando puertas y registrando la hilera de cubículos.

Se quitó las botas para amortiguar el sonido de los pasos y descendió por la escalera metálica hasta la planta baja, donde se encontró en un reducido patio tapiado.

Todavía se oían golpes arriba mientras ataba los cordones entre sí y se colgaba las botas del cuello. Contó hasta tres, se apoyó en la parte superior del muro y se impulsó para saltarlo.

Aterrizó, sorprendido, sobre un montón de heno y se encontró mirando los tranquilos ojos marrones de un caballo muy grande.

El tranvía que iba en dirección norte, hacia Milbertshofen, donde vivía la condesa, era una auténtica tartana. Se sacudía, iba de lado a lado y a tirones sobre las vías de la calle principal. Iba a ser un viaje largo. Peter se limpió los restos de babas equinas del mono y arrugó la nariz al ver que tenía algo pegado en la bota, pero ninguno de los demás pasajeros pareció notarlo. No había gente a la última moda en ese viaje. Al otro lado del pasillo estaba sentada una anciana encorvada con papada y un gorro de lana. Esa mañana se había debido de olvidar ponerse la dentadura postiza. En la fila de detrás un hombre muy arrugado con la cara muy roja y el cuello envuelto en varias bufandas se estaba comiendo una salchicha blanca.

Peter no dejaba de comprobar los nombres de las paradas y en Knorr Strasse un gran gentío atrajo la atención de todos. Vio hombres con gorras arrastrándose apoyados en las paredes ante un círculo de oficiales militares con el uniforme gris. Los pasajeros se quedaron mirando mientras el tranvía se acercaba. Él se levantó para mirar por encima de sus cabezas y ver mejor.

Lo que vio fueron hileras de barracones de madera. Varias niñas pequeñas con abrigos gruesos y capuchas miraban al tranvía desde el otro lado de la alambrada. Se estaba llevando a cabo algún tipo de trabajo de construcción.

El hombre de la salchicha se fijó en la expresión sorprendida de Peter.

—El gueto —explicó.

Peter volvió a mirar, porque no quería hablar.

El viejo se rio entre dientes.

—Lo llaman las viviendas estatales para los judíos. Un nombre muy rebuscado para un campo de tránsito. Estaban esperando a ser deportados al este.

—Yo he oído que a Theresienstadt —añadió una voz femenina en voz baja.

En Neueweg, una avenida sombreada flanqueada de árboles casi al final de la línea, Peter bajó del tranvía y echó a andar a paso tranquilo. Todo estaba en silencio y empezó a preocuparse. La inmunidad contra la vigilancia de la condesa no significaba que no hubiera un montón de observadores situados a una distancia discreta.

Era una carretera recta y se podía ver a lo lejos. Ni un coche ni ningún transeúnte a la vista. Miró atrás, con los sentidos ahora más alerta ante el peligro de descubrir que lo seguían otra vez, pero nadie había bajado del tranvía en su misma parada y parecía estar solo. Aun así, una persona caminando por una calle como esa de noche seguro que se consideraba sospechosa. Y dudaba de que ningún trabajador del ferrocarril se pudiera permitir vivir en Milbertshofen. Siguió caminando, preparado para lanzarse tras un seto o meterse en un jardín si se acercaba algún coche. Había tenido suerte con el clima. Era el *altweibersommer*, el verano fuera de época, que cualquier día se convertiría en la niebla fría y la lluvia típicas del noviembre de Múnich. Pensaba fijarse en los números de las casas, pero solo tenían apellidos. Mantuvo la vista baja y solo miraba los nombres y después la calle buscando peligros que lo acecharan. Pero seguía solo. Y todo en silencio. Empezaron a ponerle nervioso sus propios pasos, que le parecía que sonaban aterradoramente fuertes. Llevaba las botas reglamentarias del ferrocarril que le había dado el hombre de la estación de Bergen. Le llegó el olor a humo de leña de alguna parte. Al pasar por delante de una mansión con el tejado a dos aguas le llegó el tentador aroma del café. Se oyó un leve zumbido a lo lejos; tal vez un caza nocturno que volvía a la base. Pensó en Hoskins. El hombre que podía ser Dr. Jekyll y Mr. Hyde. ¿Podría tener el cenador lleno de gente de la Gestapo esperándolo, tendiéndole una trampa? Sería un final muy triste para su misión.

Entonces la vio. Era la séptima propiedad y estaba señalada con el apellido Stahlmann. Continuó, giró por una avenida paralela hacia la parte de atrás, contando las casas según iba pasando. Cuando estuvo seguro de que había encontrado la finca paralela a la de los Stahlmann, se agachó para colarse en el jardín, rodeó un estanque, abrió la puerta lateral, cruzó una zona de rocalla y encontró una valla. Era de madera y baja y la superó con un solo salto, pero se dio un buen golpe en la rodilla y sus botas provocaron una rociada de barro.

Al otro lado había un césped perfecto. Y en un rincón estaba el cenador. No era un cenador antiguo y sencillo, tenía el tejado a dos aguas, una galería, ventanas con cristales de arriba abajo y macetas llenas de flores en las ventanas. La señora Brigitte Freifrau von Stahlmann, condesa de Karlsfeld, no había reparado en gastos.

Se quedó totalmente inmóvil durante lo que le pareció una hora, esperando que sus ojos se adaptaran a la visión nocturna. Ni un ruido, ni una tos, ni un graznido. Peter se acercó sin hacer ruido desde detrás, pero no era necesario. A cierta distancia distinguió la brasa de un cigarrillo y una figura en la oscuridad sentada en una silla de jardín.

Cuando se acercó más estuvo seguro.

—Lo siento, amigo. No hay trato.

El ingeniero fue vehemente; habló primero y empezó a negar con un dedo en cuanto Peter apareció. No esperó a los preliminares.

—Y ahora le voy a hacer un gran favor. Le voy a dar doce horas para irse de aquí antes de que suelte los perros.

Peter lo miró fijamente, con la mano derecha apretando su bolsillo derecho.

—Piénselo bien, podría ser un error fatal por su parte. ¿Ha considerado con cuidado la oferta que le hemos hecho?

Hoskins apagó bruscamente el cigarrillo y dijo:

—Mire, la gente de Múnich me ha dado la gran oportunidad de alcanzar la gloria. ¿Y ahora quiere estropeármela? Olvídelo.

Peter no apartó la mano del bolsillo.

—Está trabajando para los jefes equivocados. Debería estar trabajando para nosotros. Se lo he dicho. Y se lo he garantizado.

—¡No lo creo! —casi escupió Hoskins—. ¿Cree que soy idiota? En mi país de origen no querían saber nada de mis ideas ni de mí. Y su gente tampoco. Y ahora, de repente, me dan garantías.

—La guerra altera las cosas. Ha habido un cambio de planes.

—Sí. Pero se librarán de mí en cuanto cruce la frontera, igual que antes. Aquí soy importante, entre los suizos y los alemanes, así que ustedes no se atreverán a tocarme. Y le voy a decir algo más. —Hoskins estaba cogiendo impulso y soltando el discurso que había preparado. Había tenido tiempo de recuperarse de la sorpresa de su despacho y reaccionar—. El mundo me dará las gracias en el futuro. Porque será un gran futuro. Con viajes más rápidos, comida que llega antes... nos aguarda una era maravillosa. De hecho... —Se había quedado sin aliento. Emitió una tos de fumador, boqueó para respirar y se lanzó a un final lleno de desdén—. Y usted, amigo, solo me ha contado un montón de patrañas por esa boca británica suya.

—¡Se equivoca! —Peter encontró una vehemencia repentina. La desesperación y su imaginación creativa dominaban la situación—. Le puedo dar todos los detalles de nuestros preparativos. Todos los que puede necesitar.

Una voz interior le advirtió que no se pasara. ¿Cómo iba a proporcionarle una estimación de costes convincente? Cuando se lo dijo a Dansey en St. James's no le proporcionó ninguna ayuda. «Prométele lo que quieras para conseguir sacarlo de allí», había dicho el hombre. Ahora que Peter ya se había calentado, su imaginación estaba trabajando a mil por hora. Recordó los amplios gestos de Truscott que abarcaba todo el mapa.

—En mi país están pensando a lo grande. Olvídese de intentar ensanchar las vías antiguas. Quieren montar un nuevo conjunto de líneas que pasen junto a las ciudades, pero sin parar, para sacarle el mayor provecho a esa velocidad tremenda. Estamos hablando de un compromiso firme. Instalaciones, talleres y todo lo demás. ¿Es por dinero?

Hoskins agitó la mano para rechazar la idea.

—Suponiendo, durante un loco momento, que me lo fuera a tomar en serio, ¿me puede garantizar que podré construir una vía ancha que una Londres con Edimburgo? ¿Eh? ¿O Nueva York con Washington? —rio burlón e incrédulo.

—Mire —insistió Peter—, a mí me entusiasma esto tanto como a usted. ¡Y a la gente que tengo detrás también!

Sabía que iba a necesitar detalles convincentes, así que empezó a repasar toda la estructura de dirección de la LNER, incluido *sir* Andrew Truscott que, según le dijo, era quien lideraba la campaña del nuevo proyecto. Al menos los nombres eran reales. Aunque estaba mezclando realidad con ficción… ¿eso serviría?

Hoskins miró a Peter, dudando.

—¿Y por qué usted? Es un poco joven para ser su hombre, ¿no?

Y eso era lo mejor. Cubrir la mentira con un velo de verdad.

—Me han criado para esto —confesó Peter y le hizo un mapa de todas las conexiones de su familia con la cúpula de la dirección y detalló el papel de su padre, un hombre conocido en toda Europa por comerciar con mercancías transportadas en ferrocarril—. ¿Es que duda de mis credenciales?

Despacio, con cuidado para no crear alarma, metió dos dedos en el bolsillo interior y le pasó una carta que estaba dirigida personalmente a Hoskins.

El ingeniero la cogió vacilante, pero el ver la postura llena de confianza de Peter, la abrió. Peter sabía lo que decía y estaban incluidas todas las frases clave: «El portador de esta carta representa toda mi autoridad» y «El proyecto en cuestión tiene el apoyo de las instancias más altas». Lo sabía porque había ayudado a escribir esa carta en Fulbrough Manor y vio al dibujante de Operaciones especiales falsificar la firma de Truscott.

Hoskins se encogió de hombros.

—Más patrañas —repitió—. Los estadounidenses ni siquiera estamos en guerra. Ustedes, los británicos, están dando palos de ciego. Y déjese de amenazas, hombre. Hitler va a ganar la guerra.

—Ha estado oyendo demasiada propaganda nazi. Es solo cuestión de tiempo que entren los yanquis. Y Hitler no podrá ganar entonces. Y su archivo en Londres está creciendo por minutos. Llevan mucho tiempo vigilándolo. Ya tiene una etiqueta roja. —Peter había vuelto a entrar en el reino de la fantasía, pero creyó que lo mejor era aprovechar la coyuntura—. No haga que le ponga una negra. Pero si rechaza esta oferta, se convertirá en un colaborador del enemigo. Una etiqueta negra en su archivo. Será hombre muerto.

—No me salga con eso de la colaboración. ¿Es que no sabe que las grandes corporaciones como Standard Oil y otras se niegan a dejar de hacer negocios con Alemania?

—Pues tengo otro dato para usted —contraatacó Peter—. Cuando termine la guerra, se juzgará a los criminales de guerra. Y usted estará allí, en el banquillo. O, incluso peor, si me delata o si es responsable de la muerte o captura de alguien que me ayuda de cualquier forma, lo que le espera es la horca, no lo dude.

El ingeniero hizo otro gesto como para quitarle importancia a todo, después hizo una pausa y de repente se le vio desconcertado.

—Dígame, ¿Claudia está metida en esto? *Fraulein* Kellner. Me sorprendería que lo estuviera.

Peter se molestó. Si de verdad hubiera tenido un Colt 45 en el bolsillo en vez de una caja de cerillas, habría estado tentado de usarlo, a pesar de su compromiso de no violencia. Pero lo que hizo fue inspirar hondo antes de preguntar:

—¿La maestra?

—Sí, ella.

—La maestra no sabe nada, absolutamente nada, excepto que hay una larga fila de víctimas que han provocado sus amigos los nazis. Como a la mayoría de la gente sensible, le da miedo que usted cause más víctimas si continúa. Y serán mujeres y niños.

Se produjo una pausa, un largo silencio, y Peter pensó que se había marcado un buen tanto. La buena o mala opinión de Claudia era algo que parecía importarle. El ingeniero se frotó la barbilla y miró al suelo.

—Está bien —dijo por fin—. Lo pensaré. —Levantó la vista y miró a su alrededor—. Mientras, será mejor que se vaya. Corre un gran peligro y llevamos aquí mucho rato. Le he dicho a la condesa que esto era una breve cita. Sin duda querrá la descripción detallada de mi amigo, pero usted no me resulta de una belleza voluptuosa.

—Utilice su imaginación —contestó Peter y se volvió para irse—. Puede pensar en Marlene Dietrich.

Owen Glendower Williams se estaba impacientando de estar atrapado en Bergen y se lamentaba de su mala suerte por estar tan lejos de la acción. Envió a Peter una serie de cartas que llegaron al despacho del Interlocutor, donde decía que se había recuperado de sus heridas, que ya tenía la pierna bien y que quería permiso para viajar a Múnich.

«Me siento totalmente aislado y alejado de todo. También totalmente inútil sentado aquí todo el día, en la habitación libre de este pobre hombre», escribió.

Pero Peter se mostró inflexible. Necesitaba que Williams fuera el «pianista» que se comunicara por radio con Londres y para eso debía de estar bien lejos de cualquier furgoneta de intercepción que pudiera estar funcionando en la ciudad. Esperó con considerable temor la reacción de Dansey a su mensaje anunciando el cambio de plan y desplazando la destrucción del motor de Hoskins de Múnich a la frontera suiza.

No tardó en llegar su respuesta. Y fue seca: «Cíñase al plan. Destrucción *in situ*. Saque los planos, al hombre y olvide el resto. Williams va de camino».

Peter se echó a temblar momentáneamente. El rechazo y el tono perentorio eran de esperar si un oficial de bajo rango desobedecía órdenes, pero el miedo le duró solo unos segundos antes de convertirse en irritación por la sequedad del mensaje, que demostraba que les hacían caso omiso a él y a sus colaboradores. Como si Peter pudiera exigirle a la Resistencia que hiciera lo que él quisiera. Así que redactó una respuesta y la envió a Bergen: «Es necesaria la cooperación total de los colaboradores para lograrlo. La condición es la destrucción en la frontera y una ruta de salida para el mismo día con treinta pasaportes y visados en blanco. Me han advertido que no seguirán si no aceptamos sus condiciones».

Sintió una cierta satisfacción por tener el control y dejar al avasallador Dansey impotente e incapaz de dictar los términos desde Londres. Peter se preguntó si alguna vez lo pillarían en esa gran mentira (la de los pasaportes y que lo de la huida era una parte obligatoria del acuerdo), pero la verdad era que no le importaba. Iba a hacer esa parte por Claudia y por los niños. Ella tenía razón; merecían que les sacaran. Él seguía siendo uno de los hombres de Winton, después de todo.

Poco después llegó otra carta de Bergen diciendo que Williams llegaría con la radio en el tren de la mañana.

El mensaje de radio que Peter no leyó fue el que se envió desde Londres señalado con: «Exclusivamente para Williams».

Era de Dansey: «Es imperativo llegar a la zona de la operación cuanto antes. Tareas de vigilancia. Esté listo para cualquier eventualidad».

Williams sabía lo que significaba eso. Casualmente estaba limpiando y engrasando su pistola Welrod y el silenciador mientras leía el mensaje. «Qué típico, siempre le dan los trabajos más sucios a los de más abajo», pensó. Igual que en los valles y las minas, para que lo jefes mantuvieran sus manos bien limpias.

Había visto a Peter en el molino francés, cuando creía que nadie lo veía, entregándole su arma al molinero, aunque sabía que no iban a volver por allí. Peter estaba loco por seguir con esa operación desarmado, pero así era él. Creía que podía lograrlo todo con su labia. ¿Qué posibilidades tenía? ¿Funcionaría el engatusamiento con el yanqui? Era obvio; había al menos un cincuenta por ciento de posibilidades de que Hoskins fuera un traidor. ¿Y se podía convencer a una persona así de que cambiara de bando? Fuera como fuera, Williams no tenía intención de ser un cordero camino del matadero. No iba a permitir que lo convirtieran en una víctima fácil. Su colega de clase alta estaba metiendo la cabeza en la soga de la horca y su educación de colegio elitista no le había proporcionado la sabiduría de la calle. Envolvió la Welrod con mucho cuidado con un trapo y la metió en el fondo de su maletín de ferroviario. Después metió otras cosas y la inestimable radio y se preparó para salir, siguiendo sus instrucciones. Si el teniente Chesham no sabía lo que tenía que hacer, Williams sí.

Llegó en el tren de la mañana. Peter fue a recogerlo a la vía triangular y se lo llevó directo al barracón. Los empleados normalmente tenían que registrarse en el centro de control y dejar sus bolsas en las taquillas, pero Peter quería tener la radio muy a mano.

—Esto es más pequeño que un gallinero —comentó Williams cuando vio el ínfimo espacio de la habitación que tenían que compartir.

—Tienes una manta allí en el rincón —contestó Peter—. ¿Qué esperabas, una suite?

Williams se negó a desanimarse. Estaba intentando ser optimista, estar contento por haber llegado a Múnich sin contratiempos, pero cuando surgió el tema de los contactos entre Peter y Hoskins se mostró rotundo.

—Me parece que ese tipo está loco. No busca más que la gloria y guarda muchos rencores. Y los cabeza cuadrada lo presionan para que lo consiga. ¿Eres consciente de que podría estar engañándote, dándote largas, solo para delatarte después y entonces estaríamos todos perdidos?

Peter no hizo caso.

—Yo soy el que tiene los contactos con él —fue lo único que dijo.

A Williams le gustó aún menos la historia de los niños, el plan de huida y su papel como cuidador.

—No me alisté en el ejército para acabar jugando a ser el líder de un campamento lleno de niños sucios y rebeldes.

21

Le caía el sudor sobre los ojos, el pecho subía y bajaba sin control, le dolían los muslos y le latían los pies. Parecía que había cien formas distintas de hacer más difícil la vida de una maestra del Tercer Reich: desfiles, campamentos, un plan de estudios atroz, lecciones llenas de odio… Y ahora eso.

Claudia estaba en un bosque en algún lugar al sur de Múnich haciendo una carrera campo a través como parte del campamento de entrenamiento físico obligatorio de la escuela, que duraba un mes. Todos los profesores tenían que pasar por eso, era orden del director.

Ella había protestado por la crisis de plantilla en el departamento de educación elemental. Quedaba muy poco personal, explicó. Muchos lo habían dejado, otros habían sido excluidos por su raza y muchos más se habían ido al ejército. Ella tenía ya sesenta alumnos en clase y era absurdo que se ausentara en ese momento.

Pero las normas son las normas, había insistido el director. Al menos por ahora.

Odiaba ese campamento. No era una persona a la que le gustara el deporte. Le gustaba el tenis, pero correr le exigía un esfuerzo físico que le costaba mucho. Además, estaba convencida de que no tenía ningún valor educativo. La disciplina parecida a la del ejército no servía para aprender nada y la familiaridad de los alumnos, aprobada oficialmente, rozaba la impertinencia. Pensaba que ese espíritu de «fraternidad» era solo una excusa para hacer propaganda del partido y entrenamiento militar. Era algo típico del nuevo régimen, condicionar a los niños para que en un futuro solo fueran carne de cañón.

Claudia dejó de correr, boqueando para respirar, y se paró a descansar en un árbol caído que servía como asiento perfecto. Inevitablemente se había quedado rezagada con respecto al grupo principal de corredores cuando intentaba salvar los obstáculos de valles, bosques y campos. Recordó haber pasado junto a una señal caída, un halcón de madera atado a un largo alambre que bailoteaba con el viento y un espantapájaros con pájaros posados en sus brazos extendidos. Pronto acabó corriendo sola. Drexler, el colega que más detestaba, iba delante de todos. La idea de cruzar un bosque sola daba un poco de miedo, pero el camino y las huellas de los demás se veían perfectamente. El zumbido lejano del tráfico la tranquilizó, recordándole que la civilización todavía existía en algún lugar a su derecha.

El crujido de unas ramas detrás de ella le causó alarma momentáneamente. Se giró y encontró a un niño delgado con las piernas larguiruchas y la nariz con mocos que llegaba trotando del claro. Vio a Claudia, dudó, se paró y fue a sentarse con ella en el tronco.

—Beni, ¿no? ¿Eres Beni Hofer?

El niño asintió porque durante un rato no pudo hablar.

—¿Te cuesta seguir el ritmo?

Asintió otra vez, respirando con dificultad.

—No importa. Seguiremos juntos cuando recuperes el aliento.

Beni no estaba en su clase, pero lo había visto en el patio. Era pequeño para su edad y sospechaba que sufría acoso. Llevaba una camiseta raída y los pantalones cortos rotos.

Él vio que miraba su gruesa mata de pelo negro.

—No soy judío —exclamó.

—Pero lo estás pasando mal, ¿no?

Beni le contó su historia, vacilante. Sus padres habían desaparecido y estaba viviendo con su tío.

—Menos mal que tu tío vive cerca —dijo ella.

—Bueno, en realidad no es mi tío. Yo lo llamo así. Era el

mejor amigo de mi padre y me dijo que fuera a buscarlo si pasaba algo.

—¿Y qué pasó? —preguntó, aunque se temía que ya lo sabía.

Beni dejó caer la cabeza y se quedó en silencio.

Ella le rodeó los hombros con un brazo.

—¿Se los llevaron una noche?

Él asintió, pero eso no era todo.

—También se han llevado a mi amigo Erich. A mamá y papá se los llevaron hace mucho tiempo, pero a Erich solo hace unos días. Se lo llevó la policía. Estaba escondido. En esa casa vieja que hay junto al puente, en Donnersberger. Lo vi. Él gritaba y chillaba. No quería ir con ellos. ¿Sabe adónde lo llevaron?

—¿Y cómo lo sabes tú?

—Todo el mundo lo sabe. Siempre los llevan allí. Al gueto de Troppauer Strasse. —Beni levantó la vista y miró a Claudia—. Me gritó que lo salvara, pero no pude. Solo soy un niño, pero usted… —Beni la miró suplicante—. Usted es maestra. Tendrán que hacerle caso. —La mirada sostenida resultaba imposible de ignorar—. Por favor, *Fraulein*, ¿puede usted sacarlo de allí?

Claudia se enfureció al oír la historia de Beni Hofer. Parecía que había varios huérfanos más escondidos en esa casa abandonada junto al puente que consiguieron huir, pero el amigo de Beni, Erich, no fue lo bastante rápido para escapar de la redada.

Había oído historias así antes, pero no sabía por qué esta le pareció más personal, más injusta. Era como si la policía hubiera cruzado el umbral de su casa con sus botazas. El pequeño Beni y su amigo estaban cerca de ella. Le parecía una afrenta, pero ¿de verdad podía estar considerando ir a rescatar a un niño del gueto?

—Por favor, *Fraulein* —había suplicado Beni. Su desesperada fe le resultó desgarradora. No podía quitarse de la cabeza esa imagen ni el sonido de sus súplicas. No dejaba de repetir—: Sé que usted podrá hacerlo.

Cuando Claudia le comentó la idea a Erika, su amiga le enumeró todos los obstáculos.

—Primero, tienes que entrar, después encontrarlo y por último conseguir que cruce la valla. Solo podrás conseguirlo por la noche, está demasiado vigilado de día. Y después está el problema de ir por ahí con un niño sucio y que huele mal, por las calles o en los tranvías, a altas horas de la noche. Es como ir pidiendo que te pare la policía. O que algún chismoso haga demasiadas preguntas.

—¿Y un coche?

—¿Y de dónde vas a sacar uno?

Claudia no tenía ni idea. Pero dos días después le llegó la información de que un tal *Herr* Weber estaría con un Opel negro a la vuelta de la esquina de los almacenes a las once en punto del miércoles.

Decidió que primero iría a hacer un reconocimiento a pleno día, así que el martes después del colegio cogió el tranvía en dirección norte, hacia Milbershofen. Peter había pasado por ahí varios días antes y le explicó dónde estaba. Se acercó caminando por la calle principal, Knorr Strasse, pasó por delante del Café Waldeck, en el que varios clientes desafiando el frío tomaban café en las mesas que había en la acera y la miraron de arriba abajo. Se dijo que la siguiente vez se pondría un abrigo soso y un pañuelo en la cabeza.

En la esquina paró un momento antes de girar hacia Troppauer Strasse, observando todos los detalles. A un lado había una hilera de figuras con gorra de plato y abrigos largos y grises con cinturón, que formaban una especie de pantalla, y miraban a través de una alambrada a diez grandes barracones de madera. Detrás de la alambrada, al final de la hilera estaban construyendo un nuevo barracón. Un hombre mayor con camisa blanca, pajarita, chaleco y guantes negros estaba empujando una carretilla. Otra figura con chaqueta y el pelo blanco tenía en la mano una pala. Había otros por allí de pie, sin saber qué hacer. Quedó claro inmediatamente que esos hombres no eran aptos para el trabajo manual y entonces ella recordó la frase que le había dicho

Erika antes de irse: «Incluso les obligan a construirse sus propios barracones».

Claudia se arriesgó a acercarse a la alambrada en una parte donde había dos niñas mirando hacia el mundo que hacía tan poco que habían abandonado. Llevaban gorros de pelo, gruesos abrigos y guantes. Las dos tenían expresiones de pena y desconcierto.

—¡Oiga usted!

Una voz autoritaria gritó desde detrás de Claudia.

Ella se giró. El más alto de las figuras de gris se acercó. Casi esperaba encontrarse un profundo ceño fruncido para acompañar la gorra con la calavera y las insignias rúnicas dobles en el cuello de las SS.

—Aléjese de la alambrada. No se puede hablar con esa gente.

Claudia contuvo su instinto de desafío.

—¿Qué hace usted aquí?

Claudia se fijó en las facciones suaves, casi femeninas, el gesto casi infantil y el aroma a lavanda.

Se encogió de hombros, se giró e hizo un gesto con la mano señalando a la valla.

—Nunca había visto nada como esto antes.

—¡Maldita chismosa!

Entonces fue cuando vio un portapapeles negro que llevaba bajo el brazo y la parte superior de una pluma de oro sujeta a la solapa de su abrigo. Fingió una sonrisa seductora. Había momentos en que había que ser cautos, ella lo sabía, pero también había otros en los que la docilidad producía agresividad. Se acercó y con un gesto rápido levantó la mano y cogió la pluma.

—¡Una Montblanc Meisterstuch! ¡Fantástica! Siempre he querido una como esta —dijo, suspiró y la giró entre los dedos admirándola.

—¡Oiga! —El hombre de las SS la miró de arriba abajo y después se quedó mirando la solapa de su abrigo, ahora vacía.

—¿Puedo probarla en su portapapeles? —pidió, acariciando el depósito de resina negra y los tres anillos dorados como si fueran un gatito recién llegado.

—¡No, claro que no! —Él inspiró hondo, pero la reacción furiosa que estaba por llegar quedó interrumpida por la risotada de uno de sus colegas.

—¿Confraternizando con las chicas otra vez, Wolfgang? ¿Otra admiradora?

Hubo risitas que llegaron del resto de la fila de oficiales, lo que acabó de una forma fulminante con la pomposidad de ese hombre. Claudia notó que había encontrado una salida en las burlas, tal vez poniendo en juego algún tipo de inseguridad de ese hombre con respecto a su sexualidad.

Se giró para mirar a los demás, encogió un hombro como si fuera la coqueta que en realidad no era y levantó una mano en un gesto de fingida rendición.

Más risas. Avergonzado, el oficial con cara de niño se contentó con recuperar la pluma.

—¡Váyase ya!

A la noche siguiente estaba preparada y esperando en la calle adyacente a Landsberger. El Opel, cuando llegó, se parecía mucho a un coche de policía, todo negro y con cuatro puertas, el tipo de vehículo que normalmente daba miedo. Con cierto temor, abrió la puerta del acompañante.

Al principio no reconoció al conductor, porque iba cubierto con un sombrero de fieltro gris y vestido de civil. Entonces vio la sonrisa torcida tan característica. Era el policía que le dio aquel susto la mañana siguiente a que recogiera a sus dos fugitivas.

Claudia inspiró hondo, llena de dudas. Tenía miedo de que fuera una trampa, pero recordó que Erika le había asegurado que Weber era «uno de nosotros», así que subió y se sentó a su lado.

Él le dio un pase firmado y sellado.

—Permiso para que estés en la zona para visitar a un pariente —dijo, y después le dio un cortafríos que sacó de debajo del asiento—. Oficialmente ese lugar no es un gueto —explicó mientras se alejaba de la acera—. En Múnich son demasiado orgullosos y les da vergüenza tener algo así a sus puertas. Así que aquí no hay guetos. Es un campo de tránsito antes de la deportación al este.

—No hay diferencia —dijo Claudia con tono seco—. El alambre de espino es alambre de espino. Eso no tiene discusión posible.

Por el camino pensó en el hombre, un policía fuera de servicio que estaba llevando a cabo una misión clandestina. Tal vez debería ser discreta, pero al final preguntó:

—¿Por qué me ayuda?

—Tengo mis razones.

Claudia lo miró inquisitiva y, tras un breve silencio, él se lo contó: a su mujer la habían echado de su puesto de funcionaria por la prohibición a las mujeres casadas y a su hija le habían negado la admisión en la universidad por las cuotas.

—Y algunos de mis colegas me dan asco —continuó—. Hombres inteligentes que han entrado en los departamentos de seguridad. —Claudia reconoció el nombre que le daban en la policía a la Gestapo—. Que no solo deberían ser más listos para hacer eso, sino que lo son. Tienen estudios de jurisprudencia, pero deciden ignorar todos los procedimientos correctos que se seguían con el gobierno de Weimar. Y ahora se rebajan a niveles de matones analfabetos.

Weber aparcó el coche a una manzana, en Bischoff Strasse, y se quedó al volante mientras Claudia se acercaba a pie. La temperatura había caído mucho y ella oía perfectamente sus pasos en el silencio de la primera hora de la noche. Caminó por Knorr Strasse, iluminada solo con unas pocas farolas tenues a las que seguían grandes zonas de envolvente oscuridad. El zumbido de fondo que había durante el día había desaparecido y ahora pudo distinguir el traqueteo distante de un tren y un ocasional ruido fuerte y metálico proveniente de una fábrica. Agarraba con torpeza el cortafríos que le había dado Weber, que le pesaba en el bolsillo del abrigo y le golpeaba el muslo al andar, pero no se atrevió a ocultarlo en la cesta de mimbre. Ahí llevaba flores y fruta, algo para distraer deliberadamente la atención de cualquier patrulla que la parara y la registrara. La oscuridad iba a juego con su estado de ánimo; dudaba sobre la sensatez de lo que estaba a punto de hacer. ¿Qué derecho tenía ella de llevarse a ese niño? ¿Qué podía ofrecerle aparte de incertidumbre e incomodidad? El viento le abrió el abrigo desgastado cuando un coche pasó a su lado y vio la ráfaga de luz de los faros. Escuchó atentamente el eco del ruido del motor y dio gracias por que siguiera su camino. Continuó, deseando haber traído mejores zapatos para caminar por aquellos adoquines irregulares, empujada por las urgentes súplicas de Beni por su amigo Erich. Si la interceptaban, tenía varias excusas preparadas: que le iba a llevar regalos a su tía y quería pasar por un kiosco cercano a comprar cigarrillos griegos.

Cuando llegó a Troppauer, se sintió aliviada al ver que no había casetas con guardias y que todo estaba en silencio. No se veían luces en ninguno de los barracones y Claudia se preguntó por cómo estarían sus ocupantes. Sabía que había toque de queda a las ocho. También las restricciones que habían sufrido antes de que les sacaran de sus casas: prohibido entrar en sus negocios, en los parques, los restaurantes y las estaciones y tampoco podían comprar periódicos, flores, café o fruta. Pero ¿esa insistencia de que apagaran las luces exigía que todo estuviera totalmente a oscuras? Así de mezquinos eran en ese régimen.

Se paró junto a la alambrada. No se movía nada. Agitar los alambres podría atraer una atención indeseada, pero encontró una rama caída, la metió por los agujeros de la alambrada y dio con ella unos golpecitos en la ventana que tenía más cerca.

Golpeó un poco más fuerte, con miedo de despertar a algún centinela dormido. La oscuridad parecía impenetrable. Sus ojos todavía no se habían acostumbrado a la noche.

—¿Qué quiere? —preguntó alguien en voz baja desde unos metros más allá.

—He venido a buscar a un niño. Se llama Erich.

—Espere.

Unos minutos después un trozo de la alambrada se abrió desde dentro. Ella se agachó para entrar en el complejo, accedió al barracón oscuro y se encontró rodeada de un grupo de gente que apenas podía ver. Los que estaban más cerca todavía llevaban su ropa de calle. Hacía frío allí. Y no vio ningún mueble.

—¿Por qué ese niño? —preguntó una mujer.

—Es huérfano, no tiene familia y no quiere irse.

Como si quisiera demostrar lo que acababa de decir, un bulto lleno de energía fue corriendo a su lado y se abrazó a su cintura como si así pudiera evitar ahogarse.

—¡Por favor, *Fraulein*! —susurró Erich—. Sáqueme de aquí.

Un hombrecillo se acercó lo bastante a ella para que lo viera y ella intentó no hacer una mueca de desagrado. Tenía mal aliento, la chaqueta arrugada, el pelo encrespado y una actitud autoritaria. ¿Era el hombre de la carretilla que había visto el día anterior? Ella le tendió una mano amable, pero él la apartó.

—Erich estará mejor con nosotros —anunció—. ¡Es mejor que la vida de un submarino! Nos van a llevar a un campo de trabajo. Allí puede integrarse. Nosotros le cuidaremos.

Erich protestó otra vez.

—Por favor, *Fraulein*, por favor, sáqueme de aquí.

—¿Puedo hablar contigo en privado? —Claudia miró la puerta—. ¿Afuera?

No creía nada de lo que decían los nazis sobre los campos de trabajo. No encajaba. ¿Por qué iba a enviar alguien niños, abuelas mayores y tullidos a un sitio así? Lo lógico sería que se llevaran a los que podían trabajar. Ya estaban apareciendo trabajadores forzosos en el Reich que venían de territorios ocupados y no venían con sus familias. Ella tragó saliva. ¿Debía mostrarse muy cruda con ese hombre? ¿O sería mejor dejar que siguiera creyendo la versión oficial?

Al principio él no quería salir del barracón y ella tuvo que insistir en que hablaran donde no pudieran oírles los demás.

—No debería tener muchas esperanzas. ¿Cree que habrá condiciones aceptables para sus mujeres, la gente mayor y los niños en un campo de trabajo? ¿Que tratarán bien a los que no pueden trabajar?

El tono el hombre se volvió áspero.

—No tiene derecho a venir aquí y ponerse alarmista e intentar asustarnos. Si cooperamos con las autoridades, seguro que todo saldrá bien. Yo creo que es mejor no causarles problemas, no enfrentarse a ellos; es la mejor política.

—Piénselo bien —insistió ella—. Teniendo en cuenta toda la crueldad y falta de piedad que ya han demostrado.

—Eso es lo que dice usted. Pero no lo sabe. No puede saberlo.

—Los he visto muy de cerca. Sé cómo piensan. Cómo trabajan.

—Váyase —dijo él señalando afuera—. Antes de que asuste a los demás.

Ella levantó una mano en un gesto de resignación y dio un paso atrás y abrazó a Erich, preparada para salir con él por el agujero de la alambrada.

—Lo siento —dijo por fin—, tengo miedo por todos ustedes, pero no puedo ayudarlos. Son demasiados. Lo máximo que puedo hacer es llevarme a este niño.

El hombre se envolvió en un gran chaquetón y rio entre dientes.

Ella insistió.

—No se lo puedo garantizar, claro, pero de verdad creo que tiene una posibilidad si viene conmigo.

Se produjo una larga pausa, después un encogimiento de hombros y al final el hombre los acompañó hasta el agujero en la alambrada.

22

En un rincón del almacén de componentes había una enorme estufa construida con dos docenas de azulejos marrones ovalados que despedía una ráfaga de aire caliente. Peter, que se iba acostumbrando al humor negro del Tercer Reich, gracias al Interlocutor, estaba apoyado en el mostrador de Erika, disfrutando de su amplio repertorio de historias sobre el enorme Hermann Göring, sus fanfarronadas, sus medallas y sus uniformes.

—Un «gör» es la cantidad máxima de metal que puede llevar un hombre colgada del pecho sin acabar cayéndose de al suelo.

Peter rio entre dientes y sacó su paquete de tabaco. El aire de la habitación estaba viciado y caliente y solo empeoraba con los Junos que se había acostumbrado a fumar como acompañamiento a la conversación. Encendió otro, consiguió no toser y le ofreció uno a su anfitriona, que lo rechazó.

—Una tubería principal de agua estalla en el sótano del ministerio del aire —continuó diciendo ella—. Cuando le cuentan el percance, Göring ordena: «Que me traigan mi uniforme de almirante».

Y después comentó que Göring había prometido cambiarse el apellido a Meyer si bombardeaban Alemania. Las sirenas antiaéreas eran conocidas allí como «cuernos de caza de Meyer».

Peter sonrió. Quería más. Había decidido que el humor era la mejor forma de integrarse. Seguía frustrado porque lo mantuvieran al margen e ignoraran su interés por tener información de dentro.

—La semana pasada me contaron a mí en persona una historia —aportó él—, sobre lo que una de las mujeres encontró en los bolsillos de su marido.

—Los bolsillos de los maridos son una mina de oro —comentó Erika.

Peter sonrió, pero seguía estando bajo mucha presión. Williams había llegado desde Bergen y le había comunicado las órdenes muy claras de Dansey para que realizaran el sabotaje definitivo. Él necesitaba más información. Seguro que Erika sabía quién era el cerebro que dirigía la Resistencia. ¿Conseguiría sonsacárselo gracias al humor?

—Aunque mirarle los bolsillos es algo totalmente normal —continuó Erika—. Lo más habitual. Nadie quiere lavarle el dinero o la agenda o alguna otra cosa que se le haya olvidado, ¿verdad?

—Claro —confirmó Peter todavía con la sonrisa—. Pero esta vez, entre todas las cosas habituales, encontró un papel con un número de teléfono.

—¿Su querida?

—Eso creyó, así que llamó.

—¿Y?

El encanto de la historia se rompió cuando se abrió la puerta y Epp, el ayudante de Hoskins, entró en el almacén con una hoja rosa. Fue hasta el mostrador, Erika cogió la hoja y miró la lista, preparada para buscar en su catálogo rotatorio los números de los componentes que le pedían.

—¿Y adivina quién respondió la llamada de la mujer? —continuó Peter como si no se hubiera dado cuenta de la interrupción.

Erika, con una mano en el catálogo, levantó la vista.

—¡Sorpréndeme!

—Pues no era la amante, ni mucho menos.

—¿Quién entonces?

—La perrera. —Peter se rio de su propio chiste—. Es cierto. Le iba a regalar un cachorrito por su cumpleaños.

Erika siguió seria.

—No me cuela. Seguro que la amante trabajaba allí.

Peter se volvió hacia Epp y extendió ambas manos.

—¿Qué dice usted? ¿Sobre las mujeres suspicaces que dudan de todo?

Epp no dijo nada y miró hacia otro lado.

—¿Un cigarrillo? —Peter todavía tenía en la mano el paquete de Junos. Un hombre que repartía cigarrillos gratis no se merecía que lo ignoraran, así que Epp miró a Peter extrañado y cogió uno.

Era su gran oportunidad, Peter lo sabía. Llevaba un tiempo esperando ese momento, el de encontrarse a Epp en el almacén sin escolta, aunque Erika tenía sus dudas de que Epp contara nada. Lo llamaban Hans, el silencioso. Peter prendió una cerilla y los dos encendieron los cigarrillos con ella.

—¿Qué tal van las cosas por ahí? —preguntó Peter en medio de un halo de humo.

Epp no dijo nada.

—No se puede guardar un secreto siempre. Hay que contarlo en algún momento... Como el día en que van a mostrar al mundo el tren, que tendrá que ser pronto.

Epp se humedeció los labios y se inclinó hacia delante.

Erika levantó la vista, intrigada por ese raro momento que estaba presenciando.

—Espera y verás —dijo Epp.

—¿Y cuándo va a ser? El gran día. El lunes de la semana que viene, he oído. ¿Estará todo listo para entonces?

Epp parecía estar rumiando algo. Y movía la lengua. Pero no salió ni un ruido de su boca.

—La verdad es que he oído que hay un problema —continuó Peter—. Que tal vez no esté listo a tiempo. —Una expresión burlona.

Pero Epp miró al suelo, después al techo y después a un lado.

Erika estaba empujando paquetes voluminosos desde un lado al otro del mostrador. Se notaba el fuerte olor de metal recién engrasado.

—¡Ahí está todo! —anunció—. Ten cuidado de no caerte.

—Deja que te ayude —se ofreció Peter—. Pesan mucho. Te acompañaré a los almacenes y los llevamos entre los dos.

Y nada más decir eso cogió la caja más grande, haciendo una mueca muy teatral al notar el peso, se la colocó debajo del brazo y fue hacia la puerta. Al salir, en el túnel, mientras los dos se dirigían hasta el otro extremo, Peter volvió a intentarlo:

—¿Para qué necesita todo esto?

Pero no hubo ninguna respuesta y pronto el ruido atronador de unas ruedas que pasaban sobre sus cabezas evitó que pudieran continuar con la conversación. Era un camino largo. El agua se colaba y goteaba por unas paredes alicatadas con azulejos, y formaba charcos sobre los adoquines que Peter intentaba esquivar, con cuidado, pero de repente pisó uno que estaba suelto.

—¡Maldita sea! —exclamó y miró abajo y detrás—. Alguien debería hacer algo con este viejo túnel.

—No sé por qué los almacenes siguen aquí, la verdad.

Peter estaba encantado. Al fin había conseguido animar al taciturno Epp a hablar.

—Ah, porque siempre han estado aquí —aseguró con una risita—. No se cambia nunca nada, ¿no es lo que se hace siempre? Un reflejo, ¿no te parece?

Pero no funcionó. Epp volvió a su silencio habitual, caminando hacia delante sin decir ni una palabra más, hacia el pequeño agujero que llevaba a la luz del día a lo lejos. A Peter empezaron a dolerle los pies por llevar esa botazas que le habían dado en Bergen. También notó lo basto que era su mono de trabajo. No había nada como la suavidad de la tela de la guerrera de un oficial.

Lo intentó una vez más. ¿Podría Epp ser ese hombre, el cerebro silencioso? Peter solo quería una señal, una pista, un gesto de reconocimiento.

—Admiro tu silencio —gritó para que lo oyera—, pero me imagino lo que significa. Que tú eres el que tiene la sartén por el mango.

Esperó a ver alguna reacción, algo físico si era imposible conseguir una confirmación verbal, de que iba por buen camino. A medio túnel, Peter se detuvo.

—¿Otro cigarrillo?

Lo encendieron en silencio y después continuaron. En el extremo una figura que le era familiar parecía estar bloqueando la salida. Cuando se acercaron más, Peter reconoció al policía militar del turno de tarde. Franz se llamaba. Que decían que era un gran aficionado a la música. Una vez más Peter se fijó en el uniforme gris, el águila con las runas, la pistola y las botas militares. Se saludaron. Peter sabía que estaba exponiéndose mucho, pero decidió que su única táctica factible era continuar fingiendo que era el chismoso de los almacenes.

—Le estaba diciendo a Epp que he oído que hay un problema en este departamento. Y que podría haber un retraso.

Franz se quedó impasible. No era hostil, como su colega de la mañana, sino una figura enigmática, casi amistosa. Él también estaba fumando y Peter notó otro olor del tabaco que se mezclaba con el habitual de los Junos, pero no lo identificó.

—No puede preguntarle esas cosas a él —dijo Franz, sin animadversión aparente—. *Herr* Hoskins se enfadaría mucho si él le hubiera respondido. Además, tiene que entender que todas las cosas novedosas tienen un montón de problemas. De hecho en ese taller están haciendo verdaderas maravillas. Un logro increíble. Claro que hay unos cuantos problemas. Pero solo son cosa de probar esto o lo otro.

Peter se sintió aliviado por ese minipanegírico y a la vez desconcertado de que Franz no hubiera reaccionado como los otros policías. Volvió a mirar a Epp, esperando que esos comentarios provocaran alguna respuesta útil, pero lo que encontró fue una figura que se alejaba.

Estaba claro que él no era el cerebro.

Con un encogimiento de hombros Peter volvió sobre sus pasos al otro extremo del túnel. Se fijó en que Franz también se había ido.

Erika estaba de un humor extraño: reflexiva y habladora pero triste. Parecía consumida por un problema serio, pero los problemas eran el pan de cada día para ellos.

—Te he estado observando —le dijo a Claudia—. Estás manejando a esos niños de una manera brillante. Están menos salvajes y más obedientes. Tienes un don. Van a tener mucha suerte si consigues sacarlos.

Claudia sonrió, aunque no le había gustado eso de «si consigues».

—También he estado pensando mucho en el futuro de mi Dieter —continuó Erika. Dieter estaba en la clase de Claudia en la escuela—. Está encantado contigo. Desde que estás más pendiente de él. Eres buena para él. —Y entonces tragó saliva antes de añadir—: Pero las perspectivas a largo plazo por aquí son bastante malas, ¿no crees? —Antes de que Claudia pudiera contestar, ella añadió con una vocecilla—. A nadie le gusta separarse de su hijo…

Dejó la frase sin terminar y Claudia frunció el ceño.

—Como todas esas madres de la estación de Praga de las que me has hablado —dijo después.

—¿Qué quieres decir con esto? —preguntó Claudia.

—Tal vez podrías añadir a Dieter a tu lista. Sacarlo de aquí con los demás. Alejarlo de todo este veneno. Estará mejor lejos de aquí contigo.

Claudia se acercó a su amiga y le rodeó los hombros con el brazo.

—¿Estás segura?

Erika tenía los ojos llenos de lágrimas.

—Tengo que pensar en lo mejor para él, ¿verdad?

Una vez más Claudia se quedó alucinada ante la entrega de una madre, hasta el límite de dejar a un hijo en manos de extraños por su bien. Suspiró y sacudió la cabeza.

—Ya veremos —dijo, deliberadamente dubitativa, sabiendo que ya estaba llegando al límite de niños que podía manejar. Peter tenía muy claro cuál era la cantidad.

Pero también sabía que no podía negarle eso a su amiga. ¿Cómo iba a hacerlo? Las dos se quedaron sentadas juntas, con los brazos entrelazados, sin decir nada. No había palabras para expresar lo que estaban pensando.

Más tarde, Claudia le contó a Peter la conversación y él reaccionó como era de esperar.

—Estamos al límite —afirmó—. Si él también se une, Dieter tiene que ser el último. Con él hacen veintisiete y tres adultos. Ni uno más.

Ella lo miró con una expresión que mostraba bien a las claras que creía que él podía meter unos cuantos más, que podía ser más flexible por el bien de esas vidas tan jóvenes.

—Hay una buena razón para ser muy precisos con los números —insistió—. Y es mejor que no la sepas. Pero me temo que tendrás que rechazar al siguiente niño que quiera venir.

Hizo una mueca.

—¿Y cómo voy a hacer eso? —respondió.

23

Hoskins entró en el almacén de componentes. Eran casi las tres y Erika estaba preparando café, como todos los días a esa hora. Se inclinó sobre el mostrador, aceptó una taza y dijo:

—Anoche recibí la visita de un joven que me propuso una idea muy interesante.

—¿Ah, sí? —Erika paró un momento su filtrado y levantó la vista—. ¿Y cuál es?

—Una sobre trasladar mi trabajo a otra parte.

Erika le puso el azucarero delante y dijo:

—¿Trasladarse? Oh, vaya. ¿Ya no habrá más café con rosquillas entonces?

Pero Hoskins no participó en el tono jovial.

—¿No has visto a un extraño por aquí? ¿Mucho pelo, un bigote negro y gafas?

Erika sacó media salchicha y la untó con mostaza mientras masticaba un bocado de *pretzel*.

—Creo que no conozco a nadie así —dijo manteniendo a propósito la mirada bien lejos de la foto del Führer de la pared y encogiéndose de hombros, todavía con la boca llena—. Pero estaré atenta.

—Gracias. —Hoskins le dio un sorbo al café—. El problema es que necesito reunirme con él otra vez. Me hacen falta más detalles.

La voz de Erika sonó amortiguada por la salchicha.

—¿Detalles?

—Sé que esto no significará nada para ti, pero se produjo un momento extraño cuando salió el tema de las garantías.

Ella se encogió de hombros.

—Podría dejar una nota en mi panel —dijo señalando un montón de mensajes del personal fijados a un corcho.

Él negó con la cabeza.

—Esperaré. —Después cambió de tema—. ¿Y dónde está su joven amiga? Hace días que no veo a Claudia. Ella y usted son las únicas personas sensatas con las que puedo hablar aquí. Tienen mucho sentido común y no tienen miedo a decir lo que piensan, al menos no demasiado.

—Somos directas, sí. —Erika rio sin dejar de masticar—. Por aquí viene todo tipo de gente a hablar un rato. Preguntaré por ahí. —Dio otro bocado—. ¿Podría volver más tarde?

A las cinco Hoskins volvió a aparecer y ella le dio una notita doblada con una chincheta todavía clavada.

—He encontrado esto en mi corcho —anunció.

—¿Cómo podía saber alguien que iba a venir por aquí hoy? —preguntó.

—Lo habrán visto.

Él la miró unos segundos, cogió la nota y la desdobló. Ella sabía perfectamente lo que decía.

Directa y al grano. «Despacho del jefe de las cocheras, 18.30 horas.»

A esa hora en punto apareció Hoskins en el despacho. Había estado en ese lugar una vez antes y se sorprendió de que el jefe de las cocheras estuviera metido en eso, pero tras llamar a la puerta y no recibir respuesta, entró y se encontró el lugar desierto.

Gruñó, molesto.

Miró el reloj. Era exactamente la hora.

Miró a su alrededor. Una mesa vacía, una silla de oficina y un teléfono encima de una vieja guía. Entonces miró por la ventana, preguntándose cómo había conseguido librarse del jefe. De repente comprendió algo: debía haber más de una persona metida en esa intriga. ¿Podría estar ante una conspiración muy bien organizada?

Otro gruñido y volvió a mirar por la ventana. Pensó en irse de allí enfadado. Era un hombre ocupado. No le gustaba que la gente llegara tarde ni que le hicieran perder el tiempo. Pero una cierta anticipación hizo que esperara unos minutos más.

—Le doy exactamente tres minutos para aparecer —dijo entre dientes, preguntándose si podría oírle. ¿Estaría ese misterioso visitante nocturno escondido cerca, escuchando por un micrófono oculto, observando y comprobando que no lo estuvieran siguiendo? Esa gente estaba obsesionada con la seguridad, pensó. Y en este caso, tal vez con razón.

A los tres minutos justos, Hoskins se giró furioso hacia la puerta. Ya había sujetado el picaporte cuando sonó el teléfono que había sobre la mesa.

Se quedó parado, dudando. Podría ser una llamada para el jefe ausente. No iba a hacer de secretario y dedicarse a trasmitir mensajes. Pero entonces se le ocurrió algo. Se volvió y fue hasta la mesa.

El teléfono seguía sonando.

Despacio, con deliberación, levantó el auricular y no dijo nada, pero se lo acercó a la oreja.

—¿Hoskins? —dijo una voz que reconoció al instante.

—¿Por qué tanto secretismo? —contestó Hoskins con brusquedad—. ¿Es que no podemos vernos en persona?

—En este lugar no.

—¿Qué quiere?

—Es al revés, amigo. Era usted el que quería hacerme unas preguntas, si no me equivoco. Algo de las garantías…

Hoskins rodeó la mesa y se sentó en la silla.

—¿De verdad vamos a tratar este tema por teléfono?

—Sí.

Hoskins dudó, pero después dijo:

—¿Qué tipo de garantías me ofrecen? Lo que me propuso anoche es un gran cambio. Necesito que me presenten algo muy sólido para considerarlo seriamente. Es demasiado fácil presentarme una garantía verbal vaga. Cualquiera podría hacerlo.

ϒ

Peter estaba al teléfono en un despacho en el otro extremo del pasillo, desde donde no podía oírlo directamente.

—Está bien —dijo con un tono muy razonable—, pero seguro que no espera que pongamos nada por escrito a este lado de la frontera. Tendrá que confiar en mí y en cuanto crucemos tendrá sus garantías firmadas inmediatamente.

—¿Y cómo voy a confiar en una promesa así?

—Yo ya he enviado el mensaje para iniciar el proceso. Le están esperando. Se reunirán con usted al otro lado y entonces hablarán de los preparativos y las instalaciones que necesita. Pero antes de eso, se producirá un pago por adelantado de cincuenta mil dólares, antes incluso de que empiece su trabajo, como señal de buena voluntad.

La imaginación de Peter estaba desbocada. Se lo estaba pasando bien. Le divertía pensar en lo que diría Dansey si oyera lo que su agente estaba prometiendo en su nombre. ¿El Departamento del tesoro, o el que fuera que financiaba el MI6, accedería a poner esa cantidad? No tenía ni idea.

—Estoy seguro de que comprende que sería muy peligroso para ambos poner esto por escrito en este momento, pero le aseguro que tengo la autoridad para hacer ese pago por adelantado. Está todo preparado y a punto para empezar. Esos son todos los detalles que puedo concretar.

—¿En qué moneda? ¿Y en qué banco?

—En dólares y en uno suizo, obviamente. —Una pausa y después añadió—: ¿Tiene pluma y papel a mano?

—¿No ha dicho que no quería nada por escrito?

—Seguro que usted puede esconder bien este papel en concreto.

—Le escucho.

Peter empezó a leer una serie de letras y números. Los primeros eran la secuencia de inicio de código internacional de la banca que identificaba a Suiza (CH seguido de dos números). Después le dio cinco números más, que identificaban un banco en concreto, en este caso la sucursal de los almacenes, en el centro de Múnich, que había copiado de un recibo de suministros que había encontrado en la mesa del jefe de las cocheras. Después otros tres números que recordaba de la cuenta bancaria de su tío en Berna. Y el resto se los había inventado. Contó los dígitos de un número de verdad y se inventó los suyos hasta que tuvo veintiuno.

—¿Qué es todo esto?

—El número de su nueva cuenta bancaria en Suiza. La hemos abierto para usted. Compruébela cuando pueda.

Hubo una pausa mientras el hombre pensaba en lo que acababa de pasar. Peter esperó que fuera tan mercenario como había dejado caer Dansey.

—Sigo necesitando algo concreto, algo en firme —insistió la voz.

—¿Puede llamar al extranjero?

—Es posible.

Peter se quedó callado un momento. Su capacidad de invención estaba trabajando a toda máquina.

—Llame al consulado británico de Berna a las nueve de esta noche y pregunte por Charles Wightman, el delegado de comercio. Él le contará los planes que hay para usted.

¿Existía ese hombre? Seguramente no. Tendría que poner a Williams a trabajar como loco con la radio para decirle a Dansey que preparara ese subterfugio tan elaborado.

—No es suficiente.

—Tal vez podamos aumentar el pago inicial para cumplir con sus expectativas. Me ocuparé de ello. Pero ya estamos siendo generosos. Y recuerde lo que le dije anoche: la alternativa para usted es nefasta. Solo un tonto rechazaría esta oferta.

—Quiero garantías —insistió Hoskins—. Seguridades blindadas de que estaré trabajando en las vías anchas, no en las antiguas. Necesito saber si van en serio de verdad.

—Primero tenemos que centrarnos en los nuevos sistemas de propulsión —contestó Peter—. En eso usted es único.

—No es suficiente. Lo quiero todo.

Peter suspiró. Se le estaba yendo de las manos. No podía prometerle la luna, porque perdería credibilidad.

—Bien, veré qué se puede hacer. Primero tengo que hablar con el presidente de la empresa, con lord Chelmer.

Eso produjo una respuesta inmediata.

—¡No, él no! ¡No quiero hablar con ese hombre!

Peter se quedó confundido por un segundo.

—¿Por qué?

—¿Chelmer? ¡Él fue quien me rechazó! Es un dinosaurio. Está muy apegado al vapor.

Peter hizo una mueca. Ya que había llegado hasta allí... continuó:

—Pues puedo decirle que sé con total seguridad que ha cambiado de idea; órdenes del gobierno. —Contuvo la risa. Las mentiras salían de su boca sin esfuerzo. Era como si estuviera en el teatro, diciendo el guion escrito por otra persona, hablando con otra voz—. Estoy en contacto con la gente de más arriba —prosiguió—. Gente influyente, como *sir* Andrew Truscott. Tiene que conocerlo, es un nombre famoso en la empresa, el más famoso diseñador de locomotoras, reconocido en todo el mundo por sus expresos aerodinámicos...

Hoskins lo rechazó de nuevo.

—Me odia. Y robó todas esas ideas en Estados Unidos.

Peter no se achantó y siguió con esa ola de fantasía.

—Puedo decirle con total certidumbre que, si había escepticismo, ahora la situación ha dado un vuelco. Usted sabe tan bien como yo que la guerra lo cambia todo. —Y ahí paró, contento con esa frase final.

—¿Y por qué envían entonces a un chico a hacer el trabajo de un hombre?

Peter agitó un puño en dirección al auricular, pero mantuvo la voz tranquila.

—Soy parte de un equipo. Un gran sistema. Todo listo para empezar en cuanto le demos luz verde. —Tragó saliva, inspiró hondo y decidió que necesitaba sonar firme—. Oiga, ya ha visto mi carta, tiene que saber a estas alturas que se trata de una gran decisión política del gobierno británico. Le aseguro que no estoy tratando este tema a la ligera. Los engranajes están en funcionamiento. Puedo revelarle que se está montando un banco de pruebas en una ubicación especial ahora mismo, mientras hablamos.

Hoskins explotó.

—No necesito un banco de pruebas. Ya he demostrado que mi sistema funciona. —Lo dijo gritando y soltando maldiciones—. ¡Usted mismo puede verlo, por todos los santos! Hay líneas ya construidas por todo el Reich.

—¡Un momento! Siguen haciendo falta instalaciones de pruebas para probar cada nuevo vehículo cuando sale de la línea de construcción. Seguiremos a partir de ahí. De todas formas, si no le parece suficiente, *sir* Andrew me asegura que puede poner otras instalaciones a su disposición.

Se produjo un silencio y Peter decidió que tenía que acabar con todo eso.

—¿Le parece que no estoy siendo razonable? He intentado responder a todas sus legítimas preocupaciones a nivel práctico. Hay un gran futuro esperándolo, pero tenemos que ir dando los pasos uno a uno. Entonces, señor Hoskins, ¿está listo para unirse a nosotros?

—Tengo que pensarlo.

—Necesito que tome una decisión. Llame a Berna esta noche y hable conmigo otra vez mañana. Mismo teléfono, misma hora; le daré las condiciones definitivas y espero su respuesta. —Peter intentó que la despedida sonara a amenaza—. Piense bien cuál es su posición personal.

—Mañana es demasiado tarde —dijo Hoskins—. Los peces gordos del partido y sus séquitos estarán encima de mí para entonces. Demasiada gente. No podré hablar sin que haya ojos y oídos fijos en mí. A las diez de hoy. Y tendrá que darme algo mejor que esto.

Y después colgó.

Peter volvió al barracón a ver a Williams.

—Envía este mensaje —dijo y le pasó una nota manuscrita.

Williams lo miró con recelo. Tenían una norma: no utilizar la radio desde los almacenes, porque había peligro de que interceptaran las ondas. No querían provocar una búsqueda y que el distrito de Landsberger atrajera demasiada atención.

—Tendremos que arriesgarnos —dijo Peter—, si no, puede que toda la misión se nos escape de las manos.

Y se pasó las horas siguientes preocupándose sobre si Hoskins comprobaría lo del delegado de comercio ficticio y si habría alguien preparado en Berna con el guion adecuado.

¿Había ido demasiado lejos? Tal vez Hoskins ya tenía una cuenta bancaria en Suiza y sabría por el número de la suya que la que le había dado Peter era falsa. ¿Se había pasado y con ello había puesto en peligro a todos? ¿Cómo se veía venir el desastre?

Sintió una oleada de pánico. La imagen era paralizante: arrestos generalizados, niños gritando y la imagen de Claudia a merced de un grupo de sádicos en algún sótano de la Gestapo. Tragó saliva para contener las náuseas que le provocaba el miedo.

24

Los dos hombres estaban arrellanados en mullidas butacas, en silencio y observando a un tercero, vestido con pantalones bien planchados, chaqueta y guantes, todo negro, que estaba echándole carbón al fuego. Después dejó la pala medio llena junto a la chimenea. El hombre de negro se levantó para examinar su trabajo. Las llamas ardían bien, se dijo, y se estaba calentando la habitación. Satisfecho, se volvió antes de irse y al hacerlo miró por el ventanal que proporcionaba una vista algo reducida de los patos que nadaban en el estanque en medio de St. James's Park. Había una cierta belleza sutil en Londres en otoño, decidió.

Después le hizo una reverencia a las dos figuras calladas y se fue, cerrando la puerta con un clic definitivo al salir. El silencio continuó durante unos minutos hasta que una tosecilla fingida anunció el inicio de una conversación. *Sir* Stewart Menzies, que los conocidos pronunciaban «Mingis», también conocido como C, se irguió en el asiento mientras hacía girar en el vaso su whisky de malta favorito, saboreando los placeres que tenía por delante. Era su bebida preferida y estaba en su habitación favorita. Pero tenía que llevar a cabo una tarea desagradable.

Centró su atención en el otro hombre.

—He pensado que sería mejor alejarnos del clamor producido por los acontecimientos. Del ajetreo. Permítame prescindir del lenguaje diplomático.

Desde la otra butaca le llegó una risita.

—Prescinda, viejo amigo.

Esa forma de referirse a él era un poco exagerada. Dansey dirigía su propia célula exclusiva dentro de la organización de Menzies. Los dos hablaban muy poco.

—Edward, ha llegado a mis oídos que estás realizando una operación que, hasta ahora, era desconocida para el resto de nosotros. Y parece que los preparativos para realizar esta actividad dejan mucho que desear. Podrías habernos ahorrado a todos muchos problemas si hubieras utilizado los canales habituales.

—Ya me conoces. —La voz irritante que llegaba desde la otra butaca era como el ruido de clavos oxidados—. No me gustan los canales.

Menzies, que parecía un hombre de campo con su traje de tweed, hizo una mueca.

—Afortunadamente sí que te conozco y tengo que decir que esta operación tiene el sello de ese típico enfoque tuyo de cogerlo todo con pinzas. Sin la preparación adecuada y sin respaldo.

—¿Y cómo has concluido eso?

—Me acaban de llegar algunos detalles. Has enviado a dos agentes a territorio enemigo, ambos con una preparación inadecuada, y solo uno ha logrado llegar hasta la zona de operaciones. Sin armas y sin equipo. Y el otro... se ha quedado a muchos kilómetros con la radio. No hay contacto entre los dos en este momento, al margen de unas notas manuscritas que intercambian con la ayuda de ciudadanos enemigos.

—Alguien ha estado hablando más de la cuenta.

Menzies tosió otra vez.

—Nunca había oído nada como eso. No sé lo que va a decir el primer ministro al respecto.

—¿Es necesario que diga algo? ¿O que se entere siquiera?

—¿Y usted qué cree? —Menzies miró su vaso y añadió—: Aunque el objetivo de esta operación me parece encomiable, los medios no lo son tanto. ¿Qué preparativos se han hecho por si nuestro amigo ingeniero estadounidense decida cambiar de bando?

Dansey se levantó.

—Es muy poco probable, para ser sincero. Y el segundo hombre ha recibido las órdenes necesarias para deshacerse de él.

Menzies respondió rapidísimo.

—El gobierno de Su Majestad no realiza su política en el exterior… deshaciéndose de gente, como ha dicho usted.

—Eso es lo que me dijeron en el 38, cuando tuvimos la oportunidad de acabar con un tal Hitler. Era un pato de feria, si no recuerdo mal, allí asomado al balcón de la cancillería del Reich. ¡Y mira adónde nos ha llevado eso!

—Las recriminaciones no ayudan. —Menzies le dio un sorbo a su vaso—. He recibido varias quejas sobre esta operación. Del padre del chico y de una importante figura de la industria del trasporte.

El otro hombre gruñó.

—No quiero que haya gente interfiriendo. Tengo confianza en las capacidades del hombre que tengo en el lugar.

—No es eso lo que he oído. Dicen que no tiene agallas para luchar, que se niega a llevar un arma y que incluso dejó la suya en manos de un miembro francés de la Resistencia. Y no lo ha hecho muy bien hasta ahora, ¿no cree?

—Quiero un equipo reducido —insistió Dansey—. Siempre me ha parecido que cuanta menos gente haya implicada, mejor.

Menzies abrió las manos.

—¿Qué le puedo decir? —Y tras un momento preguntó—: Se lo pregunto de nuevo, ¿podemos comprar al estadounidense?

—Lo dudo.

—Entonces creo que necesitará un empujón. Habrá que elevar la cantidad. —C se incorporó en su asiento, abandonando totalmente su anterior languidez, y señaló con un dedo acusador—. Y, ya que estamos, creo que sus hombres en el lugar necesitan una ayuda extra. Y también usted necesitará ayuda en este asunto.

Peter se había pasado las horas anteriores preguntándose si el subterfugio que había preparado para Hoskins funcionaría y a las diez en punto subió las apuestas. Sabía que el hombre estaba sentado junto al teléfono, porque unos vigilantes ocultos cerca del despacho del jefe de cocheras le habían hecho la señal.

—¿Está solo?

—Por supuesto.

—Bien. ¿Ha hablado con Charles?

—Sí… Y él ha sido mucho más concreto que usted. ¿Creía de verdad que iba a caer con esa cuenta bancaria falsa? No, señor, pero lo hemos arreglado. Les he dado los datos de mi cuenta y ellos han subido la cantidad a setenta y cinco mil.

Peter tragó saliva. ¡Dios santo! Así que el delegado de comercio británico que se había inventado, el tal Charles Wightman, ahora era de carne y hueso y tenía la autoridad para soltar setenta y cinco mil dólares. Peter inspiró despacio. No puedes sonar sorprendido, se dijo. Tal vez Hoskins también estuviera mintiendo. Los dos podían jugar al mismo juego. Lo mejor era mantener viva la fantasía.

—Bien, me han actualizado unos cuantos detalles. —Peter llevaba horas inventando una nueva historia—. Charles está planeando montar unas instalaciones independientes en los talleres de locomotoras en la estación de Stratford, en Londres, uno de los más modernos que tenemos. Y tendrá a su disposición un pequeño grupo de empleados; hemos pensado que inicialmente podrían ser diez mecánicos y dos ingenieros adjuntos. El equipo se podrá ampliar según avance el trabajo. Además, tendrá un taller de dibujo totalmente equipado y el acero necesario se obtendrá cuando usted nos haga una lista precisa de lo que necesitará. —Nada podía parar la fantasía de Peter cuando empezaba—. Dirigirá usted un nuevo grupo bajo la denominación de Grupo de Planificación de la Vía Ancha, tendrá una casa con criado, su propio coche con chófer y, si todo sale bien, probablemente se le concederá el título de *sir*. Por ahora tenemos el laboratorio de pruebas, una flota de vehículos terrestres listos para trasportar los suministros y ya están fabricando los ejes para las vías anchas y juegos de ruedas para usted.

—¿Tamaño?

—Tres metros, claro.

—Un momento, ¿cómo sabe que no voy a cambiar de idea?

—¿Y por qué iba a hacerlo? Tras su éxito actual.

Peter oyó a Hoskins murmurar algo para sí. ¿Lo había adivinado? ¿O estaba asimilándolo? Una pausa.

—Sigo queriendo garantías de que voy a trabajar en la vía ancha —insistió Hoskins—, no en la antigua. Necesito saber si van realmente en serio. Lo quiero todo.

—Claro. —Ya no podía echarse atrás. Era el momento para que Peter jugara su última carta: el gran secreto del nuevo motor, como le había dicho Meyer en el vagón de cola.

—Tenemos dos cisternas esperando, una de hidrógeno y otra de oxígeno, y una docena de bombonas de gas disponibles para su uso inmediato —soltó, con ganas de impresionarle con sus conocimientos sobre la nueva tecnología de Hoskins—. Además del habitual mecanismo eléctrico auxiliar.

—¿Tanques? Necesito toda una planta de producción de gas para hacer funcionar esto.

Hasta la fértil imaginación de Peter se estaba agotando, pero Hoskins le salvó cambiando de tema.

—¿Y cómo se supone que tengo que hacer este cruce de la frontera?

De nuevo estaba pisando terreno firme.

—Todo seguirá como estaba previsto —aseguró—. Salga en el viaje inaugural el 25 y siga con el programa según lo planeado. No cambie nada. Después, en el momento adecuado, nos pondremos en contacto con usted y le daremos las instrucciones precisas.

—¿Su gente irá en el tren? ¿Cómo los reconoceré? ¿Llevarán algo especial, por ejemplo? Una señal de su identidad.

—Estaremos en el tren. Lo estaremos observando. Habrá unos ojos sobre usted durante todo el trayecto. Y en el momento preciso, le llegará un mensaje. Es lo único que necesita saber.

Una larga pausa.

—¿Está con nosotros en esto, señor Hoskins? Ya están ocupados con los preparativos en Londres. Estamos listos para que venga con nosotros, ¿está usted listo para subir a bordo?

Otra pausa.

—Muy bien, chaval. Veo que has estado trabajando mucho en esto y espero discutir los detalles concretos cuando volvamos a reunirnos.

—¿Eso es un sí?

—Claro. Por supuesto, es un sí. Estoy de acuerdo.

Peter colgó y se frotó la barbilla. ¿Era mentira o había sido sincero? Esa era la cuestión. Pensándolo bien, creía que Hoskins seguramente era sincero. El miedo a que le descubriera el grupo de personalidades que estaba a punto de llegar era de verdad y eso era una buena señal. Era normal que estuviera de los nervios.

Se le pasó por la cabeza lo que le había dicho Williams sobre el asunto:

—¡Ten cuidado con él! Te va a vender. Yo no me fiaría ni un pelo.

Había algo que le resultaba tranquilizador. La primera parte de la misión de Dansey parecía que iba a tener éxito. No había tenido problemas para conseguir los secretos de la nueva unidad de propulsión. Ya había utilizado su diminuta cámara para documentos para hacer una serie de fotos a los bocetos que Meyer le había dado, porque los planos eran demasiado grandes y difíciles de transportar sin llamar la atención.

Pero estaba la advertencia que le había hecho Meyer cuando Peter y él hablaron de Hoskins en el vagón de cola:

—Es muy hermético y esto solo son bocetos. Haga con ellos lo que quiera. Lo único que le puedo decir es que hace falta mucho hidrógeno.

—¿Hidrógeno? —Peter estaba completamente desorientado en ese momento.

—Muy inflamable. Peligroso. Ya ha quemado uno de los

talleres. Y supongo que sabrá que fue el hidrógeno lo que acabó con los dirigibles... ¿Recuerda la bola de fuego en que se convirtió el Hindenburg en el 37?

Pero el mayor obstáculo de todos era el propio Hoskins, había que admitirlo. ¿Y si el hombre se resistía o los traicionaba? El secuestro quedaba fuera de la cuestión. Para eso hacían falta recursos que Peter no tenía. Una ambulancia o un coche fúnebre, sugirió Dansey cuando le habló del tema en Londres. Pero tampoco es que hubiera sido de ayuda.

—Me temo que no podemos conseguir ni lo uno ni lo otro. Sobre el terreno hay escasez de recursos, seguro que lo entiende. Si queda en sus manos, podría robar un vehículo.

—¿De dónde, de un hospital? —exclamó Peter.

—Mejor una empresa de pompas fúnebres. Finja que es contagioso. A los alemanes les dan mucho miedo las enfermedades.

Entonces, igual que ahora, Peter había tenido que descartar la idea. Dansey era, con diferencia, el más fantasioso de todos los que formaban parte de esa operación. En cuanto a la otra opción que le había dado ese hombre, recurrir a las armas, ni hablar. Peter mantendría su promesa. No iba a ceder. Por algo había dejado la pistola en manos el miembro de la Resistencia del molino. La violencia seguía estando fuera de su ecuación.

25

Deberían estar aliviados y encantados. Anna había vuelto. La niñita había tenido suerte y la neumonía que sospechaban que tenía no había sido tan mala como pensaron en un primer momento y la enfermera Lister había conseguido devolverle la salud. La niña había vuelto a El laberinto.

Claudia, que no dejaba de retorcerse un mechón de pelo entre los dedos, sabía lo que iba a pasar cuando Peter se enterara de las noticias.

—Eso hacen veintiocho, uno más del límite. Sabes que no puedo llevar más. Hay una muy buena razón para ese límite: veintisiete niños y tres adultos. Es el máximo.

Los dos lo sabían: un niño tenía que quedarse atrás, renunciar, sacrificarse ante cualquier peligro que presentara la jungla cuando Peter realizara esa terrible destrucción del proyecto preferido de los nazis.

—¿Cómo se hace eso? —preguntó—. ¿Cómo le explicas a un niño que lo vas a abandonar, que le vas a retirar la protección mientras que los demás pueden irse? ¿Cómo envías a un niño de vuelta al horror de los sótanos?

Peter se encogió de hombros y parpadeó porque no tenía respuesta.

—Es lo que los dos temíamos. Antes o después tendríamos que enfrentarnos a este dilema.

Pero Erika reaccionó de forma diferente. Tenía una respuesta.

—No envíes a ninguno a los sótanos. Anna se va con vosotros y mi Dieter se queda conmigo.

Claudia tragó saliva, avergonzada, perpleja.

—Erika, ¿estás segura?

—Y si aparece otro niño abandonado el último día, que venga conmigo. Estamos haciendo planes —afirmó.

—¿Estamos?

—Dieter y yo. Llevo un tiempo pensando en esto. No podemos dejar a nadie en la jungla. Cuando Piotr haga su trabajo, se va a producir una represalia violenta increíble. Es demasiado peligroso que anden por aquí.

Claudia arrugó la frente.

—Pero tú me dijiste que Piotr cargaría con toda la culpa.

—Se ha vuelto demasiado serio. Las cosas se van a complicar por aquí. Tenemos que irnos. Nos trasladaremos a un lugar más seguro.

Claudia miró hacia las casitas de los empleados.

—Sabes que las esposas no pueden cuidarlos —dijo—. No pueden de repente adoptar a un niño crecidito, y menos uno de los nuestros.

—Todo es posible —insistió Erika—. Hay mucho movimiento dentro y fuera de los almacenes. Trabajadores trasladados a diferentes trabajos y sitios. Papeleo que se pierde. El ferrocarril es una red grande y compleja.

Claudia miró a su amiga, normalmente tan comunicativa, pero esta vez decidida a no decir nada más. Le había dado la espalda para centrarse en sus componentes y en esas conversaciones es mejor no hacer preguntas, lo sabía todo el mundo. Pero Claudia no pudo contenerse.

—Un misterio detrás de otro —comentó—. Un niño y tú. O tal vez dos niños y tú…

Erika no dijo nada.

El tren para la prueba, ahora terminado con la pintura brillante y todos los ornamentos en su sitio y las placas grabadas orgullosamente resplandecientes, se había enganchado por primera vez. Hoskins, Epp, Franz y su equipo de ingenieros estaban dentro, comprobando que todo estuviera listo para el viaje de prueba. La salida de Landsberger estaba planificada para las 19.36.

El viaje incluía un ensayo de la comida de celebración. Los chefs y sus ayudantes de cocina también estaban ya a bordo haciendo preparativos y no tenía ni idea de que a unos metros, detrás de los paneles de madera, Claudia estaba tumbada en una cama hecha de mantas ásperas y un saco de dormir que habían conseguido reunir durante las pasadas semanas rebuscando por todos los rincones de los almacenes.

Estaba sola. Peter quería haber hecho la prueba, pero ella se negó.

—Lo haré yo —insistió—. Quiero saber por lo que van a tener que pasar mis niños.

Cambió de postura, primero tumbada sobre un costado y después sobre el otro. La madera era implacable. El olor a madera nueva podría haber resultado tolerable si no fuera por la acre combinación de muchas pinturas y la capa de polvo que llenaba ese espacio reducido y con el aire viciado. Había ocultado su entrada utilizando una astuta recolocación de obstáculos. El taller era siempre un lío de maquinaria y equipamiento. El tiempo pasaba despacio, esperando la salida. Las voces se volvieron estridentes al otro lado de los paneles. Su posición, cerca de la cocina, estaba en uno de los escondites más grandes que Igor y sus carpinteros habían construido. Miró su reloj, esperando que se produjera la precisión de horario habitual, cuando notó un tirón fortísimo que la mandó, de cabeza, desde su refugio con las mantas hasta el otro extremo, resbalando sobre las tablas.

Se quedó muy quieta, temiendo que el ruido hubiera alertado a alguien en el otro lado de las tablas. Esperó. ¿Empezarían a investigar?

Estaba claro que se había adelantado la hora de salida. El tren comenzó a moverse. Eran las 18.44. Desde allí notaba el silbido de los motores, misteriosos ruidos como de arañazos y un suave balanceo. Suficiente para distraer a la gente de la cocina. La velocidad aumentó y el ruido de las ruedas pasó de zumbido a alarido.

Claudia dejó escapar el aire despacio. Por encima de todo ese barullo se oía de vez en cuando el choque metálico de las cacerolas y las sartenes. El personal de la cocina estaba claramente centrado en el trabajo del día. Tenían que preparar todo un menú, aunque esta noche no habría personalidades invitadas, solo los agradecidos empleados del tren. Se alegraba por ellos.

Volvió a pensar en Peter. Había querido acompañarla, pero ella insistió en que siempre existía el riesgo de que los descubrieran y que sería una idiotez que se arriesgaran ambos.

Repasó en su mente los últimos días de preparativos frenéticos: conseguir suministro para el viaje, lavar y arreglar a los niños con ropa y vendajes nuevos, abrigos y bufandas extra, materiales que sirvieran para amortiguar y la preparación de comidas ligeras para las horas de confinamiento.

El tren estaba cogiendo velocidad. A pesar del traqueteo de las ruedas, hacían más ruido los cocineros. Los utensilios de cocina no dejaban de entrechocar y alguien estaba intentando cantar fragmentos del *Ave María*. Una voz aguda parecía estar animando al personal para que se esforzara aún más. Había previsto el confinamiento y la incomodidad, pero no el altísimo volumen del ruido. El hecho de que estuviera tan abajo parecía magnificar el estruendo de las ruedas además de los silbatos y los pitidos de los trenes con que se cruzaban. Le sonó extraño cuando se colaron las lejanas campanas de una iglesia en ese verdadero manicomio. Volvió a aumentar la velocidad, lo que resultaba evidente porque se producía un balanceo más pronunciado. También le llegó un fuerte olor que solo podía provenir de una fábrica de quesos que estuviera junto a las vías, y el alarmante olor acre de algo que se quemaba; en algún lugar se estaba quemando un material maloliente.

El frío sería un problema para los niños. Las rachas de aire que entraban hacían que no parara de temblar. Los niños necesitarían más capas y alguna forma de aislamiento mejor. No podía pedirles más a las esposas; ya les habían dado lo que podían. Era obvio que tendría que ampliar la búsqueda, peinar todos los talleres y edificios anexos, intentar encontrar algo en otros almacenes. Ese era el mensaje que tendría que darles a Peter y Erika.

Empezó a desear que acabara la terrible experiencia para poder salir de allí, cuando todo estuviera tranquilo, y escabullirse sin que la vieran para ocultarse en los edificios anexos a los almacenes de Landsberger. Ya soñaba con un baño relajante. O incluso el simple placer de sentarse erguida en una silla.

Pero tenía que esperar a que surgiera su oportunidad y todavía faltaban varias horas para eso.

26

Habían quedado en reunirse en la cabaña del capataz, un anexo al edificio de máquinas construido con ladrillo y chapas de zinc. El almacén de componentes de Erika se consideraba un lugar demasiado arriesgado para los encuentros. Claudia estaba jugueteando con el guardapelo, enroscándose la cadena en el dedo y acariciando la superficie lisa del diminuto corazón dorado.

Su salida tras el viaje de prueba había resultado terriblemente tediosa y larga. Todavía tenía cardenales y estaba dolorida e irritable, pero ahora tenía muchas más cosas en que pensar que la necesidad de conseguir más mantas y material de aislamiento.

Hoskins se había puesto en contacto con ella.

La puerta se abrió bruscamente y cuando levantó la vista vio entrar a Peter. Ese era el momento en que debía ser más dura y más fuerte, se dijo.

—He tomado una decisión —dijo antes de que a él le diera tiempo a sentarse. Ignoró su cara de sorpresa—. Hoskins quiere quedar conmigo otra vez. No deja de invitarme para que vaya a sitios con él: a restaurantes, a su villa... —Puso cara de disgusto—. Y ahora quiere que vaya en el tren con el grupo de personalidades hasta Suiza.

Peter dio un respingo y después preguntó:

—¿Como invitada importante?

—Como su invitada personal, sí.

—¡Menudo problema!

Ella asintió.

—Si le digo que sí, ¿cómo podré estar con los niños y esconderme con ellos en los vagones?

Él lo pensó.

—Pero no puedes decir que no.

—Lo sé. Si lo rechazo, se molestará. Y necesitamos que siga estando de nuestro lado.

—Es cierto. Que estés allí con él… Puede ser algo a nuestro favor si surge algún problema durante el viaje.

—Por mucho que mi instinto me diga otra cosa, le he respondido que sí —reconoció—. Pero eso hace que tú tengas más presión a la hora de cuidar de los niños durante el viaje.

Peter se quedó en silencio un momento, analizando las consecuencias mientras ella pensaba en su papel como invitada de Hank Hoskins. Muy arreglada y a la vista de todo el mundo. Suspiró. No quería hacer vida social. Quería estar con los niños.

—Hay otro problema —dijo Peter—. Si yo también voy en los escondites con los niños, tendré la actividad muy restringida. No podré controlar lo que pasa.

—No hay alternativa.

—Pero no voy a poder salir de repente cuando se me necesite. Yo debería estar entre los empleados del tren para poder estar disponible en el momento necesario.

Claudia se encogió de hombros.

—Tendrás que estar entrando y saliendo cuando puedas.

Se quedó callado y ella empezó a pensar en el hombre sentado en la dura silla de plástico a su lado. ¿Hacía bien en confiar totalmente en él? Había conocido a su compañero, Williams, y en la conversación que mantuvieron él fue muy franco.

—Mi jefe está jugando con fuego y se va a quemar.

En opinión de Williams, Hoskins era una víbora, un colaboracionista con los nazis que estaba engañando a Peter.

Ese jefe del que hablaba, que estaba sentado a su lado, dijo:

—Tal vez podríamos llevar a Williams para que cuide de los niños.

—Creía que iba a ser el agente en el cine, que estaría allí para mantener a las personalidades alejadas de nosotros.

Peter suspiró. Se estaba retorciendo los dedos. ¿Era demasiado confiado ese hombre?, pensó ella. ¿Le superaba la situación? Esa idea llevaba latente en el fondo de su mente un tiempo, pero con la incómoda perspectiva de Williams resonando en su cerebro, empezó a pensar que realmente Peter parecía una extraña elección para aquel trabajo. Veía en él un gusto por la aventura, pero no tenía la implacabilidad necesaria. Tenía cierta inocencia infantil que le recordaba mucho a su hermano, pensó. Unos niños de mamá los dos.

—Supongo que podríamos hacer una rotación —sugirió Peter—. Comprobar todos los escondites cada media hora, por ejemplo.

—Es posible —concedió ella mientras miraba a su alrededor con cierto asco: la cabaña estaba llena de basura y había siluetas metálicas extrañas e inidentificables pegadas a las paredes. Había óxido, polvo, escoria y suciedad, que invadían todos los lugares de los almacenes y suponían un fuerte contraste con la limpieza espartana de su apartamento. Y como no podía soportar más esos sitios miserables y sucios que Peter le imponía en ese lugar detestable, hizo lo que nunca hacía, lo que se había dicho muchas veces que estaba fuera de toda cuestión.

Lo invitó a su casa.

Williams aceptó a regañadientes su papel inesperado como cuidador infantil. Les llevó a los niños comida, mantas, abrigos y sacos de dormir, pero carecía de la conexión lingüística de Peter y también de su repertorio de cuentos. Aunque le gustó descubrir durante su estancia en los almacenes que el tren de las personalidades era un queso lleno de agujeros. Y que había lugares en los que se podía esconder un cuerpo, que podría ser el de Hoskins.

Mejor todavía: los nuevos vagones incluían una enfermería con varios cubículos totalmente equipados para cualquier emergencia. Batas blancas para los sanitarios, botiquín básico de primeros auxilios, mantas, una camilla y más.

En la mochila de Williams había dos objetos especiales. Uno era su pistola, el otro, una funda en la que tenía una aguja hipodérmica grande y un vial de líquido cuya naturaleza exacta no conocía ni tampoco había querido saber.

—El suficiente para hacer que se sienta mal durante veinticuatro horas —le había dicho Dansey en Londres—. Eso debería ser más que suficiente para nuestros propósitos. —Y le dijo que se trataría de un caso de fiebre que habría que trasladar al hospital local. Pero una dosis triple podría ser fatal.

La conversación terminó con un guiño fingido y una referencia al secretismo y a que nadie más necesitaba saber nada de eso.

Con las cosas como estaban, ese era el «por si acaso».

Miró su reloj y pensó en la fecha de salida: el lunes 25. Quedaban dos días.

—Entonces Piotr… ¿O es Sepp? ¿Cómo es que has llegado hasta aquí? —preguntó con una sonrisa.

El humor de Claudia había cambiado. Parecía menos distante, más segura en la familiaridad de su casa.

—Peter, por favor —corrigió—. Ya sabes que los otros son mis nombres en clave.

—Peter —concedió ella y sonrió.

Encendió la radio. La Filarmónica de Berlín estaba tocando una sinfonía de Beethoven.

—Me interesa de verdad saberlo —insistió—. Estás aquí, en Alemania, en Múnich, metido en todo esto. ¿Cómo uno de los hombres de Winton se ha visto envuelto en un sabotaje militar?

Él sonrió.

—¿Tienes algo de beber?

—Perdona pero soy una tacaña en lo que respecta al café. Me lo guardo todo para mí. Es como oro en polvo para todos en este país, seguro que lo entiendes.

—Vale, será mejor que no te pida té entonces.

Ella buscaba en el interior de un armario.

—Jagermeister, aguardiente de manzana o zumo de manzana.

—¿Qué es lo primero que has dicho?

—Un licor de hierbas algo amargo.

—Me quedo con el aguardiente.

Mientras sacaba las copas, él miró el gramófono con su manivela y los discos. Las mejores orquestas y cantantes de ópera, como Christel Goltz y Heinrich Schlusnus.

—Todo muy intelectual.

—No lo soy del todo. Me gusta mucho *La viuda alegre*, de Zarah Leander, e incluso *Falling in Love Again*.

—Oh, la omnipresente Dietrich.

Después examinó su «receptor del pueblo», una de las radios de Goebbels que repartieron por miles y que estaban hechas de baquelita y cartón y tenía diminutas esvásticas en los diales.

—¿No puedes taparlas?

Ella negó con la cabeza.

—Es demasiado arriesgado —Y añadió, señalando al piso de abajo—. Fisgones.

A pesar de su familiaridad externa, seguía habiendo cierta distancia entre ellos. Peter sintió que estaba sometido a otro tipo de interrogatorio mientras estaba allí sentado en la silla de la cocina. Sabía que la primera visita a su piso era algo especial. Ella era muy celosa de su intimidad y había sido necesario entrar furtivamente para que nadie notara su presencia. Le dio un trago al aguardiente y, al ver su expresión intrigada, respondió:

—¿Por qué yo? ¿Eso es lo que me estás preguntando? Soy uno de los ayudantes de Winton, pero no soy exactamente lo que te esperabas.

—Cierto —reconoció—. Noto algo diferente en ti. De hecho, no me cuadra.

Se quedó desconcertado.

—¿Qué quieres decir?

—Que no me pareces el típico soldado implacable que tiene que cumplir su misión o morir.

—Tal vez —contestó—. Esa actitud no es algo natural en mí, pero estoy aquí en parte por mi formación como ingeniero civil. Conozco la tecnología de los trenes, he estado toda la vida rodeado de ellos, ¿sabes? De los convencionales, al menos.

Ella lo observó detenidamente.

—No sé por qué, pero no pareces un ingeniero tampoco.

Él se echó a reír.

—¿Y qué apariencia tiene un ingeniero? Te aseguro que es verdad. Mi familia lleva años en este mundo, es la salida natural y yo ya estoy prácticamente aceptado como aprendiz en los grandes talleres cuando acabe la guerra. Me he criado con eso; el ferrocarril está por todas partes en nuestro pueblo.

Ella asintió.

—Cuéntame algo de tu familia. Es otro mundo. Tengo curiosidad.

—¿Y la tuya? Es un intercambio justo.

Ella se encogió de hombros. No era una aceptación explícita, pero seguramente eso era todo lo que iba a conseguir. No sabía interpretarla muy bien y todavía se estaba preguntando si su presencia en ese piso suponía una mejora en su relación. Desde que había descubierto que ella era la heroína de Praga con el clavel rosa, se sentía intimidado. Y pronto se vio abandonando toda precaución y hablando de la casa familiar de los Chesham en Bury: de su padre, de sus contactos en la empresa y su carrera planificada de antemano; de su madre; de los *Kindertransports*; de los refugiados; de los muchos amigos que tenía en el teatro *amateur*; de las experiencias divertidas en el teatro que parecían irritar a su padre.

—Él no tiene tiempo para los escenarios, el vestuario teatral o los disfraces. —Peter se paró en seco al mencionar a su padre una vez más. No había pretendido ser tan abierto.

—A mí me parece que estás intentando compensar ahora una infancia dura. Intentas complacer a tu autoritario padre, pero necesitas la aprobación de tu madre en cuanto a las cosas que realmente te importan. Mira, te he visto con los niños, esos locos. Tienes un don. Las canciones, los cuentos. Tal vez deberías ser actor. O mejor, maestro, pero no ingeniero.

Él rio otra vez.

—¡Maestro! ¡Seguro que eso complacería mucho a mi padre!

—Todo ese fatalismo, la resignación ante el futuro... —dijo con tono casi enfadado—. Parece que vas a la deriva, impotente, hacia una carrera que no te gusta solo para contentarlo.

—Otra persona me dijo justo eso. Que entrar en los talleres sería como desaparecer en un agujero negro.

—¡Pues tenía razón! —Le señaló con un dedo convencida—. ¿A que fue una mujer quien lo dijo?

La sonrisa tímida de Peter lo confirmó y tuvo que reconocer que ella era perceptiva. Fue Gabrielle quien lo dijo. Recordaba cada una de sus palabras. El agujero negro, las mazmorras oscuras era como ella llamaba a la larga fila de cobertizos de madera mal iluminados que había junto a la estación. «No es eso lo que quieres», le dijo Gabrielle una tarde, cuando estaban mirando sus coloridas chaquetas. «Nunca más volverás a ser el centro de todas las miradas por tu elegante traje. ¡Olvídate de las blazers y los chalecos! ¿Trabajar en ese lugar lúgubre? ¿Con todos esos hombres aburridos con monos grasientos, pantalones enormes, manos sucias y uñas asquerosas? Nada más que caras mugrientas y axilas sudadas.»

Rio por lo bajo al recordar esa conversación y entonces se fijó en la expresión intensa de Claudia.

—Eres hijo único —dijo sin más. Era más la enunciación de un hecho que una pregunta.

—Ya no —respondió Peter alegre, vaciando el vaso—. Ahora que ha llegado la pequeña Hannah de Praga tengo una nueva hermana.

Esa mención a Praga hizo que Claudia se quedara petrificada.

—¿Y tú? —preguntó él—. ¿Por qué eres maestra?

Hubo un silencio.

—Supongo que también es una forma de compensación —contestó.

Él se encogió de hombros, confuso, pero ella apartó la vista y se levantó para recoger los vasos. Él supuso que hasta ahí iba a llegar. Seguía habiendo distancia entre ellos. Ella se mantenía contenida. Estaba construyendo un muro. Cuanto más quería acercarse él, cuanto más fuerte era la atracción hacia ella, más huía, se ocultaba y lo mantenía a raya.

¿Debería persistir?

El dilema sobre qué hacer después quedó resuelto de una forma que no esperaba.

—Malas noticias —anunció Erika cuando la hicieron pasar.

Los golpes en la puerta de Claudia les asustaron, hasta que tras las cortinas vieron que era Erika.

—He venido a avisaros de que no te acerques a los almacenes —le dijo a Claudia.

Al parecer Voss ya había actuado y había enviado a un fisgón para «ayudarla» con sus tareas.

—Lo he calado enseguida —explicó Erika—. Hacía demasiadas preguntas. Intentaba dejarlas caer como quien no quiere la cosa, pero le he sacado que alguien te ha visto por la calle de noche. Se han fijado en ti, Claudia, así que es hora de ser invisible. Que no te vuelvan a ver por los almacenes.

Claudia cerró el puño.

—El padre Ostler, seguro. Sabía que era peligroso. ¡Un miserable informador! No se puede confiar en nadie, ni en un cura.

—¿Y qué vas a hacer con tu soplón? —le preguntó Peter a Erika.

—Contarle una bonita historia. Quiere saber qué está pasando, así que le he ido dejando caer que son cosas del mercado negro. Le he ido dando pistas, muy muy pequeñitas. Mañana le diré que se trata de café, de auténtico Dallmayr, y que hay un gran cargamento que llegará el día siguiente de que vosotros os vayáis.

Nadie dijo nada. Todos consideraron las consecuencias y los peligros de que aumentaran las sospechas y los controles de seguridad y cómo iban a sobrellevarlo. Claudia tendría que utilizar un agujero que había en la alambrada de El laberinto. Un nuevo golpe en la puerta interrumpió el silencio.

Esta vez era el policía con ropa de civil; el agente Weber, el hombre que le había dado a Claudia aquel susto el primer día.

—¿Más problemas? —preguntó Erika.

—Me acabo de enterar. —El policía inspiró hondo. Había ido hasta allí bastante rápido—. Han cambiado el día del desfile ante el *Reichmarschall*. Lo han adelantado cuarenta y ocho horas, por un problema de agenda de Göring.

Claudia pareció afectada y se sujetó la frente con la mano.

—¡Oh, no!

Weber asintió.

—Me temo que sí. Es un problema. Los dos acontecimientos el lunes.

—¡El día de la salida! —exclamó—. No podré escaparme.

—Di que estás enferma —contestó Peter inmediatamente.

Ella negó con la cabeza.

—En el colegio me están vigilando. Son como tigres acechando una presa. Es muy importante para ellos, son unos maníacos, vendrán a comprobarlo. No voy a poder librarme con una excusa tan obvia.

Peter intentó tranquilizarla.

—No te preocupes. La hora de salida es muy temprano. Estarás lejos antes de que te echen de menos.

Claudia sacudió la cabeza una vez más.

—No lo entiendes. Ellos también empiezan temprano, no somos los únicos. Estarán llamando a mi puerta a las cinco de la mañana para asegurarse de que estoy preparada. Seguramente me acompañarán. No podré escapar. Van a por mí. Saben que odio este maldito desfile y me controlan sin descanso.

—Entonces quédate a pasar la noche en El laberinto —sugirió Peter.

No había forma de calmarla.

—Si los esquivo, sospecharán que tiene algo que ver con nuestro tren y vendrán a investigar. Tal vez fuercen la cancelación o un retraso. O registren el tren. —Volvió a sacudir la cabeza—. ¡Esto va de mal en peor!

Todos mostraron su abatimiento.

Entonces habló Erika.

—¡No os dejéis llevar por el miedo! —La confianza de una mujer que estaba acostumbrada a encontrar soluciones—. Ya se nos ocurrirá algo.

Solo quedaba un día.

Estaban arremolinados alrededor del fuego para cocinar en el vagón frigorífico. Le habían curado las llagas a Rápido, Águila llevaba los cortes vendados y ya habían terminado la cena: una sopa de patata más espesa de lo normal con trozos de pan. Claudia y Peter estaban allí y los niños estaban callados, expectantes. Habían detectado un propósito tácito en los adultos. Todos habían entendido que iban a hablar de algo.

Cuando dejaron los cuencos y terminó la comida, los ojos se dirigieron a Peter, pero fue Claudia quien habló.

—Tengo que deciros algo —comenzó. Era una declaración de propiedad. Esos eran sus niños y ese su momento, estaba al mando—. Quería que estuviéramos todos aquí para compartirlo. —Inspiró hondo, pero sonó casi como un suspiro—. Vamos a hacer un viaje. Un viaje largo y no vamos a regresar.

Silencio total. Nadie preguntó por qué ni adónde. La atmósfera estaba cargada. Los pequeños eran los únicos que no habían entendido que esa declaración iba a definir sus vidas y sus futuros, si tenían posibilidad de tener ambos. Toda su existencia confinada en El laberinto durante las últimas semanas había llevado a ese momento.

—Nos vamos de este lugar —continuó—, pero no es porque hayáis hecho nada malo. No, ni mucho menos. —Abrió las manos y mostró las palmas en un gesto conciliador—. Habéis sido estupendos, muy buenos manteniéndoos ocultos y en silencio. —Inspiró hondo de nuevo—. Pero no podéis seguir viviendo aquí en estas condiciones para siempre. Tenemos que intentar sacaros y llevaros a un lugar mejor.

Rápido fue el primero que recuperó la voz.

—¿Por eso hemos estado dando esas lecciones? ¿De inglés?

Claudia asintió.

—Tenemos que sacaros del país, porque no estáis a salvo aquí. Lo sabéis, ¿verdad? Todos tenéis buenas razones para saberlo.

Entonces se oyó una vocecilla, casi un lloriqueo. La pequeña Ingrid.

—No quiero irme. Tengo miedo.

—¿No podemos quedarnos? —Ahora era Anna, con expresión suplicante.

Claudia adoptó su actitud más tranquilizadora. La maestra que calmaba, que mantendría a todo el mundo a salvo. Una tarea difícil la de explicarles los peligros sin provocar un estallido de miedo.

—Me temo que esto ya no es tan seguro como era antes —explicó—. Hasta ahora nos ha ido bien, muy bien, pero según va pasando el tiempo, se vuelve más peligroso. Y eso significa que no podemos quedarnos. Y debemos irnos en cuanto estemos listos.

—Y ese otro sitio, ¿es un país enemigo? —intervino Rápido de nuevo.

—No para los que buscan refugio, como vosotros.

Otra voz: Rubita.

—¿Quién va a cuidar de nosotros en este sitio nuevo?

—Un grupo de mamás y papás que os están esperando.

—Yo quiero a mi mami de antes —dijo Ingrid—. ¿Por qué me ha abandonado?

Antes de que Claudia pudiera responder, Frieda preguntó:

—¿Y voy a poder tener cosas bonitas? ¿Y comer salchichas? ¿Y patatas fritas?

—Más o menos.

Águila tenía el ceño fruncido.

—¿Y cómo nos vamos a ir? Sin que nos vean y nos cojan, quiero decir.

Claudia sonrió y señaló.

—Piotr, que está aquí conmigo, os va a explicar eso dentro de un momento.

—¿Y a qué vamos a jugar? —Rubita quería saber detalles de su nueva vida—. ¿Podremos volver a ir al parque?

Y después siguieron los otros.

—¿Y volveremos a ir al cine? —preguntó Leo.

—¿Y a un colegio nuevo? —esta vez fue Napias.

Claudia abrió los brazos y sonrió.

—Sí, sí, sí... Y ahora os voy a llevar a todos afuera y os voy a enseñar un nuevo juego para un parque nuevo.

Peter, que había permanecido en silencio todo el tiempo, murmuró:

—Qué enigmático. ¿Y qué juego es ese?

Ella lo miró con una sonrisita pícara.

—¿Estás celoso? Uno del que seguro que no has oído hablar y del que no sabes nada.

—¿Y es...?

—El críquet.

Drexler pensó que se había apuntado un enorme tanto. Claudia no solo lo reconocía ahora, sino que se acercó a él en la sala de instrucción, donde ayudaba a organizar tambores y estandartes, todo listo para el gran día.

—Karl, tal vez te interese saber que unos amigos míos están organizando una fiesta.

Él sonrió. Lo que decía su expresión era: «Así que nuestra conversación en la sala de profesores a cuenta del guardapelo y el misterio de la foto del bebé ha fundido el hielo de la reina de las nieves, tanto que me ha traído hasta una invitación».

—¿Qué tipo de fiesta?

—Una celebración el día antes del desfile. Para conmemorar el gran día. Con cerveza. Mis amigos preparan una propia y quieren que la gente pruebe esa nueva receta.

—Este cambio de actitud es más que bienvenido.

Ella sonrió y lo miró con los ojos brillantes.

—Será algo muy diferente de lo que debes estar acostumbrado. Me han preguntado si conocía a algún catador voluntario que quisiera dar su opinión y he pensado inmediatamente en ti.

—Si vas a ir tú... —contestó.

—Claro.

El patio de Erika estaba adornado con tres cuerdas con banderitas rojas, negras y amarillas, un par de mesas de pícnic y un pequeño barril con un grifo y un cubo debajo, colocado sobre un caballete. Cerca había varias jarras normales y de un litro. Papa Koller y Hugo Schnee, de los almacenes, no habían necesitado mucha persuasión; ya tenían dos jarras llenas. Claudia estaba en una ventana del piso de arriba, vigilando para ver acercarse por Landsberger a su nuevo amigo. Había cumplido su otra misión: convencer a otro profesor en el que sí confiaba para que ocupara su puesto en el desfile a la mañana siguiente. Hubert Techtow, un historiador que hablaba con fascinación sobre la vida de Napoleón, rechazaba tanto como ella los mitos de la antigua civilización aria y las demás fantasías nacionalsocialistas. Claudia tuvo que contener una vez la risa al enterarse de que los niños de la clase de Techtow se pasaban toda la hora de instrucción jugando al fútbol. Pero lo más importante era que el comité de profesores no supiera que él iba a ocupar su puesto en el desfile hasta que fuera demasiado tarde y ya no pudieran reaccionar. Era necesario que la atención estuviera centrada en otra cosa.

Sus pensamientos quedaron interrumpidos por un grito.

—¡Ya viene!

Claudia fue a la puerta.

—Karl, qué bien que hayas venido.

Su sonrisa era amplia y abrió los brazos en gesto de bienvenida.

—Entra. Te voy a presentar a todo el mundo. —Cruzó con

él la casa hasta llegar al patio y lo dirigió a una mesa llena de salchichas, sartenes de patatas fritas y grandes botes de mayonesa.

—Justo lo que hace falta para empezar bien la noche —exclamó alegremente.

—Sé por qué estás haciendo esto —dijo entre dos grandes bocados—. Por qué de repente eres tan amable y has cambiado el tono. No quieres que lo cuente.

Ella se plantó delante de él, con las manos en las caderas.

—Hemos empezado con mal pie, Karl, y eso es terrible. Pero creo que ya es hora de empezar de nuevo. Los colegas deberían llevarse bien.

Una sonrisa maliciosa y después miró a su alrededor.

—No hay mucha gente, ni muchas chicas.

—Esto es algo especial —replicó Claudia—. Solo invitamos a tres catadores a la vez. ¿Quieres empezar? Es una cerveza negra con lúpulo y tiene un 8% de alcohol. ¿Podrás con ella?

—¡Claro que podré! ¡Ningún problema!

Ella ya sabía, por el agente Weber, su contacto en la policía, que Drexler y los camisas pardas fanfarroneaban sobre sus proezas a la hora de beber y de su capacidad infinita para beber la cerveza marrón oscuro, la *dunkel* doble especial de los cerveceros de la ciudad. Claudia accionó la espita, llenó una jarra de porcelana gris con la nueva cerveza y se la pasó con una gran sonrisa.

Drexler bebió, asintió con interés, bebió un poco más y volvió a asentir.

—No está mal. No está nada mal.

—Deja que te la rellene —se ofreció.

—Todavía no me lo has dicho. ¿Quién es el niño del medallón?

Ella no respondió, solo recorrió con un dedo la correa del cinturón tipo Sam Browne que le cruzaba el pecho, como si ahora aprobara ese uniforme que antes le daba asco. Después lo miró con una sonrisa resplandeciente una vez más.

Él dio otro sorbo, la viva imagen de la anticipación.

«Estás jugando a un juego peligroso», le había advertido Erika antes de la fiesta, pero Claudia estaba decidida. Necesitaba que Drexler fuera el centro de atención en el desfile del día siguiente.

—Puede que todavía lo cuente —dijo él maliciosamente, disfrutando del momento.

Claudia asintió, como si aceptara, y se volvió para rellenarle la jarra. Su cuerpo le tapaba el grifo mientras hablaba.

—Pero podemos ser amigos, Karl, ¿no?

—Oh, sí —dijo él, encantado—, podemos ser amigos.

En ese momento ella echó el contenido de un pequeño saquito lleno de polvo blanco en su jarra.

27

Se colaron en el tren como miniguerreros, de la mano, en silencio, sigilosamente, sin un susurro y sin dudar. Peter iba delante y había juntado las parejas deliberadamente: Rápido llevaba de la mano a Anna, Águila a Frieda, Guepardo a Walter y Napias a Leo. Cada uno de los líderes con uno de los niños más pequeños a su cargo.

Era lunes, 25 de noviembre, el gran día de la prueba de Hoskins. Empezó en la oscuridad anterior al amanecer, mucho antes de que nadie de los almacenes se hubiera despertado. Peter y Claudia sacaron a los niños de El laberinto en fila india; no se atrevieron a llevar linternas, así que tuvieron que guiar su camino por el tacto y sus conocimientos del terreno. Cruzaron el largo túnel bajo las vías y entraron por la puerta de atrás del despacho vacío del supervisor.

Peter miró un segundo por una ventana la silueta del nuevo tren resplandeciente, cerrado e inmóvil en aquel cobertizo inmensamente alto. Era fantasmagórico y, a diferencia de todas las demás ocasiones en que lo había visto, tan en silencio que helaba la sangre.

Igor, su colaborador en los talleres de los vagones, ya estaba en el despacho del supervisor. Habían limpiado el amplio suelo de los desechos habituales. Cuando los niños entraron, había líneas hechas con tiza que formaban filas que llevan a carteles de cartón. Cada uno llevaba un número, del uno al cinco.

Vestidos con gruesos abrigos y gorros y sujetando unas bolsas con unos bocadillos, se sentaron con las piernas cruzadas en el suelo, por debajo de la altura a la que estaban las ventanas. La orden era mantener silencio total. Nada de hablar y procurar que no se oyeran los pasos. Claudia se lo había repetido mil veces. Estaban todos bien preparados y sabiendo lo que tenían por delante, los escondites tenían nombres de animales, a los equipos se les había asignado un líder y todos tenían en la cabeza el premio final.

A una señal de Peter, Rápido y su equipo se levantaron y cruzaron en silencio una puerta, un pasillo, dejaron atrás un juego de ruedas y entraron por una trampilla abierta. Era el coche de equipajes. Ese equipo eran los Perros y el escondite número 1.

Rápido se metió primero, miró alrededor y decidió dónde se iba a colocar. Había trozos de la moqueta azul del *Breitspurbahn* para amortiguar y tiras de alfombra cubriendo el suelo de madera. Había suficiente fondo para que Rápido entrara a gatas y encontrara un sitio en el que podía usar una viga como respaldo. Le hizo un gesto a Anna para que le siguiera, le buscó un sitio y después fue Ingrid, que llevaba un saco marrón desvaído en el que había pinturas, libros con pasatiempos ilustrados, juegos y peluches; no estaba permitido nada metálico ni de madera. Fonzie, el gordo, fue el siguiente; él llevaba una bolsa con dulces y Rubita la de los bocadillos.

—¿Todo bien? —susurró Peter, mirando al interior desde fuera y estudiando las siluetas irregulares que tenía delante: nichos, rincones y huecos llenos de tuberías y cables. Su expresión era alegre y la actitud tranquila, pero las dudas por lo que tenía por delante empezaban a hacer mella en su resistencia. Los niños tenían un saco de dormir para cada pareja, las niñas pequeñas podían dormir dos juntas, y harían turnos para echar siestas antes de que el tren empezara a moverse. El viaje sería corto, pero la espera larga. ¿Lo lograrían? Anna consiguió sonreír un poco y saludar con la mano y Peter volvió a susurrar:

—Recordad: ni un ruido, silencio total durante todo el camino hasta que os llamemos, como os hemos pedido, ¿vale?

Ese recordatorio lo repitió en los cinco escondites. Le había preocupado que algún niño miedoso montara una escena, que se negara a entrar, que provocara un atasco catastrófico, pero estaba claro que Claudia les había inculcado suficiente disciplina como para evitar ese tipo de caos.

Rápido levantó el pulgar de las dos manos. Caras asustadas de personitas que intentaban ser valientes. Asentimientos a regañadientes.

Esos niños son duros, se dijo una vez más para tranquilizarse. Ellos lo conseguirían.

Cerró la trampilla, asegurándola con una llave maestra que le había dado Igor y que funcionaba en todos los escondites.

Repitieron la misma rutina silenciosa con Águila y su equipo Jirafa, que se metieron en el escondite a un lado del coche restaurante; Guepardo con los Gatos estaban en el vagón del cine; Napias con los Caballos en la sala de estar; y Topo con los Leones debajo de las cocinas.

Con todos los niños en su lugar, Peter se quedó pensativo. Claudia había hecho muy buen trabajo con la disciplina: había conseguido obediencia al instante en ese viaje. Había hecho todo lo que podía también con el aprendizaje útil para después de ese día, enseñándoles primeros auxilios, cocina, costura e inglés.

—Tienen que hablar el idioma de su futuro —había dicho—. Por desgracia este país ya es su pasado.

La operación se había organizado precipitadamente (la recolección de material y suministros, la limpieza y la higiene y el adecentamiento de los niños) mientras ella estaba bajo el escrutinio por los preparativos del desfile para el *Reichsmarschall* Göring. Había perdido horas de sueño, había estado llevando una doble vida y pasando muchas horas de las noches en El laberinto mientras que ocupaba los días en la escuela haciendo el papel de princesa aria que no iba a reproducir en público, vistiendo a toda su clase con disfraces de mentira y decorando la plataforma con los adornos absurdos de una historia falsa. Se sentía triste por no haber podido contarles a sus alumnos diurnos que no iba a estar en el desfile. Ahora, en el silencio que precedía al amanecer, Claudia se acercó y miró a Peter con el ceño fruncido.

—Estoy preocupada por Drexler —dijo.

—No te preocupes.

—Se va a montar un gran escándalo cuando descubran que he huido. Y cuando Drexler se despierte va a ser un oso enrabietado con un buen dolor de cabeza.

Peter sacudió la cabeza. Habían dejado al antagonista de Claudia inconsciente la noche anterior, tumbado entre los tambores y las banderas en el almacén de la escuela. Lo habían llevado hasta allí cuando estaba oscuro, utilizando un furgón de paquetería del ferrocarril.

—No va a venir a por ti, ni tampoco va a asistir a ningún desfile —aseguró Peter—. Y toda la furia caerá sobre él por haber estropeado el gran día. Erika me ha asegurado que estará fuera de combate muchas horas. Es una mujer muy lista, Erika…

Se sentía vacía. Hueca y consumida por los miedos. Impotente e incapaz de ayudar a los niños ahora. Claudia siempre había pensado que iría con ellos en los escondites para compartir la dura experiencia, aplacar sus miedos y calmarlos durante su largo confinamiento. Pero le habían obligado a hacer otro papel: el de invitada de Hoskins.

Salió del cobertizo sabiendo que pronto llegarían Hoskins, Franz, Voss y su equipo de ingenieros para comprobar que todo estaba preparado. Poco después el personal del tren ocuparía sus puestos: los conductores, los camareros, los peluqueros, los barman de la zona de cócteles, las enfermeras y una horda de personal auxiliar. La salida de Landsberger estaba programada para las siete. Y durante todos esos preparativos los niños debían permanecer en silencio. ¿Podrían hacerlo? ¿Estaba esperando demasiado de ellos?

Pensó también en la despedida con lágrimas de Erika la noche anterior. Se abrazaron durante varios minutos, cada una a punto de embarcarse en un viaje azaroso e inseguro. Cuando pensaban en todo lo que habían compartido (los riesgos, los esfuerzos, el intenso compromiso) les parecía un giro cruel del destino que no fueran a volver a verse. Pero dado el ambiente tóxico que envolvería los almacenes al día siguiente, ambas lo aceptaron y no lo mencionaron. Aun así, Claudia seguía intrigada por la implicación de su amiga en lo que iba a suceder «al otro lado de las vías» y por el misterio de cómo iba a huir. Y esa huida no se limitaba a Erika y Dieter; había dos abandonados más, andrajosos y mal alimentados: Rosa, una adolescente que había estado viviendo bajo la escalera de una torre de agua y Alfred, de nueve años, que se ocultaba dentro de los arcos de un túnel del ferrocarril. El comentario que había hecho Erika cuando se separaron fue: «Solo vivo para ver el día en que acabe esta pesadilla».

En ese momento Claudia iba de camino a la estación principal de la ciudad para unirse al selecto grupo de invitados importantes. Nunca antes se había mezclado con una compañía así. ¿De qué hablas con los funcionarios de un régimen que detestas? Todavía tenía miedo de las repercusiones que iba a tener su ausencia en el desfile de Göring. Y también estaba Hoskins, un hombre agradable con el que había cenado en el Café Luitpold, delante del que expresó su preocupación por «las víctimas del sistema», pero que seguía dedicando sus enormes poderes al proyecto del *Breitspurbahn*. Se preguntó si él seguía confiando en ella o si habría adivinado su conexión con Peter.

Inspiró hondo, intentando calmar sus nervios. Todavía llevaba el guardapelo y no hacía más que retorcerlo entre los dedos.

Se había instalado una sala VIP especial en la *Hauptbahnhof* para que ese grupo tan insigne pudiera subirse al tren en la terminal de la ciudad, después de haber cambiado de vía tras salir de los almacenes. Claudia pasó por delante de todos los carteles de «privado» y empujó la puerta de la sala llevando su sombrero con el clavel y su único vestido de fiesta: el morado con el brocado de color crema y lila, el que se había puesto para cenar con Hoskins en el Café Luitpold. Dentro de la sala todo eran dorados y paneles de madera oscura. Al principio no reconoció a nadie. Había camareros uniformados sirviendo bebidas y ella cogió una, aunque solo fuera para dar el pego.

Entonces vio a Hoskins en el centro de un nutrido grupo. Todos lo escuchaban con atención mientras hablaba.

Ella se acercó al grupo y Hoskins la reconoció. Reaccionó muy rápido y se zafó de la conversación inmediatamente. Las caras se giraron y los ojos se fijaron en ella mientras él se acercaba. Vio fugazmente miradas frías, otras apreciativas y alguna de celos ante una mujer tan joven y esbelta.

—Qué maravilla —dijo, sonriendo de oreja a oreja y poniéndole una mano en el brazo—. Me alegro mucho de que hayas venido.

Ignoró a los demás y a él le dedicó una de sus sonrisas tristes.

—Es precioso el vestido —halagó—. Y el sombrero.

—Ya lo habías visto antes —reconoció en voz baja—. Es lo mejor que tengo, solo soy una pobre maestra.

Alguien le hizo a Hoskins una pregunta y él miró hacia otro lado para responder.

—¿Y quién es usted? —Esa exigencia imperiosa se la estaba haciendo a Claudia una mujer grande que lucía una profusión de abalorios, pulseras y collares que tintineaban. El tono implicaba que, si no era una intrusa, como mínimo era alguien que no encajaba allí.

Hoskins interrumpió su conversación y rodeó a Claudia por la cintura con el brazo.

—Es una amiga especial y mi invitada personal hoy —contestó.

La mujer puso cara de entender la situación y Claudia tuvo que apretar los dientes. No le gustaba el papel que le habían impuesto.

Pero ¿por qué le importaba a esa gente si él era su protector? Se sintió aliviada al ver que él parecía entusiasmado al recibirla, pero seguía teniendo sus dudas. ¿Habría visto la luz? ¿Sospechaba de ella? ¿Desertaría… o los traicionaría?

Peter se mantuvo bien oculto entre las sombras durante la salida solemne de la estación principal de la ciudad. El tren, la nueva locomotora de hidrógeno de Hoskins, estaba adornada con banderitas rojas, blancas y negras y con una bandera gigante con una esvástica. Al compás de una banda que tocaba música de Schumann, el gobernador de la provincia cortó una cinta. Toda la estación estaba adornada con carteles que proclamaban el viaje inaugural internacional del flamante *Breitspurbahn*.

La mayor parte del personal se unió felizmente a la fiesta de bienvenida para lucir sus nuevos y elegantes uniformes (una chaqueta de un rojo vivo sobre un chaleco azul oscuro), pero Peter, consciente de la fuerte presencia policial, estuvo todo el rato de espaldas, comprobando botones y equipamiento. La seguridad tenía centrada toda su atención en el edificio de la estación y la multitud de espectadores. Estaba claro que el propio tren, con su lista de invitados tan controlada, se consideraba seguro, pero Peter todavía tenía que tener cuidado con Voss y Franz, que iban a subir a bordo. Se sintió aliviado cuando sonaron los silbatos y el tren empezó a moverse. Con todo el grupo de personalidades nazis a bordo, salió de la estación con mucha pompa. Notó el leve balanceo cuando el tren aumentó la velocidad para salir de la ciudad cruzando los suburbios de la parte oeste. Empezó a patrullar por los pasillos, nervioso por si su cargamento humano escondido se había asustado por todo el ruido y la conmoción de la estación. Pero hasta entonces el régimen de disciplina impartido por Claudia parecía estar surtiendo efecto.

Miró por la ventanilla, consciente de que lo que parecía una velocidad moderada de tal vez unos sesenta y cinco kilómetros por hora seguramente era del doble o el triple. Miró su reloj y calculó. Había pasado por el despacho del Interlocutor para consultar los mapas y se sabía la ruta: a velocidad punta, si la alcanzaban (350 kilómetros hora, según decían) les llevaría menos de una hora alcanzar la frontera suiza. «¡Por favor, aguantad!», suplicó en silencio pensando en los niños.

Claudia pasó al lado de Hoskins por el pasillo. Esta vez su único contacto fue intercambiar una sonrisa y otra vez volvió la agonía de pensar si desertaría.

Ella recorría los pasillos escuchando, temiendo, esperando. ¿Cuánto podrían aguantar los niños? Pocos adultos aguantarían un viaje tan incómodo en un sitio tan estrecho, y algunos de sus niños tenían solo seis años. ¡Eran casi unos bebés! Menudo tormento les estaba haciendo pasar. Sacudió la cabeza, abrumada por la culpa, pero sabía que lo que tenía que hacer era mezclarse con los otros invitados y hacer su papel de favorita del ingeniero.

Se obligó a aparecer en el salón de las personalidades. Estaban todos allí, empapándose del lujo, el privilegio y el alcohol. Había camareros dando vueltas de un lado al otro del vagón, como si se tratara de una cinta trasportadora humana, sirviendo cócteles («pruebe este cóctel de champán, es lo último en Estados Unidos»), tarta de trufa con chocolate negro y pistachos y tartaletas de melocotón melba. Un pianista tocaba una melodía suave bajo el techo de cristal que inundaba el lugar de luz natural; el cielo parecía pasar sobre sus cabezas a gran velocidad, pero pocos parecían notarlo entre el tintineo de vasos y la animada conversación. Como detalle para los invitados había velas aromáticas y teteras de plata en una mesa auxiliar. La mujer del ministro de trasporte se estaba peinando en el salón de al lado, la esposa de su ayudante se acababa de arreglar las uñas y el propio ministro estaba un vagón más allá, sumergido en un baño de sales.

Claudia encontró una butaca vacía (se fijó en que le habían cambiado el tapizado: del azul estándar al rojo fuerte). La mujer grandota con los abalorios estaba en el centro de todo. Tenía el pelo rubio sujeto en un recogido muy alto y el exceso de pintalabios y colorete iba claramente en contra de las normas del régimen en cuanto a la moda. Pero la verdad era que la mayoría de las esposas de los nazis más importantes no respetaban esa norma. Todo el mundo lo sabía y no paraban de hacer bromas con eso. El ministro de propaganda, Josef Goebbels, se había visto obligado a despedir a su propia esposa de su puesto editorial en la revista de moda nazi porque ignoraba lo que ordenaba el partido. Ella prefería la moda de París.

Claudia miró con más atención. La rubia, que había oído

comentar en susurros que era la esposa del ministro encargado del ferrocarril, Fritz Todt, llevaba un vestido de noche muy caro con mangas murciélago y un gran lazo en la cintura. Haciendo ostentación de su riqueza y tan pagada de sí misma no se había quitado el sombrero de ala ancha ni los guantes de seda roja ni dentro del vagón, con el calor que hacía.

Todt era la verdadera estrella allí. Los equipos de trabajo que habían montado las vías eran suyos. En un extremo de la barra, con pinta de acorralado y observándolo todo como un halcón bajo sus cejas pobladas, estaba el representante personal del Führer, el *Reichminister* Rudolf Hess. Un verdadero inadaptado social.

Ella los fue observando a todos con el ceño fruncido. Teniendo en cuenta que estaba Hess allí, Claudia se preguntó por qué no había asistido también ese hombre grotesco al que tanto odiaba, el repugnante Göring. De repente lo entendió. Él, como principal representante de la aviación alemana, no se podía rebajar a glorificar un simple tren, por especial que fuera.

Claudia no intervino prácticamente en las conversaciones, aparte del necesario entusiasmo por la importante ocasión. Al final no pudo soportar más el contraste: tanto lujo frente al serrín y el implacable espacio reducido entre paneles de madera del escondite de sus niños. En cuanto la gente dejó de prestarle atención y miró para otro lado, ella se levantó y salió de allí.

Peter no podía quedarse entre las sombras para siempre. Tenía que actuar con normalidad, como parte del personal del tren, pasando por los pasillos, aunque eso le pusiera los nervios de punta. Mantuvo la expresión impasible, ocultando la aceleración de su pulso. Fuera de la seguridad del barracón de los almacenes y allí, abiertamente, bajo la mirada de los oficiales del partido, los invitados y el personal del ferrocarril, solo tenía su uniforme y su cambio de apariencia para protegerse. Tenía que confiar en la invisibilidad del nuevo atuendo y el extravagante fajín, esperando que los demás solo se fijaran en los colores vivos y no en el hombre. «Los trabajadores están deshumanizados, se convierten en parte del mobiliario», le había dicho su instructor en Fulbrough cuando hablaba de utilizar el trabajo de camarero como un buen disfraz. «Nadie se fija nunca en la cara, solo en el uniforme.» ¿El nuevo uniforme del *Breitspurbahn*, creado para promocionar el nuevo tren, también serviría? Peter se miró el chaleco, con las iniciales «BB» bordadas en dorado en la parte izquierda de la pechera y el fajín chillón. También se fijó en las grandes letras amarillas que anunciaban «B-B, el primer supertren del mundo» tanto en alemán como en francés.

Había convencido a Williams de que pidiera prestadas unas tijeras para que le cortara el pelo al estilo prusiano, pero no había más que pudiera hacer. Voss conocía su cara.

Fue caminando con decisión hasta el vagón restaurante, se detuvo en los dos extremos para registrar en su portapapeles las lecturas de los indicadores del freno de vacío, comprobó los paneles interiores con el medidor de vibración y apartó la mirada de las zonas de peligro. ¡No mirar a los ojos! Ni las caras. No había que despertar el interés de los curiosos o los suspicaces.

En vez de eso saludó con la cabeza a uno de sus nuevos colegas, el joven Otto, de Leipzig, un hombre demasiado cojo para poder incorporarse al ejército, y a otros miembros anónimos del personal, que le respondieron con una sonrisa y otro saludo con la cabeza. Era amigo de todo el personal del tren. Había estado trabajando allí la noche anterior, y en la fiesta del personal previa al viaje se había ido presentando como Sepp Bauer, el nuevo que venía de Stuttgart.

En el salón contuvo la respiración al oír las voces de Franz, Hoskins y Voss, aunque no los veía, mientras seguía con su fingida inspección, buscando fallos en el nuevo sistema y monitorizando el progreso. Lo que realmente estaba buscando eran señales de movimiento que llegaran de abajo. ¿Qué tal lo estarían llevando los niños en sus incómodos escondites de tan reducidas dimensiones? Lo más probable es que estuvieran aburridos, con hambre, cansados y asustados. ¿Claudia y él habrían sido demasiado optimistas en cuanto a lo que podían aguantar?

—¡Usted!

Peter tragó saliva, apartó la vista de los paneles y la fijó, reticente, en uno de los invitados que le estaba señalando con un dedo. Notó que agarraba el portapapeles con una mano que sudaba, porque la atmósfera en el vagón restaurante era cálida y algo bochornosa.

—¿En qué puedo ayudarle, señor?

—Otra copa de champán.

Peter asintió, se alejó y le pasó la petición al camarero más cercano. Cruzó por otro vagón de pasajeros, escuchando fragmentos de conversación sobre el café, el precio del azúcar y el alto número de divorcios. Después, otra vez en el vagón restaurante, todo estaba tranquilo, porque ya había pasado la cena, por lo que Peter decidió que podía arriesgarse a interrumpir su tapadera y dar tres golpecitos en un panel para comprobar cómo iban las cosas en el escondite de los Jirafas.

Un error. El panel se deslizó casi inmediatamente y del escondite salió un fuerte aullido infantil que le hizo dar un brinco. Acalló rápidamente el lloriqueo. Cuando se fijó para ver quién era, no le sorprendió: había sido la pequeña Frieda. Ella siempre estaba a punto de llorar.

—Me duele la espalda y quiero salir ya.

—Piensa en tu nueva mamá y tu nuevo papá —susurró Peter—. Te están esperando al final del viaje. Y quieren que seas una niña buena y te quedes aquí en silencio y a salvo.

Más lágrimas.

—Caramelos —le dijo a Águila, que se suponía que la tenía a su cargo, pero que ya parecía un padre harto de intentar calmar a una hija muy obstinada.

—¿Por qué tengo que ocuparme de ella? —se quejó el niño—. No me hace caso. Está así tooodo el rato.

—Es lo que tienes que hacer —contestó Peter, con más firmeza de lo que pretendía—. ¿Quieres que nos pillen a todos? ¿Que nos lleven, como hicieron con tus padres?

Águila negó con la cabeza y Peter se reprochó su duro tono.

Eran niños fugitivos que habían perdido a sus padres en unas circunstancias muy dramáticas. Se obligó a sonreír.

Pero entonces Águila se rebeló.

—¡Deberías hacerlo tú un rato!

Águila, cansado de estar a cargo de los Jirafas, ya no podía más.

¿Cómo responder a eso? A Peter le vino a la cabeza una sentencia que su instructor de Fulbrough le había dicho a los que se entrenaban para ser oficiales: «Nunca le pidas a nadie que haga algo que no puedes hacer tú al menos igual de bien, o preferiblemente mejor».

Peter miró a su espalda y después se metió en el escondite. Sabía que no iba a ser agradable, pero la realidad era dura. Se metió como pudo en el único hueco que quedaba, con la cabeza encajada bajo una viga.

Cerró los ojos para aguantar el momento de pánico. El ruido y la vibración eran insistentes. El chirrido de las ruedas se oía a solo unos centímetros; rechinaban y aullaban tanto que le aturdían los oídos. No podía apartar de su mente la imagen de las ruedas como una cuchilla o guillotinas. ¿Seguro que no iban a atravesar la madera? Ese escondite era una caja de truenos y tenía un efecto terrible sobre el cerebro. ¿Cómo podía haber sometido a los niños a eso?

Consiguió girarse para ver al resto. Ellos tenían más espacio, por suerte, pero Frieda seguía llorando, tenía la ropa torcida, un dedo con sangre porque se había arañado con un borde afilado y había pinturas y libros desparramados por todas partes. Peter se movió y consiguió erguirse. Buscó en sus bolsillos, encontró una chocolatina y unas cuantas galletas que había cogido de la abundancia disponible en la sala de las personalidades.

—Toma —le dijo a Águila—, a ver si haces un poco de magia con esto. Y cuéntale un cuento.

Águila no daba el perfil de cuentacuentos.

—Vendré a veros después y traeré más —prometió Peter. Todas las canciones infantiles que sabía se habían desvanecido de su cerebro.

Suspiró y salió del escondite al pasillo.

Se quedó petrificado.

Otto estaba en el pasillo, mirándolo como un conejo asustado.

Peter cerró el panel para ahogar los gritos de los niños, dejando encerrados a los Jirafas otra vez, y entonces se levantó y sonrió.

—No te preocupes. Son unos niños que se han colado. No pasa nada. Ya me ocuparé de ellos cuando lleguemos al destino.

Otto empezó a balbucear.

—Pero deberíamos avisar…

—Déjamelo a mí. No hace falta montar un alboroto.

—Pero no podemos ignorarlos y ya está.

Peter negó con la cabeza.

—No queremos causar una conmoción con todos esos invitados en el tren, ¿verdad? No han hecho ningún daño. No te preocupes. Tú no has visto nada.

Otto seguía dudando.

—No me involucres en nada de esto.

—No te preocupes —repitió Peter—. No pasa nada. No has visto nada —repitió, le dio una palmadita en la espalda para tranquilizarle y le obligó a girarse—. Aquí no ha pasado nada. Tú sigue como siempre.

La frustración de Claudia aumentó. Peter no aparecía por ninguna parte. Tal vez había entrado en alguno de los escondites. Quizá había algún problema.

Volvió al salón de las personalidades, revisando nerviosa todas las caras de los empleados, saludando y sonriendo a los que no conocía. La sobresaltaron unos pesados pasos detrás de ella y al segundo siguiente pasó a su lado Hoskins como una tromba, con una carpeta grande bajo el brazo.

—Ven y escucha esto —dijo al pasar con una fugaz sonrisa y mostrándole la carpeta, en la que pudo distinguir mapas y papeles—. Es algo interesante.

Dentro del salón de las personalidades se notaba una burbuja de energía y de emoción que envolvía a todos los invitados. Ahí estaba el maestro de ceremonias, a punto de alcanzar su mayor triunfo. Claudia se unió al grupo, aunque cada vez tenía más dudas. ¿De verdad ese hombre estaba a punto de desertar?

Pidió que se rellenaran las copas de champán, después hizo montar un caballete, como si estuviera en la escuela, y allí colocó un gran mapa de Europa continental. Mostraba las partes que controlaba Alemania y sus vecinos. Con un gesto muy dramático abarcó todas las líneas rojas del mapa. Dijo que representaba la nueva red del *Breitspurbahn*. Unos cuantos tramos cortos ya estaban construidos y operativos, pero quedaban empequeñecidos al lado de la gran extensión planificada, que iba desde Berlín por toda Francia hasta España; en dirección este hasta Moscú y Asia; y hacia el sur llegaba a Yugoslavia y Grecia siguiendo la antigua línea Berlín-Bagdad hasta Oriente Medio. Claudia recordó sus conversaciones en la sala de profesores con Techtow, el profesor de historia: Oriente Medio, la región que había causado tantos problemas en los últimos tiempos. Revueltas, revoluciones, guerras.

—Se están llevando a cabo negociaciones con nuestros vecinos para construir estas extensiones y, cuando se completen, podremos llevar una gran cantidad de personas, mercancías o incluso ejércitos a cualquier lugar en cuestión de horas.

Esa afirmación fue recibida con un aplauso educado. Hoskins miró las caras que lo rodeaban. Sonreía, pero Claudia creía que buscaba algo. Necesitaba la aprobación de su público. Sus miradas se encontraron.

—¿No es emocionante? —preguntó, y pareció que la pregunta iba dirigida directamente a ella.

Ella inspiró hondo y se dijo que tenía que seguir con su papel.

—¡Qué distancias! No puedo creer el alcance de todo esto. Es totalmente fantástico.

Varias caras se volvieron para mirarla. Ella esperaba adulación ante su presentación, o al menos el entusiasmo de los fieles al partido, pero solo hubo silencio por respuesta.

«Por eso me quería aquí. Esto es lo que esperaba de mí, que lo apoyara en público», se dijo.

—Un plan brillante —continuó con todo el entusiasmo que pudo lograr, mirando las caras impasibles que la rodeaban.

Hoskins salió muy decidido del salón, sin dejar de sonreír, con una declaración final.

—Hoy va a ser el día decisivo en el que convenceremos al mundo de que vea el futuro a nuestra manera.

En su ausencia, se produjeron unos cuantos murmullos muy serios. Ella miró el mapa de la presentación. La línea que iba a España estaba interrumpida cerca de Suiza y desviada a una zona de trasbordo en la frontera. Sabía que ese era su destino. También conocía las dudas que tenía Peter sobre el plan de Hoskins: ¿era creíble pensar que los suizos iban a cooperar? ¿Y Josef Stalin accedería? Y además estaban las dudas respecto a lo técnico: el aumento de tamaño presentaba todo tipo de problemas de ingeniería. Él le había contado que las locomotoras de vapor no tenían un buen rendimiento y utilizaban una cantidad desorbitada del precioso combustible.

Claudia oyó una conversación escéptica entre Todt y el ministro en voz muy baja, pero de contenido significativo. Ambos estaban de espaldas a ella. Oyó que Todt decía:

—No podemos permitirnos la electrificación, es demasiado cara y hace falta demasiado acero, que es necesario para las fábricas de armamento. —Dio una palmadita a la caoba de su asiento—. La clave para que esto sea viable es su nueva unidad de propulsión. ¿Funciona tan bien como él afirma?

Un encogimiento de hombros y un gruñido. O tal vez una risa ahogada.

—Hoy lo veremos.

Nadie le prestó atención. Le dieron la espalda. El apoyo entusiasta de Claudia claramente significaba poco entre los oficiales del partido, así que salió sin hacer ruido y buscó a Hoskins, porque estaba claro que él estaba embargado por la emoción. Su estado de ánimo era evidente. Estaba listo para la acción. Había tomado una decisión sobre qué hacer y ella necesitaba saber cuál era.

Lo encontró en el compartimento del centro de control. Estaba solo en su mesa, ordenando papeles y doblando planos. Levantó la vista.

—No estamos lejos ya —dijo—. Me estoy preparando para la siguiente presentación. Ante mi audiencia suiza. —Le sonrió y se levantó—. Gracias por lo que has dicho en el salón.

Era su oportunidad. Lo tenía para ella sola. Ya no era momento de sutilezas. Se estaban quedando sin tiempo. Había llegado la hora de ser directa, de detener el baile y arriesgarse a que él adivinara que ella era parte del plan de Peter.

—¿Has pensado en lo que te dije?

Hoskins frunció el ceño, desconcertado, así que pensó que necesitaba más información.

—Sobre las víctimas. De la colaboración.

Él sonrió.

—Constantemente.

—¿Y has tomado una decisión?

—¿Sobre qué?

—No soy yo quien tiene que decirlo.

—¿Qué tipo de decisión esperas?

Ella se permitió una leve sonrisa. Un poco burlona.

—Una mera maestra no es quien para sugerirle a un eminente ingeniero cómo proceder.

—Qué humilde. —Hoskins respondió con otra sonrisa—. Pero creo que tú tienes las cosas muy claras.

Una expresión socarrona, que podía ser una pregunta, una confirmación o ambas.

—¿No estarás casualmente en el mismo bando que alguien que quiere que me cambie de barco? —preguntó.

Habían llegado al punto de no retorno. El momento clave que significaba éxito o fracaso.

—¿Cambiar de barco? ¿Qué barco? No entiendo la expresión.

—¿No tendrás un amigo de otro país, tal vez?

—Qué cosas más extrañas preguntas.

La expresión juguetona había desaparecido.

—Claudia —dijo con una mirada dura y una expresión que trasmitía que hablaba en serio y que estaba preocupado—, estar involucrada en algo así sería muy peligroso.

Sintió una fuerte punzada en el costado. ¿Cómo podía mantener la calma, no responder? El silencio era la única respuesta posible.

—Quédate conmigo y no te pasará nada —aseguró con tono suave.

—¿No me pasará nada?

—Estarás a salvo de los vientos destructivos que a veces soplan por aquí.

Peter, agobiado por lo que estaba pasando en los escondites, cambió una mirada de urgencia con Claudia, esperando que ella compartiera con él la tarea de comprobar cómo estaban los niños. Encontró el escondite de los Leones junto a las cocinas y se quedó más tranquilo cuando Topo le aseguró que todo iba bien. Resopló y miró el pequeño mapa que llevaba en el bolsillo. A 350 kilómetros por hora era imposible leer los nombres de las estaciones en la vía estándar que había al lado o distinguir algún lugar significativo, pero creía que sabía más o menos por dónde iba el tren en su carrera por el territorio de la región de Alta Suabia. Habían empezado a velocidades moderadas hasta salir de los suburbios de Múnich, pero habían acelerado después. Suponía que solo quedaban diez o quince minutos.

«¡Aguantad un poco más, niños!»

Su tapadera era que estaba allí para mantener los pasillos vacíos, comprobar los indicadores del freno de vacío de los extremos de cada vagón y asegurarse de que los cocineros tuvieran los menús a tiempo.

Su otro gran problema era el *Oberscharführer* Voss.

El disfraz era una trampa. Un disfraz, si lo detectaban, provocaba un arresto inmediato. Voss, que era muy suspicaz, ya había fichado a Peter con el hombre de Stuttgart, así que los rellenos de mejillas y los bigotes eran demasiado obvios y peligrosos. Por eso tuvo que confiar totalmente en el elegante uniforme de la B-B y el fajín chillón y, en cuanto a su rostro, en el corte de pelo.

Pero no funcionó.

En el pasillo entre las cocinas y el vagón restaurante Peter vio a Voss acercándose y logró poner una expresión agradable e inocente.

—¡Tú! —Voss se paró en seco, con la cara enrojecida y señalándolo con un dedo acusador—. ¿Quién te ha dejado subir a bordo?

—Me han elegido. —Peter se tocó el fajín y fingió ser un miembro del personal orgulloso—. Soy un privilegiado.

Voss se acercó y miró fijamente a Peter.

—Ese corte de pelo no me engaña. Te reconocería en cualquier parte. ¡Y ese acento falso! Se suponía que ibas a volver a Stuttgart. No me gustaste desde el principio.

—Volví, pero los de las rotaciones pensaron que este trabajo se me daría bien, así que me mandaron otra vez y aquí estoy. —Al decir eso dio unos golpecitos con el extremo de su lápiz contra el portapapeles, inclinándolo un poco para que Voss viera la maraña de diagramas y tablas.

Voss lo ignoró.

—Tienes algo raro y voy a descubrir qué es.

—Oiga, solo hago mi trabajo —contestó Peter—. Querían alguien para una sustitución. Alguien se puso enfermo en el último momento.

Voss lo sujetó por la manga.

—¡Me da igual! No estás en mi lista. A este tren no se sube nadie que no esté en mi lista, porque no ha sido aprobado por la seguridad.

Peter se zafó, volvió a dar golpecitos en su portapapeles y miró a su alrededor frenéticamente. Justo a tiempo vio uno de los indicadores.

—Es esencial que vigile la presión del freno de todos los vagones. Es mi trabajo. Es vital para que el tren haga el viaje seguro. —Levantó la mano, señaló el cristal y escribió los números en su portapapeles. Números que no significaban nada para él, pero vitales de todas formas—. Es porque todo es muy nuevo.

Voss no se apartó. Parecía estar examinando cada centímetro de la cara de Peter.

—Tengo una sensación rara contigo, lo noto aquí, en las tripas. ¡Lo huelo! Ya te avisé de que no quería volver a verte, pero no te ha dado la gana de mantenerte alejado, ¿eh? Este lugar es demasiado sensible para gente como tú. Te vienes conmigo.

—Soy parte del equipo —insistió Peter—. Es absolutamente necesario que haga estas comprobaciones. Todo tiene que funcionar correctamente. Es esencial para la seguridad del tren. Y estoy convencido de que usted no quiere que algo falle ahora, ¿verdad, *Oberscharführer*? No precisamente hoy. No quedaría nada bien. Si ahora se produjera un fallo, podría estropear toda la operación.

Voss resopló.

—¡Te quiero fuera del tren!

Peter se giró y miró a su alrededor muy exageradamente.

—¡Ah! Ahí está. La siguiente válvula de presión. Tengo que ir a comprobarla. —Señaló al extremo del vagón y se fue en esa dirección, a realizar su supuesta tarea, dejando a Voss allí detrás, con la boca abierta y sin saber cómo reaccionar.

28

El destino de esa operación pendía de un hilo. Peter tenía segundos, minutos como mucho, para actuar. ¿Debería huir antes de que Voss volviera a aparecer con unas esposas? ¿Meterse en uno de los escondites o arriesgarse a seguir negando lo evidente?

Miró su reloj. Cinco minutos más para llegar, tal vez diez. Decidió que iba a ganar tiempo, que todos estarían distraídos cuando el tren parara y tuvieran que desenganchar. Iba a optar por la táctica de la liebre: salir corriendo en línea recta y después volver sobre sus pasos y esconderse cerca, donde menos esperar a su perseguidor.

Peter había sido un chico de una pequeña ciudad de campo. Sabía de persecuciones y, en este caso, eso jugaba a su favor. Se coló en un hueco detrás de la oficina de paquetería, lo bastante cerca para oír a Voss echando pestes. Era un arrebato estridente y a todo volumen, que no se reprimía. ¿Cómo reaccionaría Hoskins, si estaba a punto de desertar?

—¡Ese Bauer! —Una pausa—. ¡Lo quiero fuera del equipo! No se puede confiar en él.

Una respuesta en voz más baja. La voz de Hoskins.

—¿Cuál es el problema?

—Nos va a causar problemas. Lo huelo. Debería bajar en la siguiente parada.

—¿Tiene alguna prueba?

—Mi instinto. Lo sé. ¿Y cómo ha entrado en la lista? ¿Quién ha elegido a ese hombre y por qué?

—Una sustitución de última hora.

—Tiene algo que no me gusta. El acento. No es de Stuttgart. Parece extranjero. No se puede confiar en él.

La respuesta esta vez fue más alta, breve, brusca y definitiva.

—Habla con Franz. Él es tu hombre.

Peter inspiró hondo, desconcertado por la actitud de Hoskins. Si se mostraba tan desdeñoso como para quitarse de encima la responsabilidad sobre el destino de Peter y dejarla en manos de otro funcionario, ¿qué significaba eso? ¿Que no le importaba porque no tenía intención de desertar? ¿O era solo una forma de evitar la confrontación con Voss, jugando a escurrir el bulto dentro del sistema jerárquico?

Peter tenía todavía la imagen incómoda de las miradas astutas de Hoskins cuando estaba en el salón de las personalidades. ¿Lo había adivinado? ¿Había podido ver lo que había detrás del disfraz con el bigote y las gafas en su villa? Entonces pensó en la ropa que llevaba el estadounidense: una chaqueta de pata de gallo, una corbata roja estampada y unos zapatos Oxford de dos colores, blancos con la puntera marrón, que a Peter le parecían absurdamente extravagantes. ¿Era la ropa de un desertor? ¿O de un hombre que quería dar un espectáculo?

Los gritos habían cesado y ahora el siguiente problema sería la reacción de Franz. Peter empezó a repasar toda la información que había ido obteniendo sobre ese hombre, que claramente no era un oficial ordinario. Se decía que Franz tenía un estatus especial. Hablaba con la autoridad de ser el mentor, guía y reclutador del ingeniero estadounidense. Alguien había sugerido que contaba con el favor del Führer. Si era cierto, su poder era definitivo, capaz incluso de parar los pies a la mismísima Gestapo.

Estaban empezando a reducir la velocidad, se acercaban a su destino y no oía sonoros pasos de botas furiosas en ninguna dirección. Justo cuando pensaba que era seguro salir de su escondite, percibió unos pasos muy suaves afuera.

Contuvo la respiración y miró por una rendija.

Claudia.

Hizo un sonido bajito pidiendo silencio y se acercó para cogerle el brazo. Vio su expresión asustada y al minuto siguiente estaban los dos apretujados en aquel diminuto espacio.

—Tienes suerte —le dijo en susurros—. Franz acaba de poner la mano en el fuego por ti. Le ha dicho a Voss que tiene total confianza en la lealtad de todos los miembros de su equipo. Que ha hecho él mismo las comprobaciones sobre todos.

Peter resopló.

—¿Y Voss?

—Todavía está furioso, pero no puede hacer nada.

Peter evaluó rápidamente la situación.

—Así que Voss no tiene poderes ilimitados. Tal vez es incluso el de menor importancia en cuanto a rango policial.

—Todavía puede causar problemas —insistió Claudia—. Poner a Franz entre la espada y la pared.

Peter miró a Claudia fijamente.

—Si me pasa algo a mí, pídele ayuda a Williams. Tiene órdenes de hacer lo que tú le pidas.

—¿Sigue en el vagón del cine?

—Sí.

—Hay algo más. Creo que Hoskins sabe lo que nos traemos entre manos.

—¿Cómo?

—He intentado sonsacarle lo que iba a hacer. Me ha dicho que no me implique, que él me protegerá.

—¿Que te protegerá? —Una breve pausa y después continuó—: Eso significa que es un Judas. Eso de protegerte significa que me va a traicionar a mí.

En ese momento Peter notó un cambio en el ruido de fondo. Se quedaron callados para escuchar. El traqueteo de las ruedas continuaba, pero faltaba otro elemento. Durante un momento se quedó confundido y entonces se dio cuenta. No llegaba el sonido del vagón del cine; debía haber terminado la película. Ya no había música, ni tiroteos del Lejano Oeste ni diálogos. El *sheriff* había triunfado por fin y los cuatreros estaban en el calabozo.

—Williams estará cambiando los rollos —comentó—. Esperemos que lo que venga después les mantenga atentos durante al menos unos minutos más.

ϒ

Su hermano mayor, Emlyn, había sido proyeccionista y juntos habían pasado muchas horas en aquella diminuta habitación en las alturas del Rex, viendo las imágenes parpadeantes en la gran pantalla que había debajo. Mickey Mouse, el pato Donald, Roy Rogers, el Llanero solitario y esos duros *sheriffs* del Lejano Oeste. Recuerdos felices para Williams de su infancia en Aberdare. Estuvo a punto de echarse a reír. Ahí estaba de nuevo, proyectando más o menos el mismo material para el selecto público del coche del cine.

Miró por su mirilla. Todo iba bien. Estaban sentados en silencio, sin hablar, sin revolverse, embelesados por la pantalla y sin molestar a nadie. Justo como lo quería su jefe.

—Mantenlos ocupados —le había dicho—. Y callados. No los quiero deambulando por los pasillos.

Williams se había presentado voluntario por sus habilidades con el proyector. Aunque nunca había trabajado de eso, conocía la técnica. Un activo en el anonimato, así lo había definido Chesham. Un trabajo estupendo para un hombre que no hablaba el idioma. Consiguieron convencer al proyeccionista oficial de que se mezclara con el público. Volvió a mirar al auditorio a través de la pequeña abertura. Cuando le informaron de la operación le dijeron que Hitler estaba obsesionado con ver una película cada noche, y que le encantaba Mickey Mouse, *King Kong* y *La motín de la Bounty*. Y ahora sus esbirros estaban igualmente absortos, aislados del mundo exterior, haciendo caso omiso del progreso del tren y ajenos a lo que pasaba en los pasillos y el interior de los otros vagones.

Williams se incorporó. La película estaba llegando al final del rollo y él tenía que dejar de soñar despierto y ponerse a trabajar para cambiarlo.

Con mucho cuidado y sin apresurarse, para no cometer errores, se puso a su tarea.

ϒ

Desde su escondite, Peter y Claudia apreciaron nuevos ruidos. Pasos, lentos y cuidadosos y después voces femeninas agudas.

—Dios bendito —murmuró Claudia—, creo que es esa vieja horrible.

—¿Quién?

—*Frau* Todt. Exigente, cotilla, quejica.

Peter soltó una maldición entre dientes. Las voces empezaron a oírse más fuerte, chillonas e insistentes. Williams claramente no había sido lo bastante rápido cambiando los rollos para evitar la impaciencia de las señoras como *Frau* Todt y demás concurrencia, que ahora se oían perfectamente. Estaban cerca y por los pasillos, justo donde Peter no quería que estuvieran.

La voz quejumbrosa de una mujer:

—¿Qué es eso? ¿Esos golpes?

Una voz más aguda.

—Oigo ruidos raros ahí detrás. Algo que se mueve. Por aquí detrás… en alguna parte.

—Es ella —susurró Claudia.

Después una voz de hombre.

—Parece una legión de ratas.

—¡No puede haber ratas en este tren tan nuevo! —Era la voz de Todt de nuevo—. Es imposible, ¡si apenas ha dado tiempo a que se seque la pintura!

—¿No será algo mecánico? —aportó otra voz masculina.

El alboroto aumentó al oír pasos que corrían. Por la pequeña rendija Peter vio a Voss, recorriendo el pasillo y gritando:

—Lo oigo. Hay alguien moviéndose por aquí. Llorando. Quejándose. Antes en el salón y ahora aquí.

Era el momento de actuar. Peter entró en escena, con la intención de crear una distracción para evitar el desastre de la operación, pero Voss estaba como poseído dándole patadas a un panel, que se estaba doblando y cediendo bajo los golpes. Había astillas de madera volando, el recubrimiento de tela rasgado y se hizo un agujero… por el que salió una diminuta cara manchada de lágrimas.

—¡Fuera, fuera, ratas!

Era el momento de intervenir. Peter se acercó al panel roto.

—Deje que yo me ocupe de esto, *Oberscharführer*.

—¡Tú, Bauer! Has vuelto a aparecer como un fantasma. Debería haber sabido que tenías algo que ver con esto. ¿Estas alimañas son tuyas?

Peter se agachó delante del panel.

—Déjeme esto a mí —repitió—. Solo son polizones. Yo me ocuparé de ellos. No hace falta que cunda el pánico.

Pero no había forma de aplacar a Voss.

—¡Que los echen! ¡Fuera! Que alejen a estas alimañas de nuestros invitados especiales. Nos contagiarán algo. Esto es un escándalo. ¡Un sabotaje! Para estropear esta gran ocasión.

Peter se metió por el agujero y le hizo un gesto a la cara demacrada de Rápido, el líder del equipo de los Perros del primer escondite.

Voss estaba a punto de dar una patada.

—Voy a hacer que paren el tren y que os echen a todos.

Despacio, a regañadientes, Rápido salió, parpadeando por la luz. Las llagas de su cara suponían un fuerte contraste con la elegancia de los invitados. Detrás estaba la cara asustada de Ingrid, que empezó a sorber por la nariz.

—Deja de berrear, niña. Fuera todos.

Peter le sonrió a la tercera niña, Rubita, y se dio cuenta de la impresión que debía de producirles a los extraños: un abrigo demasiado grande con un trozo de cuerda sujetándolo porque no tenía botones. Tres niños vestidos de un abanico de feos grises, negros y diferentes tonos de marrón.

—Sinvergüenzas repugnantes —dijo *Frau* Todt—. ¿Cómo no le da asco tocarlos?

—¡Dios! Nos van a pegar algo —añadió su marido.

Peter los tranquilizó.

—No se preocupen. Me los llevaré a un vagón vacío en el otro extremo del tren.

Otro niño salió a la luz atenuada del vagón de los equipajes. Era Fonzie, el gordo, que parecía un poco menos desaliñado con un jersey esponjoso de muchos colores que una esposa con buen corazón se había pasado horas tejiendo.

—Deberían estar en la cárcel —amenazó Voss.

—Perdón —susurró Rápido—, se apagaron las luces.

Pero Peter lo ignoró y mandó salir a otro, una niña pequeña con lágrimas en las mejillas y que parecía a punto de echarse a llorar otra vez. Era Anna Bergstein, la primera submarino de Claudia. Siempre era difícil.

—Quiero a mi mamá. —Llevaba diciendo eso desde que Claudia tuvo que separarla de su madre. Aunque la habían lavado, Anna estaba pálida y demacrada por el largo tiempo que llevaba escondida en graneros y henares—. Ahí dentro es horrible. —Sorbió los mocos—. Hace frío, está oscuro y hay polvo. Y los bocadillos no estaban buenos.

Claudia se abrió camino hasta la parte delantera del grupo y se arrodilló para ayudar a los niños. Anna se abrazó a ella.

—Oh, pero si parece que la conocen —dijo *Frau* Todt—. ¿Y cómo puede ser eso?

Claudia levantó la vista.

—Es porque encuentran una cara amable —explicó—. Soy maestra. Estoy acostumbrada. Es una respuesta natural.

—Pero te van a pegar algo. Y te mancharán el vestido.

Otro movimiento hizo que se giraran las cabezas. Había llegado Hoskins.

—¿Qué es todo esto? —exigió saber.

—Polizones —dijo Voss todavía furioso—. Niños sucios y asquerosos, mal vestidos, mal cuidados y probablemente judíos por la pinta que tienen. Estaban escondidos detrás de ese panel.

—Yo me ocuparé de ellos —repitió Peter.

Hoskins miró espantado el panel roto y después a Peter con una sonrisa de reconocimiento en la cara. Le señaló con un dedo acusador.

—Oh, no pasa nada, comprendo la situación. Ya sé lo que está ocurriendo. —Rio entre dientes y volvió a señalar—. ¡Mala suerte, muchacho! Buen intento, pero tu farsa acaba aquí. Tu disfraz no me ha engañado ni por un momento. Has olvidado una cosa muy importante: no se puede cambiar la voz. Te he reconocido en cuanto has abierto la boca.

Voss pareció desconcertado y después enfadado.

—¿Qué significa esto? —No le gustaba nada no enterarse de lo que ocurría.

—No tengo ni idea de qué quiere decir —dijo Peter, encogiéndose de hombros.

Hoskins no apartaba la mirada de Peter.

—Me has tomado por tonto, ¿verdad? Nada de garantías por escrito, no querías planos, ni información, solo que me quitara de en medio para poder montar tu operación de huida.

Peter sacudió la cabeza con un gesto de perplejidad. No podía hacer otra cosa.

—Se equivoca. De verdad que no sé de lo que está hablando.

—¡Pues te voy a decir algo más! —Hoskins estaba disfrutando del momento, acosando a Peter e ignorando a sus invitados y a Voss—. Este brillante plan para el ferrocarril nunca habría podido hacerse en Londres, aunque tu promesa hubiera sido genuina.

Peter abrió los brazos.

—Me tiene que estar confundiendo con otra persona.

—No es cierto que los ingleses y los estadounidenses estén tan atrasados —continuó Hoskins—. Se darán cuenta muy pronto de que tengo razón, cuando muestre mi sistema ante un público internacional mayor.

Voss intervino en la conversación.

—Insisto, *Herr* Hoskins. ¿Qué hacemos con este hombre?

—Arréstelo inmediatamente, eso es lo que debe hacer. Es un agente británico que finge que ha venido a tentarme para que deserte y me vaya al oeste.

—¡Dios mío! —gritó Voss, abriendo la funda de la pistola.

—Pero no se preocupe. Es todo una farsa —añadió Hoskins—. Todo ha quedado al descubierto. Lo de la deserción era un truco. Este era su verdadero objetivo. Ayudar a huir a estos niños harapientos. La salida ilegal del Reich de esos vagabundos. ¡Qué romántico! Y patético.

Había recibido un golpe en un lado de la cabeza y varias patadas en la parte de atrás de las piernas. Y de repente sintió el acero frío e implacable del cañón de una pistola contra la oreja.

—¡Muévete! —gritó Voss, casi histérico.

Peter se quedó quieto, paralizado por el terror. Ese paranoico podría apretar el gatillo en cualquier momento.

—¡Muévete ya! —Otra patada en la parte de atrás de las piernas.

Peter hizo un gesto de dolor y cayó, pero sintió que lo empujaban y le daban otra patada para que se moviera. Se puso en pie como pudo y avanzó a trompicones.

La humillación definitiva, la última derrota.

Además no dejaba de oír los gritos neuróticos constantes de ese hombre

—¡Un agente enemigo! ¡Pues yo sé cómo tratarlos! Tenemos un tratamiento especial para vosotros.

Más patadas detrás de las rodillas, que lo hicieron trastabillar otra vez y más empujones mientras avanzaban despacio por el pasillo con el cañón metálico golpeándole dolorosamente la cabeza. ¿Le habría quitado el seguro? Se estremeció. Un golpe podía ser fatal. ¿Se estaría dando cuenta?

—¡Vale, vale! —murmuró Peter, intentando calmar su arrebato.

—¡Muévete!

La absurda procesión continuó hacia la locomotora. Entonces otra idea cruzó por la mente de Peter. Absurda, dadas las circunstancias. La ridícula charla de su padre sobre «el enemigo» y que no les gustaba el frío acero.

¿Y a quién le gustaba?

Para entonces se habían parado y Voss abrió una puerta de una patada. Agarró a Peter del cuello de la camisa, lo obligó a girarse y le empujó para que cruzara el umbral. Con otra patada lo tiró al suelo.

La puerta se cerró con un crujido. Oyó girar una llave y Voss le gritó desde el otro lado de los paneles de madera:

—¡Voy a volver!

—No tengas prisa —respondió Peter.

Miró a su alrededor. Era un vagón vacío sin ventanas. Se sentía magullado y ensangrentado, con el uniforme desgarrado y había perdido el fajín. Había tocado fondo. La misión, los niños… Todo destrozado. Era como un puñetazo en el pecho. Cerró los ojos y vio una imagen incómoda del ceño de Dansey cuando se enterara de su fracaso. Y después otra más sombría aún: un primer plano de la expresión de su padre.

Peter abrió los ojos y examinó lo que le rodeaba. Un espacio vacío, una especie de almacén, sin pintar, pero con una puerta muy bien cerrada. Era su pesadilla recurrente: estar sentado en una celda, esperando que viniera la Gestapo. Tragó saliva. Su única oportunidad era lograr salir antes de que volviera Voss. «Aquí y ahora», se dijo. No podía espera a estar encerrado entre ladrillos y cemento; debía atacar la carpintería de Igor.

Se puso a buscar el punto más débil. Sabía que los carpinteros habían sufrido una gran presión para terminar su trabajo a tiempo. ¿Se habrían saltado alguna fijación? Por la falta de acabados era obvio que los hombres de Igor no habían invertido mucha energía en ese compartimento. Tal vez no habían fijado bien alguna tabla o algún travesaño, eso esperaba Peter.

Buscó el panel más grande y con los dedos encontró una leve grieta, pero la madera era más resistente de lo que pensaba.

Tiempo… ¿Cuánto tendría? ¿Cuánto tardaría Voss en volver? La energía y la fuerza del pánico recorrieron su cuerpo. Intentó romper el panel con el hombro, pero era como darle golpes a un muro de ladrillos. Intentó darle patadas, sin resultado. Miró alrededor, vio una estantería de metal llena de todo tipo de objetos pesados y decidió usarlos como ariete. Tenía en mente la imagen de un policía utilizando una maza para romper una puerta. Se puso a bajar cajas, contenedores y cubos de pintura al suelo. Notaba mucha debilidad en las piernas. Necesitó un esfuerzo enorme para llevar la estantería hasta el panel. Reunió todas sus fuerzas, se sentó en el suelo con la espalda pegada a la pared opuesta y la estantería apoyada contra el otro extremo y utilizó toda la energía que pudo reunir para darle una fuerte patada a la estantería y que se estrellara contra el panel de madera. Sintió un dolor terrible en las piernas tras el golpe, pero la pared no pareció ni mínimamente dañada.

¡Otra vez! Más dolor, pero sin resultados.

Inspiró hondo. Otra patada, otro grito de dolor.

Fue a gatas a mirar de cerca el panel. Una pequeña rotura. Tragó saliva, recuperó su posición, cerró los ojos y le dio una tercera patada con todo el vigor de un hombre desesperado.

Y entonces cedió.

Cuando se restregó los ojos para enjugarse las lágrimas, fue a mirar el espacio que había al otro lado. En el cubículo de al lado había un montón de clavos sin usar y grandes trozos de madera esparcidos. Sí que habían tenido prisa los carpinteros.

Peter reflexionó. Voss era un loco paranoico, capaz de cualquier exceso y al que no se podía embaucar con buenas palabras ni persuadir. No se podía convencer a ese hombre con razonamientos ni con una buena historia. Cuando volviera, no había elección. La violencia física era el único recurso.

Claudia hizo lo que pudo para ignorar la ignominiosa salida de Peter y concentrarse en los niños.

—Claudia —preguntó Hoskins—, ¿conoces a estos desgraciados?

Ella levantó la vista.

—Yo los cuidaré —contestó—. Hay un compartimento vacío en el último vagón, fuera de la vista de todos. No te causarán problemas.

—Qué inteligente por tu parte. Ejercer el control de la situación de una forma tan natural. Una buena cualidad, ¿no crees?

Justo en ese momento el tren dio una sacudida y Hoskins se distrajo al instante. Se habían accionado los frenos. Hoskins miró su reloj.

—¡Casi hemos llegado! —anunció.

Claudia miró por la ventana y vio docenas de vías y vagones parados. Evidentemente estaban a punto de entrar en el almacén para el trasbordo que había construido especialmente el *Reichbahn* junto a la frontera suiza. Cuando el tren llegó a su lugar y se detuvo, vio unas vallas altas cubiertas con alambre de espino. Los invitados se ponían los abrigos, deseando bajar y dar comienzo a la fiesta que se había organizado para la ocasión. No tenían miedo de cruzar la frontera. Nadie iba a cuestionar la presencia de oficiales del Tercer Reich. El descubrimiento de un grupo de niños sucios era un asunto menor que se olvidaría inmediatamente. Iba a ser el acontecimiento del día que se admiraría desde una plataforma única con un mirador: una lujosa locomotora de vapor sobre un lago suizo. Fluiría el champán, tal vez habría delicias suizas, incluso caviar.

Voss había vuelto rápido desde el vagón de control, donde había encontrado un lugar en el que encerrar al prisionero. Y tenía muchas preguntas, por eso necesitaba que Hoskins le prestara atención.

—Ese hombre, *Herr* Hoskins… ¿Lo ha amenazado? ¿Sigue habiendo peligro?

—Ni mucho menos. Le seguí la corriente. Quería arrebatarle esta nueva tecnología al Reich… o eso me dijo. —Hoskins se encogió de hombros—. Pero no es ingeniero. Eran todo fanfarronadas. No me convenció con sus halagos. Sabía que era una trampa. ¿Se lo puede creer? ¿Quién en su sano juicio ofrecería setenta y cinco mil dólares sin la más mínima prueba?

—¡Un soborno! —gritó Voss.

—Una farsa. No tenía el dinero. Al parecer no era más que un embaucador.

—Tenemos que protegerlo a usted y al sistema —insistió Voss—. Haré los preparativos para que se lleven al prisionero y lo sometan a un interrogatorio adecuado. Sellaremos el tren. Y haremos una búsqueda exhaustiva.

—¡No! No hay tiempo —afirmó Hoskins agitando la mano—. No voy a tolerar ni retrasos ni que nadie se desconcentre. Tengo que llegar al punto ante el barco desde el que están mirando los suizos dentro de veinte minutos. Nada puede causar ni el más mínimo problema. ¡Ni un inconveniente, nada! Todo debe ir exactamente de acuerdo al horario, ¿entendido? Así demostraré la superioridad de mi sistema para que todo el mundo lo vea. Nada puede interponerse en mi camino. ¡Nada!

—Pero sigo pensando…

—Ya se ocupará de eso después. Mientras, Franz se quedará a cargo del tren en mi ausencia. Tendrá que obedecer sus órdenes.

29

Williams lo sabía. Había llegado el momento en que tenía que dejar de pensar en sí mismo como el número dos. Con su jefe arrestado, era el momento de ponerse al frente. El momento para la solución de Dansey, la opción de la Welrod. El momento de cumplir la promesa que le había hecho al jefe de los espías en Londres. Recordó la expresión inflexible de Dansey en el piso de St James's: no podía dejar escapar a Hoskins. Deserción o disparo.

Saber que ese momento iba a llegar era una cosa, pero tenerlo delante era otra. La pistola era un arma de un solo tiro y de corto alcance, utilizada en el Ejecutivo de Operaciones Especiales sobre todo para ejecuciones importantes, pero no podía utilizarla en medio de una multitud. Ni delante de un oficial de la Gestapo y un grupo de personalidades. Necesitaba que el hombre se quedara solo y que hubiera una posibilidad de escapar después.

Cuando Hoskins anunció que estaba a punto de salir de los almacenes hacia territorio suizo, Williams decidió que era su oportunidad. Siguió a su presa fuera del vagón y caminó rápido tras él hacia la parte delantera del tren. Cuando ya no quedaran personas ajenas tenía intención de llamarle para que se diera la vuelta, pero Hoskins le sacaba demasiado trecho. Antes de que alcanzara una distancia adecuada, el ingeniero ya se había subido a un coche y desaparecido de su vista.

Desalentado, volvió sobre sus pasos, pensando que su siguiente opción era liberar a Peter a tiros, si hacía falta.

Pero ¿cómo iba a poder hacer eso y sobrevivir lo suficiente para poder llevar a los niños hasta un lugar seguro?

—¡Cuádrese ante mí!

Voss estaba hecho un lío por culpa de la mezcla de emociones contradictorias: triunfo, indignación, odio, emoción. Obviamente había tomado parte en redadas y arrestos antes, pero eran sobre todo objetivos de medio pelo, viejos asustados, mujeres que lloraban y niños que gimoteaban. Nunca antes había tenido una captura así entre sus manos: un enemigo del estado de carne y hueso. Se preguntó cuál sería la mejor forma de maximizar su papel y su prestigio utilizando ese arresto.

Le había sorprendido la actitud del enemigo. No estaba abatido. Y seguía avanzando.

—¡Quieto! —ordenó.

Pero el agente enemigo no parecía acobardado ni dócil. Voss esperaba que sus órdenes a gritos lograran una obediencia inmediata, pero lo que estaba ocurriendo era extraño. Estaba acostumbrado a prisioneros cobardes y asustados. La gente a la que arrestaba la Gestapo no se comportaba así. La rebeldía era para él como un país extranjero.

De repente el agente se lanzó a por él. ¿Cómo podía ser?

—¡Detente!

Voss abrió la funda de la pistola. Pero no fue lo bastante rápido.

La mano derecha de Voss estaba sobre la pistolera. Peter corrió rápido y utilizó el extremo agudo de un trozo de madera, que llevaba escondido a su espalda. Apuntó a la zona del brazo derecho del hombre, desesperado por evitar que sacara el arma.

Voss se tambaleó. Peter no había acertado en el brazo, pero sí en la cara del oficial. Perplejo vio sangre en la mejilla y al hombre tocándose una herida justo debajo del ojo.

—¡Resistencia al arresto y agresión a un oficial! —Voss se

balanceó un poco y volvió a intentar sacar la pistola—. ¡Eres hombre muerto!

Peter se quedó impactado por lo que había hecho. Nunca antes había provocado derramamiento de sangre. Voss estaba inestable y lento, pero consiguió desenfundar la Walther.

Peter reaccionó y golpeó rápido antes de que pudiera levantar la pistola para disparar.

Otro golpe en el brazo le arrancó el arma de la mano a Voss. Debía de haberle quitado el seguro (o fue culpa de la fuerza de la caída), porque en cuanto el arma cayó en el umbral, se oyó una fuerte detonación y una bala se incrustó en alguna parte de los paneles de madera.

—¡Vas a morir por esto! —Voss se tambaleaba, pero seguía furioso.

A pesar de lo que le decía su instinto, Peter sabía que tenía que incapacitar a su enemigo, así que echó hacia atrás la improvisada porra para dar otro golpe..., pero se quedó petrificado, mirando el espacio que había detrás de él.

La expresión en la cara de Peter debía de decirlo todo, porque Voss también se detuvo y se giró.

Entonces los dos vieron la cara asustada de la mujer.

Voss la reconoció. Era la persona que estaba con esos niños vagabundos. La tal Claudia, con una expresión de alarma, y mirándolos a los dos desde el umbral de la puerta abierta.

Sus niños. Era lo único que importaba. No podía abandonarlos, y menos tan cerca de la frontera suiza y tan lejos de casa. No iba a dejar que el plan de huida terminara en un fracaso total.

Claudia se había quedado impresionada por el arresto de Peter. Era una lástima. Lo sentía por él, pero era un soldado. Conocía los riesgos. Sabía que Williams también estaba en el equipo, aunque no creía que pudiera salvar la situación a esas alturas, así que decidió que ella era la única que podía evitar el desastre.

Pero ¿cómo? Se puso a pensar. Actuar sola y simplemente

sacar a los niños del tren no llegaría a nada. No podrían salir de esa zona de almacenes de carga rodeada de alambradas. Peter sabría cómo hacerlo. Necesitaba liberarlo. Pero ¿qué podía hacer ella contra un oficial de la Gestapo como Voss?

Inspiró hondo. Personalidad fuerte, enfrentarse a la agresividad con agresividad y encontrar el eslabón débil. Tenía que haber una forma de debilitar su confianza. Sabía, de su tiempo en Praga, que todos los matones son en realidad unos cobardes que temen que los desenmascaren. Se había enfrentado a hombres de la Gestapo antes. ¿Cuál sería el miedo de ese hombre?

La respuesta surgió con facilidad. La vergüenza. Esa tenía que ser su debilidad: ¿por qué no estaba sirviendo en una unidad de guerra? ¿Es que tenía miedo? ¿Era un hombre débil que huía de la guerra?

Fue al pasillo y se dirigió al vagón donde Voss tenía su despacho. Tenía preparado su discurso. Cuestionaría su coraje; sugeriría ante cualquiera que estuviera por allí que trasfirieran a Voss a una unidad de combate. «¿Por qué un hombre joven y capaz está haciendo un trabajo de tan poca importancia como este?», acusaría. «Esta es tarea para un veterano herido. Mi abuelita podría hacer lo que está haciendo usted.»

Pero se paró en seco, asustada por un fuerte estampido. Parecía un tiro.

Aterrada por lo que eso podía significar para Peter, corrió hacia la puerta abierta.

Desde allí pudo ver a dos figuras estáticas, como si estuvieran en un cuadro: Peter con un gran tablón de madera y Voss, con la cara ensangrentada y los ojos desorbitados, ambos mirándola.

En ese momento bajó la vista y la vio. El arma en el suelo. A sus pies.

Voss se giró y fue hacia el arma.

Peter le gritó a Claudia:

—¡Cógela! No dejes que la coja él.

Voss se acercó, intentando hacerse con ella.

Todo el discurso que había preparado se desvaneció. Eso era elemental. Supervivencia personal. Instintivamente supo que Voss, si conseguía la pistola, los mataría a ambos.

Claudia se agachó, cogió la pistola y la sostuvo apuntando a Voss. Él interrumpió su avance con una expresión desconcertada que sustituyó a la anterior de determinación.

—Dispararé —advirtió ella.

Voss la ignoró, se lanzó a por ella y una vez más el instinto mandó.

Claudia apretó el gatillo.

Se quedó asombrada por lo que había hecho. El cuerpo de Voss estaba tirado, boca abajo, a sus pies. No podía creérselo. Para ella fue tan impactante como si acabaran de destripar a uno de sus pequeños. Se estremeció. Miró a lo lejos, contuvo la respiración y después inspiró hondo y rítmicamente. Le temblaba la mano, pero no soltó el arma.

Entonces miró a Peter. Estaba de pie, inmóvil, rígido por el shock. Ella entendió que él también había cruzado la línea, roto su tabú, porque se había visto obligado por las circunstancias a realizar una acción violenta.

Ambos se miraron varios segundos y después lo dos bajaron la vista para fijarla en el cuerpo caído frente a ellos.

Por fin Peter resopló y tragó saliva.

—No tenías elección —dijo para consolarla—. No debes sentir pena por él.

—No la siento.

Él sacudió la cabeza.

—Sé que te sientes mal por lo que has hecho, pero tenemos que ser pragmáticos.

—¿Has disparado a alguien alguna vez?

Peter la miró, alicaído.

—La verdad es que no.

—Pues entonces no sabes lo que se siente.

Él se agachó y empezó a levantar el cuerpo.

—Tenemos que llevarlo a donde nadie lo vea y lo más rápido posible.

Claudia asintió.

Entonces, mientras agarraba a Voss por los brazos, la miró y dijo:

—Has hecho lo único que era posible y me has salvado la vida. Y probablemente la de los niños también. Por su bien tienes que ser fuerte. No flaquees ahora.

—¿Me has visto desmoronarme alguna vez?

—Eh… no.

Peter soltó el cuerpo y le tendió la mano para que le diera el arma.

—Mejor dámela —pidió—. Para que no se dispare por accidente.

Ella ignoró su mano, levantó la pistola y apuntó hacia él.

Una expresión de total perplejidad apareció en las facciones de Peter.

—¿Qué haces?

—¿Tú eres otro Judas? —preguntó—. Primero Hoskins, ahora este. ¿Eres tú, otro? ¿Utilizas a mis niños como tapadera para tu operación de destrucción? ¿Es otro sucio truco para dejar tirados a los niños?

Peter suspiró.

—¿Cómo puedes pensar eso de mí? Claro que voy a sacar a esos niños, en cuanto…

—¡No! —gritó ella—. Ahora mismo. Lo vamos a hacer a mi manera. Los niños van primero. Primero, ¿me has oído? Antes que cualquier otra cosa.

Peter suspiró, dudó y después asintió.

—Vale, los niños primero. Pero ahora ¿me ayudas? Tenemos que llevarnos a Voss adonde no lo vean antes de que llegue alguien y dé la alarma.

Pero ya era tarde.

Williams estaba en la puerta.

—Vaya, Peter, ¿qué ha pasado aquí? He oído un disparo.

—No importa. —Peter estaba palpando la parte inferior de los paneles, buscando otro panel suelto—. Ayúdame a meterlo debajo de uno de estos…

Otro movimiento en la puerta.

Los tres levantaron la vista. Allí de pie, estudiando la escena, estaba el policía del ferrocarril que todos conocían como Franz, impasible con su uniforme, la mismísima encarnación de la autoridad.

30

Franz llevaba el uniforme inmaculado. Era el tipo de hombre que siempre permanecía imperturbable, pasase lo que pasase.

Peter empezó a balbucear.

—Esto no es lo que parece. Ha sido un accidente. El arma se disparó...

—¿Y entonces por qué todavía la tiene ella en la mano?

Peter cerró los ojos. Además de un agente enemigo, de repente estaba implicado en el asesinato de un oficial de la Gestapo. Ya podía oír el tirón de la cuerda de la horca en la explanada de un campo de concentración. Tal vez solo sería cuestión de días. En cierto sentido Franz resultaba peor que Voss. Estaba claro que era inteligente y por eso no podía utilizar un farol con él.

—No es una buena idea meterlo ahí —aconsejó Franz—. Olerá y lo encontrarán pronto.

Peter se quedó con la boca abierta. Esperaba que los arrestara. ¿Había oído bien?

—Llevadlo a la unidad de propulsión —ordenó Franz—. Acabará en el fondo del barranco, con el resto del desastre.

Peter frunció aún más el ceño. Miró al policía, perplejo, sin poder creérselo.

—¿Eras tú? —preguntó.

Franz asintió.

—Sí —confirmó él.

Pero antes de que pudieran continuar la conversación, aparecieron otras dos figuras detrás de Franz. Caras asustadas, atraídas por el ruido de los disparos. Peter reconoció a Otto y a otro miembro del personal del tren que le habían presentado, pero cuyo nombre no recordaba.

Franz fue el primero en reaccionar.

—Despejen la zona. Vuelvan a sus tareas. Ha habido un accidente y nos estamos ocupando de ello.

Otto no dejaba de mirar, petrificado. Parecía que había echado raíces en el lugar donde estaba y contemplaba el cuerpo de Voss con la boca abierta.

—El *Ober* no se encuentra bien —dijo Franz volviéndose hacia Otto—. Denle un poco de espacio, algo de dignidad, ¿me oyen? —Miró a Peter y continuó—: ¿Están preparados en la enfermería?

Necesitó un segundo, pero Peter logró reaccionar.

—Oh, sí. Están en ello. Van a enviar una camilla.

—¿Y esa mancha de sangre? —Solo consiguieron oír el leve susurro de Otto porque había mucho silencio.

—¡Idiota! —gritó Franz—. Es una mancha de pintura. Los pintores acaban de pasar por aquí, ¿o es que no lo ves?

Un silencio lleno de dudas. Después más órdenes de Franz. Una autoritaria lista de instrucciones: cerrad todas las puertas y ventanas, preparad el tren para el viaje de vuelta y reuníos en el vagón del cine en cinco minutos para recibir nuevas órdenes. Los dos curiosos cedieron ante la autoridad de la policía militar.

Peter estaba agachado sobre el cuerpo, porque no quería que los testigos notaran su cojera. Cuando se quedaron solos, Franz cogió a Voss por los pies.

—Bien. Vamos a arrastrarlo hasta la parte delantera.

Y sin cruzar ni una palabra más Franz, Williams y Peter medio arrastraron, medio cargaron el cuerpo de Voss a lo largo de un tren, ya vacío, hasta la cabecera del convoy. Peter tenía las muñecas llenas de sangre y notaba debilidad en las manos, así que los otros dos iban cargando con la mayor parte del peso hasta que por fin soltaron el cuerpo en el suelo de un compartimento vacío.

Franz se incorporó, suspiró, metió la mano en el bolsillo del uniforme y sacó una pitillera. Encendió un cigarrillo.

Tranquilo, demasiado tranquilo, decidió Peter. El aroma

que empezó a flotar le trajo algo a la memoria, un recuerdo anterior que no acababa de identificar. Le era familiar, pero no podía especificar por qué. De repente se dio cuenta. Fue su forma de dar órdenes.

—Esa voz… —dijo de repente—. La reconozco. La he oído antes. Tras una pantalla en el centro de control. Y cuando fui con el viejo Epp hasta el extremo del túnel…

—Eres un poco lento, ¿eh? —contestó Franz—. ¿No lo habías adivinado ya? Llevo cuidando de ti desde el día que llegaste con las manos vacías, sin armas, sin explosivos, sin plan y sin tener ni idea. No impresionabas a nadie. Ni tampoco eres muy listo. ¿Cómo crees que has podido llegar tan lejos? ¿Pensabas que había sido todo cosa tuya?

Peter estaba confundido. Y estupefacto por la calma con que había revelado ese giro de los acontecimientos. Su tono era tranquilo, como si traicionar a sus jefes solo fuera un asunto de rutina sin importancia. Franz tenía la cara imperturbable y agua helada en las venas.

—Pero ¿no vais a caer todos también por esto cuando el tren se estrelle contra el fondo de la garganta? —preguntó Peter.

—Claro, todos los que estén conectados de cualquier forma con el desastre acabarán ejecutados. O en un KZ, como mínimo. La venganza del Führer no tendrá límites. Hoskins lo sabe, se lo he advertido muchas veces, pero si no quiere escuchar mis consejos… Es cosa suya. Ya es mayorcito para cuidarse solo.

—¿Y tú?

—Yo tengo mi plan de huida bien preparado, gracias. Tengo a toda mi familia en Estados Unidos, así que no van a poder utilizar a nadie para vengarse.

En ese momento Franz dejó de ser el centro de atención. Peter y él miraron a Claudia. Estaba allí de pie, en silencio. Parecía petrificada. Y enferma.

Sabía que tenía que ser fuerte. Tenía que sacar a sus niños. Pero la pesadilla que suponía lo que había pasado en ese cubículo había hecho que la mente de Claudia se quedara paralizada. Nunca en su vida se había creído capaz de hacer algo así, ni siquiera de tocar un arma, mucho menos de usarla. Había acabado con una vida.

Todo había pasado muy rápido y no había tenido ni un segundo para reflexionar. Había sido una reacción instintiva. Entendió que lo hizo por necesidad y mantuvo la calma en el momento crítico, pero el shock no la había abandonado.

¿De verdad lo había hecho? Parpadeó, se sentía inestable. Extendió una mano para apoyarse en la pared.

—No es momento para dejarse llevar por los nervios —dijo Franz con voz dura—. Tiene una tarea de la que ocuparse.

Así que él lo sabía. Todo el tiempo había sabido lo que ella (y Peter) estaban planeando. Había sido el que movía los hilos siempre. Darse cuenta de eso la dejó impactada e incluso se sintió denigrada, pero a la vez y extrañamente, también le resultaba tranquilizador. El papel que había desempeñado Franz le hacía sentir mejor, menos sola, más parte de un equipo. Tragó saliva y se irguió, haciendo un esfuerzo enorme por recuperar su autocontrol. No era el momento de perderlo. No se había dejado intimidar por tipos como los del terrible terceto formado por Hobisch, Spindlegger y Kuhn en la escuela. Se lo dijo a sí misma entonces y ahora lo necesitaba más que nunca: ningún trabajador de los *Kindertransport* puede rendirse y salir corriendo en un momento vital. Sus pequeños dependían de ella.

Franz volvió a hablar.

—*Fraulein* Kellner, le sugiero que vaya ahora mismo a preparar a los niños para la siguiente fase del viaje. —Inspiró hondo—. Y también creo que querrá saber que todos mis amigos de Landsberger, los que tenían tareas importantes y por tanto están en peligro de sufrir represalias, en este momento están desapareciendo. Huyendo a los rincones más remotos del país. Por eso, *Fraulein*, haga lo que haga, no vuelva a los almacenes. Mañana no serán más que un nido de víboras.

Claudia lo miró, confusa.

—¿Sus amigos?

—La gente que usted conoce —aclaró.

—¡Ah! ¡Eso me parecía! ¡Erika!

—*Frau* Schmidt y Dieter estarán entre los evacuados, sí.

—Ahora lo comprendo —respondió Claudia—. Han sido usted y ella, ¿no? Todo el tiempo. Los dos estaban juntos en esto, dirigiendo el tinglado.

Su única respuesta fue la misma impenetrabilidad de la que había hecho gala desde el principio.

Durante un momento Claudia sintió un nudo en la garganta y se mordió el labio. Ya se había despedido de Erika y ese momento marcaba el punto final de su intenso viaje emocional. Habían conseguido muchas cosas juntas, sobre todo derrotar a las fuerzas de la oscuridad y salvar jóvenes vidas.

—Le deseo lo mejor —dijo—. Y un viaje seguro a donde quiera que vaya.

Y se volvió para irse. Cruzó el pasillo con el control recuperado y la mente centrada una vez más en lo que tenía que hacer.

31

Se parecía a un hurón. Un hombrecillo que no dejaba de encoger el hombro derecho, como si estuviera a punto de soltar un gancho, igual que un boxeador. Era alguien que claramente no tenía agilidad con las palabras, pero sí confianza en lo que hacía. No, más que confianza, pensó Peter; más bien era orgullo, hasta el punto de rozar la arrogancia.

—¡Definitivamente no!

El hombre miró a Franz y a Peter como si le acabaran de proferir el peor insulto de su vida.

—Yo soy el maquinista de este tren —anunció—. Siempre ha sido así, ese es mi trabajo como maquinista principal.

Franz lo miró con una sonrisa tranquilizadora.

—Bauer, que está aquí, ha recibido un entrenamiento especial para este viaje de prueba. Será solo hoy.

—No. Es mi trabajo —insistió. Después el hombrecillo señaló a Peter y preguntó—: ¿Y cómo ha sido ese entrenamiento que le han dado?

—Clasificado —contestó Peter—. No se lo puedo decir. Un secreto, ¿lo entiende?

—¡No! —Otra negativa con la cabeza—. Solo *Herr* Hoskins decide quiénes son los maquinistas. Y usted no es uno de ellos.

Peter le puso una mano en el hombro.

—Es demasiado arriesgado para usted. Esta parte del viaje en concreto, el bucle... Para eso he venido yo, para que no corra ningún peligro. Para mantenerlo a salvo.

Estaban separando la unidad de propulsión del resto del

tren mientras hablaban. Todos lo sabían: el puente temporal para la exhibición, que hacía un bucle, no podía aguantar el peso de todo el tren, sobre todo no con los enormes vagones que había diseñado Hoskins, así que la unidad de propulsión era el único vehículo que podría cruzar y además debía limitar mucho la velocidad.

Pero las palabras de Peter no surtieron efecto. El maquinista continuó negándose.

—Yo siempre he sido el número uno. Es mi trabajo. Mi deber. Mi día especial. Y estoy seguro de que no hay peligro... si el trabajo se hace bien y a la velocidad correcta.

Franz se apartó y se puso a mirar por la ventanilla de la cabina.

Peter, desesperado por salvar la vida de ese hombre, miró al conductor con expresión de súplica. Intentó embaucarlo, sonriéndole y preguntándole por su carrera. Mathias Adler encogió el hombro una vez más, encantado por fin de que reconocieran la importancia que él creía que tenía. Era un privilegio que lo hubieran escogido para ese trabajo especial, contó mientras hablaba de todos sus años trabajando en proyectos experimentales. El hombre estaba hinchado como un pavo, orgulloso pero inquieto, deseando ponerse en camino. Miraba con expresión resolutiva al bucle sobre el lago, con las manos sujetando con firmeza los controles.

—Estoy a la espera —dijo con voz muy seria—. Listo y esperando que me den vía libre para salir.

Peter se alejó hasta donde el hambre no podía oírlos y se enfrentó a Franz.

—No podemos dejarlo ir. Es un viaje suicida.

Franz se encogió de hombros.

—No se le puede convencer. Si le obligamos a bajarse, causará problemas. —Se encogió de hombros otra vez—. Un sacrificio necesario. Seguro que, como soldado que eres, entenderás que a veces hay que hacerlos.

—No, no lo entiendo. —Peter estaba atormentado por la ruptura de la promesa que se había hecho. Ya había habido una baja en esa operación—. No es esto lo que yo quiero.

Pero dieron la señal. Hoskins lo había exigido, el horario era fundamental y no podía haber retrasos. La unidad de propulsión recibió la luz verde.

Peter se apartó a regañadientes cuando la locomotora se alejó y siguió mirándola, horrorizado, hasta que la parte trasera del vehículo desapareció al doblar una curva, consternado por la escena que iba a suceder poco después: la locomotora descarrilando, el puente cediendo, la locomotora cayendo, el conductor gritando y el cuerpo sin vida de Voss, encerrado en el compartimento trasero de la cabina, cayendo con el resto del desastre y haciéndose pedazos sobre las rocas del fondo de la garganta.

Sí, la máquina acabaría destruida (y con eso estaría cumplida su tarea), pero pensar en la muerte innecesaria del maquinista lo paralizaba. Seguía en estado de shock y con los ojos vidriosos cuando oyó que Franz daba un grito de estupor.

—¡Dios mío! ¡Vuelve!

Peter no podía creerlo. La unidad de propulsión había logrado pasar el peligroso bucle, había completado el circuito y volvía a los almacenes, triunfante. El puente había resistido.

—Pero ¿cómo...?

—¡Creí que se lo habías advertido a los tuyos! —recriminó Franz—. ¿Es que no habéis podido hacer ni eso? ¿Quitar unos cuantos tornillos?

Peter tragó saliva. Sí, había enviado un mensaje por radio a Dansey dándole la fecha, la hora, la ubicación y los detalles del bucle. El jefe de los espías había tenido mucho tiempo para organizar la misión de destrucción. No era complicado: un puente de madera temporal seguro que no era nada del otro mundo para alguien que supiera lo que hacía. Otro fallo en el sistema de Dansey.

Peter hundió la cabeza entre las manos. Todo eso era una catástrofe... precisamente porque no se había producido el desastre esperado. Su fracaso se había convertido en el éxito de Hoskins. El final de todas sus esperanzas. Hitler triunfante, el resto de Europa comiendo de su mano y los peores miedos de

Gran Bretaña confirmados. Todos los esfuerzos de la Resistencia se habían quedado en nada.

A Peter le pareció que, por mucho que lo intentara, la desgracia le iba pisando los talones a cada paso que daba. Se hundió en una total y lamentable derrota.

32

A pesar de su desesperación, oyó las voces. Peter levantó la vista y vio a Adler, el maquinista. El hombrecillo ahora estaba mucho menos confiado que antes. De hecho hablaba atropelladamente.

—Tenía razón, *Herr* Bauer, ese bucle es una trampa mortal. He estado a punto de estropearlo todo al llegar allí.

—Pero lo ha conseguido.

—Por poco. Se tambaleaba y vibraba bajo el tren. Lo he notado. Ha estado a punto de desintegrarse. Tenía razón. No debería…

Peter lo rodeó con un brazo para confortarlo.

—Me alegro de que esté de vuelta.

El maquinista se lo quedó mirando, confuso.

—Tiene que tranquilizarse. Descanse. Vaya a la sala del personal. Ahora le llevo algo para que se sienta mejor.

Franz estaba al teléfono. Cuando colgó, miró durante un buen rato a Peter.

—Me acaban de llegar noticias desde el barco.

—¿Desde el barco? ¿Cómo? ¿Tienen una radio conectada a tierra?

—No, ha llegado un mensajero casi sin aliento en una barca de remos.

Peter sacudió la cabeza, aliviado por lo del maquinista, pero agobiado por todos los demás.

—Tenemos suerte —anunció Franz—. ¡Vamos a tener una segunda oportunidad!

Peter se quedó con la boca abierta.

Franz rio, burlón.

—Hoskins cree que ha sido un gran éxito. Una prueba fantástica. ¡Idiota! Quiere que la locomotora dé otra vuelta para impresionar al público, y esta vez más rápida.

—¡Loco insensato! —Peter estaba horrorizado y encantado al mismo tiempo. Y un segundo después, también preocupado. ¿Aguantaría el puente una vuelta más?

Franz interrumpió sus pensamientos.

—Le daré a Adler un sedante para que se quede dormido. Deberíamos estar agradecidos. Nos ha hecho un gran favor. ¡Vale! ¿Hoskins quiere velocidad? —En la cara de Franz apareció esa sonrisa que tan pocas veces mostraba—. Pues velocidad es lo que le vamos a dar.

33

Claudia estaba un poco temblorosa, pero ¿cómo no iba a estarlo? Había una lógica inexorable en los acontecimientos y, una vez empezados, ya no había vuelta atrás. Solo podían seguir adelante. Williams y ella corrieron por los pasillos desiertos. Había otros cuatro escondites que debían abrir. Los niños estarían inquietos desde que el tren había parado. Tendrían miedo y necesitarían que los calmaran.

Cuando pasaron junto al vagón del cine oyeron fuertes carcajadas que llegaban desde el interior. Era el momento de esparcimiento del personal y ya había empezado la sesión. Suponía un atractivo irresistible: algo insolente, prohibido, clandestino. Más adelante el tren estaba en silencio. Toda la atención de las personalidades estaba centrada en el lago. El tren descansaba y los almacenes dormían. Incluso mientras se preparaba para la parte final de la huida, tal vez la prueba más complicada, la mente de Claudia no paraba de darle vueltas a la revelación de Franz. Estaba atónita por el papel de Erika, que de un plumazo había pasado del estatus de mejor amiga al de figura envuelta en misterios e intrigas. Siempre le había desconcertado la ausencia de un compañero en la vida de Erika. Había hecho alguna pregunta sutil sobre el tema, que nunca le había llevado a nada. En su casa no había fotos, ni recuerdos, nada que indicara una presencia masculina. Ni siquiera una navaja en el armarito del baño. Erika era una mujer totalmente solitaria.

Y ahora sabía por qué. Había eliminado deliberadamente su pasado, lo había borrado para evitar que alguien pudiera encontrar algún vínculo si se producía un registro. No podrían encontrar ninguna prueba de nada.

¡Qué inteligente! Claudia reconoció lo silenciosamente eficaz que había sido la Resistencia. ¡Erika y Franz! Menuda sorpresa.

Peleas, empujones, patadas, conversaciones, risas y llantos. Los pasillos se convirtieron en un caos después de que Claudia y Williams recorrieran todo el tren abriendo trampillas y liberando a Águila del vagón restaurante, a Guepardo del cine, a Napias del salón y a Topo de las cocinas.

—¡Permaneced juntos! —ordenó Claudia cuando los niños salieron de los escondites, pero se estaban produciendo unos cuantos problemas serios entre ellos.

—¡No la soporto más! —Rápido no daba su brazo a torcer, aunque se suponía que los niños más grandes debían ir emparejados con otros más pequeños.

En un segundo Claudia los reorganizó y Águila se hizo cargo de Anna y Rápido se quedó con Frieda. Los más pequeños habían sufrido más por su prolongado encierro. Tenían los brazos y las piernas rígidos, les dolían los hombros y les rugían audiblemente los estómagos.

—Todos os sentiréis mejor cuando respiréis aire fresco. —Claudia puso su tono más tranquilizador—. En cuanto empecemos a andar, los brazos y las piernas se os pondrán mejor. Os duelen por haber estado mucho tiempo encajonados. Por eso va a ser estupendo salir afuera y alejarnos de este tren. Un verdadero placer.

Williams estaba en misión de saqueo, haciéndose con todo tipo de dulces y delicias de las cocinas y metiéndolas en un carrito de cartero que había sacado de la sala del correo. A Claudia le preocupaba que los pequeños no pudieran completar el largo camino que tenían por delante. La pequeña Frieda era la más vulnerable. Williams le sugirió que ese carrito podría servir como solución a ese problema más adelante. También se hizo con una improvisada eslinga de cuerda y una mochila grande vacía. A Claudia también le preocupaba el calzado y si los niños lo aguantarían. Llevaban lo mejor que habían encontrado en los almacenes, pero no tenía ni idea de las condiciones a las que se iban a tener que enfrentar; solo que tendrían que hacer un camino «campo a través». Los zapatos de salón que ella llevaba tampoco eran adecuados y además temía que su vestido llamara la atención en medio del campo.

Idearon sobre la marcha un sistema de recompensas: les darían huevos de chocolate por la tarde y habría más delicias para cenar.

No importaba ya que los niños estuvieran montando un escándalo, olvidadas todas las inhibiciones. El público del cine estaba cautivado por su entretenimiento privado. El único miembro del personal que encontraron afuera, Otto, estaba preocupado por «los problemas que vendrían después», cuando volvieran los jefes, pero lo calmaron rápidamente. No habría niños en el viaje de vuelta, le prometió Claudia; él solo tenía que negar que supiera nada de su presencia y, si era necesario, decir que «obedecía órdenes».

Tras un rápido recuento tuvieron que ponerse a atar cordones, cerrar abrigos, ajustar gorros, volver a unir a las parejas y formar una fila con ellas. Claudia fue al guardarropa de las señoras, volvió con su enorme sombrero y se puso al principio de la fila. En el ala llevaba sujeto el clavel rosa.

Un eco de otros días, de partidas anteriores.

Por fin estuvieron todos listos. Y una vez más la misma instrucción se trasmitió por toda la fila: «Daos las manos y seguid el sombrero».

Williams no estaba seguro de que Dansey aprobara eso. Le iba a costar mucho convencer al jefe de los espías de que hacer de niñera de veintisiete niños había sido una necesidad operativa para poder llevar a cabo una misión militar británica… Eso si es que alguna vez llegaban a casa para poder darle una explicación sobre eso y sobre todos los demás desastres.

Se encogió de hombros y se colocó al final de la larga fila de niños para cruzar las vías. Iba tropezando con las piedras sueltas y las ruedas del carrito se enganchaban en las traviesas rotas. Continuaron siguiendo la hilera de vagones y recorriendo una vía paralela. Dejaron atrás unos enormes contenedores de basura metálicos y fueron directos a la gran valla de alambre que tenía una puerta sin ninguna señalización. Miró atrás un segundo, pero no había señales de alarma. Su avance había quedado oculto por los vagones. La llave que les había dado Franz encajaba perfectamente y giró en una cerradura bien engrasada. Siempre se podía confiar en la eficiencia alemana, se dijo. Y menos mal, porque la valla tenía unos tres metros de altura. Cuando pasó el último de ellos, enterró la llave junto al segundo poste, como le habían indicado, y después siguió a la fila de niños emparejados cuesta abajo por una ladera, hasta que quedaron fuera de la vista tras unos árboles.

Pasaron a ir en fila india y, cuando ya se encontraban entre los árboles, se puso a la altura de Claudia. Estaba totalmente concentrada en mantener el avance del grupo y no pudo más que admirar su eficacia, teniendo en cuenta todo lo que había pasado. Williams llevaba el mapa, una *Wanderkarte*, una guía alemana para senderistas donde estaban señalados los caminos locales, y sabía cuál era su destino, el punto de encuentro designado, que todavía quedaba lejos. Peter le había contado esa parte del secreto; era el lugar que habían elegido los hombres de Z para esa huida.

Al rato cruzaron un arroyo y empezaron a ascender hacia otro bosquecillo. Algunos de los niños llevaban paquetes pequeños, restos de los bocadillos y los dulces con los que habían empezado el viaje. La norma en la marcha era la misma que en el tren: silencio total. Si se encontraban a otras personas en el camino tenían que sonreír y saludar con la mano, para evitar la curiosidad, pero no decir absolutamente nada.

Williams mantenía un ritmo constante. Desde el camino, entre los árboles, se veía el paisaje. Vio campos que llegaban hasta el gran lago. Pasaron junto a una cabaña remota con un cartel que hablaba de unos perros, pero no oyeron nada. Después rodearon un campo en el que había varios caballos, unos cuantos cercados con ovejas y un abrevadero de cemento en un corral.

Cuando llegaron a una cerca tuvo que pasar por encima a los niños más pequeños y el carrito. Maldijo la pérdida de tiempo que eso les estaba suponiendo. Sabía que no podía permitir que nadie se retrasara, así que cuando una de los más pequeños empezó a remolonear y a llorar, la metió en el carrito y lo empujó con fuerza para mantener el ritmo. Pero los ralentizó el barro y los charcos de agua de la lluvia que había caído la noche anterior. A lo lejos oyó un tractor y el zumbido de un avión. En una ladera cubierta de hierba las niñas quisieron pararse a recoger flores, pero él las hizo seguir adelante.

Los más pequeños empezaron a rezagarse y Williams se vio obligado a colgarse a una Frieda, que no dejaba de quejarse, en un improvisado portabebés. Cuando avanzaron otro kilómetro y medio miró atrás, preguntándose qué estaría pasando en los almacenes. No había habido ninguna pista, ninguna señal de alarma, ni habían oído ninguna explosión. ¿Habría logrado Peter escapar? Unos aviones que volaban bajo eran la única señal de actividad inusual.

Animó a la fila a continuar, pensando que era probable que su jefe no hubiera conseguido salir de allí. Hizo una mueca y se dijo que ellos podrían compartir el mismo destino. Intentó no pensar en tener que jugar al escondite en un bosque con una partida de búsqueda de la Gestapo. Mejor no darle vueltas a ideas como esa.

34

Era su primera vez. Subir a la cabina de esa nueva unidad de propulsión era algo que Peter no había podido hacer en todos los días que había pasado en los almacenes. Por fuera, las llamativas rayas la hacían espectacular, pero dentro el equipamiento era espartano.

Ocupó su lugar en el asiento giratorio del segundo maquinista e intentó adoptar la actitud calmada de un ferroviario de carrera. A pesar de ello, sintió el corazón acelerado en el pecho.

Estaba tan nervioso que le costaba concentrarse. También era consciente de un olor que se parecía al de las velas ardiendo, similar al que había notado en los almacenes.

No se habían escatimado medios para la comodidad de los pasajeros, pero el diseño exuberante no había llegado hasta la locomotora. Los asientos eran duros y estaban delante de un panel de control hecho completamente de metal sin pintar, frío e implacable al tacto. Peter no se quitó el abrigo. Las únicas pinceladas de color eran dos grandes botones rojos de un panel lateral.

Franz estaba en el asiento del maquinista, comprobando los controles. La tensión nunca parecía hacer mella en aquel hombre. Nada que ver con Peter. Ahí estaba, por fin en el corazón en funcionamiento de una máquina futurista. Era extraño pensar que estaba condenada a la destrucción, aunque representaba el futuro. Le hubiera gustado poder salvar la máquina para la posteridad, pero eso era imposible. ¿Funcionaría el sabotaje? ¿Acabaría destruido el tren? Estaba claro que su futuro (éxito o fracaso) se iba a decidir en los minutos siguientes.

Franz se había quitado el reloj y lo colocó entre dos indicadores, para no tener que apartar los ojos de los controles. Seguir el horario era esencial. Hoskins había establecido uno nuevo y esperaba que lo cumplieran estrictamente. La locomotora tenía que aparecer en el bucle que daba al lago en el preciso momento que había programado Hoskins. Las personalidades que estaban de pie en la cubierta del barco estarían esperando un espectáculo apoteósico. Y Franz se iba a asegurar de que fuera un acontecimiento para recordar. Un desastre que todos pudieran presenciar.

Ni demasiado pronto, ni por supuesto demasiado tarde. Así era como hacían las cosas los alemanes. Un horario exacto, no solo al minuto, sino al segundo.

—Quedan diez minutos —anunció Franz.

Peter, lleno de dudas y consumido por los nervios, recuperó el habla.

—Hay algo que no entiendo. Y tengo que preguntarlo. —Una vocecilla interior no paraba de insistir—. ¿Cómo puede ser que la persona que reclutó a Hank Hoskins y el promotor de este nuevo sistema de vía ancha resulte ser el causante final de su destrucción?

La respuesta, cuando por fin se la dio, la pronunció en el mismo tono pragmático.

Franz había llegado desde los Estados Unidos como parte del proyecto de Hoskins, que el Tercer Reich recibió con los brazos abiertos, y con elogios, estatus, uniformes y provisión de fondos ilimitada.

—Nunca fui un verdadero entusiasta —confesó—, solo el agente designado en Estados Unidos para reclutarlo. Y a medida que pasaba el tiempo fue terriblemente obvio lo tóxico que se estaba volviendo este régimen. Hank Hoskins es un romántico dispuesto a ignorar todo lo que no entre en su limitada visión del mundo. Sabe las cosas, pero realmente no quiere saberlas. El nuevo motor es un ejemplo de esto. La realidad es que no está listo. Necesita muchos más años de desarrollo para que funcione correctamente, pero creo que a estas alturas ya sabes cómo funciona el régimen. ¿Cinco años? ¿Tres? ¿Dos?

No tienen ni diez minutos. Cuando eso fue patente, mi rumbo quedó fijado y los medios de resistencia estaban a mano.

—¿Y los niños?

Franz se encogió de hombros.

—Me daban pena. No tenía ni tiempo ni medios para ocuparme de ellos… hasta que apareció Claudia. Y después tú.

Peter se quedó callado, perplejo y un poco enfadado al ver cómo los habían manipulado a los dos, a Claudia y a él.

—¡Ahora!

Franz no había apartado los ojos del reloj. Tiró de la cuerda de la bocina, soltó el freno y empujó el acelerador. La enorme máquina empezó a andar muy lentamente hacia la puerta de salida, que llevaba al complejo cerrado de los almacenes ferroviarios y después al lago.

El encargado de la puerta también tenía los nuevos horarios. La enorme puerta de la alambrada empezó a abrirse; no se trataba de una puerta corredera como la del hangar de un avión, sino que se desplazaba por rieles gracias a un motor eléctrico. La señal se puso verde.

Franz saludó al hombre de la puerta cuando los dos salieron despacio del complejo y enfilaron la ladera llena de curvas. Más adelante les esperaba el desastre.

Ahí arriba, sentado tan alto, viendo pasar por delante el paisaje rural, sintió una extraña mezcla de emociones: la casi tranquilizadora sensación de tener las cosas bajo control, en contraposición a la emoción por lo que estaban a punto de hacer. El sobrecogedor silencio solo quedaba interrumpido por el leve runrún de los motores colocados bajo sus pies y el roce de las ruedas mucho más abajo. Avanzaron sin problemas por varias curvas y empezaron a reducir la velocidad cuando se acercaron a una parada no programada a dos kilómetros del puente sobre la garganta. La locomotora se ralentizó despacio hasta pararse donde ya no podía verlos ni oírlos el guardia de la puerta.

Peter logró hablar.

—Ha habido un problema en el viaje anterior. El maquinista me lo ha contado.

—Sobrecalentamiento —apuntó Franz—. Esta máquina no está terminada. De hecho está casi al límite. El fondo de la garganta es el mejor sitio para ella. Lo puedes ver aquí... —Señaló un indicador que estaba justo debajo de uno de los botones rojos—. Está rozando el punto de peligro. Oh, no te sorprendas tanto. Este tipo de locomotora acabaría funcionando. Hoskins va muy por delante de su tiempo, solo necesitaría más margen para trabajar.

—¿Y esos botones rojos?

—Para apagarlo todo antes de que estalle.

—¿Entonces hasta este convoy tan pequeño es peligroso?

—Solo si lo llevas más allá del límite.

—Pero estamos a punto de hacerlo, ¿no?

—Sí. —Una sonrisa con los labios apretados—. Tenemos que cruzar los dedos para que aguante unos minutos más.

La incertidumbre hizo que el corazón de Peter se pusiera a mil por hora. ¿Y si ardía antes de que les diera tiempo a saltar?

Además, sentía un recelo subyacente, pero constante. El miedo al engaño y la traición. ¿De verdad Franz era quien decía ser? La sospecha de algún tipo de doble juego no abandonaba su mente. Peter miró a ese hombre, todavía estudiando muy tranquilo su reloj y los controles, pero era difícil dudar de alguien tan obsesionado con la precisión del horario teniendo en cuenta la tarea que tenía entre manos.

—Bien, aquí es donde tú te bajas —anunció Franz. La locomotora acababa de parar—. No tiene sentido que tengamos que saltar los dos. Deséame suerte.

Fue esa última frase, que convertía a Franz en parte de una especie de conjura, lo que le convenció. Sin saberlo, Peter y Claudia habían estado en manos de ese hombre desde el primer día. Había llegado el momento de confiar en él.

Abrió la puerta, bajó por la escalerilla y saltó a la vía. La enorme máquina se alejó y Peter se quedó inmóvil, viendo la parte de atrás desaparecer cuando adquirió velocidad y empezó el descenso hacia el puente que cruzaba sobre la profunda garganta con una curva cerrada en ambos extremos.

De repente se puso tenso. Sufrió un ataque de pánico al pensar que lo había engañado. Ya había alcanzado la velocidad, pero no había saltado de la cabina aún. ¿Franz seguía delante de los controles, planeando un recorrido de prueba lento para lucir el tren? ¿Era un Judas después de todo?

Entonces Peter vio que algo caía desde el lado del conductor.

Seguro que estaba herido tras una caída como esa.

Peter echó a correr hacia el lugar; no había avanzado ni diez pasos cuando la figura se apartó del lado de la vía, se levantó y saludó con la mano.

Aliviado, Peter le devolvió el saludo.

El tren ya no estaba y a Franz no se le veía por ninguna parte.

Fue la última vez que los vio a ambos.

Peter se giró y empezó a correr para volver por donde había venido, buscando el camino que lo llevaría lejos de los almacenes y al sendero que deberían estar recorriendo en ese momento Claudia, Williams y los niños.

35

Estaban perdiendo el ritmo y empezaba a desaparecer la luz del día, así que Claudia decidió ponerse al mando. Envió a Williams a la retaguardia de nuevo, para asegurarse de que no se rezagaba nadie y para hacer la señal de alarma (un ulular de búho repetido dos veces) si se acercaba algún extraño. Al menos se habían alejado lo bastante para que ya no pudieran verlos ni oírlos desde los almacenes.

Se oían vocecillas quejándose: «Me duelen los pies»; «No estoy acostumbrado a caminar»; «Quiero a mi mamá», «Tengo hambre, ¿no podemos parar?».

También hacían otras peticiones: pedían un cuento, una canción o una cama.

—Ya estamos en la última parte del viaje —aseguró ella—. Hemos salido de ese tren horrible y ahora tenemos que continuar. Nos espera un hombre al final del camino para ayudarnos.

La fila de parejas se estaba volviendo dolorosamente lenta, pero era necesario que continuaran, no solo para llegar al punto de encuentro, sino también para alejarse lo máximo posible de los almacenes. Cuando saltaran las alarmas (algo que en algún momento sería inevitable), ¿saldrían a buscar a los niños? ¿Se molestarían en eso? Y, si lo hacían, ¿en qué dirección buscarían? Los lugares más obvios eran los cruces de carreteras en la frontera y las terminales de ferri. Por suerte todo eso estaba en dirección contraria. Claudia esperaba fervientemente que no hubiera patrullas de fronteras en las colinas, junto al lago. Ojalá la policía fronteriza considerara esa parte como «territorio seguro».

Sus pensamientos quedaron interrumpidos por un ulular doble. Detuvo inmediatamente el avance y llevó a la fila de niños a un lugar en la oscuridad. Después se escondió ella también, alarmada por los sonoros pasos y la respiración acelerada.

El ruido paró casi al lado del árbol tras el que ella estaba escondida.

—No pasa nada. Podéis salir —dijo una voz conocida.

Peter seguía jadeando. Había recorrido corriendo la mayor parte del camino desde los almacenes para alcanzarlos.

—¿Y qué? —Su tono sonó burlón—. ¿Eres un héroe?

—No —dijo entre profundos jadeos—. Por ahora solo un saboteador y un ladrón. Solo seré un héroe cuando consiga que los niños y tú lleguéis a la otra orilla del lago.

—No hemos oído nada —comentó—. Solo algún que otro avión volando muy bajo.

—Yo he oído más que eso. Hubo bocinas y sirenas que llegaban desde los barcos, pero no me he quedado a ver el gran final.

—¿Y por qué un ladrón? —preguntó de repente.

Sonrió.

—Hemos perdido a Hoskins, pero todavía tengo sus planos guardados en un lugar seguro.

Ella le miró, inquisitiva.

—Debajo de los calcetines —explicó.

Claudia lo miró de arriba abajo.

—Pero esos planos de la oficina… Son enormes.

—En un carrete de fotos. Tengo una cámara diminuta metida en un pequeño hueco del zapato.

—Pues ten cuidado de no mojártelos.

Continuaron la marcha y al rato abandonaron el cobijo de los árboles. A su izquierda, el lago parecía una mancha de tinta negra que se extendía hasta el horizonte cubierto por la niebla. No hablaron mucho. Claudia estaba dedicando todas sus fuerzas a ese largo camino. Eso era fácil para él, pero no para ella. Miró atrás, animó a sus niños e hizo el papel de líder de la marcha, pero parte de su mente estaba en otras cosas. En si sus perseguidores podrían alcanzarlos. O si lograrían escapar de su tierra natal. Pensar eso hizo que sus reflexiones tomaran otro cariz: se imaginó una vida diferente, con perspectivas distintas. Estaba segura de que los niños se adaptarían a su nuevo entorno. Los niños lo hacían siempre, ¿pero podría ella? ¿Querría? Instintivamente se tocó el guardapelo, recordando aquella ocasión brutal en la que Drexler lo utilizó para burlarse de ella. ¿Qué pasaba con Hansi y Luise? Se dio cuenta de que era la primera vez que había dicho sus nombres en otro orden; era un reflejo de cómo pensaba Claudia en ellos.

Miró adelante, donde estaba Peter avanzando a grandes zancadas, mirando al horizonte, comprobando el mapa y actuando como el líder de los *boyscouts* que sin duda había sido cuando era pequeño. Recordó su reveladora charla, cuarenta y ocho horas antes, en su apartamento; cómo le habló de su vida privilegiada, sus limitadas ambiciones y el autoritarismo de su padre. Esta era la última etapa para él. Tal vez pensaba en su casa en ese mismo momento, mientras ella se enfrentaba a la despedida definitiva. ¿Era él el hombre con el que debería emparejarse? Suspiró, porque seguía teniendo sus reservas. Al volver a mirarlo vio que se paraba y examinaba el horizonte, ya casi a oscuras.

—¡Ahí está! —anunció, señalando—. Mira allí, muy arriba en esa colina.

—¿Qué es lo que tengo que mirar? —preguntó mientras se detenía a estudiar el perfil de las colinas que se extendían hacia el interior.

—Ahí, en esa elevación. Una torre de ladrillo. La obra de un loco. La atalaya soñada por algún cura del siglo XIX.

Le pasó sus prismáticos y ella la vio y se lo confirmó con unos leves ruidos. Después se encogió de hombros. No estaba de humor para contemplar lugares de interés.

—Es una señal —explicó—, la que yo estaba buscando. Quedaos cerca de mí de ahora en adelante.

Claudia no tenía muchas ganas de ceder el control, pero solo Williams y él conocían el lugar del encuentro. Aunque cuando hizo un giro brusco para dirigirse al camino principal, ella protestó. Señaló la guía de senderismo y la zona que rodeaba la orilla.

—Mira —señaló—. Deberíamos continuar recto, pasar este cabo y después seguir la orilla. Seguro que el lugar de recogida está por aquí.

—Tú confía en mí —la tranquilizó Peter—. Hemos llegado al punto en el que tenemos que girar. Sé lo que hago. —Le dio unos golpecitos al mapa—. No habríamos elegido nunca un punto tan obvio para la recogida. Eso que hay ahí es un embarcadero público. ¡Piénsalo! Estamos llevando a cabo una operación clandestina.

Ella se encogió de hombros y puso a los niños en movimiento de nuevo. Pasaron por encima de una valla rota, se colaron entre dos pilares de hormigón y después descendieron por una empinada cuesta cubierta de piedras hasta un barranco entre dos colinas. Era un camino complicado y algunos de los pequeños resbalaron y se cayeron. Claudia no dejó de patinar también con sus incómodos zapatos.

—¿Estás seguro de lo que hacemos? —insistió, ayudando a levantarse a los niños.

—¿Lo oyes? —señaló.

Sí, lo oía. Agua que se estrellaba contra las rocas.

—Ya no queda mucho.

Al final había una curva doble con forma de ese que iba perfilando un hueco en los acantilados y de repente se encontraron delante de un espacio llano junto a unas rampas de cemento que llevaban a un muelle excavado en la roca. A cincuenta metros hacia el interior empezaba un acantilado con capas y capas de una piedra que parecía granito y enormes agujeros que marcaban dónde habían trabajado en el pasado los canteros.

—Da miedo —comentó Claudia—. Y mucho. No me extraña que estuviera esa cerca más arriba. Seguro que no deberíamos andar por aquí. ¿Qué es este sitio?

—Es un poco agreste, lo reconozco —dijo él—, pero eso es porque ya casi no hay luz. Es una cantera abandonada. Los operarios se fueron hace mucho, pero nos han dejado muchos escondites, por si los necesitamos. Es un lugar de recogida ideal para un barquero.

—¿Cuándo? —preguntó ella.

—Hay dos horarios. Los dos después de anochecer. El primero es a las 18.30 y el otro a medianoche.

—¿Medianoche? Queda muchísimo para entonces.

—Por si era necesario. En caso de que hubiera problemas.

—Pues quedan dos horas para el primero —anunció ella mirando su reloj.

Williams llegó por fin, parecía derrengado. Había estado empujando el carrito o cargando con niños la mayor parte del camino. Claudia miró a Anna, una de las más problemáticas del grupo, y se animó al ver que no estaba llorando. Por fin esa personita estaba a punto de alcanzar la libertad y la seguridad. El único dolor de Claudia era que no había podido evitar abandonar a la madre de la niña en medio de la peligrosa incertidumbre de la vida subterránea de Múnich.

—Esto es lo que vamos a hacer —ordenó Peter—. Acomoda a los niños y comparte con ellos lo que nos quede…

—No es gran cosa.

—Mantenlos callados y cómodos. Yo voy a establecer una guardia y…

Ella lo miró, esperando que acabara la frase.

—Y después podrás contarme tu secreto. El que llevas ocultándome tanto tiempo.

Claudia miró al interior de uno de los túneles que los canteros utilizaron en el pasado para sacar granito para pórticos, chimeneas y frisos de ayuntamientos y decidió no meter dentro a los niños. El techo era bajo y estaba apuntalado con cuatro pilares metálicos. El suelo era de piedras irregulares y olía a excrementos de paloma. Ese lugar no era habitable, ni mucho menos.

—No metería ni a Hank Hoskins ahí —aseguró—. Parece que ahí dentro se vaya a producir una catástrofe en cualquier instante. El techo podría caerse de un momento a otro.

—Pues ha aguantado los últimos veinte años —comentó él.

—¡No puedo creerlo!

Los dos se pusieron a revisar otra parte del lugar, donde estaban los restos de las oficinas de la cantera. Quedaban unos enormes bloques de piedra que marcaban la entrada y ventanas oxidadas sin cristales, el brazo roto de una vieja grúa, una escalera destrozada, ladrillos tirados y vigas de acero a la intemperie. Pero un rincón permanecía en pie. Parecía el comedor, o tal vez el despacho del jefe; no era fácil de identificar.

—Los vamos a meter ahí —dijo Claudia, reivindicando su autoridad, aunque sabía que se acercaba el momento en que ya no podría seguir manteniendo el control. Una vez que estuvieran en el agua, sabía que dependería totalmente de los demás. Al menos esas paredes desnudas protegerían a los niños del viento frío que llegaba desde el lago—. ¡Se acabó el camino! Ya no hay que andar más —anunció—. Hemos llegado. Va a venir a buscarnos un hombre con un barco. ¿No es emocionante?

—A mí me da miedo el agua —dijo Rubita.

—No habrá que navegar mucho —la tranquilizó Claudia—. Pronto estarás calentita y a salvo con una gente buena que te va a cuidar.

—Queremos que nos cuides tú.

Ella sonrió.

—A mí no me gusta la oscuridad —dijo otra voz—. ¡Este lugar es horrible!

Claudia pasó un rato hablándoles de las florecillas silvestres que crecían en algunas grietas. Eso los distrajo un tiempo. Identificó acianos azules, una rosa silvestre y le pareció que otra era una adelfilla.

—Coged una de cada y guardáosla —propuso—. Cuando haya luz otra vez, las miraremos para ver si sabemos qué son. Cuando se haga de día. Mañana…

¿Mañana?

Mañana sería otro día, otro país. Pero por el momento se conformó con ignorar la prohibición de coger flores del campo. Cuando tu futuro está en el aire, tienes que equilibrar las cosas de alguna manera.

36

Todo el que era alguien estaba allí. Si querías que se fijaran en ti, tenías que estar en la cubierta superior del vapor *Bodensee*. Se trataba de un flamante barco con tres cubiertas, los interiores de acero inoxidable y ventanas mirador. Un blanco, elegante y pequeño barco de pasajeros que cruzaba el lago.

Se suponía que todos los ojos debían estar fijos en la costa, donde un frágil puente de madera cruzaba una profunda garganta, el lugar que se había declarado oficialmente como el mejor para ver el gran acontecimiento del día.

Pero la realidad era que se fijaban los unos en los otros. Había tiempo de sobra. Los invitados importantes esperaban pacientemente la llegada del tren.

A la izquierda estaba el embajador alemán y su mujer, al lado de su ministro plenipotenciario y del *chargé d'affaires*, rodeado por un dispositivo de seguridad de incógnito.

En el centro del escenario, con las mejores vistas del puente, estaba el Presidente de la Confederación Suiza, Marcel Pilet-Golaz, y tres miembros de su gobierno: el ministro de telecomunicaciones, el de ferrocarriles y el de interior, además de diversos altos cargos gubernamentales.

A la derecha, recién bajados del tren, estaban Hank Hoskins, el ingeniero adjunto Reinhardt Meyer y Siegfried Uffelmann, el arquitecto adjunto. Nadie preguntó por el arquitecto jefe. Eran demasiado educados.

En la parte de atrás del grupo, mezclándose con el resto de la gente, había dos observadores que no eran del todo bienvenidos, solamente tolerados: una figura con camisa de cuadros que, si hubiera hablado, habría revelado un acento con la cadencia de la Costa Este de Estados Unidos, y otra con un atuendo que buscaba aún más el anonimato y que había empezado la jornada con una mordaz puesta al día por parte de Dansey, que le hablaba por una línea de teléfono segura desde Londres.

Abierto sobre una mesa, delante de las personalidades, había un mapa con un diagrama de la red del *Breitspurbahn* de Hoskins como la había imaginado él, primero extendiéndose por toda Europa y después por todo el mundo, además de un modelo grande de un vagón de tres metros de ancho y otro de la unidad del motor de hidrógeno.

Hoskins estaba eufórico.

—Bien, señor presidente, señor embajador, señoras y caballeros, quedan diez minutos para el gran acontecimiento y los voy a aprovechar para explicarles el nuevo sistema. —Y empezó a soltar datos y cifras más rápido que un vendedor de feria—. Para que puedan apreciar el impresionante aumento de tamaño de este sistema, tienen que saber que un solo tren puede llevar la misma carga que un barco carguero de tamaño estándar, solo que a mucha más velocidad. Y para impulsar este tren utilizamos diferentes tipos de fuerzas motrices. Primero, el tradicional vapor.

Miró alrededor, esperando encontrar caras atentas. La mujer del embajador, que llevaba un largo vestido azul con estampado floral, no dejaba de moverse. Cuando le estrechó la mano rechoncha unos minutos antes, Hoskins ya se dio cuenta de que ella no se iba a maravillar con los seis cilindros de alta presión y seis de baja de los que pretendía hablar, porque no apartaba los ojos de las mesas con los refrigerios y seguro que no pensaba más que en el *Strudel* de manzana y la tarta de queso con cerezas.

—Impresionante, verdaderamente impresionante. Una publicidad estupenda para nuestro país. —Su marido, Ludwig Freiherr von Marquardt, un hombrecillo con grandes entradas que compensaba con unas elaboradas ondas de peluquería sobre las orejas, estaba haciendo todo lo que podía por reivindicar, en voz bien alta, la reputación de la ingeniería de vanguardia alemana ante el grupo allí reunido.

Era cierto que el presidente de Suiza parecía impresionado, pero Pilet-Golaz era prácticamente una marioneta de Hitler que incluso se parecía a él, con el pelo corto y negro y un bigote muy recortado. Deseoso de complacer, había permitido que trenes militares alemanes sellados cruzaran por los túneles suizos de los Alpes, había prohibido criticar al Führer y bloqueado todos los intentos de aceptar en el país a refugiados contrarios a los nazis. Bajo su gobierno, Suiza no era un país neutral, sino un estado cliente.

—Pronto —continuó diciendo Hoskins mientras miraba su reloj— nuestra locomotora, equipada con el nuevo motor de hidrógeno, va a recorrer esa vía especial con forma de bucle y cruzará el puente que tienen delante para que ustedes tengan unas vistas espectaculares de esta tecnología futurista. Ya la han visto una vez, en una prueba inicial a velocidad baja, pero pronto va a repetir el recorrido a velocidad normal.

Espectacular era la palabra clave. Por mucho entusiasmo que tuvieran por el «nuevo orden», a los suizos no les gustaba entrar en territorio del Tercer Reich. Habían visto como el año anterior las SS invadían un puesto fronterizo holandés para secuestrar a dos agentes británicos y juzgarlos en Alemania. Y cómo Hitler intimidaba y amenazaba al canciller austríaco antes de invadir su país. Por eso el barco suizo para el avistamiento estaba situado en las aguas neutrales del lago.

—Fíjense. Atentos, por favor. —Era Hoskins otra vez. Era su momento estelar.

Todos los ojos se clavaron en el puente.

Hoskins contuvo la respiración. Todo iba a salir exactamente según lo planeado, ¿verdad? Claro que sí.

Entonces lo vio. Y al instante sintió una punzada de alarma, justo antes de que oyera el respingo que dieron los que lo rodeaban.

¿Por qué no sonaba el silbato y activaba la sirena para atraer la atención, como decían sus instrucciones, para añadir un pequeño toque dramático? Pero lo peor era la velocidad alarmante con que se estaba acercando al puente. Habían quedado que ochenta kilómetros era la velocidad óptima, pero en ese momento parecía que iba por lo menos al doble. Maldijo a *Herr* Adler, el maquinista. Quería lucirse, claramente. Iba a tener que activar el freno muy bruscamente en el último momento, antes de hacer el giro.

Pero la locomotora no frenó.

Hubo más exclamaciones ahogadas en el grupo cuando la locomotora se inclinó al acercarse para enfilar la pronunciada curva, después se balanceó y se ladeó, para por fin acceder al puente a una velocidad claramente excesiva.

¡Por todos los santos! Hoskins tuvo problemas para contener su reacción. ¿Es que ese imbécil no había entendido sus explicaciones? Había sido didáctico hasta el aburrimiento. El puente era una estructura temporal que se había construido solo para ese día. No soportaría esa fuerza.

—¡Dios mío! —exclamó el presidente—. Toda la estructura se tambalea. ¿No puede detenerlo, *Herr* Hoskins?

Herr Hoskins estaba paralizado por el terror. El puente se movía de lado a lado. Supo al instante que se iba a producir un desastre. La locomotora estaba fuera de control por alguna incomprensible razón. Y en el giro brusco del final del puente simplemente desapareció. Sabía que iba a ocurrir antes de que pasara, aunque esperaba, contra todo pronóstico, algún milagro de última hora. Pero el ingeniero que había en él era pura lógica y sabía que había ciertas cosas que quedaban fuera de los límites de la posibilidad. La locomotora se había salido de la vía y había desaparecido en el fondo de la garganta.

Hoskins se agarró a la mesa, impotente y destrozado. Entonces les llegó el golpe y la explosión de la locomotora al estrellarse contra las rocas del fondo del valle.

Pero eso no fue todo. El puente, con daños fatales por el paso del monstruo imparable, cedió y se hizo añicos, deshaciéndose como un mecano gigante y mal construido, hasta caer también al fondo de la garganta, sobre los restos de la locomotora.

Hoskins bajó la vista y cerró los ojos.

Y se le escapó un sollozo.

¿Por qué? ¿Por qué Adler no había reducido la velocidad? Era inexplicable. Empezó a pensar en el tamaño y la escala del desastre y cómo habían quedado destruidos su trabajo, sus ambiciones, sus sueños y sus esperanzas.

Se olvidó de la gente que tenía alrededor, aislado del ambiente de shock y vergüenza. Nadie le dijo «qué mala suerte». Todos los alemanes sentían la misma vergüenza por el fracaso público y se retiraron a un rincón. Solo los suizos le mostraron lástima y le trasmitieron sus condolencias por la pérdida del maquinista.

Hoskins nunca se había sentido tan solo.

Se dio cuenta de que los diplomáticos suizos lo guiaban hasta una sala adyacente. Allí se reunió con él el presidente y ambos tuvieron una conversación que nunca creyó posible.

—*Herr* Hoskins, no sabe cuánto lo siento, de verdad. Creo que debería tomarse un momento para reflexionar antes de decidir cuál va a ser su siguiente paso.

—Tengo que volver —balbuceó—. Tengo que descubrir qué es lo que ha salido mal. Y arreglarlo. Puedo arreglarlo. De verdad. Esto no es el fin.

Pero mientras lo decía, Hoskins supo que sí lo era.

—Por favor, piense un momento —insistió el presidente. Pilet-Golaz se describiría a sí mismo como un hombre pragmático. Sin duda era realista y, fueran cuales fueran sus tendencias políticas, sabía cómo era la vida al otro lado de la frontera—. Creo que debería reconsiderar su postura. Tengo la clara sensación de que cierto líder no se va a sentir inclinado a perdonar lo que ha ocurrido aquí hoy. Creo que es muy probable que se produzcan graves recriminaciones. Debería pensar que su persona puede estar en grave peligro.

Hoskins pareció aún más destrozado. Oyó en su mente el eco de algo que le había dicho Franz varios días antes. Se hundió, sin saber cómo responder.

—Y usted no será la primera víctima de este nuevo ferrocarril —comentó el presidente—. Tenemos que ayudar también a su arquitecto.

Esa era la razón de que no estuviera allí. El misterio de la desaparición del arquitecto jefe resuelto. Lo único que Hoskins sabía era que el hombre había estado a punto de sufrir un ataque de nervios por agotamiento debido a los constantes cambios de opinión del *Führer*.

Otra víctima. Simplemente había decidido huir a través de la Suiza neutral.

El presidente pasó el brazo por encima de los hombros a Hoskins.

—Si le ha pasado por la cabeza buscar asilo en otro país, o tal vez volver al suyo —dejó caer—, en la habitación de al lado hay un caballero con una camisa de cuadros con el que podrá hablar de esa posibilidad.

37

Claudia iba de acá para allá entre los niños arropándolos, asegurándose de que estaban tranquilos y calentitos y contando un par de cuentos improvisados. Estaban cansados. Había sido un día largo y traumático. Tal vez estaba siendo demasiado concienzuda. Sabía que Peter quería hablar y no sabía si estaba dispuesta a responder a sus preguntas.

Pero todavía no lo había decidido.

En vez de eso, pensó en el riesgo. ¿Aparecería el barquero? ¿Cruzarían sin que los interceptaran? Su pesadilla recurrente era que descubrían y arrestaban a los niños en El laberinto, en el tren, o en el lago, y todo su trabajo para mantenerlos a salvo no había servido para nada porque los niños acababan en guetos o deportados en trenes que iban al este.

Ella también estaba en peligro. Si la atrapaban, la condenarían, no solo por el intento de huida ilegal, sino también por tener tratos con un enemigo de la nación.

Y eso que ella se consideraba una verdadera patriota. No es que pretendiera cooperar con el enemigo; lo único que quería era sacar a los niños de Alemania. No tenía intención de actuar contra los intereses de su país, pero la humanidad y la decencia se estaban pisoteando todos los días, lo que suponía una absoluta traición de la verdadera naturaleza de la nación. Lo único que podía esperar era un cambio de régimen.

Tenía la vaga esperanza de que, cuando eso ocurriera, los niños volverían a su tierra natal. En ese momento se detuvo y la realidad se impuso con fuerza. Esos cuentos de hadas no pasaban en la realidad.

Pero lo que realmente tenía delante era una posibilidad de huida para ella. Estaba segura de que los niños estarían mejor lejos, en Inglaterra, pero eso le creaba un dilema si pensaba en ella. Era una decisión que no había dejado de considerar desde el mismo momento en que conoció a Peter. No dejaba de hacerse la misma pregunta: ¿debería irse?

Lo encontró al borde del muelle, mirando las aguas oscuras del lago.

—Cuarenta minutos —anunció—. Una hora como mucho.

—Tengo una pregunta —dijo ella.

Él se volvió para mirarla, muy atento.

—¿Qué haría el señor Winton si aparecieran inesperadamente en Inglaterra parientes de los niños de los *Kindertransports*? Y con aparecer me refiero a que fueran a reclamar a los niños.

Peter frunció el ceño.

—Es difícil —contestó al fin—. Es una situación que todavía está pendiente de resolución. Supongo que, en realidad, no esperamos que ningún pariente sobreviva a la guerra. Siento ser tan sincero.

—Pero ¿y si alguno lo consigue? Tendrá que haber algún protocolo.

Una larga pausa para pensarlo y después él dijo:

—¿Cómo te sentirías tú si fueras una niña y de repente apareciera un extraño diciendo que es tu madre o tu padre, o una persona de la que no te acuerdas o ni siquiera sabías que existía? —La miró inquisitivamente y después añadió—: Dependerá de la edad del niño. En el caso de los más pequeños, es una muy mala idea. Si el niño no recuerda a sus padres biológicos, no hay nada que hablar. Pero si es un adolescente, sobre todo uno que no haya encontrado familia y sí que los recuerda... —Se encogió de hombros—. Tal vez. ¿Por qué lo preguntas?

Claudia ignoró la pregunta.

—Ya, lo comprendo. En el caso de los más pequeños, podría ser muy perturbador. Cruel incluso. Mejor no interferir en la relación que hayan establecido en un hogar donde los quieren.

—Habrá que tomar una decisión en cada caso, dependiendo de las circunstancias —continuó Peter y la miró atentamente—. ¿Me lo vas a contar? ¿Me vas a explicar por qué todas estas preguntas? Esto es más que pura curiosidad. Es personal, ¿no?

Su instinto le decía que escurriera el bulto. Que evitara las preguntas. Todos los días pensaba en el niño cuya cara llevaba en el guardapelo. La nariz respingona, la boca delicada. Sería algo maravilloso para llenar el vacío de su vida. Encontrar la forma de recuperar esa parte perdida de ella, que era como una extremidad amputada. Era como si sintiera su ausencia casi todos los días.

—¿Y bien? —insistió él.

Ella se levantó bruscamente. Había un niño que lloraba y que necesitaba su atención y eso evitó que tuviera que contestar.

Había estado sentada en un rincón y apoyada en la pared, con los ojos cerrados y llena de angustia, cuando de repente se dio cuenta de que él estaba a su lado. Abrió los ojos y vio que la miraba de una forma que dejaba claro que no iba a dejar de hacer preguntas.

Suspiró. No estaba preparada para ese interrogatorio y la técnica de intentar desviar la atención era ya natural en ella.

—¿Y quién es el barquero? —Una rápida sucesión de preguntas—. ¿Otro espía británico? ¿Y es bueno? ¿Los niños todavía están en peligro?

Él negó con la cabeza.

—La verdad es que no.

—Podrían interceptarlos —insistió—. Un oficial de la aduana o un policía podría enviarlos de vuelta. —Parecía nerviosa, asustada—. Sería horrible perderlos ahora, tan cerca de Suiza.

—Lo he dejado todo en manos de mi tío Stef —explicó él—. Si alguien puede hacerlo, es él.

—Pero dime una cosa. ¿Por qué solo veintisiete?

—Es fácil. El barco no es muy grande. Solo caben treinta personas: tres adultos y los niños.

Ella asintió.

—Ya veo. Y tu tío… ¿Lo ha hecho antes?

—Muchas veces. —Peter le contó el incidente que había ocurrido solo unas semanas antes, cuando encontró a su tío sacando a tres refugiados desaliñados de su barco.

—¿Y qué pasará al otro lado? —siguió preguntando—. ¿Son amables?

Peter suspiró y empezó a explicar las complejidades de la situación en Suiza: los refugiados que llegaran fuera de los cauces legales eran oficialmente ilegales y para ellos salir de Suiza era casi tan difícil como entrar.

—Por eso he pedido veintisiete pasaportes neutrales —explicó.

Ella frunció el ceño.

—¿Por qué neutrales?

Las autoridades no permitirían viajar a personas con pasaporte británico, aclaró, por el estatus de país en guerra, pero los ciudadanos de los países neutrales podían viajar de un país a otro. En Nicaragua o algún lugar de Sudamérica estarían bien. A los niños les darían pasaportes de esos países neutrales, los llevarían al sur de España o Portugal y los meterían en un barco, o tal vez en un avión en Gibraltar, y desde ahí los enviarían a Gran Bretaña.

—Al otro lado está todo organizado —dijo señalando la otra orilla—. Mi tía los estará esperando. Sopa caliente, bocadillos, camas mullidas… Le encantan los niños. —Se rascó la oreja, pensativo—. Trudi tiene mucho carácter a veces, pero en el fondo es un pedazo de pan.

—Así que aquí tienes al tío Stef y la tía Trudi —comentó Claudia—. Ahora sé cuál es la razón real por la que te han elegido para esta misión: que tenías parientes cerca.

Él pareció hundido.

—Había otras razones.

—Cuéntame cómo van a ser las cosas cuando vuelvas a casa. ¿Qué vas a hacer con tu vida? ¿Seguirás a trompicones como antes, haciendo lo que te dicen, o estás preparado para cambiar? ¿Para reivindicar tu forma de hacer las cosas?

Peter miró a Claudia y después al enorme acantilado que

se cernía sobre ellos, suspiró, contuvo la respiración y volvió a mirarla.

—Has sido tú. Tú me has hecho esto. Tienes tanta confianza, estás tan segura de ti misma, eres tan resuelta…

—¿Qué quieres decir con eso?

—Que he tomado una decisión.

—Seguro que te ha costado mucho.

Le dedicó una mirada de advertencia.

—Cuando regrese (si lo consigo) y vuelva a ver a mi padre…

—Oh, eso quiero oírlo. ¿Qué le vas a decir?

Peter tragó saliva, inspiró despacio, apretó los dientes e hizo un ensayo del discurso más difícil de su vida.

—Que no voy a entrar en la empresa de ferrocarriles. Que no quiero ser ingeniero. Y que no me voy a incorporar al programa de formación.

Ella logró parecer escandalizada.

—¡Vaya! Qué resolutivo. ¿Y qué vas a hacer entonces?

—Creo que no soy el mayor talento interpretativo del país, de hecho estoy seguro, pero me encanta la emoción del teatro. Quiero estar entre bambalinas, participar. Los focos, todo en general. Londres es una ciudad con mucha vida en los teatros. Ahora está todo parado, claro, por culpa de los bombardeos aéreos, solo funciona el Windmill Theatre…

Ella lo interrumpió.

—¿Sigue habiendo teatro durante los bombardeos?

—Sí, pero no es precisamente lo que a mí me gusta.

—¿Por qué no?

—Porque solo hay chicas bailando el cancán.

Ella rio.

—Pero quiero estar allí cuando todo acabe y vuelvan a abrir todos los teatros del West End —continuó Peter—. Delante de los focos o detrás, no me importa, solo quiero tomar parte en ello. Pero no estar cubierto de ceniza y grasa o encerrado en la sala de dibujo de las oficinas del ferrocarril.

—Peter, no tiene sentido que me lo cuentes a mí, si cuando llegue el momento te vas a echar atrás. No te puedes dejar intimidar. No cedas.

—No lo haré.

—No te olvides que esta va a ser la conversación más importante de tu vida. Tienes que imponerte. No puedes seguir siendo la sombra de tu padre. Piensa que yo estaré allí, como una mosca en la pared, escuchando, comprobando que cumples tu promesa. Que no se te olvide.

Pero ¿qué estaba haciendo, contemplando esa gran tentación? Claudia volvió a su problema irresoluble. ¿Es que había olvidado la promesa solemne que le hizo a su madre tantos años atrás, de no interferir en el proceso de adopción? Una promesa era una promesa. Un principio con el que se había criado era el de nunca incumplir su palabra. Y había sido fácil hacer una promesa así cuando el contacto no era una opción realista, pero Peter le había proporcionado una oportunidad inesperada, abriéndole esa salida hacia Inglaterra. Era su gran tentación, el mayor peligro y una enorme insensatez.

Se permitió pensar un poco en él, soñar con otro futuro. En el fondo era un buen hombre y además atractivo. Le encantaba el hoyuelo de su barbilla. Tenía buenas intenciones y era genial con los niños. También era perspicaz en cuanto a temas que conocía como Winton, el ferrocarril o el escenario. Le agradecía lo claro que había sido sobre los *Kindertransports*. Y le divertía ese compromiso casi romántico que tenía con el teatro. Esperaba que no acabara decepcionado, si al final tenía la oportunidad de trabajar allí. Pero, a pesar de todo, ella también veía su inmadurez y su inocencia. No era más que un niño, a pesar de su edad. Sospechaba que era fácil de manipular y que eso lo habían aprovechado el ejército, su padre y otras figuras autoritarias.

¿Qué pensaría él de ella, si lo supiera? Era la pregunta que se hacía cada vez que conocía a un hombre atractivo. Estaba segura de que todos saldrían corriendo en cuanto descubrieran su vergonzoso secreto. Se preguntó si alguna vez conocería a una persona con la que pudiera empezar de cero, si tendría una posibilidad realista de tener una vida familiar convencional.

Se obligó a quedarse sentada y quieta. Era el momento de tomar una decisión. Pensó en todo lo que había hecho por sus veintisiete niños abandonados y se decidió. Suspiró. Ya no importaba si Peter lo sabía. En ese momento se abrió por voluntad propia ante su infinita curiosidad.

Cuando ella apareció en medio de las viejas ruinas, él le dijo:

—Háblame de la niña de la cola de caballo que se llama Luise, la que llevaba la alianza de eternidad y la muñeca de nombre Gretel, y el niñito que se llama Hansi.

Ella se encogió de hombros, con aire de disculpa.

—Ya lo sé, había muchos…

—Cientos.

—Pero eran una pareja muy llamativa. La mamita y el niñito…

—Dos niños muy especiales. Nos quedan diez minutos antes de que llegue el tío Stef y estemos un paso más cerca de acabar con esta pesadilla. Tú me has examinado a mí con un microscopio. Ahora te toca a ti, es lo justo. Ha llegado la hora de que me lo expliques.

¿Debería hacerlo? ¿Aunque había pasado tanto tiempo? Suspiró, se quedó callada unos segundos y después dijo en voz muy baja:

—Mi hijo. Mi bebé.

Él la miró un largo rato antes de decir:

—¿Solo era tuyo el niño? ¿La niña no?

Ella asintió.

—¿Quieres explicármelo?

—No.

—¡Oh, vamos!

Lo miró de nuevo. Aunque le diera vergüenza, tal vez sí que había llegado la hora.

—A mí bebé lo dieron en adopción nada más nacer —explicó—. Era parte del acuerdo con la otra familia.

—¿Por qué?

—No daba buena imagen que una maestra tuviera un hijo ilegítimo. Habría acabado con mi carrera.

—¿Y eso te importaba?

Claudia se encogió de hombros.

—No tuve elección. Habría avergonzado a mi familia. Tuve que irme lejos para tener el bebé y después una familia judía, los Grunwald, lo adoptaron. Y acordamos que la niña y el niño se irían juntos en los *Kindertransports*. Por suerte entraron en el octavo. Por eso te pregunté por ellos.

—¿Que habrías avergonzado a tu familia? ¿No es un poco exagerado?

—¿En Inglaterra no pasa igual?

Peter se quedó pensando.

—Supongo que sí, pero no tengo experiencia de primera mano. ¿Y quién decidió todo eso? ¿No tenías tú voz y voto en ese asunto? ¡Era tu vida y tu hijo!

—Con mi padre no había problema, pero mi madre se mostró inflexible.

—Muy estricta, ¿no?

—En este tema sí.

—¿Te arrepientes? ¿Le guardas rencor? ¿O estás enfadada?

Claudia dudó.

—Me arrepiento, pero lo había aceptado… hasta ahora.

—¿Hubo complicadas discusiones entre madre e hija?

—No, ella lo hizo por mi bien. Tenía que creer que así era. La verdad es que no lo creo… pero entonces tenía que hacerlo.

—¿Por eso estabas en Múnich? ¿Para alejarte de casa?

—En cierto modo supongo que sí. Pero sobre todo fue para alejarme de la Gestapo. Me había vuelto demasiado visible tras lo de los *Kindertransports* en Praga. Esto era un nuevo comienzo.

—¿Sigues en contacto con tu familia?

—Nos enviamos una postal o una carta todas las semanas.

—¿Volverás, cuando puedas?

—Eso espero. Ojalá podamos recuperar nuestra relación alguna vez, ser como éramos antes.

—Tu madre ya te habrá perdonado a estas alturas. ¿Qué edad tiene el niño?

—Algo más de seis años.

—¿Y el… padre del niño?

Ella se encogió de hombros.

—Desapareció. Seguramente no llegó a saber lo del bebé. Estaba todo envuelto en un velo de secretismo. Fue un estúpido error de juventud.

Peter se rascó la barbilla.

—Redención, perdón, paz familiar. Te deseo lo mejor con todas esas cosas. —Pero la conversación no había terminado. La miró, curioso—. Aquí sentadas hay dos personas con dos padres muy autoritarios: mi padre y tu madre. Yo busco reafirmación y tú buscas redención. Dos problemas bastante parecidos. —Rio entre dientes—. Pero me parece, mosquita en la pared, que tu redención llevará un poco más de tiempo que mi reunión potencialmente explosiva.

Lo oyó murmurar algo por la radio. Al principio no lo entendió, pero después lo dijo más alto y con más urgencia:

—Stonemason a Fairweather, cambio.

¿Podrían torcerse las cosas al final? Dio varios pasos hacia el borde de una roca que sobresalía y miró al agua. Había luces que pardeaban en la orilla opuesta. Ella sabía que había villas, casas, iglesias y pueblos al otro lado que eran la viva imagen de la normalidad y la seguridad; detrás de ellos había una hilera de árboles y, tras ella, montañas coronadas de nieve. Se veían más luces sueltas, que no formaban un patrón reconocible algo más allá, a la derecha, en la dirección de la que venían.

—Repito: Stonemason a Fairweather.

Se subió el cuello del abrigo y vio algo que se movía a lo lejos, rápido y con un rumbo claro. Había otras luces que se movían más despacio. Después de unos minutos oyó un zumbido que iba creciendo: un avión. Pasaba algo en el lugar del que ellos venían. La actividad le dejó claro que Peter no exageraba cuando le dijo que el plan de destrucción del tren había funcionado a la perfección. Miró abajo. El lago no le pareció una balsa de aceite. Había unas olitas que rompían contra las rocas. ¿Toda esa actividad representaba una amenaza? Todavía estaba preocupada por el momento en que tuvieran que cruzar.

—Stef tiene el barco que hace menos ruido de todo el lago —le había contado Peter—. No lleva luces, está pintado de gris y es muy difícil de ver por la noche. Prácticamente no se puede detectar.

—¿Y el motor?

—Va con una batería. Es un bote de pasajeros eléctrico.

—No sabía que existiera algo así.

—Un vestigio de los años veinte. Estaba hecho originalmente para un lago de Baviera, donde están prohibidos los barcos a motor, pero se quedó aquí. Es la mejor embarcación para el contrabando.

Se oyó un crujido en la radio. No entendió las palabras, pero Williams le susurró rápidamente al oído:

—Cinco minutos para la llegada. Hay que preparar a los niños.

Entró en la derruida oficina. Gracias a Dios no habían tenido que meterse en esas cuevas aterradoras.

—Arriba, niños, ya viene el barco. Hay que moverse.

—Tengo mucho frío —dijo una vocecilla.

—Yo tengo hambre —se quejó otra.

—No me gusta la oscuridad. —Sabía que eso lo había dicho Topo, aunque no podía verlo.

—A mí no me gustan los barcos.

—Vamos, Águila, tienes que ser valiente. Hazlo por mí —pidió Claudia—. Acuérdate de lo valiente que eras en El laberinto.

Oyeron voces masculinas fuera, susurrando urgencia. Cuando llegaron al muelle, le sorprendió ver que una lancha larga y baja había atracado junto a su escondite sin hacer ruido y un hombre con una gorra de marinero ataba los cabos a una especie de noray de piedra que sobresalía entre las rocas.

Se acercó. Peter hablaba con el marinero, un hombre mucho mayor con la cara curtida. Se presentó y le dijo que se llamaba «Stef».

—¿Qué tal ha ido el cruce? —En la voz de Peter se notaba su ansiedad.

—Hay tantos curiosos que las patrullas lo han dado por imposible. Todo el que tiene un barco está en el agua, echando un vistazo. No todos los días se puede ver a los nazis haciendo una soberana idiotez.

—¿Va a ser difícil cruzar? —preguntó Claudia.

Stef la miró y sonrió.

—Los barcos de la policía alemana están dando vueltas por el lugar del accidente, intentando mantener alejados a los que quieren hacer fotos. Y los suizos están ocupados mirándolo todo con la boca abierta, como todo el mundo. No se lo quiere perder nadie.

—Sí, pero...

Stef le puso una mano en el hombro para tranquilizarla.

—Toda esa confusión es lo ideal para nosotros —aseguró.

Williams ya estaba haciendo subir a los niños saltando la borda. El bote crujió y los cabos que lo mantenían atado al estirarse hacían un ruido que se parecía al de los nervios que Claudia todavía tenía de punta mientras comprobaba que sus veintisiete protegidos estuvieran en el barco. En cuanto subían, hacía que los niños se agacharan. Rápido fue el último en embarcar.

—Ahora tú —le dijo Peter.

Había llegado el momento.

—Lo siento, Peter, pero yo no voy.

Él se irguió bruscamente y fue como si le hubieran dado un puñetazo. Abrió la boca, la cerró y dio un paso para acercarse.

—¿Por qué?

—No funcionaría —aseguró—. Tenías razón; los niños, Hansi y Luise, nunca me conocieron como su madre. No sería más que una extraña para ellos. Estarán mejor con sus nuevos padres. Y yo mantendré la promesa que le hice a mi familia. No voy a interferir. Es mejor que los deje ir.

Peter negó con la cabeza.

—¡Pero ven con nosotros de todas formas! ¡Sálvate, al menos!

—No. —Estaba decidida y mostrando su cara más firme—. Hay trabajo que hacer en Múnich. ¿Crees que estos veintisiete niños son los únicos submarinos de la ciudad? Claro que no. Hay otros escondidos por todas partes.

—¡Pero Claudia, piensa! —insistió—. No vas a sobrevivir a las redadas de la Gestapo. Alguien te delatará y la policía irá a por ti. Ya te lo advirtió Franz, ¿o es que se te ha olvidado?

Ella le puso una mano en el brazo. Durante un segundo pensó en abrazarlo, pero al final dio un paso atrás.

—No te preocupes. No me acercaré a los almacenes. Tal vez a la escuela sí, como si no hubiera pasado nada. Me haré la inocente.

—La escuela también es peligrosa.

—Peter, esto es lo que tenía que pasar.

Stef se había acercado, aunque no había dicho nada, pero en ese momento tuvo que interrumpir el silencio.

—Perdonad, pero no podemos quedarnos aquí discutiendo. Es demasiado peligroso permanecer en este lado mucho tiempo.

Peter lo volvió a intentar.

—Por Dios, Claudia. No te arriesgues, ven con nosotros. No podrás encontrar una forma de salir una segunda vez.

Ella negó con la cabeza.

—Tenemos que irnos —repitió Stef.

—Por favor, Claudia. —Peter se lo estaba suplicando, casi llorando, y ella se moría por abrazarlo—. No puedo dejarte aquí, es una locura —dijo.

Ella se alejó del barco para dejar claro que su decisión era definitiva. No sabía muy bien cómo iba a volver a la ciudad y mucho menos cómo iba a lograr otro rescate.

—Es lo que tengo que hacer. Solo prométeme que no vas a abandonar a los pequeños… Ahora tú eres su único futuro.

Stef estaba soltando los amarres.

—Dejo en tus manos la responsabilidad —dijo desde la orilla—. Has sido uno de los hombres de Winton, no podría pedir más. Peter, confío en ti.

Él estaba en la proa cuando la lancha dio marcha atrás para salir del minúsculo muelle. Su motor no emitía más que un ronroneo quedo, apenas audible por encima del chapoteo y de las olas que rompían.

—Creo que es el momento de cantar una canción en inglés —sugirió—. ¿Qué tal *Little Jack Horner*?

Entonces oyó una voz rota y grave que casi no parecía la de Peter.

—Niños, decidle adiós a *Fraulein* Kellner. Lo bastante alto para que ella pueda oírlo.

—¡Adiós, *Fraulein* Kellner! —dijeron varias vocecillas.

—¡Más alto!

Y después se oyó un desganado:

—*Auf Wiedersehen.*

Había una leve niebla sobre el lago que le daba a todo un aire muy etéreo. El coro de vocecillas le llegó flotando sobre el agua y reverberó un poco en las cuevas talladas hacía tanto tiempo. La lancha siguió marcha atrás, después cambió de rumbo y empezó a hacer un zigzag en dirección a aguas abiertas y al otro lado del lago. Hacia Suiza y la seguridad.

Entonces la mayoría de los veintisiete niños lograron que se oyeran sus voces.

—Adiós, *Fraulein* Kellner, adiós.

Nota del autor

La inspiración para escribir esta historia surgió de los *Kindertransports* y los miles de niños que se salvaron del terrible régimen de Hitler antes de que empezara la Segunda Guerra Mundial.

La estatua de los niños refugiados en la estación de Liverpool Street de Londres da fe de esa operación única que llevó a cabo *sir* Nicholas Winton y que terminó el día que los nazis invadieron Polonia. Después de eso quedó estrictamente prohibido sacar más niños.

Otro hecho real que he utilizado en esta historia es el plan del Führer de crear un sistema de trenes monstruosos con el que cruzar el continente e incluso llegar más allá. El *Breitspurbahn* fue una locura de la ingeniería, pero llegó a planificarse y a construirse un modelo con todos los detalles.

Y si alguien cree que es imposible saltar en paracaídas sobre un glaciar alpino y bajar esquiando en plena noche invernal, puedo asegurar que varios locos intrépidos lo han hecho y tuvieron éxito a la hora de conseguir rendiciones pacíficas al final de la guerra.

Y para finalizar, un apunte sobre geografía. Mis personajes viven en la ciudad de Bury St. Edmunds, pero me he tomado la libertad de cambiar alguna calle que otra. Como dijo el escritor Jack Higgins en el prólogo de una de sus novelas, el cincuenta por ciento de los hechos de esta historia son ciertos; el lector es quien debe decidir cuáles son verdad y cuáles no.

Este libro utiliza el tipo Aldus, que toma su nombre
del vanguardista impresor del Renacimiento
italiano, Aldus Manutius. Hermann Zapf
diseñó el tipo Aldus para la imprenta
Stempel en 1954, como una réplica
más ligera y elegante del
popular tipo
Palatino

Los huérfanos del Führer
se acabó de imprimir
un día de primavera de 2022,
en los talleres gráficos de Liberdúplex, s. l. u.
Crta. BV-2249, km 7,4. Pol. Ind. Torrentfondo
Sant Llorenç d'Hortons (Barcelona)